Avant de s'installer à Brighton avec son mari et ses deux enfants, **Jenny Ashcroft** a vécu de nombreuses années en Australie et en Asie, ce qui lui a inspiré une passion pour les histoires ayant pour toile de fond les lieux exotiques. Elle est diplômée en histoire et a toujours été fascinée par le passé – en particulier par la façon dont les événements extraordinaires affectent la vie des gens ordinaires. Vous pouvez suivre son actualité sur Twitter : @Jenny_Ashcroft.

De la même autrice :

Une île en Orient
Retour à Bombay

Jenny Ashcroft

Retour à Bombay

Traduit de l'anglais (Grande-Bretagne) par Sébastien Baert

Hauteville

Hauteville est un label des éditions Bragelonne

Titre original : *Meet Me in Bombay*

ISBN : 978-2-38122-375-9

Bragelonne – Hauteville
60-62, rue d'Hauteville – 75010 Paris

E-mail : info@editions-hauteville.fr
Site Internet : www.editions-hauteville.fr

Pour Molly, Jonah et Rafferty.

Lettre à une inconnue de la part d'un inconnu

Ce soir, je ne me rappelle plus en quelle année nous sommes. J'ai beau y réfléchir, je suis incapable de déterminer depuis quand je suis là, dans cette maison de repos qui ressemble tout de même beaucoup à un hôpital, dans cet endroit réservé aux vieux, aux impotents, aux oubliés… et à ceux qui ont tout oublié. J'ai demandé à une infirmière – une jeune femme avec des taches de rousseur et une voix douce – de me le rappeler, mais elle a refusé. Elle m'a rétorqué que j'allais encore faire une crise de panique, qu'il ne fallait pas que je m'inquiète, que le temps n'avait aucune importance. Pourtant, il compte beaucoup à mes yeux. Je suis certain d'être là depuis trop longtemps. J'ai l'horrible sentiment d'être arrivé là il y a déjà de nombreuses années.

Je sais que nous étions en 1915, quand je suis devenu un patient. Au moins, ça, je m'en souviens. Et aussi que j'ai inscrit la date dans le cahier qu'on m'a remis, à l'époque : un journal relié de cuir que le docteur Arnold m'a donné lors de notre premier rendez-vous afin que j'y note tout ce que ma mémoire défaillante refusait de retenir. « Tout ce qui vous vient, m'a-t-il recommandé, notez-le directement. » Je ne sais pour quelle raison, ses paroles me sont restées. Même si j'ai oublié tout le reste, j'entends encore sa voix, je vois encore le feu dans la cheminée, je ressens sa chaleur, comme si j'étais toujours assis devant, ma peau me picotant sous ma tenue de convalescent. « Considérez votre passé comme un puzzle, m'a-t-il conseillé. Un puzzle qu'il vous faut assembler. Ne laissez aucune pièce vous échapper. »

Cela fait un moment que je n'ai pas vu Arnold. Je ne sais plus depuis quand, ni pourquoi. Peut-être a-t-il renoncé à mon puzzle.

Ce qui m'est impossible.

Après mon thé, ce matin, je me suis rendormi plutôt subitement. Ça m'arrive. Je ne lutte jamais. Mes songes sont les derniers vestiges de cet autre monde, celui auquel j'apparenais jadis. Il regorgeait de chaleur, de lumière, de couleurs… et de vie. Il y avait une fête, en bord de mer. Rien à voir avec les petites réjouissances que nous organisons ici : pas de petits-fours, des liqueurs diluées, et des pétards qui ne font pas de bruit. C'était bruyant, et bondé de monde. Un groupe jouait du ragtime.

Une silhouette, une femme en robe de soie, me tournait le dos dans l'obscurité, sa main gantée sur le dossier d'une chaise.

C'était toi. J'en suis certain.

Au-dessus de nos têtes, le ciel semblait exploser de mille couleurs. Je te regardai lever les yeux, j'admirai la courbure de ton cou. J'attendis que tu te retournes, que tu me voies. Quelque chose – un souvenir ? – me disait que cela allait se produire.

Des acclamations résonnèrent dans la nuit, en même temps que les premiers accords d'une chanson inconnue. Immobile, j'attendais.

Lentement, tu baissas la tête. Tu tournas le menton par-dessus ton épaule nue, et j'aperçus l'une de tes pommettes.
Je retins mon souffle. Endormi dans mon fauteuil, je ne respirais plus.
Quand je me suis réveillé, comme je le fais toujours avant que tu me laisses entrevoir ton visage, des larmes roulaient sur mes joues.
Je n'ai aucun souvenir de ce à quoi tu ressembles, et, pourtant, je sais qu'en te voyant, je te reconnaîtrais aussitôt. Je sais combien tu es belle. Je me plais à croire que nous étions heureux ensemble. Je suis convaincu que notre histoire était merveilleuse. Mais je suis ici, vieux et seul, et toi non. Alors, je me demande comment cela a pu être.
Je meurs d'envie de retourner auprès de toi, mais cela me semble chaque jour un peu plus impossible. Parce que j'ai beau faire souvent ces rêves, attendre patiemment que mon esprit défaillant me donne juste un indice qui pourrait me ramener à toi – une initiale, le nom d'un lieu, le moindre détail –, il ne se passe rien. J'ignore d'où tu viens, qui tu es pour moi, et même si tu es encore en vie. J'essaie très fort de me rappeler, à tout moment de la journée, mais il m'arrive parfois de ne même plus me rappeler que je suis censé me souvenir de ton nom.
Et, après toutes ces années, je n'ai toujours pas la moindre idée de ce qui s'est passé, de ce qui m'a éloigné de toi, de ce qui m'a conduit à l'hôpital, en 1915.
Ni de qui je suis.

Chapitre premier

Bombay, le 31 décembre 1913

Maddy avait toujours trouvé très étrange que, en l'espace de quelques instants, la vie puisse subir d'importants bouleversements sans le moindre signe ni le moindre avertissement. Après le réveillon du nouvel an 1913, notamment, elle s'était souvent interrogée, sidérée par son insouciance durant les quelques heures qui avaient précédé minuit, prise dans le tumulte de la fête du *Royal Yacht Club*, sans jamais se douter de ce qui allait se passer.

Cette nuit-là, l'année 1914 approchant inlassablement, le groupe de ragtime entama un nouveau récital, faisant résonner les compositions de Scott Joplin dans la salle surchauffée du club éclairée à la chandelle, et invitant les couples à aller se trémousser sur la piste de danse. Une foule de robes à sequins et de costumes de soirée se mirent à virevolter sur le plancher dans un quickstep endiablé. Maddy ne pensait alors à rien d'autre qu'à la chaleur et à la musique.

Elle ignorait tout de ce qui allait lui arriver.

Elle se tenait au bord de la piste. Après avoir donné le meilleur d'elle-même sur les cinq dernières danses, elle était heureuse de pouvoir regarder les autres, à présent, le temps de recouvrer son souffle, profitant de la fraîcheur du verre de gin-tonic qu'elle pressait contre sa joue. Faisant rouler le verre sur sa peau cuisante, elle admira l'opulence des lieux. La fête était somptueuse, même d'après les critères de Bombay, et, venant tout juste de quitter l'univers douillet de sa tante et de son oncle dans l'Oxfordshire, elle devait constamment se rappeler qu'elle n'était pas sur une scène de théâtre, mais qu'elle appartenait désormais bel et bien à ce pays lointain et sacrément humide. La piste de danse était bordée de tables nappées de blanc chargées de plateaux de feuilletés au curry, de naans et de fruits exotiques. Sur le long comptoir de bois, les soupières de punch le disputaient aux seaux à champagne. Des lanternes colorées brûlaient un peu partout – sur les tables, les murs –, projetant leur lumière teintée sur les parois lambrissées de la salle. Leur odeur de cire se mêlait à celles de la brillantine et du parfum des danseurs, une chaleur moite s'engouffrant par les portes entrouvertes de la véranda. Il n'y avait pas de sapin de Noël – il était apparemment impossible de s'en procurer en Inde –, mais on avait, à la place, orné de boules de Noël des branches de manguiers et de bananiers en équilibre précaire à l'entrée principale de la salle. La construction était plutôt curieuse, ne ressemblant à aucun sapin que Maddy ait jamais eu l'occasion d'admirer, et, d'une certaine manière, parvenant à donner à l'ensemble un air de Noël encore plus incertain. Un peu à l'image des chapeaux en papier gorgés d'humidité que son père, Richard, les encourageait tous à porter le jour de Noël. Il était tellement incongru de manger de la dinde sur la terrasse baignée de soleil de la villa sous le regard des paons de passage…

Richard portait un autre chapeau, ce soir-là. Il était impossible de garder son sérieux lorsqu'on le voyait, à l'autre bout de la pièce – responsable de l'administration de Bombay, il ressemblait en tout point à un fonctionnaire colonial distingué avec sa cravate immaculée –, une couronne à pois violets penchant avec une élégance désinvolte sur sa chevelure grisonnante. Il tentait de convaincre Alice, la mère de Maddy, de danser avec lui. Alice – qui, contrairement à toutes les autres personnes présentes, paraissait toujours aussi fraîche qu'un cocktail au concombre, ses boucles claires parfaitement en place, sans le moindre soupçon de brillance sur sa peau de porcelaine – agitait ses mains gantées en signe de refus. Maddy se demanda si, au fond d'elle, elle n'était pas tentée du contraire, de lui répondre : « Oui, je t'en prie. Pourquoi pas, après tout ? » Maddy aurait bien aimé que ce soit le cas. Elle aurait été heureuse de la voir se lâcher, pour une fois, saisir le bras de Richard et foncer sur la piste avec le même abandon que tous les autres danseurs.

Mais Richard faisait déjà demi-tour, des rides de résignation sur son visage buriné. Maddy eut soudain pitié de lui, d'autant plus quand elle le vit redresser le menton et diriger ses pas vers le comptoir. Pourquoi Alice ne pouvait-elle pas simplement danser avec lui ? Tirant sur le décolleté humide de sa robe, Maddy ne chercha même pas de réponse à sa propre question. À vrai dire, elle était en Inde depuis deux mois, à présent, de retour chez ses parents après avoir passé plus de dix ans en Angleterre. Elle y était allée pour sa scolarité, comme la plupart des enfants du Raj, mais aussi pour échapper aux fièvres tropicales auxquelles elle avait été sujette, dans son enfance. « Impossible de te garder en bonne santé, lui avait expliqué son père avec tristesse à plusieurs reprises. C'était terrifiant… » Et elle avait souvent l'impression de ne pas mieux comprendre sa mère, toujours maîtresse d'elle-même et impeccable, qu'en cette journée étouffante d'octobre où elle l'avait retrouvée en accostant à Bombay.

— Tu es bien sérieuse, déclara une voix sur sa gauche, la faisant sursauter. C'est le réveillon du nouvel an.

Se retournant, Maddy croisa le regard faussement réprobateur de son amie Della Wilson. Elles avaient fait le voyage depuis Tilbury ensemble, dans la même rangée de cabines que les autres femmes célibataires rejoignant leur famille en Inde. Dans le cas de Della, c'était pour retrouver son grand frère Peter. Elles étaient devenues amies en prenant régulièrement le thé sur le bateau, partageant la même sensation de gêne vis-à-vis des autres passagers, convaincus qu'elles faisaient partie de la « flottille de pêche » partie en Inde pour y trouver un mari. « Ce qui est bien sûr exactement ce que ma mère espère, avait reconnu Della en croquant dans son éclair au chocolat. C'est la raison pour laquelle elle m'a laissée partir. Non pas que j'y sois opposée. (Elle avait avalé sa bouchée.) Même si je préférerais aller chasser le tigre. »

— Où étais-tu passée ? lui demandait à présent Maddy. Je ne t'ai pas vue de la soirée.

— Je viens juste d'arriver. Tu pourras t'en prendre à Peter, s'il se décide à venir un jour.

— Où est-il ?

— Dieu seul le sait. Il avait rendez-vous avec un ami à l'hôtel *Taj Mahal*, tout à l'heure, mais il était censé venir me chercher à la maison. J'imagine qu'ils se sont tous les deux perdus sur le chemin du bar du *Taj*. (Elle éventa son visage écarlate.) Comme je voulais à tout prix être là à minuit, j'ai fini par héler un pousse-pousse. N'en parle pas à Peter. Il n'aime pas que je les prenne seule.

Maddy, qui avait souvent entendu Peter regretter la simplicité de son existence avant l'arrivée de sa sœur indomptable, éclata de rire :

— Pauvre Peter…

— Mais non, voyons, s'offusqua Della. Bonté divine… (Elle souffla sur son décolleté.) C'est une véritable fournaise, là-dedans. On sort ? On pourra fumer une petite cigarette avant qu'il arrive et qu'il me fasse la morale pour ça aussi.

Trouvant que c'était une bonne idée – et pouvant ainsi échapper au regard réprobateur de sa mère –, Maddy acquiesça.

— Alors, avec qui as-tu dansé ? demanda Della en se frayant un passage dans la salle bondée.

— Toujours les mêmes, répondit Maddy, nommant deux capitaines de l'armée de terre, un officier de marine perpétuellement brûlé par le soleil et une poignée de fonctionnaires qui, comme Peter, travaillaient pour son père dans les bureaux de Bombay.

— Tu n'as pas dansé avec Guy Bowen ? s'étonna Della d'un ton exagérément innocent, désignant du menton l'endroit où il se tenait, en pleine conversation avec d'autres chirurgiens de l'hôpital militaire.

Maddy leva les yeux au ciel.

— Tu veux bien arrêter, oui ? C'est un ami de mes parents.

— C'est ton ami aussi. Il t'appelle suffisamment souvent.

Maddy ouvrit en grand la porte de la véranda.

— Il pourrait être mon père.

— Pas vraiment. Il ne doit pas avoir beaucoup plus de quarante ans. Tu en as tout juste vingt-trois.

— Je suis certaine qu'il me faisait sauter sur ses genoux quand j'étais petite.

— Il ne faisait que ça ? demanda Della d'un ton qui les fit toutes deux éclater de rire.

Elles sortirent dans la douceur nocturne. Sur la terrasse en bord de mer, l'orchestre jouait. Dans la salle de bal, derrière elles, l'horloge indiquait 23 heures. La toute dernière heure de 1913.

C'était plus calme, dehors, la chaleur accablante étouffant la musique et les voix de ceux qui déambulaient ou se prélassaient aux différentes tables plongées dans la pénombre. Des torches crépitaient, illuminant le chemin de Maddy et de Della en direction de la digue. Non pas qu'elles en aient eu besoin. Ce n'était pas la première fois qu'elles disparaissaient pour aller fumer une cigarette. Peu après leur arrivée, elles avaient découvert un recoin sur l'escalier qui menait à la mer. Depuis lors, elles s'y rendaient chaque fois qu'elles voulaient échapper au regard vigilant de leurs proches et aux ragots des commères, tout comme elles avaient pris l'habitude de se faufiler sur les ponts réservés aux canots de sauvetage du paquebot de la P&O, durant leur longue traversée.

Dans la pénombre, Maddy ouvrit sa pochette, à la recherche des cigarettes que le porteur de ses parents lui avait fournies.

« Pour un peu d'argent, d'accord ? » avait-il tenté, les yeux pleins d'espoir, la première fois qu'elle lui en avait demandé.

« Oui, avait-elle consenti, lui remettant quelques roupies. Oui, et pour ma santé mentale, aussi. »

Elle était encore en train de fouiller entre son peigne, ses allumettes et son poudrier quand Della lui attrapa la main.

— Vite, Peter arrive ! glapit-elle d'une voix perçante.

Instinctivement, Maddy se tourna vers le grand hôtel, faisant tomber ses allumettes au passage. Sans quitter des yeux Peter qui approchait, elle se baissa pour les ramasser. Il était assez facile à repérer, même dans la pénombre. C'était bien sa silhouette menue et sa démarche nonchalante. Il ne les avait pas vues. Il discutait avec l'homme qui l'accompagnait. Maddy supposa qu'il s'agissait de l'ami qu'il avait retrouvé au *Taj*. Elle les regarda fixement, tentant de distinguer la silhouette de l'inconnu sous les palmiers.

Il était plus grand que Peter. Plus robuste, aussi. Elle se demanda brièvement de qui il s'agissait, mais ne s'attarda pas sur la question. Elle n'en eut pas le temps. Della lui fit signe de la suivre.

Renonçant à ses allumettes, Maddy se lança à la suite de son amie, remontant ses jupons de soie pour escalader la digue, puis descendre les marches humides jusqu'à ce qu'elle l'ait rejointe, elle aussi à bout de souffle, sur leur marche habituelle.

Pourtant niché sous la terrasse, leur refuge était plus calme. L'eau clapotait contre la paroi de pierre, et des enfants de la région jouaient à s'éclabousser – malgré l'heure tardive – dans la mer d'Arabie, aussi bien sur les bateaux de pêche voisins que dans l'eau. Une légère brise soufflait depuis la ville, chargée d'un parfum de pollen, de poussière et d'égout, et de la chaleur de centaines de milliers de personnes. La sentant sur son dos nu et collant et ses bras, Maddy relâcha ses épaules, savourant le calme après l'intense activité qui régnait en haut. Portant une cigarette à ses lèvres, elle se pencha pour que Della puisse l'allumer, et en inhala la fumée en fermant les yeux, sa tête se mettant aussitôt à lui tourner.

— Je me demande ce qu'ils sont en train de faire, dans notre bonne vieille Angleterre toute grise…, lâcha Della d'un ton qui indiquait clairement combien lui plaisait l'idée que, quelle que soit la réponse, cela ne ressemble en rien à ce qu'elle faisait.

— Ça ne te manque vraiment pas ? s'enquit Maddy. Pas même un peu ?

— Pas le moins du monde, rétorqua Della. (Elle lança un regard oblique à Maddy, de la malice dans les yeux.) Tu devrais essayer, ça te ferait beaucoup de bien.

— C'est facile pour toi, de dire ça, lui fit remarquer Maddy.

C'était effectivement le cas. Della avait un billet pour rentrer dès que l'envie lui en prendrait. Elle savait qu'elle reverrait sa famille et ses amis.

— Tu étais tellement pressée de venir, sur le bateau, lui rappela Della.

— Je sais, lâcha-t-elle. Je sais.

Mais, durant la traversée, elle avait considéré son séjour en Inde comme de simples vacances. Elle avait été très enthousiaste. À la fin de ses études, elle avait eu l'impression de partir à l'aventure, une aventure à savourer avant d'accepter le poste d'enseignante qu'on lui avait proposé. Et elle avait hâte de revoir son père. Contrairement à sa mère, il était venu lui rendre visite tous les deux ans à Oxford, où elle avait vécu, chez sa tante Edie, la sœur de son père. Quand Maddy était plus jeune, elle avait pris l'habitude de cocher dans son journal les jours qui la séparaient de sa visite suivante, établissant des itinéraires complexes pour les pique-niques, prévoyant des sorties au théâtre, et autres réjouissances. Elle éprouvait un tel plaisir à l'idée de pouvoir passer un long moment avec lui… Elle s'était même mise à espérer… quelque chose… avec sa mère : une relation qui irait au-delà de simples lettres guindées ornées de cachets de poste étrangers, peut-être. Cependant, entre le départ de son paquebot de Port-Saïd et son arrivée sur les quais chaotiques de Bombay, la situation s'étant considérablement dégradée entre tante Edie et oncle Fitz, à Oxford, Maddy n'avait désormais plus de pied-à-terre en Angleterre, ni de travail, non plus, à cause d'oncle Fitz, ni aucun moyen de s'établir seule. Juste une mère de moins en moins bavarde lorsqu'il était question de savoir si Richard et elle pouvaient l'aider à s'installer.

— Ça va s'arranger, lui promit Della.

Maddy souffla la fumée de sa cigarette, masquant fugacement les étoiles.

— Oui, certainement. (Ce n'était pas trop difficile à croire, surtout par une nuit comme celle-là, bien loin de ses journées silencieuses en compagnie d'Alice, à la villa, la musique résonnant au-dessus d'elle, des enfants riant en contrebas.) Quoi qu'il en soit, ajouta-t-elle, je sais de source sûre qu'il faut au moins un an pour se sentir bien installée quelque part.

— « De source sûre » ?

— Mon père.

— Excellent. Peter serait d'accord avec lui.

Maddy esquissa un sourire. Puis, préférant changer de sujet, demanda :

— Comment s'est passé ton Noël ?

— Super, répondit Della, avant de lui raconter le circuit qu'elle s'était réservé, ayant pris soin de convaincre Peter de ne pas en dire à mot à leurs parents.

Il s'agissait d'un voyage organisé sur les voies navigables du Kerala. Tous ces couchers de soleil, toutes ces visites de villages fluviaux, tout ce poisson fraîchement pêché cuit chaque soir sur des braises… Tout cela avait effectivement l'air super.

— Tu en as, de la chance, déclara Maddy. L'aventure de notre Noël s'est résumée à boire des cocktails au *Gymkhana Club*. Ah si, ajouta-t-elle. Cook a préparé de la dinde au curry, pour le déjeuner.

— C'est très local, lui fit remarquer Della.

— Honnêtement, dit Maddy en tirant sur sa cigarette, je crois surtout que c'était pour tenter de masquer le goût de la viande.

Personne ne savait combien de temps le malheureux volatile plumé avait attendu au marché. Ils étaient tous tombés malades, par la suite.

« Tant mieux, avait déclaré Richard, le lendemain, en avalant des biscuits secs et du tonic. Je ne suis plus qu'à un curry de mon poids idéal. »

« Richard, s'était indignée Alice. Allons. »

— Tu as eu l'occasion de voir Guy ? demanda Della.

— Tu ne vas pas recommencer, gémit Maddy.

— Allez, dis-le-moi, insista Della.

— Della, je le considère comme mon oncle.

— Un oncle très attentionné…

Maddy s'abstint de lui répondre, espérant que son regard suffirait à la faire taire.

Ce qui, bien entendu, ne fut pas le cas.

— Un homme plus âgé ne me déplairait pas, tu sais, poursuivit Della. Et Guy fait ça si bien. Plutôt divin, si tu veux mon avis.

— Personne ne te le demande.

— Il est chirurgien, en plus. Imagine tout ce qu'il peut faire avec ses…

Maddy lui assena un coup de pied.

— Ouille ! (Éclatant de rire, Della porta la main à son tibia.) D'accord, j'arrête.

— Dieu soit loué. (Maddy jeta le mégot de sa cigarette dans la mer avant de lever les yeux vers le club, d'où s'échappaient des bribes de musique portées par la brise.) On y va ?

— On ferait peut-être bien. Je commence à craindre que Peter soit retourné me chercher à la maison.

Peter n'était pas allé la chercher.

— Quel chameau ! lâcha Della.

Il était encore dehors. Il buvait à l'une des tables rondes avec son entourage habituel. Maddy les connaissait presque tous de soirées et de week-ends passés dans les divers clubs de la ville. Même si c'étaient à peu près toujours les mêmes qui sortaient, la vie sociale à Bombay était plutôt trépidante. Elle avait déjà eu l'occasion de danser avec la plupart d'entre eux. Il n'y en avait qu'un qu'elle ne connaissait pas : l'ami de Peter. Il avait pris place à quelque distance de la table, les flammes vacillantes des lanternes ne lui permettant guère de distinguer les traits de son visage. Contrairement aux autres hommes, il n'était pas en tenue de soirée. Il portait un simple pantalon, une chemise et une veste de lin. Cela attisa la curiosité de Maddy, qui se demanda de nouveau de qui il pouvait bien s'agir.

Comme s'il avait senti le poids de son regard, il se tourna. Se sentant prise en défaut, elle rougit avant de porter son attention sur Peter, qui se leva en les voyant approcher.

— Della Wilson, dit Peter. Je ne veux même pas savoir que tu étais en bas en train de fumer.

— Je..., commença Della.

— Non, j'insiste, je ne veux rien savoir. Ainsi, je ne serai pas encore obligé de mentir quand notre mère me demandera des nouvelles de ta conduite. (Il lui lança un regard désespéré.) Je n'ai jamais autant menti de ma vie.

Maddy poussa un timide éclat de rire. Elle avait l'impression que l'homme en veste de lin continuait de l'observer, se demandant probablement pourquoi elle l'avait dévisagé.

— J'allais te faire savoir, rétorqua Della, que je n'arrive pas à croire que tu m'aies laissée toute seule à la villa.

— Je savais que tout se passerait bien.

— Si je t'avais attendu, je serais encore là-bas. J'aurais manqué toute la fête.

— Et pourtant, lui fit remarquer Peter, tu es là. Viens, Maddy. (Il l'embrassa sur sa joue encore écarlate.) Tu es brûlante…

— Ça va.

— Il te faut du champagne, lui assura-t-il, se tournant vers la table, en quête d'une bouteille. Quelles bonnes résolutions as-tu prises pour cette nouvelle année ?

— Euh, je n'y ai pas réfléchi, lui avoua Maddy.

— C'est inexact, intervint Della. Tu vas essayer de ne plus avoir le mal du pays.

— Ce n'est pas terrible, estima Peter en leur tendant à chacune un verre plein.

— Pourquoi ? voulut savoir Maddy.

— Parce que, les bonnes résolutions, personne ne les tient.

— Voilà qui est plutôt négatif, jugea-t-elle.

Du coin de l'œil, elle surprit l'inconnu en train de se tourner vers elle. Il était encore trop loin pour qu'elle puisse le voir correctement. Elle sentit son sourire plus qu'elle ne le vit.

— Simplement honnête, rectifia Peter. C'est la réalité.

— Eh bien, dit-elle, un œil sur son ami (ne venait-il pas de sourire ?), puisque ce n'est pas vraiment ma résolution, peut-être vais-je m'y tenir.

— Ça n'a aucun sens, lui fit remarquer Della.

— C'est vrai, reconnut Peter. Toutefois (il leva son verre), puisque c'est le nouvel an, oublions ça et buvons. Oh, regardez, dit-il, distrait par deux serveurs indiens parcourant la terrasse avec des plateaux chargés de brochettes. À manger. Je reviens. Soyez sages…

Sur ces paroles, il s'éloigna.

Della déclara alors qu'elle allait voir comment cela se passait à l'intérieur. Deux ou trois personnes à la table protestèrent :

— Reste, prends encore un verre de champagne. Ne nous laisse pas tout seuls.

Mais rien ne la fit changer d'avis, et Maddy, ne voyant aucune raison de rester, accepta de la suivre.

— Vous nous brisez le cœur. Pourquoi ne restez-vous pas ? les interpella un officier après leur départ.

Convaincue de ne heurter le cœur de personne, Maddy n'éprouva pas la moindre culpabilité. Et ce ne fut pas à cet officier qu'elle lança un regard en traversant la terrasse plongée dans la pénombre où régnait une chaleur moite. Mais à l'inconnu en veste de lin. Elle se demanda pourquoi et le regretta aussitôt, car, une fois encore, il se tourna vers elle, son visage sombre contrastant avec sa tenue blanche. Détournant les yeux un peu trop rapidement, elle se trouva de nouveau l'air bête.

— Qui c'était ? demanda-t-elle à Della malgré sa gêne.

— Qui donc ?

— Cet homme. Celui que Peter a ramené du *Taj*.

— Je n'en sais rien, lui répondit-elle en jetant un coup d'œil par-dessus son épaule. Pourquoi ? Il était là ?

— Oui, répondit Maddy. Aucune importance, ajouta-t-elle avant qu'il ait pu remarquer que Della le cherchait du regard.

Bien sûr, que cela n'avait aucune importance.

— C'est bien Peter, ça, de ne jamais faire les présentations, maugréa Della.

— Sans doute, en convint Maddy.

Puis, se laissant emporter par le bruit, la lumière, la musique et les rires de la salle de bal, elle oublia de nouveau l'inconnu.

Si tant est que ce soit possible, la piste de danse était encore plus encombrée, et il y faisait encore plus chaud. En quelques secondes, Della disparut entre les danseurs au bras d'un sergent-major. Apercevant alors son père et ses pois violets au comptoir et se rappelant combien elle lui avait trouvé l'air abattu, Maddy se dirigea droit vers lui et l'entraîna sur la piste qui sentait la sueur de la même manière qu'il avait tenté d'entraîner sa mère un peu plus tôt, lui garantissant qu'elle n'en éprouverait aucune honte.

— Enfin, peut-être que si tu ôtais ton chapeau…

Ce n'était pas un danseur particulièrement doué, ni doux, mais il compensait ce qu'il lui manquait d'habileté par un certain enthousiasme, les faisant tous deux tournoyer autour de la piste. Esquivant d'autres couples, et évitant de peu une collision avec l'arbre de Noël aux branches chargées de bananes et de mangues (« On l'aura, la prochaine fois », lui avait-il promis), Maddy éclata de rire en le voyant sourire, manquant de repérer sa mère au bord de la piste, qui les observait tous les deux d'un air indéchiffrable. Malgré la chaleur cuisante, Maddy n'hésita pas un seul instant quand Richard l'invita pour une nouvelle danse.

À partir de ce moment, elle ne quitta plus la piste de danse. Les hommes présents à la soirée étant deux fois plus nombreux que les femmes (comme toujours en Inde), les chansons avaient tout juste le temps de s'achever qu'un nouveau cavalier potentiel venait l'inviter. Et c'était reparti. Elle dansa avec le secrétaire de Richard (« Prendriez-vous le risque, Maddy ? »), puis avec d'autres membres de son personnel, et de nouveau avec le capitaine de marine brûlé par le soleil. Le carnet de bal de Della était tout aussi rempli, et Maddy cessa de tenter de se souvenir de l'ensemble de ses cavaliers. Le groupe continua à jouer, et de plus en plus de monde arriva depuis la terrasse, remplissant la pièce incandescente jusqu'à ce qu'il ne reste plus de place et que l'air devienne irrespirable. Maddy avait la peau luisante. Ses cheveux mouillés, dont les épingles s'étaient détachées, lui tombaient dans le cou. D'une manière aussi chaotique, elle en était convaincue, que les boucles brunes de Della.

Peu avant minuit, elle finit par quitter la piste de danse, avec un point de côté, persuadée qu'elle risquait la mort si elle ne reprenait pas son souffle avant d'y retourner. Sans prendre le temps d'annoncer à Della, qui se trémoussait encore joyeusement sur les planches, où elle allait, elle ressortit toute seule.

Toutes les tables ayant été désertées, il régnait désormais sur la terrasse un calme voluptueux. Certaines des lanternes s'étant éteintes, il faisait encore plus sombre qu'auparavant. S'éloignant de la musique, Maddy se dirigea vers la mer. Elle s'appuya contre le mur, devinant la pression de la pierre contre ses jupons. Elle esquissa un sourire en voyant que les enfants jouaient encore en bas. Plus loin, sur l'onde calme, des centaines d'embarcations se balançaient au gré des flots. Les voix des personnes qui se trouvaient à leur bord se répercutaient contre les vagues, ainsi que le fumet des plats qui grillaient sur de la braise. Maddy prit une longue inspiration, s'imprégnant de toute cette ambiance. Elle se demanda si elle avait le temps de fumer une cigarette. Elle décréta que c'était le cas, mais poussa un juron en se rappelant qu'elle avait fait tomber ses allumettes.

Retournant à l'endroit où elle les avait laissées, elle s'accroupit sur le pavé, effleurant les pierres noires avec ses mains. Bredouille, elle s'agenouilla et se pencha pour mieux voir. Mais non, elles n'étaient vraiment pas là.

— Comme c'est bizarre, s'étonna-t-elle.

Entendant sa voix retentir dans la nuit, remarquablement forte dans le silence, elle s'aperçut que, à l'intérieur, la musique s'était tue.

Elle se tourna vers les portes illuminées du club et les silhouettes de la foule, à l'intérieur. Tout le monde semblait faire face à l'horloge. Elle sentait presque les corps pressés les uns contre les autres, l'attente moite… Tentée de rester dehors, elle prit conscience qu'il serait vraiment triste de fêter seule la nouvelle année et qu'elle ferait mieux de se hâter si elle ne voulait pas rater les douze coups de minuit. Elle examina une dernière fois le sol, puis, avec un soupir d'exaspération, se redressa et traversa la terrasse obscure.

Elle serait incapable, par la suite, de déterminer ce qui l'avait poussée à s'immobiliser, à se tourner légèrement et à diriger ses pas vers la table où s'était trouvé Peter. Et à poser la main sur le dossier de la chaise où son ami, l'inconnu, avait pris place. Elle se souvint de nouveau de lui.

Mais, alors qu'elle refermait ses doigts sur le cadre en bois de la chaise, elle sursauta, surprise par une série d'explosions : sur la mer, le long de la plage voisine, en ville, derrière elle… Levant les yeux, elle regarda autour d'elle. Elle vit des feux d'artifice un peu partout, emplissant l'atmosphère de fumée, zébrant le ciel de magnifiques éclairs multicolores.

Oh, mince, songea-t-elle. *Minuit…* Puis elle éclata de nouveau de rire. Parce que cela n'avait rien de triste de rester seule dehors. Absolument rien. C'était bien trop beau pour que cela puisse être le cas.

Elle entendit des acclamations, à l'intérieur, bientôt suivies des premiers accords de *Auld Lang Syne*. Elle prit toutefois son temps avant de partir, avant d'aller se joindre aux autres. Elle demeura un long moment sur la terrasse. Les feux d'artifice se succédaient : c'était son spectacle privé.

Avait-elle déjà remarqué sa présence ? Était-ce ce qui l'avait poussée à rester ?

Elle se le demanda souvent, les semaines qui suivirent.

Elle l'ignorait. Elle ne sut jamais à quel moment précis elle avait pris conscience de la présence de sa silhouette, là, à une centaine de mètres, sur la promenade, face à elle, les mains dans les poches, sa veste de lin remuant au gré de la brise.

Malgré les feux d'artifice qui pétaradaient dans le ciel, elle sentit qu'il attirait inlassablement son attention. Lentement, elle baissa les yeux, inclinant la tête pour regarder par-dessus son épaule nue.

Elle croisa son regard dans l'obscurité. Cette fois, elle eut la certitude qu'il souriait.

Il la salua de la main.

Sans vraiment réfléchir, elle lui rendit son salut.

Cela ne dura qu'un instant.

Mais plus rien ne serait jamais pareil, par la suite.

Chapitre 2

Maddy attendit qu'il revienne sur la terrasse du club, qu'il approche, qu'il lui permette de distinguer son visage. *Salut.* D'après son signe de la main, la lenteur avec laquelle il laissa retomber son bras, elle comprit que c'était là son intention. Elle faillit s'approcher de lui. Elle fit même un pas dans sa direction, sentant ses muscles se contracter en prévision de… quelque chose.

Mais, derrière elle, le silence fit brusquement place à des éclats de voix et de rire. Désemparée par cette interruption, elle sursauta. Elle en avait presque oublié la fête. En un clin d'œil, elle se retrouva cernée par tous ceux qui sortaient de la salle de bal, les yeux tournés vers le ciel multicolore. Ce n'était plus son spectacle privé.

— Maddy, l'appela son père depuis la porte de la salle. Tu es là ? Viens vite souhaiter une bonne année à ton vieux père. Les quinze dernières n'ont pas été terribles.

Elle demeura figée. Perdue dans ses pensées, elle parvint tout juste à lui adresser un hochement de tête et un sourire avant de reporter son attention sur la promenade, juste à temps pour voir l'inconnu lui tourner le dos et s'éloigner vers la ville.

Il s'en allait ?

Il était parti ?

— Maddy, l'appela de nouveau son père. Que fais-tu ?

Elle suivit du regard encore un moment l'inconnu, certaine qu'il allait changer d'avis et se retourner.

Mais il poursuivit son chemin vers les ténèbres. Elle fronça les sourcils.

— Maddy ?

S'obligeant à quitter la promenade des yeux, elle alla rejoindre son père au milieu de la foule enjouée.

Elle ne put cependant s'empêcher de jeter un dernier regard plein de curiosité en direction de l'inconnu. Il n'était déjà plus là. Elle l'imagina s'immobiliser, hors de son champ de vision, et se tourner vers elle. Elle avait vraiment l'impression qu'il aurait pu le faire.

Pourquoi est-il parti ?

Elle avait du mal à réfléchir. Pourquoi cela avait-il une si grande importance pour elle ? Elle savait simplement que c'était le cas. Elle n'essaya même pas de savoir pourquoi.

C'était comme ça.

Durant l'heure qui suivit, elle s'efforça de se remettre dans l'ambiance. Elle avait été tout juste consciente de la présence de l'inconnu, et, pourtant, maintenant qu'il était parti, elle ressentait son absence. Peter était introuvable. Dès qu'elle eut souhaité une bonne année à son père, elle se lança à sa recherche, impatiente de découvrir tout ce qu'il pourrait lui révéler sur son ami (ne serait-ce que son identité, par exemple), mais elle dut finir par se rendre à l'évidence : Peter aussi était parti, sans doute à une autre soirée.

— C'est un vrai papillon, déclara Della dans sa tenue couleur rouge profond, encore sur la piste de danse.

— Il va revenir ? demanda Maddy d'un ton monotone.

— Je ne crois pas, répondit Della en essuyant son front moite du revers de la main. Il m'a dit qu'il demanderait à ton père de me ramener. Allons, tu veux qu'on te trouve quelqu'un d'autre pour danser ?

Maddy n'était pas certaine d'en avoir envie. Elle eut soudain l'impression d'avoir mal aux pieds dans ses escarpins étroits. Sans parler de la chaleur, étouffante.

Peu après, lorsque sa mère vint lui annoncer qu'elle rentrait, mais que Richard les raccompagnerait plus tard, Della et elle, Maddy se surprit à lui demander si cela ne la dérangeait pas de la ramener tout de suite.

— Vraiment ? s'étonna Alice.

Maddy ne pouvait guère lui en vouloir. Elle-même était plutôt surprise. Après tout, elle évitait d'ordinaire autant que possible de se retrouver seule avec sa mère. Ces horribles silences…

— Oui, insista-t-elle cependant. Je suis prête, je crois.

C'était le cas. Et même si, comme à l'accoutumée, le silence régna presque tout le long du trajet (tendu et fort désagréable), pour une fois, elle ne se sentit pas gênée. Du moins, pas autant. Alors que le chauffeur les conduisait dans les rues sombres bordées d'arbres du centre de Bombay, passant devant le bureau du télégraphe en grès, les grands bâtiments de la municipalité britannique, longeant des ruelles où des familles vivaient à dix dans une pièce, coincées dans cette ville qui ne s'arrêtait jamais et qui comptait plus d'habitants que de logements, elle regardait dans le vide, par-delà la brise aux odeurs de renfermé, se repassant inlassablement son salut en esprit.

Perdue dans ses pensées, il lui fallut plus longtemps que prévu pour s'apercevoir qu'Alice la dévisageait, l'attente d'une réponse se lisant sur ses traits ombragés.

— Désolée, dit Maddy. Tu as dit quelque chose ?

— Je t'ai demandé si Guy t'avait trouvée.

— « Guy » ? répéta bêtement Maddy.

— Il te cherchait.

— Je ne lui ai pas parlé de la soirée.

— Je crois qu'il souhaitait danser avec toi.

— Il ne m'a rien dit.

— Non ?

— Non.

— C'est dommage.

— Oui.

Une conversation polie.

Il y eut un silence.

Maddy, pensant que la discussion était terminée, se retourna, prête à reprendre son observation des rues plongées dans l'obscurité.

— Tu as aimé les feux d'artifice ? demanda toutefois sa mère.

— Oui, lui répondit-elle, de nouveau sur ses gardes.

Alice l'avait-elle vue sur la terrasse ? Avait-elle vu l'inconnu ? Si c'était le cas, elle n'en laissa rien paraître.

— Tu les adorais, quand tu étais petite, se contenta-t-elle d'ajouter.

— Ah oui ?

— Tu ne t'en souviens plus ?

— Je ne crois pas.

Maddy était très jeune, quand elle était partie. Pas même huit ans. Une grande partie de ses souvenirs étaient très flous.

— Je me rappelle la Nuit de Guy Fawkes, à Christchurch Meadows…

— Je ne vois pas de quoi tu parles, l'interrompit Alice.

Le ton sec avec lequel elle s'était exprimée et la lueur dans son regard bleu… Maddy comprit trop tard que c'était naturellement une erreur d'évoquer Oxford. Elle s'apprêta à lui présenter ses excuses.

Mais, avant qu'elle en ait la possibilité, elle vit sa mère se pencher et demander au chauffeur d'accélérer en lui donnant une tape sur l'épaule.

Le silence régna de nouveau. Cette fois, Maddy ne put y rester indifférente, ni demeurer insensible à la position des frêles épaules d'Alice sous son châle. Cherchant quelque chose à dire pour tenter de dissiper la tension, elle évoqua de nouveau les feux d'artifice :

— On en a vu ici, à Bombay ?

Alice fronça les sourcils.

— Aucune importance, Madeline.

Maddy fut soulagée de constater qu'ils quittaient enfin la ville et entamaient la légère ascension côtière vers les routes plus paisibles et verdoyantes de Malabar Hill, où tant de Britanniques avaient élu domicile. La villa de ses parents – un manoir crème de deux étages aussi beau qu'isolé, disposant de vastes terrasses, d'un balcon à chaque fenêtre et de pelouses bordées de palmiers – était l'une des plus grandes, non loin du sommet de la colline. Elle reposa sa tête contre la vitre, son regard se brouillant en fixant la mer en contrebas – invisible sans le reflet de la lune et des étoiles –, et attendit d'être arrivée. Il ne fallut pas longtemps. Seul véhicule sur la route, ils passèrent rapidement devant les autres villas éclairées par des lanternes, nichées dans le feuillage de la jungle, croisèrent un pousse-pousse dont la présence était assez curieuse à cette heure tardive, puis ralentirent avant de franchir le portail de fer du domaine et de longer l'allée incurvée. Lorsqu'ils s'immobilisèrent, Alice soupira, manifestement heureuse, elle aussi, d'être de retour chez elle. Maddy se demanda laquelle des deux fut la première à sortir de la voiture. Aucune d'elles ne s'attarda, et, après s'être brièvement souhaité une bonne nuit, elles saisirent les chandelles disponibles sur le perron et gagnèrent leurs chambres.

Après avoir refermé sa porte, Maddy s'y adossa et poussa un long soupir. *Enfin.* Se dirigeant vers son lit, elle posa sa bougie, écarta les pans de sa moustiquaire et se laissa tomber sur son matelas moelleux. Dehors, les cigales chantaient, les arbres frissonnaient. Portant une main à sa cage thoracique, elle sentit la souplesse de son corset. Elle ferma les yeux. Aussitôt, elle le revit, sur la promenade, comme s'il l'avait attendue, dans les méandres de son inconscient.

Pourquoi était-il parti comme cela, si vite, sans un mot ?

Il était probablement ridicule qu'elle pense autant à lui.

Et pourtant… ce salut de la main…

Pensait-il également à elle ?

À son réveil, le lendemain matin, les rayons rosés du soleil pénétrant dans la pièce malgré les volets, elle s'aperçut qu'elle pensait encore à lui.

Se retournant, elle écouta la litanie des paons, dans le jardin, et le bruit répétitif de quelqu'un qui passait le balai sur la terrasse, en bas. Il était tôt, trop tôt pour se réveiller. Elle le devina à la lueur tamisée de la pièce, à la lourdeur de son corps brûlant. Contemplant le voile teinté de rose de sa moustiquaire, elle envisagea de se rendormir, mais, sachant qu'elle n'y parviendrait jamais, se leva, s'habilla et descendit l'escalier à pas de loup.

Le petit déjeuner était déjà prêt, à l'ombre de l'auvent de la terrasse : des fruits fraîchement coupés à l'abri d'un filet antimouches, des tranches de cake à la banane, des petites brioches de la boulangerie voisine, et des bols de fromage blanc, de miel et de pistaches. Plus loin, sur la pelouse, les paons se pavanaient, n'ayant encore rien à craindre des enfants du jardinier qui les poursuivraient plus tard pour tenter de leur arracher des plumes.

Maddy prit place dans l'un des fauteuils en osier, se servit un café fumant, et, s'apercevant qu'elle mourait de faim (elle avait évité les feuilletés au curry, la veille : la dinde de Noël...), prit une part de cake à la banane, une brioche et un peu de miel.

Elle venait de prendre sa première bouchée quand Ahmed, le porteur qui la fournissait en cigarettes, se présenta à la porte du salon, vêtu d'une tunique d'un blanc immaculé, un paquet à la main.

— *Memsahib*, la salua-t-il.

Il l'appelait toujours ainsi, bien qu'elle ne soit pas mariée et qu'elle l'ait invité un nombre incalculable de fois à l'appeler par son prénom.

— C'est « Maddy », lui répéta-t-elle en déglutissant. Je vous en prie. Honnêtement, j'ai toujours l'impression que vous vous adressez à quelqu'un d'autre.

Il esquissa un sourire (comme chaque fois).

— *Memsahib*, répéta-t-il en lui tendant le paquet. Ça vient d'arriver pour vous.

— Pour moi ?

Il hocha la tête.

S'il était probable qu'il provenait d'Angleterre, elle se demanda qui pouvait bien le lui avoir envoyé. Tante Edie, qui n'avait plus beaucoup d'argent, ces derniers temps, lui avait déjà envoyé du talc pour Noël. Ses vieux amis de l'université s'étaient cotisés pour lui faire parvenir un colis de provisions (du cake aux fruits, de la crème anglaise en poudre, du cacao et une boîte de biscuits Jacob's High Class). Son oncle Fitz s'était-il souvenu de son existence ? Avait-il vraiment cru qu'elle souhaiterait qu'il s'en souvienne ?

Apparemment pas.

Le paquet ne venait pas du tout d'Angleterre. Il n'était même pas timbré.

Elle leva les yeux vers Ahmed.

— D'où est-ce que ça vient ? lui demanda-t-elle.

— Un garçon l'a apporté de la gare.

— De la gare de Bombay ? Du terminus ?

— Celle-là même, *memsahib*.

De plus en plus intriguée, elle ouvrit l'emballage.

Puis elle laissa échapper un éclat de rire. Un rire de surprise. Parce qu'elle y découvrit sa boîte d'allumettes. Ainsi qu'un exemplaire usé du *Guide de Bombay* et une feuille de papier.

La première lettre qu'il lui ait jamais envoyée.

J'ai entendu votre non-résolution pour 1914. Excellent choix. Cela me déplairait de savoir que vous avez le mal du pays. J'espère que ce guide vous aidera à profiter au mieux de votre séjour à Bombay, comme il m'a aidé lorsque je vivais ici.

Il s'agit d'un prêt, mademoiselle Bright. Je reviendrai le récupérer.

Et je vous ai vue égarer ces allumettes. J'ai pensé que vous pourriez en avoir besoin. Peut-être vous aideront-elles aussi à lutter contre votre mal du pays.

Luke Devereaux

Elle éclata de nouveau de rire en lisant ses mots, portant son regard tour à tour de la lettre au guide et aux allumettes.

Luke, songea-t-elle en passant son pouce sur son nom. *Luke Devereaux.*

J'aime bien.

Elle apprécia aussi qu'il sache comment elle s'appelait. Qu'il ait cherché à connaître son nom, qu'il ait découvert où elle vivait. Elle sentit sa peau se mettre à lui brûler en comprenant qu'il avait dû demander toutes ces informations à quelqu'un – à Peter, probablement –, avant même de la saluer sur la promenade. Il avait remarqué qu'elle avait laissé tomber ses allumettes et avait pris le temps de les ramasser.

Il l'avait tout de suite repérée.

La main tremblante, elle retourna la feuille pour voir s'il avait laissé une adresse ou un indice sur son lieu de résidence.

Rien.

« Je reviendrai », avait-il écrit.

— Quand ? demanda-t-elle. Quand vas-tu revenir ?

Ahmed la regarda d'un air méfiant, comme si elle devenait folle.

Elle s'en moquait. Elle ne pensait plus qu'à une chose : il s'appelait Luke Devereaux. Il l'avait surprise, avec ce paquet.

Il n'avait pas simplement disparu.

Et lui aussi avait pensé à elle.

Chapitre 3

Elle avait plus hâte que jamais de parler à Peter, naturellement. Elle se posait tant de questions : comment Peter connaissait-il Luke Devereaux ? D'où ce dernier était-il originaire ? Quel train avait-il pris ? La liste était longue, se prolongeant au fur et à mesure. C'était décidé, elle irait voir Peter l'après-midi même. Il y avait un match de cricket entre les officiers des Hussards et ceux des Gurkhas à l'Oval Maidan, une grande étendue d'herbe très britannique ceinte de poincianas, de palmiers et de figuiers des banians attenante à l'université. Jusqu'alors, la tenue de ce match ne l'avait guère enthousiasmée, pas plus que le fait de devoir passer un long après-midi dans une ville construite à l'abri des brises marines rafraîchissantes, mais elle avait désormais hâte d'y être. Ce serait pour elle l'occasion de discuter avec Peter.

Il n'était pas venu.

Tous les autres étaient là, étendus sur les chaises longues en rotin autour du terrain, protégés par un parasol des rayons du soleil, les jambes croisées dans leurs pantalons de flanelle, applaudissant paresseusement chaque *run* de quatre ou six points. Mais pas lui.

— Il est malade comme un chien, lui annonça Della.

— Les feuilletés au curry ? demanda Maddy.

— Je dirais plutôt le champagne, répondit-elle, l'air pâle. Tu avais besoin de lui pour quoi, de toute façon ?

—Rien d'important, feignit Maddy.

C'était un mensonge, mais, bien que, quelque part, elle eût envie de se confier, de tout lui raconter, quelque chose de plus puissant l'en empêchait, de peur de tout gâcher. D'ailleurs, qu'y avait-il vraiment à raconter, à part un salut de la main, un paquet…

Elle ne songea qu'au colis lors de cet après-midi baigné de soleil. Assise sur un transat aux côtés de Della, cuisant à feu doux dans sa robe légère, elle imagina la lettre de Luke Devereaux sur sa table de chevet, la relut en pensée alors qu'elle la connaissait déjà par cœur. Les joueurs de cricket poursuivaient leur partie, envoyant la balle aux quatre coins du terrain à l'herbe jaunie, mais elle aurait été incapable de dire qui, des Gurkhas ou des Hussards, était à la batte à tel ou tel moment. Elle répondit tout juste à Guy Bowen lorsque, vêtu d'un élégant costume crème et d'un canotier, il s'arrêta pour la saluer, des sodas au citron vert pour elle et Della à la main, leur demandant si elles s'étaient bien amusées la veille.

—Un peu trop, répondit Della.

—Je suis déçu de ne pas avoir pu danser avec vous, déclara-t-il à Maddy, ses yeux gris plissés.

—La prochaine fois, lui promit-elle.

—Comptez sur moi pour vous le rappeler, lui dit-il par-dessus son épaule en regagnant son siège, à l'abri des *pankas* en toile qui se balançaient sous le pavillon. J'ai déjà hâte d'y être.

—Comme c'est mignon, lâcha Della en réprimant un bâillement.

—Bois ton verre et tais-toi, la morigéna Maddy.

Pour une fois, Della obtempéra. Par chance, elle était trop lasse pour poursuivre, et même pour entamer un semblant de conversation durant le reste de la partie.

— Quelque chose me dit que tout le monde a besoin d'une bonne nuit de sommeil, déclara Richard lorsque le match fut enfin achevé.

Qui avait gagné ? Maddy n'en avait pas la moindre idée. Tout ce qui la préoccupait était de pouvoir gagner sa chambre au plus vite.

Dès son retour chez elle, elle s'écroula sur son lit sans même avoir ôté son chapeau et ses chaussures, et se jeta aussitôt sur le livre de Luke Devereaux. Elle dut le reposer le temps de prendre un bain, de s'habiller pour le dîner, servi plus tôt qu'à l'accoutumée, mais le lut d'une traite durant la nuit, la tête sur son oreiller moelleux, les volets ouverts, des libellules invisibles voletant dans l'obscurité. Elle le feuilleta lentement, s'attardant sur les descriptions alléchantes de temples et de marchés, les visualisant en esprit. Elle trouva très curieux qu'il en ait certainement fait autant un jour. Qu'elle ait à présent son livre, mais qu'elle ne sache rien de lui, qu'elle n'ait même pas discuté avec lui.

Pour le moment.

Après en avoir lu la dernière page, elle referma le livre sur sa poitrine. Les paupières lourdes, elle tenta de se convaincre qu'il n'était finalement pas très grave de ne pas avoir pu s'entretenir avec Peter. Elle le voyait tout le temps, elle n'aurait pas longtemps à attendre. Elle sentit ses yeux se fermer. Elle lui parlerait bientôt.

Mais, dès le lendemain matin, avant même qu'elle soit complètement habillée, son père passa par sa chambre pour lui annoncer qu'il avait reçu un message du vice-roi : on avait besoin de lui pour affaires à Delhi, puis pour une tournée commerciale dans les États princiers indépendants.

— Il y a eu beaucoup de changements chez nos résidents, ces derniers temps, lui expliqua-t-il. Il nous faut arrondir les angles, garder « les rois » de notre côté. Peter va m'accompagner.

Je viens d'aller le voir. Il me retrouve au terminus. Nous serons absents deux ou trois mois.

Maddy le regarda fixement, tenant son épingle à cheveux à quelques centimètres de sa tête. C'était une plaisanterie ?

Pourtant, il n'avait pas l'air de rire. En fait, il la regardait comme si le pire était à venir.

— Della va venir avec nous aussi, finit-il par lâcher.

— Pardon ?

— Navré.

— Vous partez tous ?

— Tu n'auras même pas le temps de t'apercevoir de notre absence.

— Cela m'étonnerait.

Elle laissa tomber son épingle à cheveux sur le bureau, comprenant peu à peu qu'elle allait devoir rester au moins deux longs mois seule avec sa mère. Il lui serait inutile d'attendre le retour de son père chaque soir… Della ne serait plus là…

— Je peux vous accompagner ? demanda-t-elle d'un ton quelque peu désespéré.

— Ta mère préfère que tu restes.

— Pourquoi ? demanda-t-elle, déconcertée.

— Tu lui as manqué, ma chérie, pendant toutes ces années.

— Elle n'est jamais venue me rendre visite, lui fit-elle remarquer. Juste une fois…

— Je te l'ai dit, elle avait ses raisons.

Maddy s'abstint de lui demander lesquelles. Elle avait suffisamment posé la question, au fil des ans. Ni Richard ni tante Edie n'avait accepté de lui répondre. « Ce n'est pas à moi de te le dire. »

— Je n'arrive pas à croire que vous partiez tous sans moi, reconnut-elle.

— Tu vas me manquer, lui avoua Richard. Mais, franchement, tu ne rates rien. Il va faire froid, à Delhi, à cette période de l'année. Tu vas t'ennuyer.

« C'est absolument génial », écrivit Della, quelques jours plus tard. Depuis leur départ, la ville connaissait une période d'accalmie post-Noël, et Maddy ne sortait de chez elle qu'à l'occasion, le soir, pour aller prendre un verre avec sa mère et Guy au *Gymkhana Club*, le bar préféré de tous, et le matin, de désespoir, pour y prendre dans la chaleur accablante un thé accompagné de scones et de sandwichs rassis au concombre sur la terrasse inférieure, tout en longueur, en compagnie d'Alice et de ses amies *memsahibs*. (Elles s'y plaignaient régulièrement des domestiques, du coût de la farine et de leurs luttes permanentes pour protéger la nourriture des fourmis rouges. Il fallait « mettre les pieds de table dans l'eau », d'après Diana Aldyce, une femme du cantonnement militaire. « C'est le seul moyen. Je l'ai dit mille fois à Cook. » Et Maddy l'avait entendue mille fois aussi.)

« Nous logeons chez le vice-roi, poursuivit Della. C'est un véritable palais. Chaque soir, il organise pour nous de merveilleux cocktails et de somptueux repas, avec plus de gin et de brandy que Peter ne peut en boire. Nous partons demain pour le Rajasthan. Première étape : un pavillon de chasse à Ranthambore. Il paraît qu'on va faire un safari. Chasser le tigre, Maddy. »

Maddy lui répondit par retour du courrier.

« Tu es vraiment sans pitié, lui écrivit-elle. Mais dis-m'en davantage, quand même, pour que je puisse vivre tes aventures par procuration. »

Chaque matin, elle guettait la réponse de Della sur le plateau à courrier en argent, ou une lettre de tante Edie, de ses amis d'Oxford, tout ce qui pourrait rompre la monotonie suffocante des journées qu'elle passait avec sa mère. La villa était bien trop grande pour elles deux, qui ne se retrouvaient que pour les repas, où – hormis quelques remarques occasionnelles sur la chaleur de plus en plus intense (Alice), et des questions sur ce que les autres devaient faire dans le Nord (Maddy) – elles discutaient très peu. Ayant du mal à supporter la situation, Maddy passait le plus clair de son temps à fuir les lieux où se trouvait Alice, quittant sa chambre pour lire sur la terrasse, jouer du piano au salon ou aller se promener une énième fois au milieu des papillons et des paons du jardin. La nuit, ce n'était guère mieux. Bien que les soirées habituelles de Bombay, les récitals et les fêtes aient repris, et qu'elle s'y rende, ne serait-ce que pour faire quelque chose, ce n'était pas pareil, sans tout le monde. Chaque fois qu'elle s'échappait au *Yacht Club* pour fumer une cigarette, Della lui manquait un peu plus. Chaque fois qu'elle sortait ses allumettes, elle les retournait lentement dans sa main en songeant à Luke Devereaux. Elle envisageait parfois de suivre son conseil, de prendre son guide et de partir explorer les environs – sa nostalgie de l'Angleterre, de ses parcs verdoyants, de ses cafés aussi chaleureux qu'animés, de tante Edie (et même, quand elle était au plus mal, d'oncle Fitz), ne faisait qu'empirer –, mais elle ne cessait de se répéter : « J'irai demain. » Cependant, à mesure que les jours défilaient, remisant le nouvel an au passé, elle n'alla nulle part. La deuxième semaine de janvier fit place à la troisième, et, peu à peu, elle se mit à douter que Luke Devereaux revienne un jour récupérer son guide. Il était bien plus facile, dans la solitude cuisante de la villa, de croire qu'il l'avait même probablement oubliée.

Par un rare lundi nuageux, vers la fin du mois, descendant prendre son petit déjeuner, elle vérifia le courrier.

Remarquant la présence d'une carte postale sépia sur la pile d'enveloppes gaufrées, elle se figea. C'était une photo de femmes en sari, de pousse-pousse et d'éléphants sur un chemin de terre. Elle la saisit, la retourna pour déterminer d'où elle provenait (elle supposait que c'était soit Della, soit son père qui l'avait envoyée du Rajasthan), avant de pousser un petit cri d'incrédulité.

Bonjour de Secunderabad,

Je me demandais si mon livre vous était utile, mademoiselle Bright. Je l'espère. J'ai hâte que vous me racontiez tout. Descendez au réservoir au pied de votre colline, si vous n'y êtes pas déjà allée. Il contient de l'eau du Gange, et les Hindous s'y retrouvent pour disperser les cendres de leurs proches. Ou, si vous voulez quelque chose d'un peu plus joyeux, essayez les marchés aux épices.
En attendant, voici un avant-goût d'un autre lieu que vous pourriez aller découvrir un jour.

Luke Devereaux

Elle pressa la carte contre son corsage, puis la retourna de nouveau et l'examina pour vérifier qu'elle était bien réelle.

C'était le cas.

Vraiment.

— Tu as l'air heureuse, constata Alice en surgissant du salon.

— C'est vrai, reconnut Maddy, oubliant un moment à qui elle s'adressait, trop folle de joie pour pouvoir se retenir. Je suis aux anges. (Elle lut de nouveau la carte postale. « J'ai hâte que vous me racontiez tout. ») Je peux prendre la voiture ? demanda-t-elle sans réfléchir.

— Pour quelle raison ? demanda sa mère en attrapant le café.

— Pour… explorer.

Alice se servit une tasse et y ajouta du lait frais.

— Explorer quoi ?

— Bombay.

— J'entends bien, Madeline, mais où, à Bombay ?

— Je ne sais pas, reconnut Maddy en se rappelant soudain à qui elle s'adressait, et qu'il ne s'agissait pas d'une personne qui invitait aux confidences, encore moins au sujet du livre de Luke Devereaux. Il y a tant de choses à voir…

— Tu ne peux pas sortir seule, lui fit remarquer sa mère. Je peux t'accompagner…

— Ou Ahmed ? suggéra-t-elle un peu trop rapidement.

Alice ne sembla pas faire grand cas de sa précipitation. En fait, cela lui arracha un sourire. C'était l'un des plus sincères que Maddy ait jamais vus sur ses lèvres. Cela lui allait bien. Il adoucissait ses traits délicats.

Maddy faillit sourire à son tour.

— Ou Guy ? proposa Alice.

Explorer la ville en compagnie de Guy, ce n'était pas vraiment ce dont Maddy avait rêvé. Évidemment, ce n'était pas non plus ce que Luke Devereaux avait imaginé pour elle. Mais Alice demeura inflexible. Elle suggéra d'inviter Guy à dîner le soir même.

— On lui posera la question.

— Ce ne sera pas vraiment nécessaire, protesta Maddy. Inutile de te donner tout ce mal…

Ils prirent le repas dans la salle à manger éclairée à la chandelle, les fenêtres entrebâillées pour laisser entrer une légère brise.

Guy était venu directement de l'hôpital, mais avait trouvé le temps d'enfiler un costume à nœud blanc. Il hocha la tête quand Alice lui annonça que sa fille avait besoin d'un guide, l'écoutant avec son air doux habituel. L'examinant à la lueur vacillante des bougies, Maddy ne put nier qu'avec ses cheveux noirs gominés, ses traits fins et son menton rasé de près, il avait l'air distingué. Nombreuses étaient celles qui, comme Della, le trouvaient divin. Mais elle ne le concéderait jamais à son amie, qui s'en donnerait alors à cœur joie (si elle revenait un jour de sa chasse aux tigres). Maddy n'aimait pas vraiment y penser. Sans trop savoir pourquoi. Secouant la tête, elle tenta de se changer les idées.

Guy lui adressa un sourire.

— Maddy, dit-il, quel dommage que vous ne m'en ayez pas parlé avant. J'adorerais vous faire visiter la région. Un matin, par exemple, avant qu'il fasse trop chaud.

— Vous êtes trop occupé, lui fit remarquer Maddy.

— Ce sera avec plaisir, la pressa-t-il. Il y a quelques avantages à avoir des responsabilités. Je m'organiserai.

— Vraiment, insista Maddy. C'est trop vous demander.

À partir de ce jour-là, il alla la chercher deux fois par semaine, arrivant dans son automobile décapotée, des bouteilles d'eau bouillie dans le coffre, leur matinée déjà programmée. Il la dissuada de se rendre au réservoir d'eau, non loin :

— Je crains que l'on ne puisse compter sur les hommes là-bas pour éviter de se dévêtir avant d'aller patauger dans les cendres.

Et il préféra l'emmener en des lieux bien plus britanniques : les Victoria Gardens, la fontaine Flora, l'esplanade… autant d'endroits où elle était déjà allée avec son père et qui ne figuraient pas dans le livre de Luke Devereaux. À aucun moment Guy ne lui demanda si elle souhaitait visiter un autre lieu. Pour être honnête, il était sans doute parti du principe que, de retour depuis peu, elle n'en avait pas la moindre idée. Et, comme il se donnait énormément de mal pour elle, elle évita de le blesser en lui expliquant à quel point ses excursions étaient ratées. Elle l'accompagna donc, lui avouant combien il était merveilleux de sortir, écoutant ses histoires d'hôpital, riant franchement quand il lui raconta qu'un serpent s'était un jour introduit en salle d'opération et qu'il avait dû achever son appendicectomie un œil derrière la tête, et bavardant volontiers à son tour lorsqu'il l'interrogeait sur ses amis d'Oxford, lui demandait si elle avait déjà eu l'occasion de manger à la *Lyons Corner House* sur Saint-Giles (absolument) et d'aller au cinéma (une ou deux fois, sa tante Edie étant une inconditionnelle de l'héroïne Calamity Anne). Mais elle n'appréciait pas ces matinées. Elles ne correspondaient en rien à l'idée qu'elle s'en était faite.

Elle décida de prendre les choses en main. (On n'était jamais mieux servi que par soi-même, après tout.) Tous les matins, sa mère prenait la voiture pour se rendre à l'un de ses thés avec ses amies *memsahibs*, qui duraient généralement des heures. Cela lui laissait souvent le temps de faire quelque chose. Par le passé, Maddy n'y avait accompagné sa mère que de manière occasionnelle. Il n'était donc pas surprenant qu'elle préfère la laisser y aller sans elle. Elle attendit qu'elle parte, fixa son chapeau à l'aide d'épingles, demanda à Ahmed de lui héler un pousse-pousse (pour une somme modique), et quitta à son tour la maison.

La première fois, elle n'alla pas bien loin, à quelques minutes seulement en bas de la route, vers le réservoir, qu'elle avait fini par se représenter comme un petit étang au milieu des arbres, mais qui était en réalité aussi large qu'un fleuve, bordé de chaque côté par de longues marches, la mer un peu plus loin, des autels tout autour. Des hommes (qui avaient effectivement tendance à préférer être nus) se faisaient raser la tête juste à côté, probablement dans le cadre de leur rituel de deuil.

— Oui, *memsahib*, lui confirma plus tard Ahmed, c'est une façon de se sacrifier.

D'autres étaient dans l'eau, dispersant les cendres de leurs urnes sous le regard de centaines de femmes et d'enfants qui observaient la scène depuis les marches. Pour sa part, elle demeura à l'écart, consciente de ne pas être à sa place, évitant de se faire remarquer, retenant son souffle devant la beauté féerique du monde qui s'offrait à elle, éprouvant pour la première fois depuis son arrivée en octobre le frisson d'être en Inde.

Encouragée par cet émerveillement, elle prévit d'aller plus loin le lundi suivant, de prendre un pousse-pousse jusqu'au tram, puis de se rendre au marché aux épices, au centre-ville.

L'expérience ne fut guère concluante.

En Angleterre, elle sortait toujours seule. Tante Edie n'avait jamais été du genre à insister pour lui imposer un chaperon, et, à l'université, leurs tuteurs les avaient toutes laissées plus ou moins livrées à elles-mêmes (ceux-ci se souciant bien plus de savoir qui participerait à la prochaine réunion politique que de vérifier si les convenances étaient correctement respectées). Mais les rues grouillantes et inconnues de Bombay n'avaient pas grand-chose à voir avec les ruelles pavées d'Oxford. À sa grande déception, elle ne put aller plus loin que l'arrêt de tram central. Elle y héla un autre pousse-pousse, mais, après une minute pendant laquelle son chauffeur se faufila entre les chameaux et les charrettes en klaxonnant, elle sentit son courage lui faire défaut et lui annonça qu'elle n'irait pas jusqu'au marché, finalement, préférant visiter une mosquée voisine. Sur les nerfs, elle eut l'atroce impression qu'on ne voyait qu'elle lorsqu'elle s'engagea sur le trottoir noir de monde, devant l'édifice orné d'un dôme, incroyablement consciente de sa pâleur, de sa blondeur et de sa robe crème. La situation empira lorsqu'elle fit le tour du bâtiment aux murs dorés. Jetant un coup d'œil aux moines jaïns chauves qui priaient à l'intérieur, derrière les arcades (*très bien,* songea-t-elle, *tu as encore vu quelque chose de nouveau*), elle fit le tour des jardins – un nombre incalculable de regards sur elle, les femmes, assises à l'ombre, mangeant du riz dans des feuilles de bétel à l'ombre, la scrutant comme l'intruse qu'elle était –, ce qui l'occupa une petite demi-heure.

De retour chez elle, son corset était trempé de sueur tant elle avait angoissé.

C'est ridicule, se morigéna-t-elle.

Elle se rendit à ces marchés aux épices lors de sa sortie suivante. Elle dut prendre une profonde inspiration avant de franchir en baissant la tête l'ouverture de l'immense entrepôt, mais alla jusqu'au bout de son intention. Sous le bord de son chapeau de paille, elle leva les yeux, sa vision s'adaptant à la faible luminosité, son ouïe au vacarme intense des centaines de vendeurs braillant leurs prix et marchandant avec leurs clients. Confinée, l'atmosphère était pensante, un véritable cocktail capiteux composé d'arômes de paprika, de safran, de curcuma et de cardamome. Un garçon torse nu lui passa devant, une brouette chargée de sacs. Reculant maladroitement, elle évita de justesse de se faire renverser (*ce qui n'est pas vraiment moins mortel*, eut-elle envie de raconter à Luke Devereaux), puis, après avoir rassemblé ses esprits, elle poursuivit son chemin, longeant la première allée, où régnait une puissante odeur âcre sur les étals chargés de sacs de piments. Elle sentit la chaleur la prendre à la gorge et aux poumons. Les larmes lui montèrent aux yeux et elle se mit à tousser, luttant pour recouvrer son souffle. Les vendeurs éclatèrent de rire, et, devinant à quoi elle devait ressembler, elle tenta de les accompagner, mais ne parvint qu'à tousser davantage. Le sourire aux lèvres, un homme âgé lui fit signe d'approcher en lui tendant un piment.

— Celui-là bon, bredouilla-t-il. Pas le feu, celui-là.

Hésitante, elle s'approcha, croquant un morceau de piment, s'attendant à perdre son palais.

— C'est vraiment bon, dut-elle admettre, percevant son propre soulagement. Oui, sourit-elle. Délicieux.

D'autres l'interpellèrent, lui proposant de la cannelle, de l'anis et toutes sortes d'épices. Elle goûta à tout, les remercia, « *dhanyavaad* », et se retrouva à errer de plus en plus loin dans la bruyante fournaise, s'arrêtant pour acheter un *chittack* de safran pour Edie et du gingembre pour Cook.

Elle resta bien plus d'une demi-heure.

Elle compta cette fois les jours jusqu'à son aventure suivante, à l'île d'Éléphanta, dans la baie de Bombay : « Gharapuri, avait-elle lu dans le livre de Devereaux, était surnommée la "cité des grottes". Prenez un navire sur le quai, et quittez la chaleur de la ville pour l'une de ces salles obscures où sommeillent des divinités de pierre. » Elle n'était pas la seule Européenne, cette fois. Les grottes fraîches étaient bondées de ses compatriotes, qui commentaient avec leur accent distingué les nombreux visages sculptés de Shiva qui ne ressemblaient en rien à ce qu'ils avaient déjà eu l'occasion de voir. Captivée par la beauté des statues, imaginant les sculpteurs qui s'étaient tenus au même endroit qu'elle des centaines d'années auparavant, elle oublia leur présence.

La semaine suivante, elle se rendit à la mosquée Haji Ali Dargah. « Faites en sorte d'arriver à marée basse. Une étroite chaussée apparaîtra alors, vous menant jusqu'au *dargah.* » Elle traversa la bande de terre rocheuse, coincée entre des hordes de pèlerins qui transpiraient en jouant des coudes, la mer effleurant l'ourlet de ses jupons. Les dômes immaculés de la mosquée étincelaient, se découpant contre le ciel bleu et le feuillage vert des palmiers environnants. Des enfants s'élancèrent vers elle, certains la regardant timidement avant de s'enfuir, d'autres demandant à toucher sa robe, sa chevelure… Accroupie, elle les laissa faire, leur étonnement et leur enthousiasme lui arrachant un éclat de rire. La semaine suivante, elle visita les immenses blanchisseries en plein air de Dhobi Ghat. Elle observa les hommes, les *dhobis*, qui travaillaient sans relâche sous le soleil, pliés en deux au-dessus des profonds bains de pierre, frottant et battant des montagnes de linge : des tenues éclatantes de riches Indiens, des uniformes de soldats, la literie des hôtels et des hôpitaux de Bombay…

Elle se languissait d'écrire à Luke Devereaux pour lui raconter ce qu'elle voyait. « Cela m'a énormément aidée. Merci. »

Elle n'avait pas ses coordonnées, cependant. Ses lettres, ses remerciements, restèrent au stade de pensées.

Quant à lui, il ne cessait de lui écrire. Chaque semaine ou presque, elle recevait une nouvelle carte postale, lui faisant retenir son souffle avec un certain délice. Une longue plage de sable à Pondichéry (« L'une de mes préférées en Inde, je crois. Vous n'aurez pas tout connu, mademoiselle Bright, tant que vous n'aurez pas contemplé le lever du soleil ici en dégustant une pâtisserie tout juste sortie du four »), puis, début février, des autochtones façonnant des guirlandes de fleurs sur un étal de Madras (« Si vous aviez été là, je vous en aurais sans doute acheté une. Je me demande si cela vous aurait plu. Pourquoi ne cessé-je de me poser ce genre de question ? »). Plus tard dans le mois, elle reçut un majestueux palais de Calcutta (« Remarquez l'omniprésence des vaches, à l'extérieur, qui rappelle à tous à qui ce pays appartient réellement. »), puis des tigres du Bengale (« Comment se passent vos visites ? »).

Della lui écrivit aussi, lui faisant le récit de randonnées à dos d'éléphant, de festins dans des palais de rois, leurs femmes (« au pluriel ») dissimulées derrière des paravents, ainsi que Richard (avec moins d'enthousiasme, toujours dans l'espoir que Maddy allait bien, qu'elle s'entendait avec Alice, se confondant en excuses à cause de la prolongation de son absence. « Nous ne rentrerons probablement pas avant fin mars. »), mais le fait qu'il puisse y avoir une nouvelle carte de Luke Devereaux sur le plateau poussait Maddy à se lever un peu plus tôt chaque matin, à s'habiller à la hâte, à soulever ses jupons et à s'élancer dans l'escalier, impatiente de voir le jour où il se livrerait davantage, lui expliquerait la raison de ses voyages aux quatre coins du pays, et lui annoncerait quand – oh, quand ? – il ferait de nouveau escale à Bombay.

Février fit place à mars, et il faisait chaque jour un peu plus chaud, la mousson estivale approchant à grands pas. Guy l'emmena faire une nouvelle promenade dans les jardins, lui ayant déconseillé de manger le *kulfi* d'un vendeur ambulant, puis une visite du zoo où les animaux paraissaient des plus tristes.

— Non, dut-il admettre, ils n'ont pas l'air de s'amuser beaucoup. Et nous non plus. Que diriez-vous d'un grand verre de boisson rafraîchissante, au *Gymkhana Club* ?

Le mois d'avril approchait à grands pas… Maddy se rendit sur les quais pour voir les préparatifs à la construction de la future monumentale Porte de l'Inde – des centaines d'ouvriers en sueur transportant des pierres, leur peau noire luisant sous les rayons du soleil poussiéreux –, et évita le *Sea Lounge* du *Taj*, préférant savourer une tasse de *chai* dans un petit établissement (« Vous ne trouverez pas mieux à Bombay. »), avant de visiter d'autres mosquées du quartier ainsi que les ruelles parfumées à la coriandre du marché Crawford. Toujours pleine d'espoir, elle ne cessait de vérifier le courrier, mais était démoralisée chaque fois qu'elle n'y trouvait pas la correspondance qu'elle attendait.

Jusqu'au jour où…

Sur une carte postale de Poona représentant des chameaux au bord d'un lac bordé de palmiers :

> *Comme vous pouvez le voir, je suis désormais tout proche de Bombay. J'aimerais beaucoup vous voir, mademoiselle Bright. Accepteriez-vous de me rencontrer ? Il y a un petit café non loin du terminus (au début du chapitre cinq, si ma mémoire est bonne). J'y serai mardi à midi.*
>
> *Vous aussi ?*

Chapitre 4

Cinquième hôpital militaire du roi, Surrey, 1915

Il arriva juste avant le déjeuner, par un matin polaire de novembre. L'ambulance qui l'amenait longea prudemment l'allée sinueuse verglacée, les essuie-glaces balayant le pare-brise de gauche à droite, dessinant des demi-cercles dans la neige qui s'y était accumulée. Tentant vainement de se réchauffer, sœur Emma Lytton, venue l'attendre sur le perron de l'hôpital, sautillait sur place, se frottant les bras dans son uniforme reine Alexandra. C'était une infirmière chevronnée – cela faisait quinze ans qu'elle officiait dans l'armée, et autant de mois depuis le début de cette guerre atroce –, et, d'ordinaire, durant les quelques minutes qui précédaient l'admission d'un nouveau patient, elle n'était concentrée sur rien d'autre que lui, tentant de se remémorer toutes les informations le concernant. Ce jour-là, cependant, elle ne pensait qu'aux poêles à charbon, à l'intérieur, et au fait qu'elle les avait quittés de manière un peu prématurée.

— Allez, ordonna-t-elle au véhicule qui roulait trop lentement à son goût, un nuage de vapeur s'échappant de ses lèvres. Dépêchez-vous…

L'ambulance poursuivit son chemin à la vitesse d'un escargot.

Elle se consola en se rappelant qu'il ferait plus chaud dans la chambre du patient, au moins. Elle avait demandé à l'une des civiles du Détachement d'aide volontaire d'alimenter le feu et de disposer une bouillotte en céramique entre les draps. Nouvelle, la volontaire avait voulu savoir comment elles pouvaient être sûres que ce patient – l'officier Jones, comme elles devaient l'appeler, l'officier Tommy Jones (ce n'était pas son vrai nom, personne ne savait comment il s'appelait) – n'était pas un espion.

« Et s'il mentait sur sa perte de mémoire ? avait-elle demandé. Et si les Boches nous l'avaient envoyé pour tâcher de découvrir nos secrets ? »

« Nos secrets ? Dans le Surrey ? s'était étonnée Emma. Pauvre idiote. Ce malheureux doit être complètement perdu. »

Écarlate, la volontaire avait continué à border en silence le drap du lit de l'officier Jones.

Emma regrettait à présent de lui avoir répondu sèchement. C'était à cause des longues nuits, des hommes qui se réveillaient constamment, hurlant contre leurs fantômes, et aussi des courtes journées d'hiver durant lesquelles elle tentait de les convaincre de parler, de marcher un peu. Et, à présent, de cette vague de froid qui avait gelé tous les tuyaux de l'hôpital... Emma savait que d'autres devaient supporter bien pire (elle se souvenait d'eux chaque soir dans ses prières), mais, tout de même, son travail n'en demeurait pas moins pénible. Elle se promit d'aller trouver la volontaire, un peu plus tard, de lui apporter du cake aux fruits du garde-manger des sœurs et de lui présenter ses excuses. Ce n'était pas vraiment sa faute si elle était si naïve. En y réfléchissant, il était même réconfortant de constater que la jeune fille était parvenue à conserver un semblant d'innocence dans ce monde devenu fou, qu'elle était encore suffisamment crédule pour croire qu'il était plus probable d'être un espion que d'avoir subi une grave blessure à la tête.

L'ambulance s'immobilisa en faisant crisser ses pneus, interrompant Emma dans ses pensées. Se frottant de nouveau les bras avec vigueur, elle regarda la conductrice – encore une jeune femme, cette fois vêtue d'une veste kaki à ceinture, d'une jupe lui descendant à mi-mollet et d'une casquette en tissu de la *First Aid Nursing Yeomanry*, une unité d'infirmières indépendantes – descendre du véhicule.

— Bonjour, la salua Emma.

— Bonjour, lui répondit plutôt sèchement la *FANY*, confirmant les allégations de l'infirmière en chef sur les filles qui conduisaient des véhicules à moteur. Il fait un froid de canard, ici.

— Un bon chocolat chaud vous fera du bien, lui garantit-elle, grimaçant intérieurement en entendant le ton jovial avec lequel elle s'était exprimée, celui qu'elle employait avec ses patients les plus maussades.

La *FANY* ne sembla guère convaincue. (Ses patients ne l'étaient jamais non plus.)

— Je ne sens plus mes orteils, rétorqua la jeune femme en tapant du pied, vraisemblablement pour recouvrer ses sensations, avant de se diriger vers l'arrière de l'ambulance et d'en ouvrir les portières ornées d'une grande croix rouge.

Après les avoir ouvertes en grand, elle déclara quelque chose d'indistinct au patient à l'intérieur. Attendant qu'il apparaisse, Emma serra ses mains devant elle, mais cela prit du temps. Elle se sentit gagnée par la panique. Et si l'officier Jones était moins fringant qu'elle l'avait cru ? Elle n'avait pas pris de fauteuil roulant. L'infirmière en chef lui avait garanti qu'il n'en aurait pas besoin, mais si elle s'était trompée ? Cela pouvait arriver à tout le monde. Et si la blessure à la tête de cet homme avait affecté sa motricité ? Il lui faudrait le laisser dans l'automobile glaciale avec sa conductrice taciturne le temps qu'elle aille chercher une aide-soignante.

Cela commençait bien. Pourquoi diable n'avait-elle pas joué la carte de la sécurité? « Être parée à toute éventualité. » C'était sa devise, qu'elle transmettait à toutes ses élèves infirmières, et voilà qu'elle se voyait totalement prise au dépourvu.

Elle se morigénait encore lorsqu'elle vit l'officier Jones sortir de l'ambulance, vêtu d'un pardessus de l'armée. Parfaitement agile, il lui tournait le dos. Elle s'autorisa un petit soupir glacial, mais, avant qu'elle ait pu totalement exprimer son soulagement, il se retourna, contemplant la façade de grès de l'hôpital. Elle se figea, le regardant fixement, même si elle savait qu'il s'agissait d'une attitude à proscrire entièrement.

Il lui fallut quelques secondes pour s'en apercevoir.

Puis quelques autres pour en comprendre la raison.

Ce n'était pas à cause de son visage, assurément. Même s'il avait des traits parfaitement dessinés, elle n'était pas du genre à flancher pour ce genre de chose. (Ce n'était plus le cas, du moins.) Non, non. C'était tout autre chose qui la décontenançait chez cet officier.

Lentement, elle comprit. Même s'il était visiblement épuisé (elle avait immédiatement remarqué les ecchymoses révélatrices qui noircissaient son visage robuste), il n'avait pas l'air souffrant. Pas le moins du monde. Pas comme ses autres patients, avec leurs yeux qui en avaient trop vu, leurs épaules voûtées et leur teint cireux, en tout cas. L'officier Jones, lui, semblait très… vivant. Il se tenait droit, ses épaules carrées et ses poings serrés trahissant une telle vigueur qu'elle, qui se targuait après quinze ans d'armée (quinze ans!) d'être devenue inébranlable, faillit laisser échapper qu'il s'était trompé d'endroit.

La *FANY* toussa de manière appuyée, permettant à Emma de prendre conscience du temps qu'elle avait passé à le dévisager. À cause de son manque de professionnalisme, elle sentit une vague de chaleur sur sa peau gelée, puis une autre en voyant sourire la *FANY* et en comprenant à quelles conclusions elle en était arrivée.

« *Je vous jure que ce n'est pas ce que vous croyez,* rêvait-elle de pouvoir se défendre, *il n'y a plus rien en moi pour ce genre de chose.* »

Elle garda le silence, naturellement. Elle s'était suffisamment donnée en spectacle à son goût. (Qu'allait en penser l'infirmière en chef ?) Se rappelant avec fermeté qu'elle était infirmière militaire, que l'officier Jones était son patient et que, malgré les apparences, il était tout sauf en bonne santé, elle reporta son attention sur lui. « Une hémorragie de l'esprit, ressassait sans cesse le docteur Arnold, peut être aussi grave qu'une hémorragie sanguine. » Elle répéta ses paroles en silence, puis encore une fois pour faire bonne mesure et repousser son embarras. *Ressaisis-toi.* Elle s'approcha de l'officier Jones, qui, après tout, avait suffisamment combattu et donné de sa personne pour mériter la même attention et la même compassion que ses autres patients. Le genre d'attention qu'elle espérait que Freddie, son fiancé adoré, avait reçue avant d'être emporté, durant la bataille de la Marne.

Le genre d'attention dont elle voulait croire que Billy, son petit frère, avait bénéficié dans son hôpital de campagne, à Loos. (Qu'on ne les laisse pas sans surveillance, assoiffés, souffrant sur leur brancard ; par pitié, tout sauf ça…)

Prenant une profonde inspiration afin de repousser ces images atroces, toujours prêtes à refaire surface, elle reporta son attention sur l'officier Jones, le regardant saisir le montant de la portière de l'ambulance et bondir sur le gravier glacé d'un air fier. Alors qu'elle pensait encore à

Freddie et à Billy, elle sentit son cœur se serrer pour le soldat qui se tenait devant elle, cet homme seul et souffrant.

— Officier Jones, le salua-t-elle.

Il grimaça. Elle se demanda pour quelle raison. Le long voyage l'avait épuisé, sans doute. *Un bon chocolat chaud lui fera du bien.* Elle s'approcha de nouveau, sans tenir compte de la neige qui s'engouffrait dans sa capuche d'infirmière et la cape sur ses épaules. Elle tendit la main, s'apprêtant à saisir le bras de l'officier pour le conduire à l'intérieur.

« Ce malheureux doit être complètement perdu », avait-elle fait remarquer à la volontaire.

Ce ne sera plus le cas, se promit-elle.

Il l'avait trouvée.

Elle veillerait sur lui.

Ils s'éloignèrent de l'allée en silence, l'homme se contentant de remercier la conductrice de l'ambulance d'une voix grave et posée, puis de garantir à Emma qu'il n'avait pas besoin d'aide, vraiment, et qu'il pouvait porter lui-même son petit sac.

— J'insiste.

Rompue au laconisme de ses patients, Emma avait aussi l'habitude de combler les blancs. En faisant entrer l'officier Jones dans le vestibule lambrissé et chauffé de l'hôpital qui sentait la fumée, le bacon que l'on préparait dans les cuisines du sous-sol et le désinfectant, elle lui fit la conversation, supposant qu'il devait être heureux d'avoir quitté l'ambulance glaciale. Il ne se donna pas la peine de lui répondre. S'imaginant qu'il n'avait probablement pas beaucoup discuté avec sa conductrice, elle décida que cela lui ferait certainement du bien de souffler un peu avant son premier rendez-vous avec le docteur Arnold. Elle était censée le conduire directement à son cabinet, mais...

— Vous voulez que je vous fasse visiter ? lui proposa-t-elle.

— « Visiter » ?

— Oui, pourquoi pas ? Laissez vos affaires ici, oui, au pied de l'escalier. Je demanderai qu'on les fasse porter à votre chambre.

— Je peux les prendre…

— Non, c'est inutile. À présent, si vous voulez bien me suivre…

Elle poursuivit son chemin, faisant bruisser sa jupe dans le vaste hall d'entrée, passant devant des lampes à huile allumées et une cheminée pour se rendre au réfectoire, où trônait une table en acajou pour vingt personnes.

— Il y a trois services à chaque repas, annonça-t-elle, et nous les changeons régulièrement pour que tout le monde puisse se voir.

Elle s'abstint d'ajouter que personne ne parlait beaucoup pendant les repas, et que certains sujets avaient dû être bannis des conversations (la France, la Belgique, Kitchener, les Boches… en fait, tout ce qui avait trait à la guerre). Il aurait tout le temps de le découvrir. Pressant le pas, elle le conduisit au salon, où l'on ne comptait plus les fauteuils, les tableaux représentant des paysages. S'y trouvaient une poignée de patients en blouse et un gramophone muet. Elle expliqua à Jones qu'ils devaient l'éteindre quand certains patients se trouvaient en bas, puis se tut, brièvement distraite par le plus abîmé d'entre eux : un capitaine dans un état dramatique, qui portait un masque sur sa mâchoire et une partie de son crâne, qui éclatait en sanglots chaque fois que sa mère venait lui rendre visite, refusant régulièrement de la laisser repartir, et qui était constamment pris de tremblements incontrôlables.

— Que lui est-il arrivé ? demanda Jones en suivant le regard d'Emma.

Hésitant, elle finit par lui mentir, lui assurant qu'elle l'ignorait, et qu'elle préférait éviter de le perturber avec de sinistres histoires. Avec un soupir, elle le mena d'un pas preste à la bibliothèque.

— Vous voyez, nous avons une table de billard. Vous y jouez ?

— Au billard ? répéta-t-il, contractant les muscles de sa mâchoire inférieure. (Elle se demanda s'il comptait sourire ou grimacer.) Je n'en sais rien.

— Bien sûr, répondit-elle, se reprochant son manque de tact. (Il avait froncé les sourcils, c'était sans aucun doute un froncement de sourcils.) Eh bien, poursuivit-elle, je suis certaine que nous trouverons quelqu'un pour vous apprendre.

Il contempla la table, les étagères de livres, semblant cogiter.

— S'il vous plaît…, commença-t-elle.

— Je me demandais, l'interrompit-il avant qu'elle ait eu le temps de lui proposer de l'emmener dans la salle de travaux manuels, me serait-il possible de gagner ma chambre ? La matinée a été longue…

— Il faut d'abord que vous voyiez le docteur Arnold. Mais j'étais sur le point de vous montrer la…

— Le docteur Arnold ? (Pour la première fois, il la regarda droit dans les yeux.) Maintenant ?

— Eh bien, oui. Il attend de pouvoir faire votre connaissance.

— Évitons de le faire attendre, alors.

— Bien sûr, dit-elle, bien sûr.

Elle lui proposa de nouveau son bras, mais il ne le remarqua même pas. Elle le retira donc et traversa la bibliothèque, franchit la porte en chêne du fond qui donnait sur les salles de soin du médecin.

En longeant les couloirs de l'hôpital, l'officier Jones devint encore plus silencieux, le regard rivé sur les carreaux embués des fenêtres bordées de plomb, regardant tomber la neige, dehors. Redoutant un accès de mélancolie (qui pourrait l'en blâmer ? Le pauvre homme), Emma tenta de le distraire avec un peu d'histoire, et lui raconta que l'édifice avait été un manoir, à l'époque élisabéthaine, mais qu'il avait été transformé l'année précédente en hôpital militaire spécialisé dans les blessures à la tête. (Elle omit de préciser qu'il s'était auparavant agi d'un asile d'aliénés réservé aux femmes hystériques. Elle jugeait aussi inutile d'insister sur ce point que sur le fait qu'il manquait de conversation.)

Elle s'immobilisa devant la porte du cabinet du docteur Arnold.

— Nous y voilà, déclara-t-elle inutilement. Le médecin me sonnera quand vous en aurez terminé, et je vous conduirai à l'étage.

— Je vous remercie. Vous êtes très aimable.

— De rien, rétorqua Emma. (Malgré son air distrait, elle sentit de nouveau son cœur se serrer.) Tout le plaisir est pour moi.

Il la regarda s'éloigner, emportant avec elle son verbiage, ses sourires bien intentionnés et ses histoires de manoir. (Il savait que l'hôpital avait été un asile de fous, la conductrice de l'ambulance le lui avait dit. « Il paraît qu'il est hanté », avait-elle même ajouté sans la moindre considération pour ses nerfs brisés.) Dès qu'il eut la certitude que sœur Lytton n'était plus dans les parages, il prit une profonde inspiration, profitant du silence pour se calmer, puis leva le poing pour frapper à la porte du médecin. Malgré son épuisement, il était ravi de ce qui lui arrivait. Depuis que son médecin, au London General, lui avait parlé de la réputation d'Arnold comme faiseur de miracles, il attendait désespérément une place au « Cinquième ».

Jones (il détestait ce nom, mais avait appris à s'en contenter, à accepter le sentiment troublant qu'il était faux, sans pour autant connaître le vrai) avait réellement besoin d'un miracle. Il se demandait s'il allait pouvoir supporter de vivre dans ce sinistre endroit où chaque bruit résonnait – la façon dont ces hommes au salon étaient affalés dans leurs fauteuils, celui qui était pris de tremblements –, mais il lui fallait croire qu'Arnold l'aiderait à partir, à se réparer.

À se souvenir.

Il voulait désespérément se souvenir.

On ouvrit la porte. Un homme âgé relativement maigre passa la tête dans l'embrasure. Les cheveux blancs soigneusement peignés, une moustache encore plus blanche, il portait un pantalon, un nœud papillon et un gilet, le tout sous un cardigan de laine. Se fendant d'un sourire, il baissa la tête pour pouvoir le regarder par-dessus ses lunettes.

— Vous voilà enfin, déclara-t-il. Je comptais les heures. (Reculant, il désigna de la main son cabinet aux murs couverts de livres.) Entrez, je vous en prie.

Il ne l'avait pas appelé « officier Jones ». Ni « Tommy ». Ni même « Tom ».

Pour cette raison, Jones l'apprécia aussitôt.

Arnold désigna le fauteuil sur sa gauche, devant la cheminée. Jones s'y dirigea. Il faisait bon, dans la pièce. Quelle différence avec le couloir plein de courants d'air et la neige, à l'extérieur ! Pas encore tout à fait acclimatée, sa peau le picota sous sa tenue de convalescent.

Arnold leur servit deux tasses de thé.

— Avez-vous découvert de quelle manière vous le préférez ? lui demanda-t-il.

Jones esquissa un sourire.

— Juste avec du lait.

— Comme moi, parfait. À présent, permettez-moi de vous expliquer comment nous allons procéder…

Il lui annonça que leur séance, ce matin-là, serait relativement brève, moins d'une heure. Les suivantes seraient plus longues, même s'il n'avait aucune envie de l'épuiser.

— J'imagine que vous devez être très, très fatigué. (C'était le cas. Il n'avait pas souvenir de s'être trouvé dans un état différent.) Aujourd'hui, c'est surtout moi qui vais parler, poursuivit le médecin.

Il tint parole. Il lui expliqua que chacun des cinquante-deux patients du Cinquième souffrait de troubles neurologiques. Certains avaient perdu une partie de leur mémoire, d'autres – comme Jones – la totalité. D'autres enfin avaient, quant à eux, beaucoup trop de souvenirs.

— Je me demande quel est le moindre mal, avoua Arnold.

— Peut-être ces deux maux sont-ils aussi terribles l'un que l'autre, suggéra Jones, qui avait partagé une chambre à Londres avec un officier dont l'esprit était resté bloqué en France, dans les tranchées.

Il lui était impossible d'en partir. Il se réveillait constamment en hurlant, tentant de repousser des rats invisibles qui lui grignotaient la peau.

— En effet, reconnut Arnold. J'écrirai peut-être un jour un livre sur le sujet. Mais (il attrapa derrière lui un petit journal relié de cuir) celui-ci est pour vous. Je suis certain qu'on vous a prévenu : nous travaillons en douceur, ici. Pas d'électrochocs, pas d'intervention… Rien que de l'attention et des encouragements pour votre esprit. Ces pages (il brandit le journal) sont vierges, elles n'attendent que vos souvenirs. (Il le lui tendit.) Tout ce qui vous vient, notez-le immédiatement. Considérez votre passé comme un puzzle qu'il vous faut assembler. Ne laissez aucune pièce vous échapper.

— Je n'ai pas la moindre pièce, lui rappela Jones.

— Vraiment aucune ?

Jones hésita.

— De quoi s'agit-il ?

Arnold se pencha, le regard pétillant, faisant grincer les ressorts de son fauteuil.

— Ce ne sont que des rêves, se défendit Jones.

— Ça n'existe pas, « que des rêves ». Parlez-moi d'eux.

— C'est difficile à décrire. (Il regarda fixement les flammes du foyer, se rappelant de quelle manière il se réveillait, en sueur, le plus souvent en larmes ou haletant de frustration, son esprit un véritable kaléidoscope qui refusait de se faire plus net.) Je ne vois rien qui puisse avoir la moindre signification.

— Que voyez-vous ?

— Je ne saurais le dire avec précision…

Comment décrire ces voix anonymes, ces visages dépourvus de traits ?

— Que ressentez-vous, alors ? insista le médecin.

— De la chaleur. J'ai l'impression que j'étais en un lieu où il faisait particulièrement chaud.

Le regard déterminé, Arnold hocha la tête.

— Autre chose ?

Il hésita de nouveau. Devait-il en parler ?

À quoi bon ?

— Dites-moi, le pressa le médecin. Que risquez-vous ?

Jones soupira. Que risquait-il ?

Il avait déjà tout perdu.

— Il y avait une femme, finit-il par avouer. Je suis convaincu qu'il y avait une femme.

— Oui, confirma Arnold avec un sourire attristé. C'est généralement le cas.

Il rêva de nouveau d'elle, cette nuit-là.

Il jouissait d'une chambre individuelle. Il en fut reconnaissant. Pour le silence. Chauffée et meublée d'un tapis, d'un secrétaire et d'une lampe de bureau, elle donnait sur les pelouses enneigées, devant l'établissement. On avait mis une bouillotte dans son lit. Il avait connu pire, ces derniers mois.

Il avait fait des songes bien pires, également.

Après un dîner silencieux (« Je vous ai mis au premier service, lui avait annoncé sœur Lytton lorsqu'elle était revenue le chercher. Il y a du *trifle* au dessert. »), il s'était réfugié dans sa chambre, trouvant tout juste la force de se déshabiller et de se laver avant de s'écrouler dans son lit. Il s'était endormi en quelques secondes seulement. Comme chaque soir. Il ignorait combien de temps il lui avait fallu pour se mettre à rêver, mais ce dont il était certain, c'était que cela n'avait pas traîné. S'extirpant du froid et de l'obscurité, il sentit la chaleur sur son visage et ses épaules.

Il se trouvait dans une rue étroite, avec des immeubles de part et d'autre, et des auvents colorés le protégeaient de l'éclat du soleil. Il était au milieu d'une foule de gens. Il y avait une femme vêtue d'une robe jaune citron, d'un chapeau de paille, la chevelure dorée.

C'était elle.

Il était convaincu que c'était elle.

Il se fraya un passage jusqu'à elle. Il tenta de courir.

Elle continua à s'éloigner, de plus en plus vite, avant de disparaître.

Il s'immobilisa, grimpa sur une marche de pierre, sa poitrine se soulevant à un rythme effréné. Puis il la revit.

Trop loin, un homme au sourire édenté devant elle. Il se sentit ouvrir la bouche, prendre une inspiration. Il se crut sur le point de l'appeler. De l'appeler par son nom…

Il se réveilla en sursaut. Les yeux grands ouverts. Il se trouvait dans l'obscurité, ce qui contrastait cruellement avec les couleurs du lieu qu'il venait de quitter. Il cilla, tentant de se souvenir d'où il était. Sous les draps, il sentit qu'il était en sueur. Son cœur battait à tout rompre. Avec son orteil, il effleura la bouillotte désormais froide. Il se rappela qu'il était au Cinquième.

Le songe commençait déjà à se dissiper, aussi vite qu'il était venu.

Tremblant, il attrapa son journal et y inscrivit les seuls éléments dont il se souvenait.

Un homme édenté.
Du bruit.
Un marché ?

Lâchant son crayon, il laissa sa tête retomber sur son oreiller humide.

Il se demanda ce que tout cela pouvait bien signifier.

Chapitre 5

Bombay, printemps 1914

Maddy reçut la carte postale de Luke Devereaux un samedi, ce qui lui laissait trois jours avant la date de leur rendez-vous dans ce café. Trois jours. Cela lui semblait à la fois dans une éternité et effroyablement proche. Elle avait du mal à croire que cela allait réellement se produire. Même en planifiant de quelle manière elle allait pouvoir s'échapper de la maison sans que sa mère la soumette à un interrogatoire (elle décida de prétendre un déjeuner avec Guy au *Gymkhana Club* ; Alice finirait inévitablement par mettre au jour la supercherie, mais Maddy s'en inquiéterait le moment venu), cela lui parut surréaliste. Elle tenta d'imaginer comment leur rencontre allait se dérouler : elle pénétrant dans un café inconnu et y trouvant Devereaux ; tous deux autour d'une table, face à face, les yeux dans les yeux, discutant de… de quoi ? Elle n'en avait pas la moindre idée. Chaque fois qu'elle y pensait, un frisson de pure nervosité lui parcourait l'échine.

Durant ce week-end aussi interminable que cuisant, elle fut incapable d'entreprendre quoi que ce soit. À l'exception de la messe à la cathédrale Saint-Thomas, le dimanche matin, Alice et elle restèrent à la maison. Il n'y eut aucun match de polo ou de cricket pour les obliger à sortir, ni cocktail, ni dîner. Le ciel était parfaitement bleu, la chaleur implacable, brûlant la pelouse, les palmiers et la jungle au-delà, transformant en four chacune des pièces de la villa, malgré leurs volets fermés. Tout n'était qu'épaisse lumière dorée et poussière en suspension.

Maddy chercha à se changer les idées. Elle prit plusieurs bains, savourant le court répit que lui procuraient l'eau fraîche, la libération de son corset et de ses bas. Elle tenta de se plonger dans un livre, mais se retrouva à relire constamment le même paragraphe sans en comprendre le sens. Elle se lança dans la rédaction d'une lettre à sa tante Edie – « Comment ça va, en Écosse ? Le printemps arrive ? Je n'aime pas t'imaginer seule. J'aimerais que tu puisses nous rejoindre, que tu me laisses au moins demander à maman… » –, mais elle manqua d'inspiration avant même d'avoir achevé la première page, maculée de sueur. Elle en commença une autre pour Della – « Quand diable reviens-tu ? » – avant d'y renoncer là aussi. Son regard se porta sur la carte postale de Luke Devereaux, sur son secrétaire, sur son écriture penchée. « J'y serai mardi à midi. Vous aussi ? »

Avait-il conscience que la question ne se posait même pas ?

Elle se rendit de son bureau à son armoire, où elle passa un temps indécent à se demander quelle robe conviendrait le mieux pour boire un café. (Qu'en penserait la féministe Sylvia Pankhurst ?) Elle fit d'innombrables promenades, s'éventant à l'ombre des arbres du jardin, et, sur un coup de tête, retourna même à la cuisine pour voir si elle pouvait aider Cook à préparer son *Victoria sponge cake*.

— *Memsahib*, s'offusqua-t-il. Vous n'aimez pas mes plats ?

— Quoi ? Non, non…

Il la regarda fixement.

— Non, vous ne les aimez pas ?

— Non, je les aime bien, je…

Il baissa les yeux sur son plan de travail (les pieds dans des bols d'eau, pas une fourmi rouge à l'horizon), les dents serrées.

— Oh, mon Dieu, lâcha Maddy. Vraiment, je souhaitais simplement vous aider. J'adore vos plats. Surtout cette dinde au curry, à Noël…

Il ferma les yeux.

Elle quitta la cuisine.

Le week-end ne fut pas totalement désastreux. Il y eut un événement heureux, grâce à Alice, curieusement.

C'était en fin de journée, ce dimanche-là, au moment où le soleil brûlant se couchait, baignant la pelouse de la villa d'une lumière éthérée et le ciel, derrière les palmiers et la jungle touffue, de rouge, de violet et d'or. Des cerfs-volants planaient en groupe, du toit de la villa aux arbres, le claquement de leurs ailes et le refrain des cigales se mêlant aux rires des enfants du jardinier qui s'amusaient à poursuivre les paons sur l'herbe. Maddy, qui les observait depuis la terrasse, comprit qu'eux aussi avaient besoin de s'occuper. Après être allée récupérer les peintures à l'huile d'Alice dans le salon, elle les envoya chercher des pierres blanches, puis s'installa sur la pelouse avec eux, recouvrant les pierres de couleurs : des singes, des pois, des motifs de toutes sortes. (Elle espéra que les paons lui en seraient reconnaissants.)

Ils avaient peint près de la moitié des pierres quand Alice descendit voir ce qu'ils faisaient. Elle s'était approchée si discrètement que Maddy ne s'aperçut de sa présence qu'au moment où elle prit la parole :

— Avant, je peignais ainsi avec toi, Madeline, déclara-t-elle.

Se retournant, Maddy croisa son regard. Elle était déjà habillée pour le dîner avec une robe blanche à col haut. Les bras croisés, elle était penchée par-dessus l'épaule de Maddy.

— On peignait tout le temps, poursuivit-elle, s'adressant aussi bien à elle-même, songea Maddy, qu'à sa fille.

— Je m'en souviens, déclara celle-ci.

C'était le cas. Contrairement aux feux d'artifice, elle se rappelait encore les heures passées sur les genoux de sa mère, le menton de cette dernière sur sa tête, Alice guidant sa main à l'aide de ses doigts fins. Elle avait même emporté en Angleterre quelques-unes des pierres qu'elles avaient décorées ensemble, luttant, de plus en plus avec l'âge, pour concilier ce souvenir sur ses genoux avec celui d'une mère qui ne venait jamais la voir.

— Tu peignais des orchidées, ajouta-t-elle. Tu étais plutôt douée.

Alice esquissa un de ses rares sourires.

— Vraiment ?

Sans réfléchir, Maddy lui tendit son pinceau.

— Voyons si c'est toujours le cas.

Elle ne s'attendait pas à ce que sa mère accepte. Elle était sûre qu'elle hésiterait, lèverait les mains et refuserait, de la même manière qu'elle avait repoussé Richard lorsqu'il l'avait invitée à danser, au réveillon du nouvel an.

Mais elle saisit le pinceau. Elle rassembla ses jupons de dentelle, s'agenouilla sur l'herbe drue, et demanda à la plus jeune des enfants de lui choisir une belle pierre plate.

— Oui, Suya, parfait.

Passant son pouce dessus, elle vérifia le caractère lisse de sa surface, puis trempa son pinceau dans du rouge magenta, avant de commencer à peindre la plus gracieuse et la plus complexe des fleurs. Ils l'observaient tous, dans un silence absolu, les enfants respirant lourdement tant ils étaient concentrés. La nuit tomba, et les fenêtres de la villa se mirent à briller au fur et à mesure que les domestiques allumaient les lampes à huile, à l'intérieur.

—Voilà, déclara Alice quand, finalement, après avoir ajouté un dernier détail, elle tourna la pierre dans sa main pour l'examiner à la lueur du soleil couchant. Pas trop mal.

—Pas mal du tout, même, rectifia Maddy.

—Elle est pour toi, lui annonça Alice en la lui tendant.

Maddy la prit, à la fois touchée et surprise.

—Je te remercie.

—Il n'y a vraiment pas de quoi, rétorqua Alice.

L'espace d'une seconde, rien qu'une seconde, elle soutint le regard de Maddy, esquissant un nouveau sourire qui lui fit plisser les yeux.

—J'en veux un, *memsahib* Alice ! demandèrent en chœur les enfants. Moi aussi, moi aussi !

—Non, non, leur répondit-elle. Il est bien trop tard.

Mais cela lui arracha un éclat de rire. Un rire sincère et communicatif qui étonna Maddy une fois encore, mais que les enfants ne semblaient pas aussi surpris d'entendre.

Même si Alice insista pour que tout le monde rentre avant que les moustiques viennent les dévorer, et qu'elle eut recouvré son calme habituel au dîner, Maddy déposa la pierre sur sa table de chevet avant de se coucher. Après avoir soufflé sa bougie, elle ferma les yeux en se remémorant le sourire et le rire de sa mère.

Si étrange cela puisse-t-il lui sembler, elle était ravie d'avoir apporté cette peinture au jardin.

Le lendemain matin, en ouvrant les yeux, son regard se posa aussitôt sur la pierre. Tendant la main, elle effleura du bout des doigts la peinture désormais sèche, et, se remémorant le rire d'Alice, envisagea brièvement de lui proposer de l'accompagner pour son thé matinal entre *memsahibs*. Pour la première fois, il lui vint à l'esprit que sa mère n'avait peut-être pas été aussi indifférente à son départ qu'elle l'avait toujours laissé croire. Elle repoussa cette idée aussi vite qu'elle lui était venue. Après ce week-end interminable et une nuit agitée passée à lutter contre ses draps emmêlés, elle se sentait déjà dangereusement proche de la folie. Quelques heures en compagnie de Diana Aldyce et des autres suffiraient sans doute à la faire basculer.

Cependant, le fait de passer une journée supplémentaire dans cette villa humide risquant de manière presque aussi certaine de la mener à la démence, elle décida d'aller en ville dès que sa mère serait partie. Elle se leva, dirigea ses pas vers son armoire, en tira une robe jaune citron et la déposa sur le lit. Elle s'activa sans perdre de temps, sa peau moite dans la pièce déjà brûlante, soulagée d'avoir un objectif. Elle avait du mal à imaginer le temps qu'elle avait passé sans rien faire, ces derniers jours. À Oxford, elle avait toujours quelque part où aller : à la faculté, dehors avec ses amis, à des réunions universitaires où elle était censée travailler, au théâtre à Paddington, à un rassemblement… Elle se demandait ce qu'il était advenu de cette personne jadis si occupée. Sans doute cette existence étouffante était-elle en train de la changer. Si elle n'y prenait garde, elle deviendrait une de ces personnes qui estimaient qu'il était raisonnable de boire son premier gin dès que le soleil avait franchi son zénith.

— Oh, mon Dieu, se plaignit-elle, sa voix résonnant dans la pièce sans air. Non.

Attrapant un drap de bain, elle décida d'aller passer la matinée dans un bazar. En fait, elle en avait repéré un, non loin du terminus. Ce n'était pas une activité des plus passionnantes, mais elle espérait faire passer la journée un peu plus vite. Il n'y avait pas de petites victoires.

Elle sauta dans un tram à destination du terminus Victoria et prit place sur un siège près de la fenêtre le temps du trajet grinçant vers le centre-ville. Il faisait dans le véhicule une chaleur étouffante, et il y régnait une odeur âcre de transpiration qui empira au fur et à mesure qu'ils s'enfonçaient dans la ville, le clapotis de la mer, les plantes luxuriantes et le chant des oiseaux de Malabar Hill faisant bientôt place aux routes poussiéreuses, aux bidonvilles et aux immeubles d'habitations. De plus en plus de passagers montaient à bord, aussi bien debout qu'assis : des femmes en sari chargées de paniers de fruits odorants, de linge et de légumes ; des hommes en pantalon et tunique amples, deux ou trois d'entre eux en veston amidonné, partis travailler dans des bureaux britanniques. Ce fut un soulagement lorsqu'ils atteignirent enfin le terminus. Maddy descendit du tram en refusant délibérément de jeter le moindre regard vers les bureaux de son père, non loin, préférant éviter de tenter le sort et de se faire remarquer par quelqu'un qui la connaissait.

Autour des murs gothiques de la gare, les rues illuminées par la lueur vive des rayons du soleil grouillaient de monde. Sur les routes en terre, les chameaux et les charrettes à bœufs disputaient l'espace aux pousse-pousse et aux automobiles, les *dabbawallahs* à vélo chargés de sacs de casse-croûte livrant le déjeuner des *sahibs*. Les *coolies* se pressaient à l'entrée de la gare, leurs charrettes à bras à proximité, plaisantant et riant devant la statue de la reine Victoria, à l'affût des attelages et des automobiles chargées de bagages. Des mendiants étaient étendus à l'ombre rare des manguiers. Maddy sursauta en apercevant leurs membres squelettiques, un nourrisson, emmailloté dans un sac effiloché, tentant de se nourrir au sein de sa mère, qui le regardait fixement. La plupart avaient les yeux clos, le menton sur leur poitrine, au mépris de tous, comme c'était le cas au port, dans les jardins et partout ailleurs dans la ville.

« On en oublierait leur présence, avait fait remarquer Diana Aldyce, lors d'un thé sur la terrasse immaculée du *Gymkhana Club*, à l'arrivée de Maddy, lorsque celle-ci avait naïvement demandé si l'on ne pouvait rien y faire. Et c'est très bien comme ça. » Alice avait regardé Diana dans les yeux, ce qui avait poussé Maddy à se demander si elle appréciait vraiment Diana, après tout. Alice s'était cependant abstenue de reprocher à Diana sa froideur. Personne ne s'en était donné la peine. Leur silence les avait tous rendus complices. Maddy avait senti s'embraser sa peau déjà brûlante. Fouillant dans son sac à main, elle avait jeté quelques pièces dans le giron de la femme qui tenait le nouveau-né dans ses bras. Celle-ci n'avait pas bronché, ni même hoché la tête pour la remercier. Maddy ne lui en avait pas tenu rigueur. À sa place, en voyant son teint britannique et sa jolie robe, elle ne se serait pas non plus sentie particulièrement reconnaissante.

Le guide de Luke Devereaux à la main, elle s'éloigna d'un air coupable, avant de faire une halte à l'angle de la rue. Les yeux plissés, elle lut les indications pour se rendre au bazar, essuya la sueur sur son front, puis poursuivit son chemin, contournant les murs latéraux voûtés de la gare. Elle entendit un train s'immobiliser en faisant crisser ses roues sur les rails. Un nuage de vapeur se forma. Dans la fumée, elle aperçut sur le quai, juste derrière l'arcade, un jeune homme coiffé d'un casque colonial. Reconnaissant un des jeunes secrétaires de son père, elle se maudit en silence. Il écarquilla les yeux en la voyant, l'ayant manifestement aussitôt reconnue. Il ôta son casque. Il semblait sur le point de l'interpeller. Préférant éviter de devoir justifier sa présence, elle s'éloigna en toute hâte, se perdant dans la foule des passants qui se rendaient aux marchés.

Les roues poussèrent un cri strident. Avec du retard, le train en provenance de Pune s'immobilisa. Luke, qui avait travaillé dans le wagon de première classe désert, se préparant à la réunion pour laquelle il était déjà en retard, rangea ses documents : les listes des bataillons de la présidence, les grades et les niveaux de qualification, les extraordinaires exigences de formation, ses conseils sur la mobilisation des troupes indiennes en vue de la guerre en Europe, si jamais une telle mobilisation devenait nécessaire. (Il espérait évidemment que ce ne serait pas le cas, mais, après les dix dernières années de réarmement, cela lui paraissait malheureusement inéluctable. La moitié du continent envisageait de se bâtir un empire, l'autre moitié, de l'en empêcher, et si qui que ce soit s'avisait de faire l'un ou l'autre, l'écheveau de traités en place entraînerait tout le monde dans une guerre certaine.)

Il se leva, étirant les muscles de son cou et de son dos, plus que soulagé d'être enfin de retour. Ces trois mois lui avaient semblé interminables. Il n'était censé rester en Inde que deux mois, mais l'état-major, en Angleterre, était sur les dents. Ils n'avaient cessé de lui envoyer des télégrammes, ajoutant chaque fois de nouvelles régions sur lesquelles il devait leur faire un rapport. « Merci pour votre travail et votre patience. STOP. »

Il avait perdu le compte des *ghâts* où il avait séjourné, des cantonnements auxquels il avait rendu visite, des entretiens qu'il avait eus avec des officiers supérieurs, des heures qu'il avait passées à observer les troupes locales, les *cipayes*, dont la plupart n'avaient jamais entendu parler des Balkans, et encore moins réfléchi sur qui possédait quoi en Europe. Plus il s'entretenait avec eux, perfectionnant son hindoustani, moins il avait envie de les arracher à leurs familles, à leurs villages, à des milliers de kilomètres de la mer. Il avait du mal à voir de quelle façon cela pouvait fonctionner, d'un point de vue pratique. Nombre des officiers qu'il avait rencontrés étaient aussi inquiets que lui : comment les hommes s'en sortiraient-ils, dirigés par des officiers qui ne connaissaient ni leur langue, ni leur religion, ni leurs coutumes, ni leur système de castes ? Après avoir joui toute leur vie du climat indien, comment s'adapteraient-ils à la guerre en Europe du Nord ? À plusieurs reprises, Luke avait été tenté de télégraphier à l'état-major et de leur demander de fiche la paix aux *cipayes*. « Merci de votre compréhension. STOP. » S'il avait cru un seul instant que cela aurait pu se révéler utile, il n'aurait pas hésité.

Après avoir fermé son attaché-case, il se baissa pour jeter un coup d'œil par la vitre sale du wagon. Il scruta la gare ombragée et enfumée, à la recherche de l'homme que Peter lui avait envoyé, comme il le lui avait promis dans son courrier. « Fraîchement débarqué, mais particulièrement appliqué, et relativement utile. » Le quai était bondé. Tous les passagers descendaient des autres wagons, leurs effets dans des valises abîmées, ou des sacs qu'ils portaient sous leurs bras. Il les étudia les uns après les autres, avant d'arrêter son regard sur un homme coiffé d'un casque colonial, le visage brûlé par le soleil, juste à côté des arches, se dandinant gauchement sur place. Déterminant qu'il s'agissait d'un suspect probable, Luke attrapa sa valise dans le porte-bagages au-dessus de lui, et, ouvrant la porte en grand, s'enfonça dans la foule. Ne s'arrêtant que pour payer un porteur afin qu'il prenne soin de ses affaires, il se dirigea vers son escorte impatiente.

— Fraser Keaton, je suppose ? l'interpella-t-il d'une voix forte pour se faire entendre en dépit du vacarme.

Sincèrement inquiet, Keaton fit volte-face, poussant un soupir si ostensible que Luke eut du mal à contenir un sourire.

— Monsieur Devereaux, lâcha-t-il. Dieu soit loué.

— Navré de vous avoir fait attendre, s'excusa Luke.

— Non, non, ce n'est pas ça. Je suis ravi d'avoir attendu, bien sûr. J'espère ne pas vous avoir offensé…

— Pas le moins du monde.

— C'est juste que… (Keaton jeta un coup d'œil vers l'extérieur de la gare avant de reporter son attention sur son interlocuteur.) Je suis terriblement désolé, déclara-t-il, mais puis-je vous laisser aller au bureau tout seul ?

— « Tout seul » ?

— Ça m'ennuie de vous demander ça…

Luke constata que c'était effectivement le cas.

— C'est juste que…, poursuivit Keaton. Eh bien, j'ai aperçu quelqu'un… Il vaudrait mieux que j'aille vérifier. Enfin, je veux dire…

Il s'interrompit, comme si c'en était trop pour lui.

Luke lui conseilla de reprendre son souffle.

Keaton s'exécuta.

— Bon, dit Luke, incapable de contenir plus longtemps son sourire. Allons, qu'essayez-vous de me dire ?

Il prit de nouveau une profonde inspiration.

— C'est la fille de Richard Bright. (Keaton écarquilla les yeux.) J'ai l'impression qu'elle est là. Toute seule.

Dans les ruelles encombrées d'étals, la lumière était douce, teintée par les auvents tendus de chaque côté sur des bâtiments identiques. Il régnait dans l'atmosphère lourde une odeur d'oignons et d'ail frits : des *pakoras* crépitaient dans les poêles des marchands. Maddy entendit gronder son estomac, sous son corset moite. Elle fut tentée de prendre le risque d'en acheter un. Elle n'y aurait pas manqué si elle n'avait pas poursuivi un homme, un peu plus loin devant elle, un rouleau de soie rose sur son épaule nue. Elle l'avait repéré quelques secondes seulement après être entrée dans le bazar, et il lui avait aussitôt rappelé la lettre qu'elle avait commencé à écrire à sa tante Edie. Ayant décidé de lui envoyer un présent avec son courrier – un châle pour la faire sourire, la distraire un moment de l'oncle Fitz et de sa nouvelle vie (si tant est que ce soit possible) –, elle s'était lancée à la poursuite de cet homme. Il marchait si vite, cependant, qu'elle avait du mal à le suivre. Elle accéléra le pas, contournant des tas de fumier, évitant des jets de fruits à moitié mangés et de déchets, un peu plus en sueur chaque fois qu'elle accélérait, la transpiration s'accumulant sur sa poitrine.

— Essayez ! l'interpella un vendeur en agitant un bracelet rouge dans sa direction. Taille parfaite. Couleur parfaite…

— Plus tard, lui promit-elle sans s'arrêter. Peut-être plus tard.

Elle poursuivit son chemin à travers la foule, tourna dans une rue perpendiculaire, puis une autre, avant de s'immobiliser dans une ruelle encore plus bondée que la précédente, obstruée par des étals proposant presque tous des étoffes : du coton, de la soie, de la mousseline dans des milliers de nuances perceptibles malgré la faible luminosité. Elle se hissa sur la pointe des pieds pour tenter de retrouver l'homme qu'elle suivait. Impossible. Il y avait simplement trop de monde dans cet espace pour le moins exigu. Toutefois, les commerçants l'avaient tous repérée. Elle n'eut même pas le temps de recouvrer son souffle qu'une avalanche de « *memsahib, memsahib...* » retentit. Ils accoururent depuis leurs étals en lui tendant des échantillons sous le nez.

— Regardez, *memsahib*. Regardez.

— C'est magnifique, assura-t-elle en se faufilant dans la foule. Vraiment très beau.

— J'ai les meilleurs de la ville, prétendit l'homme à l'étal le plus proche. Achetez chez moi. Les meilleurs de Bombay. Les meilleurs d'Inde.

— *Memsahib*, s'écria son voisin. Venez par ici. Par ici...

Devinant la détresse dans sa voix, elle se retourna. Elle décela une lueur d'espoir dans ses yeux noirs. Il lui désigna les tissus exposés sur le tréteau devant lui, avant de reculer pour lui révéler d'autres rouleaux appuyés contre le bâtiment décati, derrière lui.

Elle y regarda de plus près. Il y avait une couleur qu'elle voyait pour la première fois. Un jaune citron profond, plus riche que celui de sa robe, parcouru par un fil lumineux. On aurait dit un rayon de soleil. Parfait pour Edie et sa grisaille écossaise.

— Achetez, dit l'homme. J'ai beaucoup d'enfants, famille nombreuse. Besoin de manger... (Il fit mine de manger avec les doigts.) Je vous fais un bon prix. Meilleur prix pleine puissance.

Maddy se demanda ce qu'était un « meilleur prix pleine puissance », mais la formulation lui plut.

— Il me faut cette longueur. (Elle tira un trait avec le doigt sur le tréteau.) Combien ?

Il lui donna un prix exorbitant.

Elle esquissa un sourire.

Il le lui rendit.

Il n'avait plus de dents.

— Moins, demanda-t-elle.

Il lui donna un nouveau prix.

— Ma famille, prétexta-t-il. Vous aidez ma famille.

— Je ne compte pas leur acheter une maison, rétorqua-t-elle sans se départir de son sourire.

Elle entendit alors un cri. Elle ne distingua ni la voix ni les paroles, mais elle se figea.

Le cri se répéta, plus fort.

Cette fois, elle se retourna, le cœur battant.

Cela ressemblait beaucoup à : « Mademoiselle Bright ! »

Et même si beaucoup de monde l'appelait ainsi, elle se sentit parcourue par un frisson. Scrutant la foule, regardant partout autour d'elle, elle fut incapable de voir autre chose que le visage des acheteurs et des marchands environnants, dont un certain nombre commençaient de nouveau à l'interpeller.

— *Memsahib*, regardez mes produits, maintenant. Venez, *memsahib*.

Elle secoua la tête. « Taisez-vous, voulait-elle leur dire. Laissez-moi écouter. »

Elle n'entendait plus rien.

S'agissait-il du fruit de son imagination ?

— *Memsahib* ? demanda l'homme édenté. Vous achetez, *memsahib* ?

— Une minute, demanda-t-elle. S'il vous plaît.

Elle retint son souffle.

Rien.

Puis, quand elle fut sur le point de renoncer, découragée, se sentant un peu bête, elle entendit une nouvelle fois son nom. Seulement, c'était « Maddy », et non « mademoiselle Bright », finalement. Ce qui n'était pas normal, mais elle se retourna, tendant le cou, pleine d'espoir, incapable de s'empêcher de…

Elle se figea.

Elle avait vu l'homme qui se frayait un passage vers elle.

Et ce n'était pas ce qu'elle avait espéré. Pas du tout.

Chapitre 6

Luke s'immobilisa sur la marche, une main sur le mur, euphorique en dépit de l'homme en uniforme, plus âgé, qui fondait sur Maddy, simplement parce que, après tout ce temps, elle était là, son visage écarlate encore plus magnifique que dans son souvenir, et parce qu'il était quasi certain qu'elle l'avait entendu, cette fois.

Qu'elle avait espéré que ce serait lui.

Mais il ne la voyait plus très bien. Il aurait souhaité mieux la voir, mais elle lui tournait le dos, toute son attention sur l'homme en uniforme – un commandant, à en juger d'après ses galons –, son chapeau dissimulant ses traits, son expression.

— Maddy, l'appela de nouveau le commandant. Maddy. Restez où vous êtes. Je viens de voir Keaton…

Maudit Keaton…

Luke lui avait promis qu'il la retrouverait. Il ne s'était pas fait prier, à la gare, avant de se lancer à sa recherche.

« C'est impossible ! s'était exclamé Keaton. Nous sommes déjà très en retard. »

« Je crains que nous prenions encore du retard », avait répliqué Luke avec un éclat de rire, en dépit – et sans doute un peu en raison – de l'air effaré de Keaton, mais surtout parce qu'il s'était senti pousser des ailes du fait qu'elle soit si proche. Durant toutes ces semaines d'absence, il s'était demandé s'il n'était pas en train de perdre la raison, tant il s'était révélé incapable de penser à autre chose, et voilà qu'à son retour, elle était là, juste là.

« Vous n'êtes pas inquiet pour elle ? lui avait demandé Keaton. Vous ne semblez pas inquiet. »

L'accusation, bien que formulée de façon respectueuse, était manifeste.

« Je ne suis pas inquiet, lui avait-il répondu, se remémorant le jour où elle avait escaladé le mur pour une cigarette. Je suis sûr qu'elle va bien. »

« Vous la connaissez ? »

« Pas encore, lui avait-il crié par-dessus son épaule. Mais ça viendra. Vous verrez. »

Selon toute vraisemblance, Keaton n'avait rien vu du tout. Car il y avait à présent ce commandant, qu'il avait certainement envoyé sur place. L'officier saisit Maddy par le bras.

Constatant avec quelle désinvolture et quelle familiarité il s'y prenait, il se sentit froncer les sourcils. Mais non. Certainement pas. L'homme paraissait suffisamment âgé pour être son père.

Quand bien même, quelque chose dans son expression poussa Luke à bondir de la marche crasseuse et à se frayer un chemin au milieu de la foule affairée jusqu'à l'endroit où ils se tenaient tous les deux. Il était soudain incapable d'attendre une seconde supplémentaire avant de s'adresser à elle.

Il eut cependant plus de mal à l'atteindre qu'il l'aurait souhaité. Il y avait constamment quelqu'un pour se mettre en travers de son chemin. Il se déplaçait aussi vite que possible, dressant la tête par-dessus la foule en sueur, mais cela lui prit trop de temps.

Lorsqu'il arriva sur les lieux, elle était déjà partie.

La cherchant désespérément du regard, il jeta un coup d'œil autour de lui, certain qu'il le fallait, refusant de se faire à l'évidence, d'accepter le fait qu'elle ne soit plus là.

— Elle, partie avec le *sahib*, lui confirma le marchand édenté.

Il ne souriait plus. Au contraire, même. Il semblait lui aussi mécontent de la tournure des événements.

— Vous avez vu dans quelle direction ? s'enquit Luke.

L'homme secoua la tête.

— Vous achetez ? demanda-t-il en brandissant l'étoffe dorée.

Luke poussa un soupir de mécontentement. Comment avait-il pu la perdre ?

Se maudissant, il demanda au marchand de lui accorder un moment et s'élança vers la sortie du bazar, rebroussant le chemin qu'il avait pris depuis la gare pour la retrouver, croisant les doigts pour que le commandant et elle aient fait de même.

Le marché était encore plus bondé qu'à son arrivée, quelques instants auparavant (il eut du mal à ne pas en vouloir à ces nouveaux arrivants). Il n'y avait plus de place, et l'atmosphère était plus suffocante que jamais. Lorsqu'il atteignit enfin la sortie, il sentit sa chemise lui coller à la peau, aussi bien sur son torse que sur ses omoplates. Après cette poursuite, il avait les poumons en feu. Il prit de plein fouet la lumière crue du soleil à son zénith, le vacarme des sonnettes des pousse-pousse et des klaxons des automobiles. Se protégeant les yeux à l'aide de son avant-bras, il scruta les trottoirs, les saris et les costumes de lin, à la recherche d'un chapeau de paille, d'un bout de robe jaune citron.

Mais il ne vit que Keaton, qui s'élança vers lui. Son visage brûlé par le soleil lui sembla encore plus marqué que lorsqu'il l'avait quitté, au terminus. (Un exploit non négligeable.)

— Keaton, l'appela Luke. Je croyais que nous étions amis…

— « Amis », monsieur Devereaux ?

Il s'immobilisa en se tenant le flanc.

— « Amis », Keaton.

— J'ai du mal à vous suivre. Il faut qu'on y aille.

Luke en était bien conscient.

— Pourquoi avez-vous envoyé cet homme à la poursuite de Mlle Bright ?

— Le commandant Bowen ?

— Je suppose. Espérons que c'était lui, du moins.

— De qui pourrait-il s'agir d'autre ?

— Je n'en ai pas la moindre idée, Keaton. Ni de la raison pour laquelle vous l'avez envoyé. Ce qui m'oblige à vous redemander…

— Pourquoi je l'ai fait ?

— Voilà.

— Parce qu'il la connaît, monsieur Devereaux. Vous m'avez dit que ce n'était pas votre cas. Je me suis demandé comment vous alliez la retrouver.

— Une femme blanche seule dans un bazar indien…

— Oui, bon, concéda Keaton. Bien sûr. Mais puisque le commandant Bowen et elle vont se marier…

Ses paroles firent à Luke l'effet d'un coup de couteau dans le ventre.

— Pardon ? Ils vont se marier ?

— C'est ce que j'ai entendu dire, se défendit Keaton.

— Vous n'en savez rien, en fait…

Keaton secoua la tête. S'agissait-il d'un « non » ou d'un « oui » ?

Luke ne put se résoudre à lui poser la question.

« Se marier ? »

« Se marier ? »

— Ils sont là-bas, quoi qu'il en soit, déclara Keaton en désignant le trottoir de l'autre côté de la large chaussée, où, à une centaine de mètres environ, Luke finit par la voir monter dans une berline décapotée.

Il l'observa. Il la regarda rassembler ses jupons et se hisser sur son siège avec grâce. Il la revit, telle qu'elle était au réveillon, avec sa silhouette élancée sur cette promenade plongée dans la pénombre, sa main sur sa chaise. La façon dont elle s'était tournée vers lui…

« Se marier ? »

Cela n'avait pas de sens.

Il ne pouvait pas lui trouver de sens.

Il continua à l'observer. Il s'aperçut qu'il attendait qu'elle regarde autour d'elle, comme le jour des feux d'artifice, et qu'elle le revoie.

Mais ce ne fut pas le cas.

Le véhicule s'éloigna dans un rugissement, l'emportant loin de lui.

Il contempla le nuage de poussière qui se souleva dans son sillage, tout juste capable de distinguer sa main, celle avec laquelle elle maintenait son chapeau sur sa tête. Elle avait quelque chose à la main, avant. En y repensant, il fronça les sourcils. Il était certain qu'elle tenait quelque chose…

— Il faut vraiment qu'on se dépêche, lui rappela Keaton. Nous sommes plus qu'en retard. Si seulement vous vous étiez contenté de me suivre… Oh, non, monsieur Devereaux. Non ! Où allez-vous, à présent ?

Maddy posa la main juste à temps sur son chapeau pour l'empêcher de s'envoler, tandis que Guy les emmenait à vive allure, obligeant les pousse-pousse à faire des embardées pour les éviter. Il conduisait beaucoup plus vite qu'à l'accoutumée, et faisait montre d'une bien moins grande courtoisie. Il l'avait poussée sans trop de ménagement jusqu'à sa voiture, sourd à ses protestations quand elle lui avait soutenu qu'elle préférait rester, ne serait-ce que pour acheter la soie qu'elle examinait. (Ce pauvre marchand et sa famille. Et cette pauvre tante Edie.)

« Je vous en prie, Maddy, l'avait-il implorée quand elle s'était libérée et lui avait demandé d'attendre. Je devrais être en train d'opérer un soldat, à l'heure qu'il est. »

« Allez-y, alors, lui avait-elle rétorqué, incapable de dissimuler son impatience. (Parce qu'il avait décrété qu'elle avait besoin d'un sauveur, et parce qu'elle avait été déçue que ce ne soit pas celui qu'elle avait cru. Pourquoi en avait-elle espéré un autre ?) Je m'en tirerai très bien toute seule. »

« Bien sûr que non, lui avait-il répondu doucement, d'un ton conciliant, comme s'il annonçait une mauvaise nouvelle à un patient. »

Cela l'avait rendue encore plus furieuse.

« Et pourquoi pas ? »

« Vous êtes trop maligne pour poser la question, lui avait-il répliqué en la poussant vers une ruelle latérale. Venez par ici, c'est plus rapide. »

Elle avait cédé, non pas parce qu'il était parvenu à l'amadouer (ce n'était pas le cas), mais parce qu'elle avait compris qu'il ne capitulerait pas, et parce qu'elle pensait au militaire anxieux qui patientait sur sa table d'opération.

— Heureusement que je vous ai retrouvée, déclarait à présent Guy, haussant le ton pour se faire entendre par-dessus le bruit du moteur. (Il passa une vitesse avec un claquement.) J'ai failli ne pas passer par là. Rendez-vous compte, si je n'étais pas tombé sur Keaton...

— Je me rends compte…, dit-elle entre ses dents, contrariée aussi bien par ce caprice du destin que par l'idée qu'une si grande ville puisse finalement être si petite.

— J'ai du mal à comprendre ce qui a pu vous passer par la tête, poursuivit Guy. Aller en ville comme ça…

Elle manqua de nouveau de lui répondre sèchement. *Pour l'amour du ciel, je ne suis plus une enfant!* Mais elle s'en empêcha, non seulement parce que ce n'était plus une enfant, mais aussi parce qu'il s'agissait de Guy : le gentil Guy qui avait toujours une bouteille d'eau bouillie pour elle dans son coffre, et qui, après tout, n'agissait que pour son bien. Si agaçant cela puisse-t-il lui sembler.

— Promettez-moi de ne plus jamais recommencer une chose pareille.

— Guy…

— Je vous en prie, sinon, je me verrai dans l'obligation d'en parler à vos parents.

Elle se tourna vers lui.

— Vous allez me dénoncer ?

Il esquissa un sourire. Cela lui donna envie d'éclater de rire, parce que le fait qu'il puisse trouver la situation un peu comique lui plut beaucoup, mais elle s'y refusa, parce qu'elle était encore fâchée.

— Promettez-le-moi, insista-t-il.

— Si ça vous fait plaisir, répondit-elle avec un soupir, chassant la culpabilité naissante due au fait qu'elle comptait manquer à sa promesse et se servir de lui comme alibi dès le lendemain.

Dès le lendemain.

Ça ne va plus être très long, songea-t-elle.

Elle croisa les doigts pour que cela ne lui paraisse pas une éternité.

Déjà, elle n'avait pas la moindre idée de ce qu'elle allait faire le reste de l'après-midi, maintenant que Guy avait pris sur lui de la ramener chez elle de manière si prématurée.

Il ne fit qu'une bouchée des rues de la ville. Bien trop tôt à son goût, elle trouva les rues qu'ils empruntèrent ensuite extrêmement fluides, vit la jungle s'épaissir et constata qu'ils étaient de retour à Malabar Hill. Les rayons du soleil parvenaient tant bien que mal à transpercer le feuillage des arbres, se reflétant sur les palmiers et les villas endormies. De temps à autre, ils croisaient sur le bord de la route un domestique indien qui revenait du marché, des paniers de fruits et de légumes en équilibre sur la tête. Mais, à l'exception de rares pousse-pousse, leur véhicule était le seul. Contemplant, par-delà le feuillage, la mer scintillante en contrebas, Maddy ne tenta à aucun moment d'engager la conversation. Elle ne cessait de se remémorer ce cri, au marché, de moins en moins certaine d'avoir entendu quoi que ce soit. De toute évidence concentré sur la route, Guy ne lui adressa pas non plus la parole.

Ce ne fut que lorsqu'il rompit le silence que Maddy s'aperçut qu'il s'était durablement installé.

—Je suis navré que vous puissiez m'en vouloir, déclara-t-il d'une façon qui laissait supposer qu'il réfléchissait à la question depuis un moment.

Se rappelant de nouveau tout ce qu'il avait fait pour elle, Maddy s'obligea à lui sourire.

—Je ne vous en veux pas, se défendit-elle.

Il esquissa un sourire aussi forcé que le sien. Il savait qu'elle mentait.

—Au moins, vous êtes de retour chez vous, à présent, se consola-t-il en franchissant le portail de la propriété de ses parents.

—Oui, c'est déjà ça.

Il ne s'attarda pas à la villa. S'en voulant comme jamais, sachant que lui aussi, désormais, était contrarié, elle le regarda repartir depuis les marches du perron. Cette matinée avait été une belle pagaille. Elle attendit que son automobile ait disparu, un peu plus loin dans l'allée, et que le rugissement de son moteur ait de nouveau fait place au chant des oiseaux et au bruissement paresseux des arbres, avant de rentrer. Son sac à main et son guide sous le bras, elle ôta ses gants de ses mains moites et se dirigea vers l'escalier.

Puis elle se figea.

Marchant à reculons, elle se tourna vers la porte baignée de soleil du salon, à l'autre bout du couloir carrelé. S'y tenait une silhouette tout en boucles brunes et sourire radieux.

Et, si cela lui avait encore paru impossible quelques secondes auparavant, elle sentit son visage se fendre d'un large sourire, et poussa un cri de joie.

Della éclata de rire.

— Bonjour, bonjour ! la salua-t-elle en écartant les bras. J'ai bien cru que tu n'allais jamais rentrer.

Della raconta à Maddy qu'ils étaient tous arrivés par le train en début de matinée. Richard et Peter avaient dû se rendre directement au bureau à leur descente du train, au terminus, mais elle n'avait pas pu attendre pour venir la saluer.

— J'ai effrontément accepté l'invitation à déjeuner de ton majordome, reconnut-elle lorsqu'elles dirigèrent leurs pas vers la terrasse de derrière, où Maddy vit effectivement sur la table une assiette de *kedgeree* encore à moitié pleine. J'avais peur de dépérir. Tu as été relativement longue à revenir…

— Je pourrais en dire autant à ton sujet, lui fit remarquer Maddy. Pourquoi ne m'as-tu pas prévenue de ton retour ?

(Elle songea à sa mère, à son thé.) Je ne suis même pas sûre que ma mère soit au courant.

— Tout s'est passé dans la précipitation, se défendit Della en s'asseyant. Nous devions rester une semaine supplémentaire, mais, d'un coup, il a fallu revenir pour toutes ces réunions.

— Quelles « réunions » ? demanda Maddy, saisissant la carafe pour se servir un verre.

— C'est en rapport avec l'armée, répondit Della en chassant le sujet d'un mouvement de la main avec une certaine désinvolture. Ne parlons pas de ça, il y a des choses bien plus intéressantes. Par exemple… (Elle lança à Maddy un regard malicieux.) Ne serait-ce pas la voiture de Guy Bowen que je viens de voir te ramener ?

— Ou, dit Maddy en souriant, tout ce que tu as fait en ton absence.

Elle vit une lueur se mettre à danser dans le regard de Della.

— D'accord, accepta-t-elle. Nous parlerons de Guy plus tard.

— Non, mais ne change pas.

— Oh, ne t'inquiète pas pour ça. (Della attrapa son couteau et sa fourchette.) Tu veux manger aussi ?

— Serais-tu en train de m'inviter à manger chez moi ?

— On dirait bien, répondit Della avec un nouvel éclat de rire. Je t'ai manqué ?

— Tu n'imagines même pas, répondit-elle en riant aussi, parce que c'était le cas, et parce que, après la matinée qu'elle venait de passer, elle trouvait merveilleux d'avoir ce souci en moins. Tu peux rester, cet après-midi ?

— Il va falloir que je dorme, à un moment ou à un autre. Ces trains… Mais, une heure ou deux, sans problème.

Elle resta quatre heures.

Ahmed apporta de quoi manger pour Maddy, et des boissons supplémentaires. Elles vidèrent leurs assiettes, leurs verres aussi, et discutèrent sans interruption. Plus elles parlaient, plus elles semblaient avoir de choses à dire, de questions à poser. Della combla les lacunes des récits de ses lettres, narguant Maddy avec ses descriptions du lac d'Udaipur, des palais qu'elle avait visités dans la ville bleue et la ville rose, des safaris à dos d'éléphant… Consciente que ses sorties aux quatre coins de Bombay n'étaient rien en comparaison, Maddy en parla néanmoins à son amie, riant de la peur qu'elle avait eue au début.

— Pas besoin de tigres ni de pavillons de chasse pour m'effrayer !

— Tu es vraiment sortie toute seule ? s'étonna Della.

— Oui.

— Je suis fière de toi, ma vieille.

— Ravie de t'avoir rendue fière.

— Qu'est-ce qui t'a poussée à faire ces visites ? voulut savoir Della en repliant sa serviette de table. Tu ne me l'as jamais dit, dans tes lettres.

— Je…, commença Maddy, manquant de lui parler de Luke Devereaux.

Elle se mordit la lèvre inférieure, se retenant de le faire, comme dans ses courriers. Cela lui semblait encore trop tôt, trop fragile pour évoquer le sujet, toute cette affaire, quelle qu'elle soit, lui paraissant dangereusement incertaine. Elle ne pouvait prendre le risque de la compromettre.

— J'ai décidé de réagir pour éviter d'avoir le mal du pays, répondit-elle, mal à l'aise, jouant avec la vérité.

Elle éprouva de nouveau un profond sentiment de culpabilité lorsque Della l'applaudit joyeusement.

— Excellent. Et ta mère ne s'est jamais doutée de rien ?

— Pas que je sache.

— Comment ça se passe, avec elle ?

— Mieux, répondit Maddy en songeant à sa pierre peinte, à l'étage. Un peu mieux.

— Manifestement, il faudrait que je m'en aille plus souvent !

— Je t'en prie, non, l'implora-t-elle.

Après avoir débarrassé leurs assiettes, Ahmed leur apporta des fruits en tranches et une part pour chacune du *Victoria sponge cake* préparé par Cook.

— Je ne suis pas certaine d'avoir encore de la place, déclara Della en s'appuyant contre le dossier de sa chaise, portant les mains à la taille de son corset en grimaçant.

— Mange, lui commanda Maddy. Je t'en prie. Sinon, je vais devoir m'en charger.

Elles ne quittèrent la table qu'une seule fois, pour aller fumer une cigarette au bout du jardin, toutes deux dissimulées derrière des parterres d'agapanthes comme de vilaines écolières, au cas où Alice, sortie beaucoup plus longtemps qu'à son habitude, rentrerait.

En fait, elle arriva juste après le départ de Della, alors que Maddy était en train de monter pour aller prendre un bain.

— Ton père m'a fait la surprise de venir me chercher au club pour aller déjeuner, lui expliqua-t-elle, ses joues roses lui laissant entendre que la surprise n'avait pas été totalement malvenue, et la poussant à se demander ce que cette curieuse journée pouvait encore lui réserver.

Certainement un dîner avec Della et Peter, puisque Alice lui annonça également que Richard avait proposé l'idée à Peter.

— Il rentrera beaucoup plus tard, poursuivit Alice. Il y a apparemment un homme venu d'Angleterre que tout le monde s'arrache.

Maddy monta à l'étage sans poser davantage de questions. Son père rencontrait souvent des hommes venus d'Angleterre. Du reste, elle avait hâte de le revoir enfin, ce soir-là, pour se changer les idées.

Elle s'habilla avec soin pour le dîner, avec une impatience débordante qu'elle n'avait pas connue depuis des mois. Elle choisit l'une de ses robes préférées, noire, avec un bas du dos et des mancherons ornés de perles, prit son temps pour se coiffer à l'aide d'épingles et d'un ruban à sequins, puis enfila ses gants. Durant tout ce temps, la fenêtre ouverte, elle demeura à l'affût du moindre bruit, guettant le ronronnement d'une automobile, la voix grave de son père, plus impatiente que jamais de le revoir, maintenant qu'elle le savait en route.

Il n'était toujours pas là quand le soleil se coucha dans un flamboiement de couleurs resplendissantes. Peter et Della étaient déjà arrivés, Peter se promenant avec indolence dans la douceur crépusculaire, beau et mince dans son costume cravate, Della bondissant à ses côtés dans une robe écarlate.

Maddy s'élança à leur rencontre.

—Ah, la voilà, déclara Peter. Pour le plus grand plaisir de nos yeux. Ton père ne va pas tarder, lui annonça-t-il avant que Maddy ait pu lui poser la question. La journée a été interminable. Il a pu s'éclipser pour déjeuner, alors c'était à mon tour pour le dîner. (Il porta la main à sa poitrine.) Un accord tacite.

—Tu crois pouvoir sortir après dîner ? demanda Della à son amie. On aimerait t'emmener en balade.

—C'est mon idée, ajouta Peter.

—Avec plaisir, répondit Maddy. Où allons-nous ? Ne me dites pas « au *Gymkhana Club* ».

—Au *Gymkhana Club*, répondit Peter. Mais, avant de protester, de nous dire que tu trouves ça ennuyeux ou que tu es furieuse qu'on t'ait abandonnée si longtemps (il grimaça d'un air d'excuse), tiens.

Il tira de sa poche un paquet emballé dans du papier de soie.

— Un cadeau ? demanda Maddy en le prenant.

— Pas de notre part, j'en ai peur, dit Della. Mais ouvre-le. Peter a refusé de me dire ce que c'était.

— Vraiment ? s'étonna Maddy en adressant un sourire intrigué à Peter, qui parut soudain assez content de lui.

— Allez, ma chère Maddy, insista-t-il.

Elle s'exécuta, défaisant l'emballage.

Puis elle poussa un petit cri.

Le paquet contenait l'étoffe qu'elle avait considérée au marché. Lentement, elle la tira de son emballage, la soie lui glissant entre les doigts, sur le poignet, brillante à la lueur du crépuscule.

— Oh, regardez-moi ça, dit Della. C'est magnifique. De qui ça vient ?

Maddy s'abstint de répondre. Elle leva les yeux vers Peter. Elle sentait son cœur battre désagréablement vite.

— Il y a un mot, lui apprit-il.

— Quel mot ? s'enquit Della.

— Vraiment ? demanda mollement Maddy, soudain de retour au bazar, entendant ce cri, plus vraiment certaine de l'avoir imaginé.

Plus certaine du tout, même.

— Le voici.

Les doigts tremblants, elle fouilla dans la soie, dans l'emballage. *Par pitié*, songea-t-elle. *Faites que je ne me trompe pas...*

Puis elle aperçut le billet. La main dessus, elle vit ses doigts trembler davantage encore.

Parce qu'elle ne s'était pas trompée.

Je vous ai vue avec mon guide. J'en ai été ravi. J'espère qu'il vous a plu.
Et que vous viendrez ce soir.
Je ne voudrais pas devoir attendre jusqu'à demain.

Chapitre 7

L'étoffe entre ses doigts tremblants, Maddy regarda fixement le mot, incapable de détacher son regard de l'un comme de l'autre, vaguement consciente, seulement, de son sourire incrédule, des questions de Della, de Peter intimant à sa sœur de se taire, ne serait-ce qu'un moment, du refus catégorique de Della, de leurs voix qui se brouillaient, de l'écriture de Luke Devereaux, aussi, l'encre se troublant de plus en plus devant ses yeux.

Il était là. Vraiment là.

Il l'avait vue.

Et elle allait le voir. Le soir même.

« Je ne voudrais pas devoir attendre jusqu'à demain. »

— Que se passe-t-il, déjà, demain ? demanda Della d'une voix désormais plus forte. Qui est ce Luke Devereaux ? Maddy ? Madeleine Bright ? (Elle lui arracha la soie des mains.) Tu m'écoutes ?

— Maintenant, oui, répondit Maddy en récupérant l'étoffe.

— Parfait. Alors, raconte-moi tout, si tu veux bien.

— Il n'y a pas grand-chose à raconter…

— Je n'en crois pas un mot, répliqua Della.

— Très astucieux, reconnut Peter. Mais, si j'étais toi, je lui donnerais quelque chose, Maddy, elle a le regard d'un chien qui refuse qu'on touche à son os.

— Un chien très contrarié…, ajouta Della, croisant les bras en fronçant exagérément les sourcils. Ça ne me plaît guère que vous ayez des secrets, tous les deux.

— Ce n'est pas un secret, se défendit Maddy, s'apercevant en le disant que cela y ressemblait tout de même beaucoup, et aussi que Della paraissait un peu blessée, ce qui ne lui plaisait pas du tout. Vraiment, insista-t-elle. Ne sois pas contrariée…

— Je ne le serai plus quand tu m'auras tout raconté.

— Très bien. D'accord.

Regrettant à présent de ne pas l'avoir fait plus tôt, elle s'obligea à leur raconter le réveillon du nouvel an, le guide touristique, les allumettes qu'il lui avait retournées, toutes ses cartes postales…

— Distingué, déclara Peter. Très distingué.

Elle s'exprima sans quitter la soie des yeux, les nerfs à fleur de peau parce qu'il l'avait encore surprise et qu'elle non plus « ne voudrait pas devoir attendre jusqu'à demain ». Mais « ce soir », c'était « ce soir », et ce n'était pas rien.

— C'est tout le contraire de « pas grand-chose », finit par lui lancer Della. Pourquoi diable ne m'en as-tu pas parlé dans tes lettres ? Ni ce midi ?

— Je le voulais, lui garantit Maddy. Vraiment. C'était une simple question de… superstition, j'imagine.

Elle s'interrompit, redoutant plus que jamais que cela puisse mal tourner, même maintenant.

Della poussa un soupir d'exaspération.

— Et toi, dit-elle à son frère. Tu aurais pu m'en parler.

— Ce ne sont pas mes affaires, lui rétorqua-t-il.

— Mais c'est bien toi qui lui as donné l'adresse de Maddy, non ?

— Oui, lui confirma-t-il en se dirigeant vers la maison. Une ingérence inhabituelle pour laquelle, dit-il en adressant un sourire à Maddy, il est inutile de me remercier. Je ne l'aurais pas fait pour n'importe qui.

— Attends, l'interrompit Maddy, se souvenant, maintenant que le premier choc était passé, de tout ce qu'elle souhaitait ardemment lui demander. D'où vous connaissez-vous, tous les deux ?

— Ça fait des années, répondit Peter sans s'arrêter. Luke était affecté ici, avant.

— Qu'est-ce qu'il faisait ?

— C'est un militaire, ma chère Maddy.

— Un officier ? demanda-t-elle, abasourdie.

Même si elle ne savait pas trop pourquoi. À cause de la chaleur de ses messages, sans doute. Ou du souvenir de la façon dont il paressait à cette table éclairée à la chandelle, tellement à l'aise, à mille lieues de la posture guindée des lieutenants et des capitaines qu'elle avait eu l'occasion de croiser dans les cantonnements.

— Il a quitté l'armée, lui expliqua Peter, ce qui lui sembla plus logique. Enfin, il est encore réserviste.

— « Réserviste » ?

— Hmm... Comme moi. Les premiers appelés en cas de guerre. Ce qui, espérons-le, ne se produira pas. Quoi qu'il en soit, ces temps-ci, c'est plutôt lui qui dit ce qu'il faut faire à l'état-major et au reste d'entre nous. Bon, je peux y aller, maintenant ? Je suis assoiffé. Toutes ces questions...

Avec un nouveau sourire taquin, il gravit quatre à quatre les marches du perron.

Della se tourna vers Maddy en plissant les yeux.

— Malgré ton air ingénu, lui reprocha-t-elle, tu caches bien ton jeu.

Maddy ne put le nier.

— Tu pourras me pardonner ?

— Peut-être. Mais laisse-moi bouder un moment, avant, la mit-elle en garde en levant les mains. Ensuite, je ferai en sorte de tourner la page.

— Je te remercie.

Della se pencha pour jeter un nouveau coup d'œil au petit mot.

— Tu es terrifiée ? voulut-elle savoir.

— Juste un peu.

— À cause de ?

— De tout.

Della éclata d'un rire bienveillant.

— Et si je gâchais tout, Della ?

— Il n'y a aucune raison.

— Et si je parlais trop ?

— C'est peu probable, compte tenu des circonstances.

— Ou pas assez ? poursuivit Maddy. Et s'il reste là à me regarder, se demandant ce qui peut bien se passer…

— Arrête, l'interrompit Della. Je ne t'écoute plus.

Maddy prit une inspiration en tremblant.

— Ça va bien se passer, lui garantit Della. J'ai un merveilleux pressentiment à ce sujet. (Elle jeta un coup d'œil à la villa, dont les murs crème s'assombrissaient dans le crépuscule.) Néanmoins, j'ai l'impression que ce dîner va être interminable…

— Je veux bien te croire, confirma Maddy.

Ce fut le cas.

Sans compter que son père mit encore une heure avant d'arriver, retardant le repas jusqu'à la tombée de la nuit. En attendant, Alice avait rejoint Maddy, Della et Peter sur la terrasse. Une nuée de moustiques voletaient autour de bocaux remplis d'huile de citronnelle brûlant doucement. Un verre de gin avec des glaçons à la main, elle interrogea discrètement Della et Peter sur leur voyage (« Je crois que

Madeline aurait préféré vous accompagner »), produisant un effort manifeste pour se montrer sociable. Maddy aurait voulu lui en être reconnaissante, mais cela lui fut impossible, car c'était pour elle une torture de ne pouvoir presser Peter de lui en dire davantage sur son ami. Moins mesurée, Della ne cessa de lancer des sourires animés en direction de Maddy. Plus d'une fois, cette dernière vit sa mère prendre un air perplexe, comme si elle se demandait pourquoi Della était si enthousiaste.

À 21 heures, Richard finit par arriver, mais, même si elle fut ravie de le voir franchir la porte de la terrasse, de sentir son étreinte aussi chaleureuse que familière, elle ne put se défaire de son appréhension. Le serrant très fort contre elle, lui avouant combien il lui avait manqué, elle n'était cependant que partiellement consciente du soulagement provoqué par son retour. Tandis qu'ils se dirigeaient tous vers la salle à manger humide éclairée à la chandelle, qu'ils prenaient place à la table pour manger, elle sentit son esprit se mettre à vagabonder, passant de ce « Mademoiselle Bright » au bazar à la soie, qu'elle avait dissimulée dans sa chambre, en passant par la promenade, au réveillon du nouvel an, le compte à rebours, Luke Devereaux patientant dans un *Gymkhana Club* bondé, se demandant s'il serait encore là quand ils y arriveraient enfin, et ce qui se passerait si c'était le cas. Elle était incapable de se concentrer, car, plus elle songeait à l'éventualité de le voir ce soir-là, moins elle y croyait. Quand bien même, elle y croyait suffisamment pour avoir l'impression d'être un peu malade.

— Tu n'as pas faim ? s'inquiéta son père en constatant qu'elle n'avait pas touché à son bol de soupe.

— Pas vraiment, répondit-elle. Il fait très chaud, ce soir, se hâta-t-elle d'ajouter, sachant avec quelle facilité il avait tendance à s'inquiéter depuis qu'elle avait eu plusieurs fois le typhus, quand elle était enfant.

— Ah bon ? La chaleur a un effet sur ton appétit ? demanda Della.

Maddy devina son sourire narquois.

— Oui, Della. Absolument.

Peter pouffa dans son bol.

— Peut-être vaudrait-il mieux que tu restes à la maison…, insista Richard.

— Ça va aller, lui promit Maddy. Vraiment.

— Sinon, on peut vous accompagner, proposa-t-il. Je ne suis pas si fatigué que ça…

— Non !

Elle avait pratiquement crié.

Il haussa les sourcils.

Della esquissa un sourire.

Maddy baissa d'un ton :

— Ce n'est pas nécessaire, vraiment.

— Tu en es certaine ? demanda sa mère.

— Absolument.

— Bois un peu de gin, lui suggéra Della.

— Je préférerais qu'elle mange sa soupe, lui fit remarquer Alice.

Maddy essaya, mais sans y mettre beaucoup de volonté. Elle renonça donc rapidement, comme ce fut aussi le cas avec les quatre autres plats que Cook avait préparés en l'honneur du retour du *sahib*. Elle savait que si elle n'en mangeait aucun, ce serait la goutte d'eau qui ferait déborder le vase, en ce qui concernait Cook, mais c'était ainsi.

Au moins, Della l'aida pour le dessert.

— Passe-le-moi, lui demanda-t-elle en tendant la main au-dessus des chandelles. Je crois qu'il me reste une place.

— Si c'est pour rendre service, la railla Peter.

Quand le repas fut enfin terminé et qu'ils eurent pris un dernier verre, ils s'apprêtèrent tous les trois à prendre la route. Plus angoissée que jamais à cause de l'heure, Maddy avala le sien avec une rapidité qui poussa sa mère à y regarder à deux fois, et Della à hocher la tête d'un air approbateur.

— Revigorant, dit-elle, excellent.

Puis ils quittèrent la maison, montèrent à bord de l'automobile qui les attendait et longèrent les rues mal éclairées de la ville, Maddy se demandant tout le long du trajet s'il les avait attendus, tentant vainement de maîtriser les battements de son cœur. À leur arrivée, immobile à l'entrée du jardin du club, elle resta un long moment à contempler les lampes allumées dans la salle, la longue terrasse inférieure où elle avait pris le thé à de si nombreuses reprises avec une insouciance qui lui semblait désormais inimaginable. Sa robe ondulant dans la brise, elle porta la main à son estomac noué, à ses poumons qu'elle aurait dit emplis d'un air vicié. Au-dessus, dans le bar du pavillon supérieur, elle entendit des voix et des éclats de rire, le crépitement du gramophone qui repassait l'enregistrement de Harry Lauder.

— Prête ? lui demanda Della.

— Je regrette presque de ne pas être restée chez moi.

— Ne sois pas ridicule, la tança Peter en pénétrant dans la salle.

— Franchement, je suis impatiente, avoua Della. J'ai hâte de le voir.

Maddy ferma les yeux. Était-il encore là ?

Le reconnaîtrait-elle, si c'était le cas ?

Elle n'en était pas certaine.

Pas du tout, même.

Della et Peter étaient déjà plus loin sur la terrasse, près de l'escalier, mais elle semblait incapable du moindre mouvement, et voilà qu'elle devait entrer toute seule.

Peut-être ferait-elle bien de rester encore un moment devant la porte…

Malgré son appréhension, elle se remit en mouvement, ses pieds semblant doués d'une volonté propre. Elle s'engagea sur la terrasse carrelée, les terrains de sport déserts sur sa gauche, puis gravit le double escalier, passa devant les fenêtres aux carreaux teintés et la grande horloge avant de rejoindre l'effervescence du bar. Elle s'immobilisa de nouveau sur le seuil. Au plafond, les *pankas* oscillaient, éventant son cou moite et ses joues. Des lampes brûlaient partout où il restait de la place, leur huile embaumant l'air enfumé et donnant aux boiseries d'acajou de riches reflets bruns et dorés. Le cherchant du regard, elle scruta la pièce, mais elle était trop nerveuse pour voir autre chose que des images figées et décousues de la scène qui se déroulait sous ses yeux. Elle aperçut tour à tour des hommes en tenue de soirée jouant aux cartes près des fenêtres aux volets fermés, d'autres accoudés au comptoir, puis Diana Aldyce à une table ronde, écoutant un sergent la tête penchée en arrière, le capitaine Aldyce lissant sa moustache à côté d'elle. Après avoir cligné des yeux, elle vit cette fois des couples danser où ils le pouvaient sur le plancher ciré, dans les bras les uns des autres, se déplaçant au rythme de la musique, nettement plus lent que celui de son pouls. En se tournant, elle remarqua la présence de *punkahwallahs*, alignés contre les murs lambrissés, tirant les cordes des ventilateurs d'un air impassible. Puis elle aperçut à l'autre bout de la pièce le marin au visage brûlé par le soleil avec qui elle avait dansé au réveillon du nouvel an. Il la salua de la main, contrairement à Guy qui, en tenue de soirée, lui tournait le dos, discutant avec son adjoint de l'hôpital, et ne s'était pas aperçu de son arrivée.

Luke Devereaux ne se trouvait nulle part.

De plus en plus inquiète et ennuyée par son absence, elle rejoignit Della et Peter à l'extrémité du comptoir.

Il n'avait vraiment pas l'air d'être là.

On est arrivés trop tard, songea-t-elle.

Mais lorsque Diana Aldyce se tourna vers elle, arborant un large sourire, les lèvres écarlates, elle sembla se figer en apercevant quelque chose derrière Maddy. La voyant plisser les yeux d'un air intéressé, cette dernière sentit des frissons lui parcourir le dos.

Le temps parut suspendre son vol.

Maddy retint son souffle.

— Bonsoir, mademoiselle Bright, résonna une voix grave, derrière elle, d'un ton à la fois chaleureux et amusé qui lui plut aussitôt.

Sans y réfléchir, parce qu'il lui aurait été impossible de faire autrement, elle se retourna.

Elle croisa son regard ténébreux. Aussi profond qu'étincelant, il débordait de plaisir. L'espace d'un instant, elle ne vit plus rien d'autre. Puis le reste suivit : ses épaules, minces mais fermes sous sa veste de costume, avaient le même aspect que dans son souvenir ; son allure, les mains dans les poches, comme sur la promenade, détendue et engageante. Sa peau, hâlée par le soleil indien, la forme de ses mâchoires, ses pommettes ; le visage qu'elle connaissait et qu'elle aurait reconnu entre mille.

Le visage qu'elle aimait.

Beaucoup.

Il la dévisagea, la regardant fixement, l'amenant à se demander ce qu'il voyait, ce qu'il pensait.

— Quel plaisir de pouvoir enfin vous rencontrer, déclara-t-il.

Sans trop savoir comment, elle parvint à lui répondre :

— Tout le plaisir est pour moi, Luke Devereaux.

Il esquissa un sourire.

Qu'elle lui rendit.

Il est là, se dit-elle. *Il est vraiment là.*

Pour de vrai.

Un long silence, aussi merveilleux qu'insupportable, s'installa entre eux. Plus il durait, plus elle souriait, sentant ses joues se mettre à rougir, jusqu'à ce que, contrainte de le rompre, elle finisse par le remercier pour la soie, son guide touristique et ses cartes postales, parlant un peu trop (elle était à deux doigts de regretter que Della ne soit pas là pour l'entendre), ses mots semblant lui échapper.

— Je ne vous ai rien offert, quant à moi, lui fit-elle remarquer. J'ai l'impression que c'est un peu à sens unique.

— Pas du tout, rétorqua-t-il. J'espère que c'était la bonne soie…

— Absolument.

— Parfait, dit-il en souriant de nouveau, les muscles de son visage détendus, comme s'il en avait l'habitude. Elle semblait beaucoup vous plaire…

— Je la trouve magnifique, répondit-elle sans lui avouer qu'elle avait eu l'intention de l'offrir à sa tante. Que faisiez-vous au marché, d'ailleurs ?

— Je vous cherchais, expliqua-t-il simplement, sans la moindre hésitation, au point qu'elle fut ravie de lui avoir posé la question.

Lorsqu'il poursuivit, lui racontant combien Fraser Keaton s'était rongé les sangs, combien il s'était lancé tardivement à sa recherche, elle se surprit à rire malgré sa nervosité, ravie qu'il ait fait tout cela pour elle.

— J'aurais préféré que Fraser s'abstienne de prévenir Guy, déclara-t-elle.

— Moi aussi, lui confirma-t-il.

— Vous auriez dû m'appeler plus fort.

— Effectivement, mademoiselle Bright.

— Vous pouvez m'appeler « Maddy », Luke Devereaux.

Il esquissa un nouveau sourire.

— Je saurai m'en souvenir.

Le gramophone se tut. À cet instant, elle eut l'impression que le club avait disparu en même temps que la musique, et qu'ils étaient désormais seuls au monde, se dévisageant mutuellement.

Elle comprit alors à quel point elle aurait souhaité que ce soit réellement le cas.

Mais, quelqu'un ayant reposé l'aiguille sur le disque, emplissant de nouveau la pièce de notes de jazz, Della et Peter approchèrent en discutant bruyamment, Peter se demandant s'ils avaient l'intention d'aller ailleurs à un moment ou à un autre, et félicitant Luke d'avoir survécu à cet après-midi-là :

— Toutes mes excuses pour Aldyce, il est vraiment bavard.

Della insista pour qu'il fasse les présentations.

— Je vous dirais bien que j'ai beaucoup entendu parler de vous, indiqua-t-elle à Luke (elle se tourna vers Maddy d'un air malicieux), mais j'aurais peur de mentir.

— Non…, lâcha Luke.

— Si, confirma Della. N'est-ce pas terrible ?

Maddy prit une profonde inspiration en réfléchissant à ce qu'elle pourrait dire, mais de plus en plus de monde s'agglutinait autour d'eux : la bande habituelle de Peter, qui souhaitait savoir ce qui retenait Luke (« oh, bonsoir, chère Maddy »), serrer la main de Peter, faire la bise à Maddy et Della, demandant à ces dernières si on leur avait déjà proposé un verre.

— Pas un seul, répondit Della. Il va peut-être falloir que je retourne dans le nord du pays…

— Non, rétorquèrent-ils en chœur. Ne faites pas ça.

— Hors de question, intervint Diana Aldyce en approchant, incapable, comme on pouvait s'y attendre, de rester à l'écart. (Maintenant qu'elle était là, Maddy fut étonnée qu'elle ne soit pas venue avant.) Ce n'était pas gentil de nous abandonner comme ça.

— Je vous promets de vous demander la permission, la prochaine fois, lui garantit Della.

— Vous seriez bien aimable.

— Je plaisantais, lui fit remarquer Della.

Maddy les entendait à peine. Elle était trop distraite par le regard de Luke, par sa façon de la dévisager.

— Oh, mon Dieu, jura Peter. Voilà le mari…

Et qui d'autre, encore? se demanda Maddy.

— Devereaux, le salua le capitaine Aldyce. Il faut que je vous dise quelque chose.

— Vraiment? demanda Luke sans quitter Maddy des yeux.

— Absolument.

Mais il n'en eut pas l'occasion, car un des amis de Peter l'en empêcha, leur suggérant à tous de se retrouver autour d'une table.

— Pas pour y parler boutique, cependant, Aldyce. Trop de travail et pas de plaisir font d'Ernest un triste sire.

Tout le monde s'éloigna vers l'autre bout de la pièce, saisit un siège et se servit un verre de champagne, Ernest Aldyce faisant signe à Luke de prendre place, vraiment, car ce qu'il avait à lui dire ne serait pas long.

— J'ai déjà entendu ça quelque part, lui répondit Luke sans s'asseoir.

Le marin aux coups de soleil leur demanda s'il pouvait se joindre à eux, et Guy regardait dans leur direction, s'apprêtant à l'imiter. Soudain, Maddy, qui était également restée debout, comprit qu'il ne fallait pas qu'elle s'installe, que, sinon, la soirée, déjà bien avancée, s'achèverait avant que Luke et elle aient eu une nouvelle occasion de se retrouver seuls. Personne ne les laisserait plus prendre congé.

— Monsieur Devereaux, demanda Diana, comme si cela ne suffisait pas, comptez-vous un jour me faire danser ?

Comme si son mari et elle étaient de connivence.

— Je vais danser avec vous, Diana, proposa Peter, prêt à se sacrifier.

— J'ai déjà dansé avec vous cent fois, lui rappela-t-elle.

— Pourquoi pas une fois de plus ? intervint Della avec un sourire malicieux.

Maddy était convaincue que Diana refuserait. Elle soupçonnait également Peter, déjà en train de remplir son verre, d'en être conscient. Elle ne se donna pas le temps d'en avoir la preuve. S'interrompant uniquement pour attirer l'attention de Luke, pour qu'il comprenne ses intentions, elle tourna les talons, s'éloigna de Diana et des autres, et, même si elle avait du mal à croire ce qu'elle était en train de faire, quitta les lieux.

Le souffle de plus en plus rapide, elle traversa la salle avec une grande nervosité. Frôlant les tables avec sa robe, elle avait l'impression que tout le monde l'observait, qu'ils savaient tous ce qu'elle comptait faire : Guy, les amis de Peter, Diana… Leurs regards picotaient la peau nue de son dos et de ses bras comme autant d'aiguilles.

Elle ne ralentit pas son allure pour autant. Elle poursuivit sa progression, de plus en plus vite, franchit les portes, redescendit sur la terrasse, avant de prendre la direction des terrains de sport, au-delà, n'ayant qu'une préoccupation en tête : Luke l'avait-il comprise ? Avait-il vu où elle allait ?

La suivait-il ?

Les terrains étaient déserts, l'herbe était totalement desséchée, irrégulière sous les sabots des chevaux de polo qui galopaient dessus quotidiennement. Tout autour, les palmiers qui permettaient d'avoir un peu d'ombre tremblaient, leurs feuilles bruissaient, offrant un doux accompagnement aux notes sourdes de jazz qui provenaient du club derrière, en plus du bruit lointain des klaxons de la ville et des sonnettes des pousse-pousse.

Préférant éviter de s'attarder trop près de l'endroit où se trouvaient les autres, elle poursuivit son cheminement, ses jupons ondulant sur la pelouse racornie, vers les chaises longues en rotin, du côté le plus éloigné du terrain. S'immobilisant, elle jeta un coup d'œil derrière elle, en direction du club-house. Il n'y avait personne d'autre sur le terrain où le silence régnait.

Prenant une nouvelle inspiration, elle s'installa sur un siège. Des chauves-souris voletaient dans les ténèbres figées, les ailes vacillantes. Du noir sur du noir. Des cigales nichaient un peu partout. L'Angleterre et Oxford étaient bien loin. Elle ne se souvenait pas d'avoir jamais eu autant le mal du pays.

Elle regrettait de ne pas avoir pensé à prendre une coupe de champagne avec elle. Ou un verre de brandy. *Revigorant.* Elle n'avait pas vraiment envie d'une cigarette, mais, trop nerveuse pour rester sans rien faire, elle fouilla malgré tout dans son sac à main.

Avant de s'interrompre.

S'agissait-il de bruits de pas ?

Elle demeura immobile, l'oreille tendue.

C'était bien le cas.

Sans bouger, elle déglutit, trop effrayée pour regarder, au cas où ce serait Guy qui viendrait lui demander ce qu'elle faisait là toute seule, ou Della : « Il est rentré chez lui, désolée… »

Elle savait cependant que ce n'était pas Guy. Ni Della. Comme si son cœur le savait aussi, elle le sentit battre plus fort. Le regard rivé sur ses genoux, elle l'imagina s'approcher d'elle. Lorsqu'elle releva les yeux, incapable de s'empêcher de regarder, après tout, il était plus près qu'elle l'avait imaginé. Si près qu'elle sursauta en croisant son regard, et en y décelant une lueur d'amusement et de défi.

— C'était un test, mademoiselle Bright ? demanda-t-il. Pour voir si je parviendrais à vous retrouver ?

— Eh bien, vous l'avez réussi, répondit-elle, n'en revenant pas d'être parvenue à prendre un ton si naturel.

Il s'immobilisa.

— Je n'avais aucunement l'intention de rester à cette table, vous savez ?

— Vraiment ?

— Oui. Je comptais vous inviter à danser.

Elle leva les yeux vers lui, ayant encore du mal à croire qu'il soit là, vraiment là.

— Et après ?

— Vous inviter à une nouvelle danse.

— Et puis ?

Il poussa un petit éclat de rire grave.

— Encore une autre fois.

— D'accord, dit-elle, encore émerveillée par son sang-froid. Je crois voir où ça nous aurait menés.

— Peter m'a prévenu que vous étiez pleine d'esprit.

Ce fut au tour de Maddy de rire.

—Alors, nous aurions dansé toute la soirée. Sur du Harry Lauder. Je vous préviens, ils ne cessent de passer ses disques.

—J'avais cru remarquer.

—De plus, il faisait très chaud, là-dedans.

—C'est vrai, je l'avais remarqué aussi.

—Hmm, poussa-t-elle en inclinant la tête. Je crois que je préfère mon plan.

—Je crois que moi aussi. Mais je crains qu'on ne nous laisse pas seuls très longtemps.

Il prit place sur un siège, lui effleurant le genou avec le sien.

—Ah bon ?

Cette fois, elle avait pris une voix tendue.

—Oui. Peter était inquiet. Par rapport à votre réputation.

—Elle est en danger ? demanda-t-elle sans réfléchir, rougissant en comprenant ce qu'elle venait de dire.

Il lui lança un sourire. *C'est à voir*, semblait-il signifier.

Je ne suis pas certaine de m'en offusquer, se surprit-elle à songer.

Comme s'il avait lu dans ses pensées, il se fendit d'un large sourire.

Le temps sembla se figer. Elle eut du mal à se retenir de baisser les yeux.

Lui aussi refusa de céder.

—Puisque nous n'avons pas beaucoup de temps devant nous, finit-il par déclarer, nous ferions bien d'en profiter.

—Ce serait préférable, confirma-t-elle.

—Nous ne nous connaissons pas.

—Pas du tout, dut-elle admettre.

—Nous devrions y remédier, alors, non ?

—Oui, je crois bien que oui.

Ce qu'ils firent.

Il commença, lui demandant combien de temps elle avait vécu en Angleterre avant de revenir à Bombay.

— Peter m'a confié que vous étiez née ici.

— Oui, reconnut-elle, saisissant en silence à quel point Peter et lui semblaient avoir parlé d'elle, l'idée lui plaisant énormément. Je suis partie quand j'avais sept ans, il y a quinze ans.

— Vous êtes restée là-bas longtemps.

— Très longtemps.

Elle poursuivit, d'abord avec hésitation, s'habituant progressivement à l'idée qu'il puisse s'intéresser à ses paroles, lui répétant les histoires qu'on lui avait racontées sur ses maladies d'enfance, lui faisant part de ses souvenirs nébuleux, notamment le fait que quelqu'un lui posait régulièrement une main douce sur le front.

— Votre *ayah* ? demanda-t-il.

— Je n'en sais rien, répondit-elle.

Elle évoqua aussi les petits singes qu'on lui avait cousus sur sa moustiquaire, puis son trajet jusqu'en Angleterre, même s'il ne l'avait pas marquée outre mesure.

— Juste le froid, au fur et à mesure qu'on approchait. Et les parties de quoits, sur le pont, avec mon père.

— Votre mère ne vous accompagnait pas ?

— Non. Je ne sais pas pourquoi.

— Peut-être était-ce trop loin pour elle, suggéra-t-il.

— Peut-être, répéta-t-elle, se remémorant les feux d'artifice, les pierres peintes…

— Vous avez un doute…

Elle haussa les épaules.

— Ma mère est assez difficile à cerner.

— Mais vous essayez.

— Je crois que nous essayons toutes les deux, rectifia-t-elle, comprenant combien c'était le cas en le disant. Ce n'est pas simple.

— Parce que vous n'avez aucune envie d'être là ?

Elle lui adressa un sourire désabusé.

— Ça n'était pas prévu, en tout cas.

Elle poursuivit sans vraiment en avoir eu l'intention, juste parce qu'il était très facile de lui parler. Elle lui confessa à quel point elle avait été bouleversée par le caractère permanent qu'avaient pris ses vacances et la perte de son poste d'enseignante à Oxford. Elle aborda même le divorce d'Edie et de Fitz et le mariage de ce dernier avec une vieille amie d'enfance d'Edie.

— La fille d'un des membres du conseil d'établissement de l'école où j'étais censée travailler, en fait.

Il continua à la regarder fixement, sans ciller. Elle comprit qu'il était déjà au courant pour Edie et Fitz, et probablement aussi pour l'enfant que la femme de ce dernier attendait d'un jour à l'autre. Elle n'en fut guère étonnée, tout le monde savait. Mais elle apprécia beaucoup le fait qu'il ne soit pas embarrassé, et qu'il n'en fasse pas toute une histoire non plus.

— Votre père doit être inquiet pour votre tante, se contenta-t-il de lui faire remarquer.

— Il n'en parle pas. Mais ça doit certainement être le cas.

En imaginant Edie seule en Écosse, elle se sentit obligée de lui avouer que l'étoffe était un présent pour elle.

Luke la regarda en écarquillant les yeux. Elle éclata de rire, sentant se dissiper une partie du sérieux de leur discussion.

— Navrée, s'excusa-t-elle.

— Navrée pour quoi ?

— Je ne le sais pas vraiment, reconnut-elle sans cesser de rire.

Il esquissa un sourire.

— Je crois que nous ferions bien de lui trouver autre chose, proposa-t-il.

— Oui, convint-elle, ravie de ce « nous ». Je le crois aussi.

Et, préférant éviter de continuer à parler de choses tristes, elle changea de sujet. Elle prétendit avoir l'impression d'en avoir suffisamment dit sur elle, et décida que c'était à son tour, à présent.

— Que souhaitez-vous savoir ? demanda-t-il en s'appuyant contre le dossier de la chaise longue, allumant une cigarette, la flamme illuminant son teint hâlé et ses traits résolus, et la lui offrant.

Elle l'accepta distraitement, finissant par lui demander ce qu'il faisait en Inde, depuis combien de temps il était là, pourquoi il n'était plus soldat, et ce qui l'avait poussé à le devenir.

Il tira une nouvelle cigarette de son étui et l'alluma.

— Ça fait beaucoup de questions, mademoiselle Bright.

— Très bien. Pourquoi vous êtes-vous engagé dans l'armée ?

— Parce que j'avais dix-huit ans et aucune idée de ce que je pouvais faire d'autre.

— Pourquoi l'avez-vous quittée ?

Il souffla la fumée, comme s'il s'agissait d'une longue histoire, puis il fit au plus court, lui expliquant qu'il n'avait pas du tout aimé la rigidité de la vie militaire, l'étroitesse d'esprit des cantonnements, et qu'il y avait renoncé dès que possible.

— C'était ce qui me semblait de mieux à faire. Partir.

— Vous étiez dans l'armée indienne ?

Il n'y avait guère de régiments britanniques en Inde. La quasi-totalité des officiers était là pour encadrer les *cipayes*.

—Oui, lui confirma-t-il.

—Vous parlez ourdou, alors ?

—Bien obligé.

Elle hocha la tête. Elle était au courant. Contrairement aux autres colonies, les soldats locaux ne parlaient pas anglais, même s'il leur était interdit de se commander entre eux.

—Et vous travaillez encore pour l'armée ?

—Indirectement. Ça fait cinq ans maintenant que je travaille à Whitehall. Mais on m'a demandé de participer à ce projet.

—À quel projet ?

—C'est confidentiel, répondit-il d'un air laconique. Et plutôt inintéressant.

Puis ce fut à son tour de changer de sujet. Il lui demanda ce qu'elle avait fait en son absence.

Elle s'apprêtait à insister, avant de se raviser. Il était évident qu'il n'avait aucune envie de s'attarder sur son travail, et elle préférait éviter de s'obstiner, de peur de le mettre mal à l'aise. Pour le moment, elle souhaitait uniquement le rendre heureux.

—Des découvertes, lui répondit-elle plutôt. Grâce à vous.

Elle lui raconta combien elle avait apprécié la lecture de son livre, riant de sa visite avortée au marché aux épices et lui racontant la visite de la mosquée sur laquelle elle s'était rabattue.

—Je ne crois pas en avoir entendu parler, reconnut-il.

—J'ai l'impression que personne n'est au courant de son existence, regretta-t-elle.

— Mais vous êtes allée au marché aux épices, en fin de compte ?

— Oui.

S'apercevant que sa cigarette s'était éteinte, elle la posa par terre et lui raconta combien elle avait été surprise d'y être restée si longtemps, puis lui parla des enfants au *dargah*, des trams bondés, et des sommes qu'elle avait dépensées en soudoyant Ahmed pour qu'il coopère.

— Et vous ne vous êtes jamais sentie en danger ? J'espère que non.

— Pas une seule fois.

— Parfait, souffla-t-il, soulagé, en finissant sa cigarette. Parfait.

Il lui raconta ses propres voyages : les années qu'il avait passées à Bombay, ce qu'il avait pensé des lieux qu'elle avait visités et de ceux qu'elle n'avait pas encore vus. Il évoqua une partie de la côte, non loin de là, où, chaque année, à peu près à cette époque, les bébés tortues sortaient de leurs œufs à la pleine lune.

— J'adorerais voir ça ! s'exclama-t-elle.

— Oui…, dit-il en souriant, comme si cela lui aurait plu aussi qu'elle puisse assister à ce spectacle.

Le jazz continuait à se faire entendre, derrière eux. De temps à autre, un éclat de rire, un cri résonnait dans l'atmosphère étouffante, ce qui lui rappelait le club-house et tous ceux qui s'y trouvaient encore. Le plus souvent, elle évitait de penser à eux. Elle contemplait son visage quand il lui parlait, chacune de ses expressions, devinant l'énergie qui l'habitait, à laquelle répondaient les battements de son cœur, le désir de le toucher se faisant plus fort chaque minute. Il se pencha vers elle, plus près, éprouvant le même désir, jusqu'à ce qu'ils ne soient plus séparés que de quelques centimètres. Au moindre geste, l'impression se dissiperait.

Ils se turent. Elle se demanda combien de temps ils avaient passé à parler. Il la regarda de nouveau dans les yeux, comme s'il la voyait pour la première fois. *Il me plaît*, songea-t-elle. *Il me plaît beaucoup*. Une légère brise souffla dans les arbres et sur l'herbe. Elle sentit son cœur se serrer. Comme si quelque chose n'allait pas tarder à se produire.

— Il vous est arrivé de vous inquiéter ? voulut-il savoir.

— De m'inquiéter ?

— Du fait que nous pourrions nous tromper.

— Non, répondit-elle. Pas vraiment.

— Non, moi non plus. (Devinant une légère perplexité dans sa voix, elle fut ravie que ce sentiment lui soit également étranger.) J'ai l'impression de vous connaître depuis très longtemps, ajouta-t-il.

— Oui, dit-elle d'une voix douce.

— Puis-je malgré tout vous revoir demain ? s'enquit-il.

— Vous savez bien que oui.

— Je dois voir votre père, à la première heure. Je ferais bien de lui en parler.

— Ce n'est pas de mon père qu'il faut vous inquiéter, lui lança-t-elle, tout juste consciente de ses paroles.

Il esquissa un sourire.

— Je viendrai vous chercher. Inutile de soudoyer votre majordome.

— Pour le café ?

— Non.

— Quand, alors ?

— C'est important ? demanda-t-il, lui effleurant les lèvres avec les siennes.

— Non, reconnut-elle. J'imagine que non.

Son regard se perdit dans le sien.

Elle n'était plus vraiment sûre de respirer.

— Maddy ! retentit la voix de Peter depuis la terrasse, la faisant sursauter. Il est temps d'y aller.

L'espace d'un instant, ils demeurèrent tous deux immobiles. Puis Luke baissa la tête. Levant les yeux vers elle, il pouffa discrètement. À présent mal à l'aise à cause de ce qui avait failli se produire, elle esquissa un sourire.

— Maddy ! appela de nouveau Peter. Si ton père me congédie, je te poursuis en justice pour obtenir un dédommagement.

Avec un sourire réticent, Luke se leva. Il lui tendit la main. Elle s'en saisit, sentant ses doigts se refermer sur les siens, la chaleur de sa main malgré ses gants.

Elle continua à la sentir, même après qu'il l'eut libérée.

— Madeline. Madeline Bright. Je n'ai vraiment aucune envie d'aller te chercher. Il fait nuit !

Luke lui lança un sourire.

— À demain, lui promit-il.

— À demain, répéta-t-elle.

Ce ne serait pas très long.

Chapitre 8

Cinquième hôpital militaire du roi, 1916

Il dormait. Du sommeil profond du cœur de la nuit. Il était dehors, au milieu d'une vaste étendue d'herbe plongée dans les ténèbres. Elle était là aussi, lui tournant le dos. Il la regardait s'éloigner d'un pas lent et traînant. Il avait l'impression de sourire. Elle portait une robe sombre. Son dos-nu formait un « V » sur sa colonne vertébrale, et son ourlet traînait sur le gazon. Ses boucles blondes aux reflets argentés s'échappaient de son bandeau et lui tombaient dans le cou.

— Enfin ! retentit la voix d'un homme dans l'obscurité nocturne. (Elle lui était agréablement familière.) Diana s'amuse comme une folle.

Il ouvrit brusquement les yeux. Il était réveillé.

Le souffle rapide à lui en donner la nausée, il regarda fixement les moulures aux contours imprécis, au plafond.

Où suis-je ?

Qui suis-je ?

En un clin d'œil, il se rappela qu'il n'en avait pas la moindre idée. Puis, tandis que le reste suivait – son réveil, perdu au milieu d'une forêt silencieuse, sans veste, sans plaques d'identification, avant de gagner cet hôpital de campagne où régnait une activité frénétique, puis Dieppe, et enfin la traversée glaciale de la Manche jusqu'à l'établissement londonien, et l'hôpital où il se trouvait actuellement –, il abattit ses poings sur son matelas trempé de sueur en poussant un cri de rage. C'était cela ou fondre en larmes.

Qui était Diana? *Qui?*

Il attrapa comme il put son journal et y inscrivit le nom avant qu'il disparaisse de sa mémoire, comme la femme dans ses rêves.

Il fut incapable de retrouver le sommeil, cette nuit-là. Il ne le tenta même pas. Pourtant, il était fatigué. Il était encore épuisé. Tout le temps. Le problème, c'était qu'il n'était jamais parvenu à poursuivre le même rêve, et il préférait éviter de subir la déception d'un nouvel échec. Il mourait d'envie de retourner là où il se trouvait. Alors, il se leva, alluma une lampe à huile, parcourut les absurdités qu'il avait consignées dans son journal, puis reposa le carnet, car, dans l'obscurité qui précédait le lever du soleil, il éprouvait toujours un profond sentiment de désespoir.

Lorsque sœur Emma Lytton se présenta à sa porte, son inévitable tasse de chocolat à la main, il était déjà habillé et avait déjà ouvert les épais rideaux de brocart devant sa fenêtre et fait son lit. Cela l'énervait de savoir qu'il pouvait faire ce genre de choses, mais qu'il était incapable de se rappeler qui les lui avait apprises. Sa mère, sans aucun doute. Il s'était forcé, à de nombreuses reprises, à se souvenir d'elle. Il se demandait souvent si son père et elle étaient encore en vie. Il avait l'impression que c'était le cas, sans vraiment savoir pourquoi. Il s'était aperçu qu'ils devaient le croire mort.

« Quel effet ça vous fait ? » lui avait demandé Arnold.

« Je déteste ça, avait-il répondu, devinant leur douleur, une douleur inutile. Les mots me manquent pour décrire à quel point ça me répugne. »

— On dirait que vous êtes prêt pour le petit déjeuner, déclarait à présent sœur Lytton. J'ai vu à 4 heures que vous aviez déjà allumé.

Il s'abstint de lui demander ce qu'elle faisait debout à une heure si matinale. Arnold lui avait parlé de son défunt fiancé, de son frère.

« Encore une âme meurtrie », avait-il dit.

Elle avait reconnu avoir du mal à dormir.

« Mais je ne me plains pas, naturellement. »

« Vous avez le droit de vous plaindre », lui avait fait remarquer Jones.

Elle avait éclaté de rire, comme s'il s'agissait d'une plaisanterie.

— Oh, officier Jones, disait-elle à présent. Vous avez encore fait votre lit.

Elle lui lança un regard impuissant, comme chaque matin.

— Si vous continuez comme ça, déclara la volontaire qui l'accompagnait (elle avait demandé à Jones de l'appeler « Poppy »), je n'aurai plus d'excuse pour venir vous voir. (Elle fit une moue évocatrice.) Vous serez bien avancé.

Jones avait déjà entendu cette boutade quelque part. S'agissait-il d'un des tours d'Arnold ? se demandait-il parfois. Exigeait-il de son personnel qu'il se répète à l'envi ? Sœur Lytton adressa un froncement de sourcils désapprobateur à Poppy à point nommé. Même lui joua son rôle en disant à Poppy qu'il était désolé pour le lit.

— Vous êtes tout excusé, officier Jones, lui répondit-elle avec un nouveau sourire.

Il ne lui rendit pas son sourire. Il ne le lui rendait jamais.

Il se leva pour descendre avec sœur Lytton, laissant son journal sur le lit, et remarqua à peine la façon dont Poppy le regarda partir, des fossettes au coin des lèvres.

À leur arrivée dans la salle du petit déjeuner, celle-ci était en pleine effervescence. Pas vraiment bruyante, car personne ne parlait (on entendait chaque bouchée de pain grillé, le tintement des tasses et le « plouf » des morceaux de sucre dans le thé), mais pleine. Plusieurs infirmières étaient déjà présentes, surveillant le bon déroulement du repas – ils étaient surveillés en permanence –, et presque toutes les places autour de la table en acajou étaient occupées par les autres patients, voûtés sur leur tasse, le teint pâle, vêtus du même uniforme bleu amidonné que le sien.

Ayant repéré un siège libre à côté du capitaine qu'il avait vu au salon le jour de son arrivée au Cinquième, celui qui portait un masque sur sa gueule cassée, il se dirigea vers lui. En prenant place, il se prépara à l'entendre se présenter en bégayant. Contrairement à lui, ce capitaine oubliait chaque nouvelle journée qui passait. Jones avait donc fait deux cent trois fois sa connaissance, chacun de ces jours inscrit dans son journal. Lors d'une des promenades qu'elle aimait faire en sa compagnie (« la solitude n'est l'amie de personne »), sœur Lytton lui avait confié qu'elle s'efforçait toujours d'être aux côtés du capitaine au moment où il se réveillait, chaque matin, prête à lui répéter où il se trouvait avant qu'il se mette à pousser des hurlements de panique. Il avait aussi une femme, quelque part, mais elle ne venait jamais lui rendre visite. Seulement sa mère. Plus elle restait avec lui, moins il tremblait.

Il était toutefois horrible de l'entendre pleurer à son départ.

— Bonjour, le saluait à présent Jones.

— B-B… j-j-j…

— « Bonjour », compléta Jones.

— Je… je…

— « Je ne crois pas que nous nous connaissions », dit-il à sa place, lui épargnant la torture que représentait pour lui le simple fait de s'exprimer, remuant sur son siège tandis que sœur Lytton se penchait entre eux, saisissant les plats en argent.

Elle dégageait un parfum d'amidon, d'eau de lavande et de savon carbonique. Elle alla chercher le bacon et les toasts du capitaine, les posant sur son assiette avec un certain optimisme, car ses tremblements étaient si forts qu'il avait énormément de mal à couper sa nourriture.

Jones refusa qu'elle le serve, et, dès qu'elle eut quitté la pièce, faisant balancer sa coiffe d'infirmière en contournant la table pour surveiller ce que chacun mangeait et ne mangeait pas, il saisit l'assiette de son voisin de table et esquissa un sourire forcé en réponse à ses remerciements.

— Je-je su-suis un v-vrai bou-bouffon, au-au-aujourd'hui.

Il lui coupa son bacon, beurra son pain grillé, et le trancha en petites bouchées.

Ce faisant, il regardait par la fenêtre du réfectoire. L'hiver avait passé. Le printemps aussi. Les pelouses du jardin étaient luxuriantes, couvertes de rosée en raison de la bruine d'été qui tombait depuis l'aube.

Il poussa l'assiette de bacon et de pain vers l'homme. Avec précaution, il saisit ses doigts glacés, sentant sa peau sèche et ses os, et les positionna sur sa fourchette, avant de déplacer légèrement son masque pour faciliter son repas.

— Voilà, lui dit-il. Ça va aller mieux, maintenant.

Il se demanda pourquoi il lui répétait toujours cela.

Aucun d'eux n'allait mieux.

— Il ne progressera jamais si vous l'aidez constamment, lui reprocha Arnold, plus tard dans la journée, alors qu'ils étaient tous deux installés dans le verger.

Ce petit coin sauvage du domaine était la partie préférée de Jones dans les jardins, par ailleurs soigneusement aménagés. L'herbe, contrairement à celle des vastes pelouses tondues de l'hôpital, était terreuse et mal entretenue, jonchée de feuilles mortes et de pommes pourries. Les arbres en étaient chargés, ainsi que de poires, et les haies étaient couvertes de mûres vertes et noires. Il y avait un ruisseau, minuscule – plus proche du filet d'eau, en réalité –, mais Jones adorait le son qu'il produisait, la sensation qu'il dégageait. Tout comme la voix qu'il avait entendue dans son rêve, l'eau lui paraissait familière, réconfortante.

La pluie s'était remise à tomber. Elle tachetait son uniforme en laine bleue, ainsi que la veste en tweed d'Arnold et ses lunettes. Elle était si fine que Jones avait l'impression de la respirer. Il leva la tête, scrutant le ciel blanc estival, savourant la fraîcheur de l'humidité sur son visage.

— On ne dirait pas de la pluie, hein ? fit remarquer Arnold.

— C'est vrai, reconnut Jones.

Il avait l'irrésistible envie de la comparer à autre chose, mais il n'aurait su dire quoi. Tentant de réfléchir, il fronça les sourcils. Cela lui faisait mal à la tête. Physiquement. Et cela ne le mena nulle part. Mais, avant de pouvoir évacuer l'insupportable sentiment de frustration dont il était victime, il entendit un léger grondement, dans le ciel. Ce n'était pas le tonnerre. Arnold, qui, ces derniers temps, lui parlait beaucoup de la France et des Flandres (« Vous vous en sortez très bien, et, un jour, je finirai par tomber sur un mot ou un nom qui aura un sens pour vous, j'en suis convaincu. »), lui avait expliqué que le bruit provenait de l'artillerie lourde, dans la Somme, de la violente bataille qui s'y déroulait depuis le 1er juillet et qui avait déjà fait un nombre considérable de victimes.

Écoutant le bombardement, Jones ferma les yeux, pensant aux tranchées dont il ne se souvenait pas, espérant que les combattants ne souffraient pas de la même bruine. Il imagina des torrents de boue, des hommes et des gamins abrités sous des bâches en lambeaux, des balles sifflant à leurs oreilles. Le cœur serré, il éprouva un sentiment de tristesse et de colère.

Il en parla à Arnold.

—Je me demande à quoi c'est dû.

—À l'amour, répondit Arnold. Pour vos hommes.

—Mais, je ne me souviens plus d'eux…

—Pas de manière consciente, effectivement.

—Pas du tout, rectifia Jones.

Arnold s'abstint d'insister.

Il y eut un long silence. Un oiseau sautillait au milieu des pommes que le vent avait fait tomber. Le ciel continuait à gronder. *Des obusiers*, songea Jones, sans pouvoir se rappeler si c'était Arnold qui lui avait donné le nom de ces canons.

—Les infirmières se sont entichées de vous, lui fit remarquer Arnold, préférant visiblement changer de sujet. Sœur Lytton, surtout.

—Elle s'attache à tous ses patients, j'ai l'impression.

—Elle m'a dit que vous lui rappeliez son petit frère.

—Vraiment? demanda Jones, aussi surpris qu'attristé. (Il ne lui arrivait certainement pas à la cheville.) Je regrette qu'elle l'ait perdu.

—Moi aussi. C'est quelqu'un de trop bien pour mériter tout ce qui lui est arrivé.

—Oui, reconnut Jones, déterminé à se montrer plus aimable la prochaine fois qu'elle lui proposerait d'aller se promener.

—Et puis, la volontaire aussi, naturellement, ajouta Arnold.

—La « volontaire » ?

—Hmm, confirma Arnold. Celle qui semble toujours sur le point de faire une bêtise.

—Poppy ?

—Oui. Elle est très jolie. Elle me fait penser à une laitière.

—Pas sûr qu'elle soit aussi saine, fit remarquer Jones.

—Vous ne la trouvez pas mignonne ? demanda Arnold d'un ton désinvolte.

Il le sondait.

Se demandant où il voulait en venir, Jones lui lança un regard oblique. Il avait toujours une idée derrière la tête.

—Je ne me suis jamais vraiment posé la question.

—Ah bon ?

—Non, répondit sincèrement Jones.

—Je vous garantis qu'elle est exceptionnellement jolie.

—D'accord, très bien, répondit Jones, ne sachant quoi dire d'autre.

—Mais vous ne pensez pas à elle de cette façon…

Ce n'était pas une question, néanmoins Jones lui répondit :

—Non, dit-il en revoyant la robe noire et les boucles blondes. Je n'y pense pas.

—Vous avez dû croiser un grand nombre d'infirmières, ces derniers temps.

—En effet.

—Et vous n'avez jamais été… tenté ?

—Jamais.

— Nous y voilà, alors, déclara Arnold, qui n'avait finalement pas changé de sujet du tout. L'amour.

— « L'amour », répéta Jones.

— Oui. (Il vit briller le regard d'Arnold, derrière ses lunettes.) Vous avez beaucoup de souvenirs, mon ami, je vous le garantis. Il nous suffit de découvrir où ils se cachent.

Chapitre 9

Bombay, printemps 1914

Après cette première soirée avec Luke, Maddy se réveilla tardivement, le lendemain matin, réfléchissant encore à ce qui s'était passé, souriant dans son oreiller, se repassant ses souvenirs en boucle, de la façon dont il l'avait regardée, face à elle dans l'obscurité, à ce presque baiser. « J'ai l'impression de vous connaître depuis très longtemps », se répéta-t-elle en se mordant la lèvre inférieure à l'idée qu'elle le retrouverait quelques heures plus tard. Cela aussi, elle avait du mal à le croire.

À en juger d'après le silence qui régnait dans la maison, elle comprit que son père était déjà au bureau, sans doute même avec Luke. Ce dernier n'aurait même pas à le prévenir qu'il passerait la chercher, car elle s'en était déjà occupée à sa place. Quand elle était rentrée, bien après minuit, Richard était encore debout, l'attendant en peignoir sur la terrasse malgré son épuisement.

« Je voulais être certain que tout allait bien. »

Comme prévu, quand elle lui avait annoncé que Luke passerait la chercher, il s'était montré accommodant. Surpris, mais pas de manière négative, il lui avait confié avoir trouvé que Luke était quelqu'un de bien, cet après-midi-là.

« Oui, avait-elle confirmé. Quelqu'un de très bien. »

Malgré la fatigue, Richard lui avait souri.

« Peter a beaucoup d'estime pour lui, avait-il dit en attrapant sa chandelle. Je me trompe ou tu préférerais éviter que ta mère vous accompagne ? »

« Tu as plutôt raison… »

« Hmm, avait-il réfléchi avec un sourire. Je me demande ce qu'elle va en penser… »

Maddy se le demandait aussi.

Elle se retourna sur son oreiller, regardant de côté la pierre peinte sur sa table de chevet, son humeur s'assombrissant légèrement à la perspective de le découvrir en descendant. Malgré le récent dégel dans ses relations avec sa mère, Maddy n'avait vraiment pas hâte de lui parler de Luke. Elle aurait pu s'en charger la veille – elle avait vu de la lumière à sa fenêtre, et savait qu'elle aussi était réveillée –, mais Della l'avait fait parler durant tout le trajet du retour :

« Ne t'avise pas de me dire que tu es trop fatiguée, l'avait-elle menacée. Je veux tout savoir. »

« Oh, mon Dieu, s'était lamenté Peter. On est obligés ? »

Elle n'avait alors eu qu'une hâte, gagner sa chambre et rester seule avec ses souvenirs. De plus, c'était sa mère. À part cet interlude de peinture dans le jardin, Maddy n'avait aucun souvenir de la dernière fois où elles avaient abordé un sujet plus personnel que la météo.

Cependant, en l'absence d'autre solution, elle se leva, un peu trop vite, sentant la chambre tourner autour d'elle, et, remarquant l'heure, comprit le peu de temps qui lui restait « jusqu'à demain ». Elle se dirigea vers son armoire, à présent impatiente de s'habiller, d'en finir avec cet échange inévitablement guindé.

Après un bain d'une demi-heure, elle enfila des bas sur ses jambes mouillées (ce qui n'était jamais facile), se coiffa à l'aide de nombreuses épingles, enfila une robe de dentelle blanche (allait-elle plaire à Luke ? Elle n'en avait pas la moindre idée), et alla trouver Alice sur la terrasse, où elle était en train de broder. La table du petit déjeuner avait été débarrassée. Il n'y restait qu'une assiette de nourriture, attendant Maddy sous une moustiquaire. (Elle se demanda si cela signifiait que Cook acceptait encore de lui parler.)

Elle hésita, se demandant pourquoi elle songeait à Cook, écoutant Alice lui faire remarquer sèchement son étonnement d'avoir appris que Maddy avait fait une nouvelle connaissance.

— Papa t'en a parlé ? demanda-t-elle, bien que ce soit absolument évident.

— Oui. Il m'a dit qu'il s'agissait d'un ami de Peter.

En entendant le ton heurté de sa voix, Maddy se demanda ce que son père lui avait dit d'autre, s'il lui avait demandé de ne pas insister si leur fille préférait sortir sans elle. Fermée comme une huître, continuant à faire entrer et sortir son aiguille d'un morceau d'étoffe, Alice donnait clairement l'impression de quelqu'un à qui l'on aurait demandé de ne pas faire d'histoires.

Était-ce simplement parce que Maddy refusait de se faire chaperonner ? Elle n'en était pas certaine. Mais elle s'abstint de poser la question. Elle soupçonnait que cela était tout autant lié au fait qu'elle sorte avec quelqu'un d'autre que Guy, mais elle préféra éviter d'en avoir la confirmation. Elle s'était efforcée de repousser les doutes insidieux quant aux espoirs que sa mère semblait commencer à nourrir. Tout comme elle préférait ne pas s'attarder sur la possibilité que Guy en soit réellement venu à se considérer comme autre chose qu'un oncle (toutes ces bouteilles d'eau bouillie…).

Alice reprit la parole. Elle lui annonça qu'elle aimerait que Maddy revienne sur ses projets pour l'après-midi et reste à la maison, invitant Luke à boire le thé.

Maddy lui répondit qu'elle n'en avait pas l'intention.

— Tu ne peux pas courir partout comme si nous n'étions personne dans cette ville, lui rappela-t-elle. Pense à ton père. À son poste.

— Ça n'a pas du tout eu l'air de l'inquiéter, lui rétorqua-t-elle.

— Il y aura immanquablement des rumeurs, insista Alice.

— Il y a toujours des rumeurs, répliqua Maddy, qui s'y était de toute façon habituée. (Merci, oncle Fitz.)

Alice fronça les sourcils, comme si elle pensait également à lui. Elle n'en dit rien, naturellement. Elle ne parlait jamais de lui. Ni d'Edie.

Elle se contenta de casser son fil d'un coup sec avant de ranger sa broderie et de se lever.

— J'ai la migraine, annonça-t-elle. Je vais aller me reposer. Je ne descendrai pas à son arrivée.

— Pardon ? (Maddy la regarda d'un air perplexe. Elle ne s'y était pas attendue.) Tu ne vas même pas le saluer ?

— J'ai bien compris que vous préfériez être seuls.

— Mais…, commença Maddy avant de s'interrompre.

Préférait-elle vraiment qu'on les laisse seuls ?

En partie. Mais, curieusement, elle avait nettement plus envie que sa mère salue Luke à son arrivée, voire qu'elle lui adresse un sourire. Le même que celui qu'elle lui avait lancé l'autre jour, quand elles avaient peint dans le jardin.

Cela la fit souffrir, en réalité, qu'elle ne veuille pas au moins essayer.

Mais, avant que Maddy ait pu dire un mot, sa mère tourna les talons, lui recommandant de manger quelque chose avant d'aller où que ce soit, et s'éloigna.

Bouche bée, Maddy la suivit du regard, trop désemparée par son départ précipité pour avoir la présence d'esprit de la rappeler. Lorsqu'elle s'aperçut que c'était ce qu'elle souhaitait, il était trop tard.

Elle se laissa tomber dans le fauteuil le plus proche. Que venait-il de se produire ? Elle n'en avait pas la moindre idée. Ni de la raison pour laquelle elle se sentait si abattue. S'était-elle montrée suffisamment idiote pour espérer que sa mère pourrait faire preuve de la moindre curiosité au sujet de Luke, voudrait savoir qui il était, d'où il venait ? Qu'elle serait heureuse, même, du bonheur sa fille ?

Se maudissant – elle aurait dû la connaître, depuis le temps –, elle souleva la moustiquaire de l'assiette de fruits et de pain, pour la laisser retomber aussitôt sans rien avoir pris. Elle ne put se résoudre à manger la moindre bouchée de quoi que ce soit.

S'efforçant de penser à autre chose – *Ne la laisse pas tout gâcher* –, elle s'appuya contre le dossier de son siège, jetant un coup d'œil à l'horloge du salon par la porte. Dans moins d'une heure. Elle prit une inspiration nerveuse, imaginant Luke dans une des salles de réunion de son père, magnifique dans sa chemise et son gilet, abordant des sujets confidentiels (« il prépare l'armée indienne à une guerre éventuelle », lui avait confié Peter sur le chemin du retour). Elle le vit quittant le bureau, descendre en courant les marches du perron, débouler dans une rue chaotique, monter dans une voiture de fonction, et prendre la direction de chez elle. Chez *elle*.

Sans vraiment s'en rendre compte, et sans la moindre idée de ce qu'elle allait faire, elle se leva. Il lui était impossible de rester assise là, à regarder cette nourriture immangeable. Elle laissa son assiette, envoyant à Cook des excuses silencieuses, et rentra.

Désormais terriblement rompue à l'art de faire passer le temps, elle s'adonna à ses activités habituelles : une médiocre séance de piano, emplissant la villa humide de ses accords poussifs ; la lecture d'un Brontë dans le bureau, rapidement abandonnée ; un bref moment dans sa chambre pour ajuster sa coiffure. Passant devant la chambre de sa mère, elle écouta à sa porte silencieuse.

Alors qu'il ne lui restait plus qu'un quart d'heure à attendre, incapable de supporter un nouveau moment de lassitude, évitant de ruminer à cause de sa mère, à l'affût d'un bruit de moteur qui semblait ne jamais vouloir venir, elle fixa son chapeau sur sa tête à l'aide d'une épingle, enfila ses gants et alla s'asseoir sur le perron en terre cuite de la villa.

Il faisait chaud, vraiment trop chaud pour rester en plein soleil. Des insectes se faisaient entendre un peu partout. La longue allée poussiéreuse était couverte de brume.

Où est-il, à présent ? se demanda-t-elle, se sentant aussitôt plus nerveuse que jamais. Elle pressa le dos de ses mains sur ses joues brûlantes. *Du calme*, s'ordonna-t-elle. *Du calme.* Des oiseaux picoraient sur les pelouses avec une nonchalance enviable. Même les pauvres paons persécutés, près des parterres d'hibiscus, semblaient plus détendus qu'elle.

Elle se demanda de nouveau où il allait l'emmener.

Des gouttes de sueur perlant à son front, elle ferma les yeux pour éviter d'être éblouie et espéra de tout son cœur que, où qu'il se trouve, il n'allait pas tarder à venir la chercher. Elle ignorait combien de temps elle pourrait encore supporter d'attendre.

Il la vit, assise d'un air songeur sur les marches ensoleillées, sa robe blanche reflétant la lumière, avant qu'elle puisse le voir. Il s'immobilisa devant le portail, paralysé par sa vue, par le curieux fait que, les mains jointes sur ses genoux – les mains qu'il avait tenues, ne serait-ce que brièvement, la veille –, elle l'attendait. *Lui.*

Toute la matinée, il avait été impatient de la rejoindre. Dans le bureau de son père, Ernest Aldyce n'en finissait plus de justifier les raisons pour lesquelles il ne fallait en aucun cas l'envoyer en Europe, car on avait besoin de lui à Bombay.

« Nous sommes censés discuter du nombre actuel de réservistes », lui avait rappelé Luke, à plus d'une reprise.

Il n'avait cessé de se la représenter, de songer à sa voix, à son rire, à toutes les innombrables choses qu'il ne savait pas encore sur elle – ce qu'elle aimait, détestait, lisait... –, mourant un peu plus d'envie de partir à chaque nouvelle heure qui s'écoulait.

Son père, en tout cas, s'était montré très cordial, franc avec lui, sans ergoter quand Luke lui avait annoncé où il comptait l'emmener.

« Peter s'est porté garant pour vous, lui avait-il déclaré. Et ma fille pense manifestement que vous n'êtes pas trop mal. Ça me suffit. Tant qu'elle est heureuse, je le suis aussi. »

Il avait décelé une certaine légèreté dans sa voix. Du soulagement, avait-il déterminé. Il n'en avait pas été totalement surpris. Après tout, Peter lui avait expliqué combien Richard s'était inquiété de l'intérêt que le commandant Guy Bowen portait à sa fille. C'était la veille, quand Luke avait demandé à Peter pourquoi Fraser Keaton croyait que Maddy était fiancée à Guy.

« Probablement parce que Keaton n'a pas encore compris qu'il ne faut pas croire tout ce qu'on raconte ici, lui avait répondu Peter, avant de déclarer que Keaton serait bien avisé de faire attention à ne pas répéter n'importe quel ragot devant Richard. Alice n'arrêtait pas de nous écrire, durant notre périple, pour lui parler de ces visites que Guy faisait faire à Maddy. »

« Il ne les approuve pas ? » lui avait demandé Luke, ne les approuvant guère lui-même.

« Il trouve simplement que ce n'est pas convenable pour Maddy. »

Luke n'avait pas insisté. Il n'avait aucune envie de parler de Guy Bowen, ni de ce qui était convenable ou non.

Il n'avait, en tout cas, aucune envie de penser à lui, à présent, au début de l'allée menant chez Maddy, la contemplant sous le soleil, inconsciente de sa présence.

Il était encore immobile.

Il s'aperçut qu'il était en train d'attendre, comme la veille au bazar, qu'elle lève les yeux, qu'elle remarque sa présence.

Cette fois, ce fut le cas.

Même de loin, il la vit se fendre d'un sourire qui le toucha au plus profond de son cœur.

Sans plus se retenir, il se remit en route, plus vite, se dirigeant vers elle, se demandant, en approchant, comment il avait pu tant attendre.

Elle se leva en le voyant arriver, rassemblant ses jupons avec ses mains tremblantes, le scrutant sous toutes les coutures : c'était la première fois qu'elle le voyait à la lueur du jour. Il portait un costume gris. Sa veste était ouverte, le bouton du haut de sa chemise défait. Sous son panama, sa chevelure ondulée était plus foncée qu'elle ne l'avait cru.

Sa peau, plus claire : un léger bronzage et non la profonde brûlure que tant d'hommes arboraient à Bombay. Son visage cependant, était identique. Le même.

Du calme, s'ordonna-t-elle. *Garde ton calme.*

Elle n'était pas calme du tout. Elle l'entendit dans sa voix lorsqu'elle le salua.

La sienne, en revanche, grave et chaleureuse, portait dans l'atmosphère moite et dorée.

— Je voulais vous apporter des fleurs, déclara-t-il en s'arrêtant. Mais ça m'aurait mis en retard.

— Alors, je suis ravie que vous ne m'en ayez pas apporté.

Il esquissa un sourire, des pattes-d'oie se creusant au coin de ses yeux. Il lui fit un drôle d'effet, son sourire. Elle sentit une certaine tension dans son aisance habituelle. Une légère tension.

— On entre ? demanda-t-il en levant les yeux vers la villa.

— Uniquement si vous le souhaitez, répondit-elle en repensant à sa mère.

Elle l'avait oubliée, l'espace d'un instant.

— Ce n'est pas nécessaire, déclara-t-il.

Elle repensa alors à ce qu'elle lui avait dit la veille – « Ce n'est pas de mon père qu'il faut vous inquiéter » –, se demandant s'il songeait lui aussi à Alice.

Si c'était le cas, il n'en laissa rien paraître.

Il lui demanda si elle était prête à partir.

— Je crois bien. Même si je ne sais toujours pas où nous allons.

— Allons le découvrir, alors, d'accord ?

Sur la route, aucune automobile ne les attendait. Ni pousse-pousse ni calèche non plus. Luke ne s'arrêta même pas sur la route, il poursuivit son chemin en direction des arbres touffus, de l'autre côté de la chaussée, lui tenant une branche pour qu'elle puisse passer dessous et s'enfoncer dans la végétation.

Les sourcils froncés, aussi perplexe qu'amusée, elle hésita.

— Où m'emmenez-vous ? s'enquit-elle.

— Il n'y a qu'une façon de le savoir, lui répondit-il.

Elle le dévisagea un long moment, puis, plus curieuse que jamais, elle se baissa, ses pieds s'enfonçant dans l'épais lit de feuilles.

Il faisait bien plus sombre, sous les arbres. Leurs épaisses branches empêchaient les rayons du soleil de passer. Il régnait un parfum de verdure, de chaleur et de terre humide, le tout saupoudré d'un soupçon de sel à cause de la mer en contrebas. Il continua à avancer. Elle lui emboîta le pas, à bout de souffle lorsqu'il fallut descendre la pente escarpée qui menait à la plage.

— Il y a certainement des serpents, se méfia-t-elle.

— Oui, répondit-il en lui adressant un sourire par-dessus son épaule. On ferait bien de se hâter.

Il n'y avait personne d'autre. Les seuls bruits provenaient de leurs chaussures glissant sur la terre meuble, du chant des oiseaux, et de leurs voix quand elle l'interrogea sur sa matinée, lui demandant s'il devait retourner travailler dans l'après-midi, sentant son excitation monter d'un cran lorsqu'il lui répondit par la négative.

— Peter m'a expliqué ce que vous faites ici, lui avoua-t-elle en glissant sur la pente abrupte, se rattrapant juste à temps.

Il la saisit de toute façon par le coude d'une main ferme. Elle sentit se contracter les muscles de son bras.

— Alors, maintenant, vous savez, déclara-t-il sans la lâcher. Comme je vous l'ai dit, ça n'a aucun intérêt.

— Je pense que c'est une question d'opinion.

— Vous seriez certainement d'un avis différent, rétorqua-t-il en écartant une nouvelle branche, si vous aviez passé la matinée avec Aldyce.

— Je passe suffisamment de temps comme ça avec Diana.

Il éclata de rire. Elle adorait son rire.

Ils étaient presque à la plage. Le doux clapotis de l'eau leur parvenait depuis le rivage. Elle se pencha, apercevant le sable derrière le feuillage luxuriant.

— Nous allons pique-niquer ? demanda-t-elle lorsque l'idée lui passa par la tête.

— Pas ici.

— Ailleurs, alors ?

— Excellente supposition, dit-il en bondissant sur la plage.

Elle l'imita, surgissant de la pénombre en plissant les yeux pour se protéger de l'agression des rayons du soleil. La main en visière, elle contempla la mer d'un bleu aveuglant, puis le littoral, vers la ville, se demandant où il désirait l'emmener.

— On va nager ? demanda-t-elle, tentant de plaisanter pour dissimuler son désarroi.

— Si vous voulez, répondit-il avec un sourire en jouant le jeu.

Elle lui rendit son sourire.

— On va loin ?

— À moins de deux kilomètres.

Cette fois, elle éclata de rire.

— Oh, seulement !

— Je savais que vous seriez partante. Mais, dans le doute, j'ai également emprunté un bateau.

Il désigna un endroit sur la plage, derrière une poignée de pêcheurs en bermuda et chemise encroûtés de sel qui étendaient leurs filets pour les faire sécher, en direction d'un petit canot à voile qui se balançait au-dessus de son mouillage, à quelques mètres de la côte. À plusieurs mètres. Tentant d'évaluer la distance, elle jeta un coup d'œil dubitatif à ses jupons, songeant à ses bottes et à ses bas.

Il lui fallut un moment pour s'apercevoir qu'il la regardait, semblant contenir un nouveau sourire, comme s'il lisait dans ses pensées.

— Ne vous inquiétez pas, tenta-t-il de la rassurer en prenant place sur un rocher pour ôter ses chaussures et remonter le bas de son pantalon. Vous resterez au sec.

— Vous allez approcher le bateau ? demanda-t-elle, rêvant de faire disparaître le rouge qui s'était emparé de ses joues.

— On ne pourrait plus prendre la mer, fit-il remarquer.

— Mais…, commença-t-elle, s'interrompant en le voyant se relever et diriger ses pas vers la mer.

Elle comprit quelles étaient ses intentions.

— Vous venez ?

— Oui, répondit-elle en tentant de se maîtriser. Bien sûr.

Il se dirigea d'abord vers l'embarcation pour y déposer ses chaussures et son chapeau, puis ôta sa veste et la jeta également avec le reste. Elle patienta au bord de l'eau pendant qu'il retroussait les manches de sa chemise, les yeux rivés sur ses poignets, les rayons du soleil dessinant les contours de sa silhouette à contre-jour. Puis, en le voyant se retourner, elle déglutit, tentant de se décontracter le temps qu'il patauge vers elle.

— Alors, prête, Maddy ?

C'était la première fois qu'il l'appelait par son prénom. Cela l'empêcha de se concentrer. Avant qu'elle ait eu le temps de lui répondre ou même de tressaillir, il la prit par la taille, glissant son autre bras sous ses jambes, et la souleva.

Sans réfléchir, elle s'accrocha à son cou, se crispant d'autant plus au contact de sa peau.

— L'eau est bonne ? demanda-t-elle après avoir cherché quelque chose à dire.

— Très bonne, répondit-il. Vous ne vous y êtes jamais baignée ?

— Non.

— Il va falloir que nous y remédiions.

Elle ne s'imaginait pas qu'il voulait dire « tout de suite », mais il fit mine de la faire basculer, lui arrachant un cri, avant de la serrer de nouveau contre lui, lui garantissant qu'il n'avait jamais eu l'intention de la lâcher. Il la porta jusqu'au bateau. Serrée contre lui, elle sentait sa poitrine se soulever à chacun de ses souffles. Elle repensa à sa mère lui suggérant de rester prendre le thé à la maison. Cette idée lui parut des plus saugrenues : comment aurait-elle pu manquer cela ? Que les ragots fassent leur œuvre… Tout ce qui comptait à ses yeux était d'être dans les bras de Luke. Tout ce qu'elle voulait, c'était poser sa tête contre lui, entendre les battements de son cœur. Elle était consciente, parfaitement consciente, d'en avoir énormément envie.

Bien trop tôt à son goût, ils atteignirent le canot. Il l'y déposa, ce qu'elle regretta aussitôt, mais cela n'eut bientôt plus aucune importance, car il grimpa à côté d'elle, lui demandant si elle avait déjà eu l'occasion de faire de la voile. Comme ce n'était pas le cas, il lui demanda de considérer cela comme sa première leçon. Il lui montra comment hisser la voile, border les écoutes, lui expliqua deux ou trois choses au sujet du vent et du gouvernail qu'elle n'écouta que d'une oreille distraite.

— C'est inutile, comprit-il. Vous ne m'écoutez pas.

Elle éclata de rire, reportant toute son attention sur lui, avant de basculer en poussant un cri lorsqu'il tira la barre à lui. (C'était donc cela qu'il tentait de lui expliquer…) Cela leur permit de prendre le large et de filer sur la houle.

— C'est amusant, hein ? cria-t-il pour se faire entendre malgré le vent et les projections d'eau.

— Oui ! lui répondit-elle sur le même ton, l'air lui brûlant le visage et les yeux. Oui.

Son chapeau s'envola. Elle tenta vainement de le rattraper, avant de le regarder flotter, puis couler à pic. Se penchant par-dessus bord, elle scruta l'onde bleutée, des centaines de poissons nageant sous la surface, semblant vouloir les dépasser coûte que coûte. Elle leva de nouveau les yeux, admira son sourire, sa chemise qui se gonflait au vent, maintenant sa chevelure en arrière à l'aide de ses deux mains, le visage tourné vers le ciel de plomb.

— Vous allez attraper un coup de soleil, la prévint-il.

— Tant pis, répondit-elle.

— Prenez mon chapeau.

Elle secoua la tête.

— Je n'ai jamais l'occasion de rester tête nue.

Ils suivirent les côtes. La ville s'étendait sur leur gauche, cet autre monde d'égouts et de crasse, aussi grouillant que cuisant. Sur leur droite, dans la brume qui s'étirait jusqu'à l'horizon, elle distingua la silhouette d'un paquebot P&O qui se dirigeait paresseusement vers l'Angleterre. Elle remarqua que Luke le suivait du regard avec le plus grand sérieux. Elle se demanda s'il ne songeait pas à son retour chez lui. Elle n'avait aucune envie de le savoir. Elle refusait que ce voyage-ci s'achève. Cela lui plaisait beaucoup qu'il l'ait emmenée en mer, qu'ils ne soient pas confinés à l'arrière d'une voiture de fonction mal ventilée, coincés dans les embouteillages de Bombay.

Elle se dit qu'il l'emmenait sans doute déjeuner au *Yacht Club*. Ou à l'hôtel *Taj*. Les deux se trouvaient en bord de mer. Mais ils passèrent d'abord devant les grands dômes de l'hôtel, les tables du *Sea Lounge* donnant sur la plage, puis le toit rouge et les murs jaunes du club, l'escalier où elle s'était installée au réveillon, et il maintint le cap.

Quand elle renonça à tenter de deviner leur destination, il lui demanda de baisser la tête, vira de bord, et les conduisit vers la terre, sur une longue plage. Elle était bondée, grouillant de monde de la côte à la route. Malgré la distance, elle entendait déjà le brouhaha des voix, des airs joués au sitar et le rythme régulier des tambours de rue. Plus ils approchaient, plus elle distinguait entre les saris et les tuniques bariolés des couvertures sur lesquelles étaient disposés des bijoux, de l'encens parfumé, des ornements, des tapis et des étoffes. C'était un autre marché, comme elle n'en avait jamais vu auparavant. De la fumée s'élevait des braseros des marchands : des légumes grillés et du *paneer* cuisant dans de la graisse crépitante. Des embarcations étaient agglutinées dans les eaux peu profondes, débordant de légumes, de sacs de riz et d'énormes bottes de feuilles de coriandre et de curry baignées de soleil.

En se retournant, elle croisa le regard souriant de Luke. Elle lui sourit à son tour à cause de la façon dont il l'avait manifestement regardée, attendant d'elle qu'elle s'exprime.

— Ce n'est pas dans votre guide, s'étonna-t-elle.

— Je souhaitais vous emmener en un lieu inédit, expliqua-t-il. Et il nous faut trouver un présent pour votre tante.

— C'est incroyable ! s'exclama-t-elle en jetant un nouveau coup d'œil autour d'elle, surprise, maintenant qu'ils étaient là, d'avoir cru une seule seconde qu'ils iraient au *Taj*. Imaginant les calèches et les berlines alignées devant l'entrée, la salle à manger compassée à l'intérieur – les *punkahwallahs* inexpressifs, l'atmosphère étouffante et viciée, la vaisselle qui s'entrechoquait et les rires cristallins –, elle éprouva une pointe de tristesse pour ceux qui s'y trouvaient.

Ce sentiment s'intensifia au fil de l'après-midi. Ils débarquèrent, faisant une halte devant chaque étal pour trouver un châle en laine à Edie, puis achetèrent des brochettes roulées dans des *naans*, qu'ils dévorèrent sur une jetée de bois, des commerçants barbotant dans l'eau peu profonde, leur demandant de venir regarder, acheter, acheter…

— Plus tard, répondirent-ils. Plus tard.

Ils discutèrent, beaucoup, les mots leur venant sans le moindre effort, librement, comme la veille. En réponse à son insistance, Luke lui raconta comment Peter et lui étaient devenus amis, au polo.

— Peter joue au polo ? s'étonna-t-elle.

— Dans une version qui lui est bien particulière, mais oui, répondit-il. Une version qui, si elle n'a pas encore été interdite, devrait l'être au plus vite.

Il lui décrivit sa maison à Richmond, prenant un ton mélancolique pour évoquer son caractère paisible, même à proximité de Londres, la Tamise qui coulait au fond de son jardin et son canot, qu'il prenait chaque fois qu'il en avait l'occasion.

— D'où le fait que vous soyez aussi à l'aise avec un dériveur.

— Pas vraiment. En fait, ça, je le dois à mon père. J'ai grandi à Sandbanks. Il m'emmenait régulièrement naviguer sur le Solent. C'est encore le cas, quand je vais lui rendre visite.

Elle esquissa un sourire, l'imaginant avec une version de lui plus âgée, vêtue d'un épais pull de laine, sur une mer glaciale et agitée.

Dès qu'ils eurent terminé leurs brochettes, ils allèrent chercher du *kulfi*. Elle ne lui répéta pas les avertissements de Guy au sujet de ces crèmes glacées. Elle ne pensa même pas à lui. Elle parla surtout du petit village de l'Oxfordshire où elle avait grandi, de ses vacances dans la région des lacs, de son séjour à Somerville et de ses soirées à Londres.

— Vous êtes-vous fait arrêter ? demanda Luke.

— Non.

— N'ayez pas l'air si déçue.

Les heures défilèrent, la chaleur intense finit par s'adoucir progressivement, jusqu'à ce que, sans qu'aucun d'eux s'en rende compte, la foule commence à se dissiper, les eaux à se vider, les navires à plier bagage et à rentrer chez eux.

Tendant le cou, ses boucles brunes effleurant son col, il leva les yeux vers le ciel qui s'assombrissait, puis se tourna vers le soleil qui déteignait sur l'horizon, les sourcils froncés, aussi réticent que Maddy.

— Il faut qu'on y aille ? s'enquit-elle.

— J'ai promis à votre père de vous ramener avant la tombée de la nuit. Il ne semblait guère confiant en ma capacité à naviguer de nuit.

— Vraiment ?

— Vraiment.

— Il est de nature inquiète.

Il esquissa un sourire.

— Attendez-moi ici, lui demanda-t-il. Je vais approcher le bateau.

Dans le crépuscule, le trajet du retour, si tant est que ce fût possible, se révéla encore plus beau que l'aller. Plus lent, aussi. Le vent avait tourné, cessant d'agiter la mer d'encre, et gonflant tout juste assez la voile pour faire avancer doucement le canot. Ils avaient pris place l'un à côté de l'autre. Luke montra à Maddy comment manier la barre, guidant sa main avec la sienne. Elle ne quittait pas leurs doigts des yeux, les siens, pâles, et ceux de Luke, presque noirs en comparaison, s'émerveillant de sa nervosité, un peu plus tôt, de sa timidité. Elle avait l'impression qu'il s'agissait des sentiments de quelqu'un d'autre. Les lumières de la ville s'allumèrent une à une, scintillant sur le rivage. Elle laissa tomber sa tête sur son épaule, sentant les résidus d'une odeur de charbon sur sa chemise, le parfum de son savon et sa chaleur. Elle ferma les yeux, savourant la brise tiède sur son visage brûlé, et l'immensité de la mer, qui s'étendait tout autour d'eux.

Lorsqu'ils atteignirent la plage, les étoiles brillaient déjà dans le ciel. Les pêcheurs étaient rentrés chez eux. Luke jeta l'ancre, bondit dans la mer et se retourna, tirant le voilier vers lui.

Posant ses mains sur ses épaules, elle sentit une des siennes autour de sa taille.

Elle baissa les yeux, sa chevelure détachée tombant sur son visage.

—Je vous remercie, dit-elle.

—Pour quoi ?

—Pour cette journée.

—Vous savez que j'ai tout organisé pour avoir l'excuse de vous tenir dans mes bras ?

—C'est bien ce que je me disais.

Lentement, sentant chacun des battements de son cœur, elle baissa la tête vers lui.

Cette fois, il n'y eut pas de Peter pour les interrompre. Il n'y avait personne.

Elle pensait savoir ce qui allait se produire. Ce n'était pas son premier baiser, après tout. Elle avait fréquenté quelques garçons, à Oxford. Elle avait eu une poignée de moments volés dans des couloirs sombres, lors de bals et de soirées universitaires.

Seulement, ils avaient été très différents.

Celui-ci était différent.

Ses lèvres effleurèrent les siennes, puis de nouveau, et elle eut l'impression de chuter du bateau, dans ses bras, avec un abandon qui la bouleversa. Elle ne se posa aucune question. Il l'embrassa davantage, la serrant contre lui, et elle se donna à lui sans réfléchir. Elle se pressa contre lui, sentant sa force la maintenir dans son étreinte, le baiser se poursuivant de façon merveilleuse.

Elle n'aspirait à rien d'autre qu'à être entièrement heureuse. C'était presque le cas. Mais, lorsqu'ils se séparèrent, son front contre le sien, ses jupons dans l'eau, elle vit de quelle façon il la regardait, devinant ses pensées dans son regard ténébreux, et, sans savoir pourquoi, cela lui rappela la manière dont il avait regardé partir le paquebot, un peu plus tôt. Seulement, cette fois, il lui était impossible de repousser la perspective de son départ. Les yeux dans les yeux, elle se surprit à songer à ce qui l'avait amené en Inde – cette guerre qu'elle espérait ne jamais voir arriver, même si elle avait lu un trop grand nombre d'articles sur la course aux armements en Europe et les terres que tout le monde se disputait –, et sentit une vieille peur refaire surface : que ce bonheur, si inattendu et surréaliste soit-il, ne dure pas, qu'il ne soit qu'une ombre de passage. *Ne considère pas ce bonheur comme acquis.*

Comme s'il avait lu dans ses pensées, il la serra plus fort contre lui.

Il ne lui posa aucune question, cependant. De même qu'elle ne lui avait rien demandé, quand ils avaient vu s'éloigner le paquebot.

Il l'embrassa de nouveau, et elle tenta de dissiper ses craintes.

À quoi bon s'y accrocher ?

Là, dans l'obscurité grandissante, les pieds dans l'eau, dans le plus grand des silences, empêchant le reste du monde de s'introduire dans leur bulle, elle tenta de se convaincre que c'était inutile. Parfaitement inutile.

Tout va bien se passer.

Chapitre 10

Tout va bien se passer.

C'était ce que se disait Alice en patientant devant la fenêtre du salon, le regard rivé sur sa fille et ce Luke Devereaux, tout juste visibles maintenant que la nuit était tombée. Après avoir franchi le portail, ils remontaient désormais l'allée verdoyante en direction de la maison. Posant les doigts sur la fenêtre, elle remarqua la lenteur avec laquelle ils marchaient, main dans la main, penchant la tête l'un vers l'autre, inconscients de tout ce qui pouvait se passer autour d'eux. En dépit de ses réserves (passablement nombreuses), elle sentit son cœur se serrer et un sourire des plus attristés se dessiner sur ses lèvres : elle se rappelait vaguement ce que cela faisait de marcher ainsi au bras d'un jeune homme, mais était également peinée de constater qu'elle n'avait jamais vu sa fille aussi heureuse depuis son arrivée en Inde. Elle redoutait aussi que Luke soit contraint de partir (Richard lui avait confié que c'était sa dernière semaine dans le pays), ce qui obligerait Madeline soit à le suivre, soit à souffrir mille morts.

Elle pressa sa main sur la vitre chaude, fronçant les sourcils en s'apercevant que Madeline ne portait pas de chapeau. Ses boucles blondes ébouriffées lui tombaient dans le dos. Elle avait fait de la voile, bien sûr. Richard le lui avait dit aussi, quand il était rentré du bureau, une heure auparavant. Elle lui en avait horriblement voulu de ne pas avoir tenté de l'en empêcher.

« Notre fille sur un bateau ? s'était-elle étranglée. Toute la journée ? »

« Il y a pire, dans la vie, Alice. »

« Ah bon ? Me faut-il vraiment t'expliquer ce que vont dire les gens ? »

« Qui s'en soucie ? avait-il rétorqué en leur servant un brandy à tous les deux. Laisse-les discuter. Qu'est-ce que ça peut faire ? »

« À tort ou à raison, rien n'est plus important. »

« Que ça te plaise ou non, c'est une adulte. »

« Ça me plairait sans doute un peu plus si on ne m'avait pas volé son enfance… »

« Non, l'avait-il interrompue. Non. Je refuse d'avoir de nouveau cette conversation. »

Il avait tourné les talons et était remonté à l'étage, sans avoir touché à son brandy. Les verres en cristal étaient encore sur le buffet. Une mouche s'était noyée dans l'un d'eux. (Cela semblait une fin plutôt heureuse. *« Il y a pire, dans la vie ».*) Elle n'avait pas revu Richard depuis. Elle avait encore envie de lui en vouloir (elle en avait l'habitude), surtout à l'instant présent, en voyant leur fille dans un tel état de confusion. Pourtant, en la voyant approcher, le teint radieux et heureuse, elle en fut incapable. Elle s'imagina Madeline sur les flots, la tête penchée en arrière – ce rire gargouillant qu'elle, Alice, avait tant redouté d'oublier chaque jour de ces quinze dernières années –, et se sentit de nouveau sourire.

— Tu es prête ?

Elle sursauta en entendant la voix de Richard, qui retentit dans la pièce aussi silencieuse qu'humide. Il était devant la porte, vêtu d'un costume blanc. Elle comprit à la douceur de son visage patiné par le temps qu'il avait surpris son sourire.

— Tu m'adresses de nouveau la parole ? fit-elle mine de s'étonner.

— Je n'ai jamais cessé, Alice.

Il traversa la pièce, la prenant par la taille. Elle se raidit, mais s'abstint de le repousser. Quel qu'ait été son ressentiment envers lui, elle n'en avait jamais réellement eu envie.

— Je te l'ai toujours dit, ajouta-t-il. Guy n'est pas l'homme qu'il lui faut.

— Il est parfait pour elle, insista-t-elle.

— Non. Il va simplement rester. Ce n'est pas pareil.

— Il veillerait sur elle, Richard. Tu le sais.

— Elle a deux excellents parents, pour veiller sur elle.

— Quelque chose me dit que Guy espère représenter un peu plus qu'un parent.

— Je ne suis pas sûr de vouloir y penser… (Alice soupira.) Il a presque ton âge, ajouta Richard. Il a près de vingt ans de plus que Maddy.

— Tu as près de vingt ans de plus que moi, lui rappela-t-elle.

Il avait soixante ans, et elle quarante-quatre. Ils s'étaient fiancés alors qu'elle avait vingt et un ans et le cœur brisé. (Merci Fitz, merci Edie.) Richard était en permission à Oxford. Il l'avait emmenée se promener le long du fleuve, prendre le thé dans les ruelles pavées de la ville, et l'avait convaincue que tout pourrait redevenir normal. Ils s'étaient mariés rapidement – il avait prétendu être terrifié à l'idée qu'elle puisse changer d'avis (ce dont elle n'avait jamais eu l'intention) –, et, à la grande fureur de ses parents, ils avaient embarqué pour Bombay le jour même. Madeline (un prénom qu'Alice avait toujours adoré et qu'elle n'avait jamais pu se résoudre à abréger) était née dix mois plus tard, le seul de ses enfants à avoir survécu à ses grossesses. Depuis son premier souffle, rien n'était plus important.

— Ai-je eu tort de t'épouser ? demanda-t-elle à Richard.

— C'est ce que tu as fait de plus intelligent, lui répondit-il. Mais Maddy n'est pas toi.

— Elle serait heureuse, avec Guy. Il ferait tout pour elle.

Richard garda le silence.

Elle se tourna vers la fenêtre. Ils étaient presque arrivés. Dissimulée par les volets, elle examina Luke. Elle n'en avait pas eu la possibilité, en milieu de journée, quand elle avait tenté de le voir depuis sa chambre. Il était nettement plus jeune que Guy, la trentaine sans doute, et incontestablement bel homme, avec le genre de visage qui ne passait pas inaperçu. Cela ne l'inquiétait pas outre mesure. Guy aussi était beau, bien que d'une allure plus distinguée. C'était la chaleur que dégageait cet inconnu qui la désarçonnait, sa gaieté presque… magnétique. La façon dont il regardait Madeline… dont elle le regardait…

Un nouveau frisson d'effroi la parcourut.

— Je ne veux pas la perdre, avoua-t-elle à Richard. Pas une seconde fois.

Il s'abstint de lui dire qu'il était trop tôt pour s'en inquiéter. D'insister sur le fait qu'elle pourrait la suivre en Angleterre, le cas échéant. Après tout, il l'avait accompagnée, la seule fois où elle y était retournée. Cet horrible été après qu'il avait emmené Madeline.

— Cesse de la pousser à partir, alors, se contenta-t-il de lui conseiller.

Ils se retournèrent tous les deux en entendant des bruits de pas sur le perron, puis le long du couloir carrelé. Il lui posa les mains sur les épaules.

— Invite Luke à dîner, lui recommanda-t-il. Essaie.

Elle hocha lentement la tête, déglutissant pour se donner du courage. Comme il était curieux d'être timide avec sa propre fille. Mais elle suivrait l'avis de Richard. Même si elle espérait que cette relation s'achèverait aussi vite qu'elle avait commencé (avec le moins de dégâts possible), elle savait que c'était nécessaire. L'autre soir, dans le jardin, quand elle avait peint cette pierre, le sourire de Madeline avait compté plus que tout. Depuis, elle n'avait cessé de jeter des coups d'œil dans la chambre de sa fille, juste pour vérifier que la pierre trônait encore sur sa table de chevet. Elles étaient sur la bonne voie, toutes les deux. Elle avait tout gâché, avec sa fausse migraine. Elle ne pouvait se permettre de commettre une nouvelle erreur.

Il fallait qu'elle essaie. Il le fallait.

Tout va bien se passer.

En se tournant vers la porte, elle vit le visage empli de bonheur de Madeline, qui pénétrait dans la pièce. « On dirait que tu as passé une bonne journée », s'apprêta-t-elle à lui dire.

— On dirait… que tu as perdu ton chapeau, lâcha-t-elle, sans vraiment savoir pourquoi.

— Elle était en colère ? demanda Della à Maddy, le lendemain matin.

Maddy était passée lui rendre visite, comme promis, chez Peter, une petite villa située entre Malabar Hill et la ville. Elles prenaient un petit déjeuner composé de petits pains et de miel dans son jardin minuscule entouré d'arbres de chaque côté, qui servaient ainsi de protection contre les rayons du soleil déjà brûlants, mais pas contre les bruits de la circulation et des cloches des tramways, un bourdonnement de voix se faisant entendre depuis les rues.

— À propos du chapeau ? demanda Maddy.

— À propos de tout.

— Déçue, surtout, j'ai l'impression, répondit-elle en avalant sa bouchée.

— Oh non, la plaignit Della. C'est toujours pire.

— N'est-ce pas ? répondit Maddy, elle aussi passablement déçue. (Dire qu'elle avait été heureuse de voir sa mère l'attendre dans le salon, soulagée qu'elle ait finalement accepté de rencontrer Luke.) Tu aurais dû l'entendre quand elle lui a demandé de rester dîner. Elle aurait aussi bien pu l'inviter à se faire arracher toutes les dents.

— Il n'est pas resté ?

— Non, il devait être à l'un des cantonnements à 21 heures. Il vient ce soir, en revanche.

— Dîner avec tes parents ?

— Non, ils ont quelque chose de prévu pour le travail de mon père. Il m'emmène quelque part, je ne sais pas où.

« Quelle importance ? » lui avait-il dit quand elle lui avait demandé où, avant qu'il s'en aille, lorsqu'ils avaient été de nouveau seuls dans l'allée.

« Aucune, lui avait-elle répondu quand il lui avait pris la main pour l'attirer à lui, oubliant temporairement la brusquerie d'Alice. Je suppose que ça n'en a aucune. »

— Tu souris, lui fit remarquer Della. On dirait une démente. Et tu as attrapé un sacré coup de soleil, d'ailleurs.

— Je le sais, répondit Maddy en effleurant timidement ses pommettes douloureuses. J'espère juste que ça se sera estompé avant que j'aie l'occasion de revoir Diana Aldyce.

— Mon Dieu, je l'espère aussi, la plaignit Della.

— Espérons que nous n'aurons pas de taches de rousseur, se moquèrent-elles toutes les deux avant d'éclater de rire.

— Elle doit être impatiente de te voir, dit Della en attrapant la théière. Elle avait mille questions sur la façon dont Luke et toi vous connaissiez, quand vous vous êtes éclipsés, l'autre soir. Je n'ai rien dit.

— Je t'en remercie.

— Tout le plaisir était pour moi. Il se pourrait que le fait de frustrer Diana soit devenu mon nouveau sport préféré. Tu es consciente qu'elle aura beaucoup de choses à dire, quand elle apprendra que tu es sortie sans chaperon.

Maddy haussa les épaules.

— Si ce n'était pas ça, ce serait autre chose, de toute façon.

— Ça n'inquiète pas ta mère ?

— Si, un peu. Ce qui est culotté, car ça ne lui a jamais posé de problème que je sorte avec Guy. Et elle sortait apparemment tout le temps sans chaperon, avec mon père. (C'était ce que Richard lui avait rappelé durant le dîner, quand Alice avait tenté de faire des histoires sur le fait que Maddy faisait des choses peu convenables. Maddy avait eu du mal à en croire ses oreilles.) Jamais je ne l'avais imaginée capable de ce genre de chose.

— L'idée me plaît, sourit Della. Alice la rebelle…

Maddy haussa un sourcil.

— Je lui ai demandé de me faire confiance, de toute façon. Et je lui ai promis d'être rentrée à minuit.

— L'heure fatidique des contes de fées…

Maddy n'eut pas la volonté de rire à sa remarque piquante.

Della ne riait pas non plus. Elle la regarda soudain d'un air inquiet, ce qui la rendit assez méfiante.

Elle lui demanda ce qui se passait.

— Rien…, commença Della. Enfin, Peter a dit… (Elle soupira.) Luke t'a prévenue qu'il allait bientôt partir ?

— Oh, lâcha Maddy d'un air impassible. (Il s'agissait donc de cela.) Oui. (Il lui en avait parlé sur le chemin du retour, après avoir débarqué sur la plage.) C'est pour bientôt, hein ?

— Pour très bientôt, rectifia Della.

Maddy fronça les sourcils.

— Je préfère éviter d'y penser.

— Alors bonne chance. Et tu évites de penser à Guy aussi ?

— J'y arrive très bien.

Elle était parvenue à l'oublier toute la matinée. Tout comme elle avait méprisé avec détermination le fait que Fraser Keaton ait annoncé à Luke qu'ils étaient fiancés (encore une chose qu'il lui avait apprise durant le trajet du retour. « Quoi ? s'était-elle exclamée en se figeant. Quoi ? »), sans parler de savoir si Guy était au courant de la rumeur et, le cas échéant, s'il avait fait quoi que ce soit pour la démentir, ou s'il avait été blessé qu'elle ne l'ait même pas salué au *Gymkhana Club*. (Et puis, toutes ces bouteilles d'eau bouillie…)

Della remua son thé.

— Quelque chose me dit que Guy risque d'être furieux quand il apprendra que Luke et toi êtes allés naviguer.

— Je ne suis pas certaine que Guy puisse être furieux envers quoi que ce soit, lui fit remarquer Maddy, tentant vainement de l'imaginer, lui qui était si doux, se mettre en colère, se sentant aussitôt plus mal à l'aise, parce que c'était vraiment quelqu'un de très, très gentil. On peut parler d'autre chose ?

— D'accord. C'est parce que c'est toi.

Elle poursuivit, tentant de deviner où Luke allait emmener Maddy ce soir-là.

— Au restaurant ? Sur une autre plage ? Non, ce serait exagéré pour une soirée. Ta réputation serait fichue.

Maddy se détendit de nouveau, volontiers distraite par l'idée alléchante de voir sa réputation mise à mal par Luke, répétant à son amie ce qu'elle avait dit à celui-ci la veille.

Elle se moquait de savoir où ils iraient.

Ce qui était le cas. Elle s'en moquait éperdument.

Ce soir-là, ils ne se rendirent ni sur une plage ni sur une autre embarcation. Tous les deux dans l'automobile que Luke avait empruntée, ils allèrent simplement dans le vieux quartier portugais de la ville. Ils se garèrent dans une petite rue pavée bordée de chaque côté par de magnifiques maisons européennes ornées de balcons aux volets en treillage, et franchirent en se baissant la porte d'un immeuble. Luke lui prit la main, l'entraînant dans un escalier de pierre étroit vers l'origine d'un parfum de feuilles de curry et de riz cuit à la vapeur, riant par-dessus son épaule en voyant son sourire intrigué. Il ouvrit ensuite une nouvelle porte qui donnait sur le plus beau des restaurants en terrasse, où brûlaient des lanternes, des brins d'encens incandescents et des *tandoors* fumants, et où dînaient des Indiens vêtus de leurs plus belles soies et des femmes couvertes de bracelets.

— Ça te plaît ? lui demanda-t-il.

— Si ça me plaît ? répéta-t-elle, surprise qu'il puisse en douter. J'adore !

Ils prirent place à une table, uniquement séparés par une mèche vacillante dans une soucoupe de paraffine, cernés par le grasseyement de l'ourdou. Le patron – un homme corpulent d'une cinquantaine d'années vêtu d'une tunique et d'un pantalon de lin – leur apporta des *naans*, des plateaux de légumes épicés qu'ils mangèrent sans que Maddy en ait conscience.

Plus tard, une fois rentrée chez elle et seule dans son lit, tentant de se remémorer chaque instant de cette soirée (souriant comme une démente), elle ne se rappela pas en avoir pris une seule bouchée. Tout ce dont elle se souvenait était ce qu'elle avait ressenti en tenant la main de Luke quand ils avaient gravi l'escalier, le moment où il avait soutenu son regard, lui demandant si elle était d'accord pour qu'il envoie un télégramme à son agent de liaison à l'état-major afin de lui annoncer qu'il restait un peu plus longtemps à Bombay.

« Tu peux faire ça ? » s'était-elle étonnée, redoutant même de poser la question, de croire que c'était possible.

« Je ne vois pas pourquoi je ne pourrais pas le faire, avait-il répondu, le regard étincelant, heureux, semblait-il, qu'elle soit si heureuse. (Comme si cela aurait pu ne pas être le cas.) Il me reste encore beaucoup de travail à faire. »

« Oh, mon Dieu. »

Il avait éclaté de rire.

« Est-ce que c'est un "oui" ? Tu aimerais que je reste ? »

« Bien sûr que c'est un "oui" ! s'était-elle exclamée en riant à son tour, à la fois soulagée, bouleversée et émerveillée par le fait que ce soit possible. Mais, tu ne veux pas retrouver ton fleuve à Richmond ? »

« Si, mais il ne va pas partir. »

« Et s'ils refusent que tu restes ? »

« Alors, je prendrai des vacances, répondit-il en riant davantage, comme s'il tentait de comprendre le sens de ses paroles. Il est difficile de vous quitter, mademoiselle Bright. »

Il lui fut inutile de poser des jours de congé. Son agent de liaison lui signifia par retour de télégramme que l'état-major serait ravi de pouvoir compter sur lui à Bombay. Le lendemain, entre deux réunions, il alla retrouver Maddy pour lui annoncer la nouvelle. Il la trouva sur la terrasse, où elle se demandait avec angoisse quand il aurait une réponse. Elle prenait le thé avec sa mère (qui l'avait plutôt surprise, d'abord en apportant le plateau, puis en l'interrogeant, même si c'était assez sèchement, sur son repas de la veille).

« Ça a l'air très… exotique. La nourriture était-elle saine ? »

Ce fut Alice qui demanda à Luke combien de temps il comptait rester, désormais, ôtant les mots de la bouche de sa fille (qui avait temporairement perdu la parole).

— Je ne sais pas, répondit-il en soutenant le regard de Maddy. (Il portait un nouveau costume noir et une chemise blanche impeccable. Il esquissa un sourire.) Je crois que tout dépend de ce qui va se passer. Certainement encore un mois.

— « Un mois » ? répéta Alice.

Un mois…, songea Maddy, le cœur battant. *Tout un mois ?*

Luke poursuivit, suggérant qu'il pouvait rester plus longtemps. Alice lui demanda si cela signifiait que la durée de son séjour était indéterminée.

— Non, répondit-il. Je vais finir par rentrer. Certainement cet été. Je crains de ne pas être fait pour vivre dans le Raj.

Alice le regarda fixement, comme si elle ne comprenait pas.

Maddy l'avait très bien compris. Même si elle commençait à apprécier son séjour en Inde – surtout ces deux derniers jours –, elle n'était pas non plus faite pour y passer sa vie. Bien qu'elle n'ait aucune envie d'aller trop vite (encore cette vieille superstition), elle imaginait déjà très bien une douce pelouse sous un saule, un bateau flottant sur la Tamise sous un beau ciel d'été.

En attendant, il restait là. Vraiment là. Pour elle. Rien que pour elle.

— Un mois, dit-elle, ayant recouvré sa voix.

Elle aurait rêvé de pouvoir se lever, le prendre dans ses bras et l'embrasser comme cela avait été le cas lors de leur sortie en mer.

Elle vit étinceler son regard, à l'autre bout de la terrasse. Il demeurait immobile, comme s'il contenait lui aussi ses envies.

— Au moins un mois, rectifia-t-il.

Un sourire radieux sur les lèvres, elle poussa un petit cri, avant de se tourner vers sa mère (non sans avoir dissipé son sourire), puis de nouveau vers lui.

— C'est de la pure folie, non ?

— Sans aucun doute, répondit-il en riant.

Alice soupira.

— Je crois que vous feriez bien de venir dîner, ce soir, déclara-t-elle.

Il accepta.

Et cela se passa bien. Rien à voir avec les moments de détente qu'ils avaient passés tous les deux, mais... très bien. Même si Alice était ostensiblement trop réticente à l'idée de pouvoir apprécier Luke, elle fit un effort évident, allant même jusqu'à chercher des huîtres suffisamment fraîches et sûres aux cuisines du *Taj* pour les servir en entrée, et à dresser la table elle-même. Elle fut polie à son arrivée, le remerciant pour les fleurs qu'il lui avait apportées et lui offrant à boire.

— Et tu ne t'es même pas mis en retard en les achetant, le railla doucement Maddy.

— Je me suis dit que ce ne serait pas forcément une bonne idée, rétorqua-t-il.

Ensuite, Alice ne s'exprima plus beaucoup. Au cours du repas, Luke tenta à plusieurs reprises de l'entraîner dans la conversation, l'interrogeant sur quantité de sujets, de son enfance en Angleterre aux lieux qu'elle avait visités en Inde, mais elle ne répondit chaque fois que le strict minimum. Elle lui expliqua qu'elle avait grandi à Oxford (information que Maddy connaissait et lui avait déjà transmise), qu'elle avait visité un grand nombre de sites en Inde, mais qu'elle n'était pas certaine d'en préférer un plutôt qu'un autre, bien qu'elle apprécie particulièrement la fraîcheur des montagnes.

— Tu adorais faire de la luge avec Maddy, lui rappela Richard. Tu en aurais fait des heures durant.

— Je m'en souviens, lui assura-t-elle.

— Et toi, Maddy ? lui demanda-t-il en se tournant vers elle.

— Elle était trop jeune, intervint Alice.

— Je crois bien que ça me dit quelque chose, en fait, répondit Maddy.

Elle n'avait pas dit cela pour être aimable. Ou, du moins, pas uniquement pour cette raison. Maintenant qu'elle y réfléchissait, elle était certaine de se rappeler avoir gravi péniblement une côte, accrochée à de longues jupes de laine, entendant une voix essoufflée. « Une dernière fois. » À moins qu'il se soit agi d'Edie ? Maddy avait passé tellement d'hivers avec elle, à Oxford, que c'était difficile à savoir.

— Il vous arrive d'y retourner, de temps en temps ? demanda Luke à Alice, l'interrompant dans ses pensées.

— Pas depuis que Madeline est rentrée d'Angleterre. Allons, tout le monde a fini ?

— Ce n'est pas ta faute, garantit Maddy à Luke lorsqu'ils regagnèrent son automobile, une fois le repas terminé.

Bien qu'il soit presque 23 heures, il faisait une chaleur torride. Sa robe de soirée collait à sa peau moite. Les nuits devenaient de plus en plus chaudes. L'atmosphère était chargée du parfum de la terre chauffée par les rayons du soleil, des arômes vaporeux des parterres de fleurs pleins à craquer du jardin.

—Elle est comme ça, c'est tout.

—Vraiment ? demanda-t-il en jetant un coup d'œil par-dessus son épaule en direction de la maison, semblant réfléchir à la question, prenant un air songeur dans l'obscurité. Tu as remarqué de quelle façon elle te regarde ?

—Comment ça ?

—On dirait qu'elle a du mal à croire que tu es là.

—Non…

—Si. Elle t'observe. En permanence. Elle t'adore, Maddy.

Elle éclata de rire, trouvant l'idée extrêmement curieuse, même si elle était agréable.

—C'est à peine si elle est venue me voir à Oxford, lui rappela-t-elle. Une seule fois.

—Tu lui as déjà demandé pourquoi ?

—J'ai posé la question à mon père, à Edie…

—Mais pas à elle.

—Je…, commença Maddy avant de s'interrompre. Elle ne m'aurait jamais répondu.

—Peut-être que tu devrais essayer.

—Peut-être, convint-elle, sans s'engager, et sans avoir l'intention de le faire.

Il lui lança un regard d'exaspération, avant de se tourner vers la portière ouverte de la voiture.

—Je passe te chercher demain à 19 heures, lui déclara-t-il.

Elle esquissa un sourire.

—Où irons-nous ?

Il sourit à son tour. Après avoir jeté un nouveau coup d'œil rapide à la maison, il la prit par le cou, lui provoquant des frissons dans tout le corps.

— Quelle importance ?

— Aucune, répondit-elle en se penchant pour l'embrasser. J'imagine que ça n'en a aucune.

Il l'emmena dans un restaurant à curry mal éclairé, à la sortie de la ville, au bout d'une ruelle si sombre qu'elle était presque plongée dans l'obscurité. Il était bondé d'Indiens qui les dévisagèrent à leur arrivée, avant de les oublier aussitôt, captivés par leurs rires, leurs repas, qu'ils prenaient avec les mains, et leurs discussions aussi bruyantes qu'indistinctes. Maddy suivit Luke à l'une des rares tables vacantes, sa robe effleurant le sol en terre battue. (« On dirait que tu as abîmé ton ourlet », déclarerait plus tard Alice, qui avait attendu son retour.) Elle sentit le parfum du riz cuit à la vapeur et des épices, l'odeur du kérosène employé pour alimenter les cuisinières, et admira la foule, les vaches qui rôdaient, attendant de pouvoir manger les assiettes en feuilles de bananier des clients. Ils commandèrent du *dal* et du *roti*, du *chai* dans des tasses pas vraiment nettes, et il lui raconta sa journée, et les nombreux sujets sur lesquels il avait travaillé.

— J'ai décrété que tu n'étais pas une espionne, finalement, déclara-t-il.

— Parfait. Ça veut dire que je fais du bon travail.

Il lui expliqua également combien il était difficile de suivre les réservistes, dans un pays aussi vaste, de connaître leur niveau de compétence, le nombre de transports ferroviaires et maritimes supplémentaires à mettre à disposition, les besoins en formation en Inde et sur place, en Angleterre.

— C'est sans fin, se plaignit-il.

— Et, espérons-le, inutile.

— Espérons-le, répéta-t-il d'un ton qu'elle aurait souhaité plus convaincu.

Le lendemain soir, pour faire plaisir à Alice – qui était toujours loin d'être ravie qu'ils sortent si souvent seuls –, ils emmenèrent Peter et Della au restaurant du *Watson's Hotel*, non loin de l'Oval de cricket. Cette fois, il y avait d'autres Britanniques, mais surtout des touristes, et personne qu'ils connaissaient. Ils prirent place dans un angle de la salle de restaurant bruyante, discutant, riant et mangeant jusqu'à ce que, au fil des heures, Maddy ait l'impression que son corset allait éclater.

— Je crois que pour le mien, c'est déjà fait, s'amusa Della.

En réponse aux questions de Maddy, Luke en dévoila davantage sur sa famille, son père avocat et sa mère médecin.

— Oh, un médecin ! s'exclama Maddy. Je me sens encore plus mal à présent de n'être rien du tout.

— Tu n'es pas rien, la rassura-t-il.

Plus tard, après avoir quitté Peter et Della, ils gravirent lentement Malabar Hill, main dans la main, l'automobile stationnée au pied de la colline, rien que pour avoir un peu plus de temps ensemble, sans qui que ce soit pour les épier. Maddy lui reparla d'Oxford, lui confiant que le fait de penser que sa mère y avait grandi l'avait aidée à vivre dans le village d'Edie et de Fitz.

— J'avais l'impression d'être plus proche d'elle, j'imagine.

— Ses parents y vivent encore ?

— Non. Ils sont morts quand j'étais jeune. Je les ai à peine connus. Contrairement à Edie. Elle m'a raconté qu'ils s'étaient toujours montrés très stricts avec ma mère.

— Alice et elle étaient proches ?

— Très proches. Jadis. Edie m'a expliqué qu'elles s'étaient perdues de vue après les études. Je suis certaine qu'il y a autre chose.

— Encore un sujet que tu as soigneusement évité d'aborder avec elle ?

— Ne joue pas au plus malin…

Il lui sourit.

— Ton père connaissait ta mère, à l'époque ?

— Non, il travaillait déjà ici. Edie m'a raconté qu'il était retourné en Angleterre pour une permission, quand ma mère et elle avaient dix-huit ans, et qu'il était tombé raide dingue d'elle. Mais ma mère n'a rien voulu savoir. Ce n'est que lorsqu'il est revenu, trois ans plus tard, qu'elle a accepté de l'épouser.

— Et puis, tu es arrivée.

— Exactement.

— Eh bien, heureusement qu'Alice a accepté, dit-il en ralentissant le pas, avant de l'attirer à lui, l'air sérieux, une flamme dansant dans son regard ténébreux.

Quand il lui caressa la joue, elle se retourna pour lui embrasser la paume de la main. Elle l'entendit prendre une profonde inspiration. Il se pencha vers elle. Encore un baiser qu'elle aurait voulu ne jamais voir prendre fin.

Les semaines défilèrent, chacune semblant passer plus vite que la précédente. Ils se rendirent de nouveau au restaurant sur la terrasse, fréquentèrent d'autres *curry houses*, et si, à certaines occasions, Peter et Della les y accompagnèrent (« Des assiettes en feuilles, s'était moqué Peter. Quelle bande de rigolos ! » – « Tais-toi », lui avait ordonné Della), ils restèrent seuls la plupart du temps, passant des heures dans des établissements dissimulés dans des jardins peuplés de manguiers et de frangipaniers, donnant aux Aldyce et à leurs amis matière à cancaner.

— Ils sont tous survoltés, au club, lui apprit Della. Même s'ils restent bien sûr très silencieux quand tes parents sont dans les parages. J'aimerais que tu puisses les entendre, Maddy.

Les week-ends, Luke allait à la villa, persévérant avec Alice, lui parlant de Bombay, de la vitesse à laquelle la ville s'étendait, du bruit qu'il était si facile d'oublier quand on n'y était pas, et, bon sang, personne ne voulait empêcher ces enfants de torturer ce malheureux paon ?

— Je vais m'en occuper, lui promit Maddy en se dirigeant vers Suya, entre son frère et sa sœur, ses petites jambes écartées, la queue du paon qui poussait des cris stridents en main. Suya. Suya !

— Suya ! appela Richard, emboîtant le pas à Maddy. Qu'est-ce qu'il t'a fait, cet oiseau ?

Suya garda le silence. Elle continua à tirer sur les plumes du paon, ses traits angéliques crispés par l'effort, tandis que le volatile battait des ailes en criant.

— Stop ! lui ordonna Maddy.

— Ça suffit, s'écria Luke depuis la terrasse, à moitié en riant, à moitié en réprimandant la fillette.

Suya lui rendit son sourire. Sous les encouragements de son frère et de sa sœur, elle tira un dernier coup sec, et, au moment même où Maddy et Richard parvenaient à sa hauteur, poussa un cri de victoire, libérant l'oiseau terrifié et brandissant la plume volée vers le ciel brûlant.

— Bonté divine ! s'exclama Richard.

À d'autres occasions, Maddy et Luke se promenèrent jusqu'aux Jardins suspendus, au sommet de la colline, où ils déambulaient sur les pelouses impeccables, au milieu des libellules, les oiseaux décrivant des cercles dans le ciel. Certains d'entre eux étaient des vautours, attirés par les corps que les membres de la communauté parsie locale leur laissaient dans les Tours du silence voisines.

— Non, lâcha Maddy, horrifiée, quand Luke lui révéla cette tradition.

— Si, insista-t-il en riant.

— Eh bien, désormais, je ne vais plus pouvoir m'empêcher d'y penser chaque fois que je viendrai là.

— Ce n'est pas une bonne idée. Voyons si je réussis à te faire penser à autre chose.

Ils s'arrêtèrent pour discuter aussi brièvement que possible avec les gens qu'ils croisèrent (« Sapristi ! s'exclama le marin brûlé par le soleil. Maddy. Vous vous faites rare. Quel honneur. ») et s'installèrent à l'ombre des palmiers, Maddy posant la tête sur son épaule et lui tenant la main, tous deux contemplant la mer et la ville qui s'étendait en contrebas.

Je ne veux pas que ça s'arrête, songea-t-elle.

Par pitié, faites que ce moment ne prenne jamais fin…

Ils retournèrent à la plage où ils avaient embarqué sur le voilier, avec un pique-nique que Maddy avait prié Cook de préparer. (Elle avait tenté de le séduire avec des termes hindoustanis qu'elle avait demandé à Luke de lui communiquer. « Peut-être pourriez-vous parler en anglais, maintenant, avait dit Cook, pour que je puisse vous comprendre. »)

Les pêcheurs étaient tous de retour, alignés le long du rivage. Luke leur acheta des vivaneaux frais pour accompagner leur riz au safran et leur salade de tomates. Il fit rire Maddy à en avoir les larmes aux yeux quand il tenta d'allumer un feu pour les faire griller, en vain, jusqu'à ce qu'elle tire de son sac les allumettes qu'il lui avait envoyées par la poste après le réveillon du nouvel an et qu'elle avait gardées depuis.

Il plissa les yeux.

— Tu ne savais vraiment pas que tu les avais ? demanda-t-il d'un air soupçonneux.

— J'avais oublié, se défendit-elle sans cesser de rire. Je te le jure. Ne les utilise pas toutes, je voudrais les garder.

— Il ne m'en faut qu'une, pour le moment, lui garantit-il en s'agenouillant de nouveau dans le sable.

En mai, n'ayant toujours pas reçu l'ordre de retourner en Angleterre, il quitta l'hôtel *Taj Mahal* et s'installa dans une chambre privée, au bord de l'eau, près des quais. Il expliqua à Maddy qu'il préférait avoir un semblant d'intimité, et la certitude de ne pas tomber sur les Aldyce dans le hall d'entrée.

« Je compatis », avait soupiré Richard.

Maddy évita de lui rendre visite dans son nouveau repaire. Elle craignait que le fait d'être surprise en train d'entrer dans son appartement soit trop inconvenant. Même pour elle. Bien qu'elle en soit fortement tentée. Elle désespérait à présent de se retrouver seule avec lui, et pas seulement pour quelques moments volés avant de rentrer chez elle, à minuit, une heure qui arrivait bien trop vite à son goût. Chaque fois qu'ils s'embrassaient, elle avait toujours plus de mal à le quitter. Elle était convaincue, à en juger d'après la volonté dont il devait user pour s'y forcer, qu'il éprouvait le même sentiment.

— Maddy, déclara-t-il. Je ne sais pas ce que tu es en train de me faire…

Elle se demandait, quant à elle, ce qu'il était en train de lui faire.

Le mois de mai s'acheva. Les températures grimpèrent en flèche, faisant monter le mercure toujours plus haut. Elle avait du mal à s'endormir avant l'aube, à cause de la forte chaleur. Elle ne pensait qu'à lui, se demandant s'il était éveillé, lui aussi. Ce qu'elle ressentirait, étendue à ses côtés.

Chaque nuit, elle rêvait qu'il aille plus loin, qu'ils aillent plus loin.

Elle se demandait comment le lui dire, cependant.

Existait-il même une façon de demander à un homme de ruiner votre réputation ?

— Non, lui répondit Della, tandis qu'elles prenaient le thé, par un matin torride. (La chaleur s'était abattue comme une couverture humide sur les arbres étiolés et l'herbe jaunie de Peter.) Sans la moindre équivoque, non.

— Tu ne m'aides pas trop, là, lui rétorqua Maddy.

— J'en suis navrée, lui dit Della en croquant dans un petit pain à la cardamome. Mais tu peux ne pas me croire sur parole, de toute façon. Je n'ai absolument aucune expérience dans ce domaine.

— Moi non plus, reconnut Maddy.

— Je ne compatis pas. Je suis bien trop jalouse pour ça. À ce propos, Diana m'a demandé de tes nouvelles, hier soir. Elle s'est plainte de ne plus vous voir, Luke et toi. Je crois qu'elle aimerait bien que M. Devereaux lui ruine un peu sa réputation.

— Elle devra se contenter d'Ernest, lança Maddy.

— Beurk, grimaça Della en postillonnant des miettes. Tu imagines ? (Maddy n'en avait aucune envie.) Revenons à notre casse-tête, dit Della en mâchant sa bouchée. À mon avis, soit tu dois faire preuve d'un peu d'audace, nous sommes au xxe siècle, après tout, soit tu attends qu'il le fasse pour toi.

Fronçant les sourcils, Maddy se remémora ses paroles. *« Je ne sais pas ce que tu es en train de me faire. »*

— J'ai l'impression qu'il attend aussi que je fasse le premier pas.

— Très bien, alors. Tu sais ce qu'il te reste à faire.

Il avait effectivement attendu.

Il avait attendu à s'en rendre fou. C'était peut-être le xxe siècle, mais il savait comment tournait le monde, et ils causaient suffisamment de remous comme cela. Peter l'avait tenu au courant des ragots :

— Les *mems* ont du mal à en croire leurs yeux. La fille d'Alice et de Richard…

En ce qui le concernait, Luke s'en moquait éperdument, mais il se faisait du souci pour elle : cela allait-il finir par la contrarier ? Pouvait-il espérer davantage ou cela serait-il trop lui demander ?

Nuit après nuit, il ne pensait qu'à elle. Étendu sur son lit, en sueur, incapable de trouver le sommeil, les vagues léchant les murs de son immeuble, en contrebas, il se repassait en boucle chacun des moments qu'ils avaient partagés : le son de sa voix, son rire, ses mouvements de tête, ses regards et ses sourires. Il en comptait des milliers, désormais, qui le hantaient.

Il ignorait ce qu'ils allaient faire. Il ne pouvait pas rester en Inde, ça, c'était une certitude. Il avait été ravi de revenir, de pouvoir goûter de nouveau à tout ce qui l'avait séduit quand il était capitaine dans l'armée – la beauté de ce vaste pays, sa vie à l'état brut, sa chaleur et ses couleurs –, mais quelques mois lui auraient suffi pour se rappeler les raisons pour lesquelles il avait eu si hâte de partir, à l'époque. Rien d'autre que le fait d'être avec elle n'aurait pu le contraindre à rester si longtemps dans ce chaos frénétique, ce monde de passe-droits. Tout ce qui le faisait tenir durant ces interminables journées de réunions, les exercices sur les terrains de manœuvres infestés de mouches, les heures passées à suer dans les embouteillages et à se montrer aimable avec des hôtes qui ne l'étaient pas du tout était l'idée qu'il puisse la retrouver chaque soir.

Il souhaitait l'emmener en Angleterre, bien sûr (même s'il se sentait atrocement mal à cause du traumatisme que cela causerait à sa mère).

« Tu peux, lui avait reproché Peter. Pauvre Alice. Richard m'a dit qu'elle était hors d'elle. »

Il en avait eu envie dès son retour à Bombay, quand il l'avait aperçue dans ce bazar bondé. Mais cela ne faisait que quelques mois. Il refusait de la brusquer, de brusquer quoi que ce soit. D'autant plus que ce n'était pas nécessaire. Personne ne lui mettait la pression pour regagner l'Angleterre, après tout. Au contraire : « Merci pour votre travail. STOP. » Il pensait qu'il valait mieux éviter de lui poser la question.

Et s'il évitait ce sujet, autant ne rien lui demander d'autre.

Alors, il avait attendu.

Pour ne pas la brusquer.

En cette soirée du début du mois de juin, alors qu'il avait emprunté une autre embarcation au *Yacht Club* pour l'emmener, comme promis, à la plage dont il lui avait parlé au *Gymkhana Club*, afin de voir s'ils trouveraient ces œufs de tortues en train d'éclore, il n'avait pas l'intention, juré, de faire autre chose que voguer de nouveau sur les flots et s'asseoir dans le sable à ses côtés.

Il fut ravi, évidemment, qu'elle ait prévu autre chose pour la soirée. Il était aux anges. Bien que, pour sa part, il n'ait pas eu la moindre idée derrière la tête.

Pas vraiment.

Pas sérieusement.

Non, aucune.

(« Menteur », l'accuserait-elle plus tard.)

Elle lui parut curieusement enthousiaste à la seconde où elle courut à sa rencontre, dans l'allée. Son teint crème était légèrement rosé et son sourire avait quelque chose de diabolique. Il n'en déduisit cependant rien de particulier, et ne remarqua même pas qu'elle était plus silencieuse qu'à l'accoutumée, lors de leur descente vers la plage, puis à bord du voilier lorsqu'ils naviguèrent sur l'onde aux reflets rougeâtres, le ciel illuminé par le soleil couchant. Il était trop occupé à la regarder contempler l'eau, sa chevelure blonde bouclée détachée, son menton contre son épaule nue sous les manches courtes de sa robe de soirée noire.

Ils atteignirent la plage au moment où le soleil disparaissait à l'horizon. Le sable était désert. Mis à part le doux bruissement des vagues et les cris des mouettes qui plongeaient en piqué, le silence régnait. Seule la fumée qui s'élevait de l'épaisse végétation, derrière, chargée d'un parfum de charbon de bois et d'épices grillées, trahissait la présence d'humains à proximité.

Il dirigea le dériveur vers la côte. Elle se pencha par-dessus bord pour contempler la mer, se mordant la lèvre inférieure. La journée avait encore été torride. Le soleil à l'horizon, la chaleur était toujours aussi redoutable qu'à midi en Europe. Il sentit qu'elle était tentée.

— Tu devrais y aller, l'encouragea-t-il.

— Tu crois qu'elle est bonne ?

— Aussi chaude qu'un bain, lui garantit-il.

Il nageait tous les matins, dans la crique non loin de son appartement.

— « Qu'un bain », répéta-t-elle.

Elle ôta ses gants. Il la regarda faire. Il lui aurait été impossible de la quitter des yeux. Elle trempa ses doigts tremblants dans l'eau.

Elle était nerveuse. Il s'en rendit compte. Il ne comprit pas aussitôt pourquoi, mais il sentit immédiatement son cœur se serrer. Il n'avait aucune envie qu'elle soit nerveuse. Pas en sa compagnie. Jamais. Ce n'était pas du tout ce qu'il voulait pour elle. Tout comme il n'avait pas supporté l'idée qu'elle puisse avoir le mal du pays. Cinq minutes à peine après avoir fait sa connaissance, il n'avait déjà plus souhaité que son bonheur.

À présent, alors qu'il sentait son dos lui picoter à cause de la transpiration, sous sa chemise, il voulait qu'elle sache quel effet vous faisait la mer d'Arabie quand elle vous nettoyait la peau de votre sueur, ce que l'on ressentait lorsqu'on cessait de cuire dans des bas, un corset et Dieu seul savait quoi d'autre.

— Ce n'est pas y aller, ça, lui fit-il remarquer.

— Non ? demanda-t-elle en se retournant.

Ce sourire démoniaque...

— Tu sais bien que non, dit-il sans être tout à fait sûr de ce qu'il s'apprêtait à faire, mais en s'approchant d'elle, l'embarcation se balançant sous son poids. (Les yeux écarquillés, incrédule, elle éclata de rire.) Tu sais vraiment nager, hein ? lui demanda-t-il.

— Oui, répondit-elle, mais...

Il ne prit pas la peine d'attendre qu'elle ait terminé. Il la souleva dans ses bras, sentant ses éclats de rire dans tout son corps. Il adora cette sensation. Sans tenir compte de ses protestations au sujet de leurs vêtements, il se jeta dans l'eau avec elle, sans jamais la lâcher, même lorsqu'ils se retrouvèrent sous la surface.

Il riait encore quand ils reprirent leur souffle. Elle aussi, sa chevelure plaquée sur ses joues, l'air aussi indignée que ravie.

— Je n'arrive pas à le croire, lâcha-t-elle. Ma mère va te tuer !

— Je n'ai aucune envie de parler de ta mère, lui fit-il remarquer en l'embrassant. Cesse de parler d'elle, veux-tu ?

Ce qui la fit rire de plus belle. Elle lui rendit son baiser, plus vigoureux et plus insistant que jamais. Avec la même fougue que celle qu'il éprouvait. Il la serra contre lui, la portant à moitié pour éviter que le poids de sa robe l'entraîne vers le fond, sentant ses lèvres s'entrouvrir sous les siennes. Elle dirigea ses mains vers le bas de son dos, effleurant sa chemise trempée, caressant les muscles de chaque côté de sa colonne vertébrale, qui se contractèrent l'un après l'autre. Il l'embrassa dans le cou, sur son décolleté, goûtant le sel et la chaleur nocturne sur sa peau. Sans réfléchir, sur le point de défaire les agrafes de son corset, il lui passa la main dans le dos, avant de s'interrompre : une dernière hésitation.

Elle le regarda dans les yeux, le ciel noircissant derrière elle. Elle pencha la tête vers son oreille.

— Tu as mon autorisation, chuchota-t-elle.

Réprimant un gémissement, il refusa de patienter davantage. Il avait assez attendu comme cela.

— Suis-je effrontée ? demanda-t-elle.

— Une vraie catin, répondit-il. Mais c'est pour ça que je t'aime.

— Tu m'aimes ? fit-elle mine de s'étonner, un sourire sur les lèvres.

Il l'embrassa de nouveau.

— Tu le sais très bien.

Ils demeurèrent un long moment dans l'eau, ce soir-là, se dévêtant, jetant leurs vêtements dans le voilier, sans se lâcher, ne serait-ce qu'un instant.

— Aussi chaude qu'un bain, articula-t-elle, à bout de souffle.

Il l'embrassa partout, comme il en avait rêvé, lentement, savourant chaque instant, sans la brusquer. Se délectant de chacun de ses mouvements, chacun de ses contacts, il priait pour que cela ne s'arrête jamais.

Ils ne virent éclore aucun œuf de tortue, ce soir-là. Il en oublia même qu'ils étaient venus les voir. Ils regagnèrent le dériveur. Se servant des gilets de sauvetage en guise de coussins, la tête de Maddy sur son torse, sa main dans la sienne, il oublia tout reste. Plus rien n'avait d'importance. Il n'y avait plus de mère qui refusait qu'on lui prenne sa fille.

Plus de Kaiser. Plus de *cipayes*. Plus d'entraînements à la baïonnette, ni de journaux qui évoquaient le durcissement du climat en Europe, la façon dont l'Allemagne, l'Autriche-Hongrie – en fait tout le monde sauf la Grande-Bretagne – devaient contenir leurs ambitions impérialistes.

Ils étaient seuls au monde.

Ils n'avaient besoin de rien de plus.

Après coup, il fut ravi qu'ils aient pu avoir ce moment. Durant ces heures où ils étaient restés étendus dans le voilier qui tanguait, discutant pour la première fois de la berge d'un fleuve à Richmond, et d'une maison qui serait bien trop vide sans elle, ils n'avaient pas eu conscience que tout cela n'était qu'un rêve lointain. Ils avaient été heureux, sans la moindre réserve.

Ils ne se doutaient pas que tout cela allait bientôt changer.

Chapitre 11

Cinquième hôpital militaire du roi, 1917

Le salon était animé. Débordant d'infirmières, d'aides-soignantes et de patients, il débordait d'activité, même. Le feu crépitait dans l'âtre. Des lampes de formes et de tailles variées brûlaient sur les tables basses, le rebord des fenêtres et le manteau de la cheminée, réchauffant la lumière d'un gris délavé.

C'était l'hiver.

De nouveau.

Il neigeait, tout comme en ce jour de novembre où Jones était arrivé.

Plus tôt, il s'était emmitouflé dans un pardessus, avait enfilé des bottes et s'était promené avec quelques aides-soignantes, dans les épaisses congères, jusqu'à la forêt environnante afin d'y abattre un sapin. Il avait marché d'un bon pas, heureux d'avoir pu sortir, à en perdre le souffle ; d'être devenu, pour une petite heure, plus qu'un simple patient. C'était la troisième fois qu'il faisait ce genre d'expédition. C'était son troisième Noël au Cinquième.

Il avait tant espéré n'en vivre qu'un…

« C'était notre souhait à tous », lui avait tristement confié Arnold.

Par temps clair, ils entendaient encore les canons. Non plus dans la Somme, comme les mois précédents, mais à Passchendaele. Cette bataille avait fait des centaines de milliers de victimes. Jones avait rencontré un des hommes qui s'y étaient battus. Il lui avait raconté, avant que sœur Lytton intervienne pour l'empêcher de se faire du mauvais sang, de quelle façon le sol d'Ypres avait fait place à une sorte de marécage à cause de la pluie, des hommes tombant et se noyant dans la boue.

« Oui, s'était surpris à répondre Jones. Je m'en souviens. »

Avant de s'interrompre en entendant ses propres paroles. « Je m'en souviens. » Abasourdi, il sentit son cœur se mettre à battre en prévision de…

Rien.

Rien ne lui était venu. Il n'avait jamais été en mesure de comprendre ce qui l'avait poussé à dire cela. C'était un tour de son esprit : le souvenir d'un souvenir, mais rien de plus.

Ce soldat était déjà parti retrouver sa femme à Portsmouth, Arnold lui ayant recommandé un médecin de la région spécialiste d'un trouble qu'il qualifiait de « stress post-traumatique ». Beaucoup d'autres n'étaient plus là non plus. Presque aucun des patients hospitalisés à son arrivée n'était encore présent. La plupart d'entre eux s'étaient suffisamment rétablis pour être pris en charge par leurs familles. Quelques-uns s'étaient totalement remis, apparemment du jour au lendemain (un miracle que Jones ne pouvait s'empêcher d'espérer, même si cela signifiait qu'il pourrait retourner dans les tranchées). L'année précédente, deux patients avaient quitté l'hôpital d'une tout autre façon, ce qui l'avait profondément attristé. Égoïstement, il redoutait aussi de finir de cette façon.

« Pas vous, l'avait rassuré Arnold. Vous avez trop de raisons de vivre, mon vieux. »

Sœur Lytton avait très mal supporté leur mort, répétant inlassablement qu'elle les avait laissés tomber. Après la disparition du second, juste après la bataille de la Somme, l'année précédente, elle était partie aussi, durant tout un mois.

« Quelques jours de congé, lui avait expliqué Arnold. Elle sera de retour avec ses chocolats chauds avant que vous ayez eu le temps de vous en apercevoir, vous verrez. »

« Je l'espère », avait rétorqué Jones.

Bien qu'il ait parfois trouvé la gaieté de sœur Lytton un peu épuisante, il lui avait été terrible de voir son regard s'assombrir.

Il le lui avait avoué, à son retour, au mois d'octobre.

« Je vous ai manqué, officier Jones ? » lui avait-elle demandé.

Elle lui avait semblé si enchantée par cette idée qu'il lui avait répondu :

« Oui, bien sûr que vous m'avez manqué. »

C'était le cas, supposait-il. Si tant est que quelqu'un puisse lui manquer.

« Que s'est-il passé ici pendant mon absence ? » lui avait-elle demandé.

Il lui avait raconté que la femme du capitaine au masque était venue rendre visite à ce dernier – une femme distante à la manucure outrancière –, et que lui, Jones, ne l'avait vue que brièvement, quand elle avait quitté les lieux, tandis qu'elle longeait le couloir accompagnée de Poppy, la volontaire, toutes deux manifestement inconscientes de l'état du malheureux après leur départ. Il n'avait presque pas fait attention à elles. Il avait été trop occupé à consoler son curieux ami. (« Di-di-di… », avait tenté de dire le capitaine. « Non, lui avait garanti Jones. Vous ne voulez pas disparaître. Ça suffit avec ça. »)

« Qu'est-ce que la volontaire Reid a pensé d'elle ? » avait voulu savoir sœur Lytton.

« Elle n'a pas dit grand-chose, vraiment », avait-il répondu, sans parler des mots qu'ils avaient eus par la suite.

« Eh bien, ça ne lui ressemble pas, avait fait remarquer sœur Lytton. Ça va peut-être vous surprendre, mais elle était beaucoup plus douce, au début, avant votre arrivée. »

Cela l'avait effectivement surpris.

Il avait du mal à y croire, à présent, en observant Poppy dans le salon, tout sauf douce, plutôt directive, sa jupe se balançant d'avant en arrière tandis qu'elle s'agitait devant le sapin de Noël, ordonnant aux aides-soignantes de le déplacer un peu à gauche, non, à droite, plus à gauche, non, non, trop près de la cheminée…

— Qu'en dites-vous, officier Jones ? demanda-t-elle en lui lançant un de ses regards interrogateurs. Est-ce que j'ai tout faux ? Est-ce que j'ai besoin d'un coup de main ?

D'une manière ou d'une autre, elle était parvenue à rendre sa question un peu coquine. Jones ne cilla pas, cependant, contrairement à ce qu'elle semblait attendre de sa part.

Il détourna également le regard quand elle attrapa une boule, se retourna et saisit ses jupons pour gravir l'escabeau, révélant d'épais bas de laine.

Il ferma les yeux. Comme toujours, ils se fermaient facilement. Après cette promenade, il était encore plus fatigué qu'à l'accoutumée. Cesserait-il un jour d'être tout le temps épuisé ?

Il s'appuya contre le dossier de son siège. Il se sentit gagné par un profond sentiment d'abattement. Il n'était pas loin de succomber au sommeil. Mais il éprouva une vague pointe d'enthousiasme : la venue d'un songe.

Mais, cette fois, il n'avait aucune envie d'y figurer. Il n'y avait ni couleurs ni lumière, rien de chaleureux ni de familier. Des formes noires se déplaçaient devant ses yeux : des feuilles ovales se balançant sous un ciel menaçant, de gros nuages d'orage à l'horizon.

Et c'était tout. L'obscurité était quasi totale.

L'obscurité et une peine incommensurable.

Chapitre 12

Bombay, juin et juillet 1914

Il leur restait une quinzaine de jours avant qu'on annonce l'assassinat de l'archiduc austro-hongrois. Quinze jours durant lesquels les nuages s'amoncelèrent, s'accumulant dans le ciel annonciateur de pluie. Les Aldyce partirent passer l'été en Angleterre, d'autres se préparaient à faire une pause à la montagne, et Maddy et Luke continuaient à faire croire aux parents de Maddy qu'ils allaient chaque soir au restaurant, dans des *curry houses* ou au marché, alors qu'ils allaient se réfugier dans l'appartement de Luke au bord de l'eau, où il avait fini par l'emmener le jour où ils auraient dû voir les tortues. Cette première fois, se promenant à la lueur de la lanterne, elle avait eu parfaitement conscience qu'elle n'aurait jamais dû se trouver là, mais l'idée lui avait énormément plu. Évoluant sur le sol de dalles brûlantes en terre cuite, elle avait regardé partout, admirant les portes magnifiquement sculptées, les volets en treillage aux fenêtres, l'onde argentée, tout juste visible à travers les croisillons, et s'était aperçue qu'elle n'était jamais allée en un lieu plus somptueux.

« Je comprends pourquoi tu préfères ça au *Taj* », lui avait-elle avoué.

« Oui, avait-il renchéri en l'embrassant sur l'oreille et le cou. Et pour d'autres raisons, aussi, naturellement. »

Lorsqu'ils étaient à l'abri dans ce logement, le reste du monde disparaissait, et ils devenaient tous deux intouchables, invincibles. Plus rien ne les inquiétait. Même s'ils se demandaient à l'occasion s'ils ne devraient pas se montrer plus prudents pour éviter qu'elle tombe enceinte, aucun des deux ne chercha à remédier à ce problème. Maddy n'était pas certaine de le vouloir. À vrai dire, elle n'y pensait même pas. Luke était le seul sujet qui occupait ses pensées.

Quand ils avaient faim, il enfilait un pantalon et une chemise et allait leur chercher de quoi manger auprès d'un vendeur ambulant. Elle s'enroulait alors dans un drap le temps de son absence et leur servait du champagne tiède dans des tasses en céramique. Ils dînaient aux chandelles, blottis l'un contre l'autre sur la banquette devant la fenêtre de la chambre, à l'abri des regards indiscrets derrière les volets ouverts à la brise humide, la mer ondulant en contrebas.

La veille de l'assassinat de l'archiduc, tandis qu'ils étaient étendus sur son lit et qu'il avait la main autour de sa taille, celle de Maddy sur son épaule bronzée, lui caressant paresseusement le bras du bout des doigts, il lui annonça qu'il avait quelque chose pour elle.

— Hmm ? demanda-t-elle d'un air endormi.

— « Hmm », répéta-t-il, nettement mieux réveillé qu'elle. Oui.

Il se retourna sur son oreiller, plongeant avec agilité la main sous le lit.

Elle l'observa, l'esprit soudain plus vif, mais sans se douter de quoi que ce soit. Pas tout de suite, du moins.

Il s'étendit de nouveau face à elle, une pochette de velours à la main.

Elle la regarda fixement.

— Ce n'est pas un guide, dit-elle lentement.

— Non, confirma-t-il, la lueur des chandelles se reflétant dans son regard.

— Ni de la soie.

— Ni de la soie, répéta-t-il en lui tendant la minuscule pochette.

Elle l'étudia longuement sans la toucher, ses soupçons de plus en plus nets, sentant un sourire se former sur ses lèvres.

— Des boucles d'oreilles ?

Il éclata de rire.

— Pourquoi ne l'ouvres-tu pas ?

Elle obtempéra. Se redressant, elle saisit la pochette. Les doigts tremblant légèrement, elle en tira le cordon, son sourire de plus en plus large. Elle sentait la chaleur de son regard sur sa peau. Jetant un coup d'œil à l'intérieur, elle écarquilla les yeux en apercevant une poignée de diamants étincelants.

— Je suppose qu'on peut en faire des boucles d'oreilles, suggéra-t-il. Ou une broche.

— « Une broche » ? demanda-t-elle. Je ne veux pas de broche !

— Très bien, dit-il en souriant à son tour. Parce que je songeais plutôt à une bague.

Elle leva les yeux vers lui, éclata de rire, manqua de fondre en larmes, avant de rire de nouveau, prenant son visage qu'elle aimait tant dans ses mains, l'embrassant sans s'arrêter.

— C'est un « oui » ? demanda-t-il.

— C'est un « non », évidemment, répondit-elle avant de pousser un cri lorsqu'il la souleva et la laissa retomber sur le lit.

Ils planifièrent beaucoup de choses, ce soir-là : le mariage, qu'ils souhaitaient organiser le plus vite possible pour pouvoir passer au moins une partie de l'été en Angleterre ; leur lune de miel, qui serait une étape durant leur voyage, une escale à Port-Saïd, peut-être même une visite des pyramides.

— J'en ai toujours rêvé ! s'exclama-t-elle, de plus en plus agitée.

Ils convinrent ensuite qu'il fallait aller annoncer la nouvelle à ses parents, à la villa, avant d'envoyer un télégramme à ceux de Luke, dès le lundi matin, car le lendemain, c'était dimanche.

— Edie aussi, dit-elle. Il ne faut pas oublier Edie. Et Della va me tuer si elle ne fait pas partie des premiers à être prévenus.

— On appellera Peter demain, promit Luke.

— Guy voudra aussi être mis au courant, déclara-t-elle, d'une humeur moins guillerette en imaginant sa réaction.

Cela faisait des semaines qu'elle ne l'avait vu que de loin. Il avait cessé d'appeler chez elle. Chaque fois qu'elle le croisait – ce qui lui était parfois arrivé, à l'église, aux Jardins suspendus, ainsi que deux ou trois fois au *Gymkhana Club*, où elle était allée dîner avec Della –, il ne s'attardait jamais et se contentait d'un bref salut et d'un sourire délicat et culpabilisant.

« Oh, ce sourire, lui avait fait remarquer Della. Je me sens moi aussi coupable alors que je n'ai rien fait. Si seulement il m'avait laissée faire… »

— Guy va s'en remettre, lui garantissait à présent Luke.

— Tu crois ? demanda Maddy.

— Probablement pas, se moqua-t-il. (Elle lui donna un coup.) Je serais hors de moi, poursuivit-il en se frottant le bras en riant, si tu préférais l'épouser plutôt que moi.

— Comme si c'était possible…

— Tu vas le lui dire ?

— Non. J'en laisserai le soin à ma mère. Tu as le droit de me traiter de lâche.

— Je n'en ferai rien. Je préfère curieusement que tu puisses échapper à un tête-à-tête émouvant avec Guy Bowen. Même si… (il fronça les sourcils) ta mère risque d'avoir du mal à l'accepter.

Consciente de ce fait, elle soupira.

Elle avait désormais compris que sa mère craignait qu'elle parte. Elle se demandait pourquoi il lui avait fallu si longtemps pour comprendre combien elle avait peur.

Depuis qu'il lui avait fait remarquer de quelle façon Alice la regardait, elle s'était mise à l'observer à son tour et avait légèrement changé d'avis à son sujet. Ces derniers temps, elle avait fini par trouver une certaine douceur chez sa mère, à l'abri, mais non dissimulée, derrière le bleu vif de son regard. Elle avait remarqué que la tension dans ses silences se dissipait l'espace d'un instant chaque fois qu'elle croisait son regard. Bien que l'absence de ses visites à Oxford la contrarie encore beaucoup – elle avait du mal à le lui pardonner –, elle commençait à accepter de ne plus quitter une pièce chaque fois que sa mère y pénétrait. Elle faisait plus d'efforts pour lui adresser la parole – à n'importe quel sujet : Luke, Della, ses mésaventures avec Cook –, et était convaincue qu'Alice lui souriait de plus en plus.

« Non, ce n'est pas le fruit de ton imagination, lui avait garanti Richard, lui-même en souriant. Je l'ai remarqué aussi. »

Peu impressionnée lorsque Maddy et Luke étaient revenus de l'excursion où ils avaient failli voir des tortues, leurs vêtements trempés et froissés, la chevelure de Maddy emmêlée et pleine de sel, Alice n'avait pas fait de scandale.

« Vous êtes tombés ? avait-elle demandé en les regardant tour à tour. Tous les deux ? »

« Tous les deux, avait menti Luke. C'est ma faute. N'en voulez pas à Maddy. »

« Non, non, je ne lui en veux pas. »

À vrai dire, elle avait l'air plus résignée qu'autre chose. Depuis, elle s'était montrée… presque douce, attendant de pouvoir prendre son petit déjeuner avec Maddy, lui confiant combien elle était soulagée par le départ en vacances de tant de monde à Bombay, et à quel point elle aimait le calme.

« Diana ne te manque pas ? » lui avait demandé Maddy.

« Je fais de mon mieux pour supporter son absence », lui avait-elle répondu avec un sourire, son fameux sourire.

L'après-midi même, elle lui avait proposé d'aller visiter la petite école que fréquentaient les trois enfants du jardinier.

« Ils ont toujours besoin d'un peu d'aide, avait-elle prétexté. Je suis consciente que tu espères que… Eh bien que Luke… »

Elle s'était interrompue, le temps de prendre une brève inspiration et, visiblement, de rassembler son courage. Maddy avait senti sa gorge se serrer de tristesse.

« S'il reste, avait-elle poursuivi, je pense que les enfants auraient de la chance de vous avoir. »

Oh, mon Dieu, s'était dit Maddy.

— Ça va aller, promettait-elle à Luke, à présent.

— Vraiment ?

— Probablement pas, reconnut-elle.

Et ce ne fut effectivement pas le cas. Pas du tout.

Son père les félicita chaleureusement quand elle leur montra les diamants, acquiesçant lorsqu'elle leur parla du mariage, du voyage de noces qu'ils souhaiteraient… Il se leva de son fauteuil, dans le salon, pour serrer la main de Luke et étreindre Maddy un long moment (la poussant presque aux larmes), lui avouant combien il serait triste de la voir partir, combien il aurait le cœur brisé, en réalité. Mais il comprenait. Bien sûr qu'il comprenait, et il irait lui rendre visite, rien ne l'en empêcherait.

— Vous allez en avoir assez de me voir, vous verrez.

— Et vous, Alice ? demanda Luke. Vous viendrez nous voir ?

— Je..., commença Alice. Je... (Elle semblait incapable de poursuivre.) Excusez-moi, voulez-vous ? dit-elle en se levant si vite qu'elle heurta la desserte où étaient posés son verre et celui de Richard.

Et elle quitta la pièce.

Maddy la suivit du regard, mourant d'envie de la rattraper, mais incapable du moindre mouvement, et ignorant de toute façon quoi lui dire.

Son père la prit de court.

— Je m'en occupe, dit-il en la prenant par les épaules avant de s'élancer vers la porte. Ne vous inquiétez pas.

Se tournant vers Luke, Maddy se sentit encore plus mal à l'aise en devinant de la compassion dans son regard ténébreux.

— Comment pourrais-je ne pas être inquiète ? demanda-t-elle.

Il garda le silence. Il se contenta de s'approcher d'elle et de la prendre dans ses bras. Les yeux fermés, elle posa la tête sur sa poitrine, suivant le rythme lent et profond de son souffle.

— Nous ne sommes pas obligés d'aller en Angleterre, lui promit-il, même si elle savait combien il avait hâte d'y retourner, et à quel point cela devait lui coûter de le dire.

Pour cette raison, elle ne l'en aima que davantage.

— Si, il le faut, déclara-t-elle, repensant à tout ce qui les y attendait (les berges du fleuve, les saules et les couchers de soleil violets). Je ne peux pas ne pas y aller. J'en ai trop envie.

— Alors, nous reviendrons régulièrement ici. Si elle ne peut pas venir à nous, nous irons à elle.

Elle leva les yeux vers le plafond, imaginant sa mère pleurer, à l'étage.

— Je ne comprends pas pourquoi elle ne viendrait pas.

— Il faut que tu lui poses la question.

Elle acquiesça. Et elle joignit les actes à la parole.

Mais ce fut à son père, et non à sa mère, qu'elle s'adressa le lendemain matin, car cette dernière, prétextant un mal de ventre, cette fois, refusa de descendre prendre son petit déjeuner.

— N'essaie pas de me faire taire, ordonna Maddy à Richard, avant qu'il ait eu l'occasion de saisir la cafetière. C'est trop important.

Il s'immobilisa, la main à quelques centimètres de sa cible, et se tourna vers elle en fronçant les sourcils. Le visage ridé, il avait l'air inquiet. Maddy ignorait jusqu'à quelle heure il avait veillé. Il était encore debout, discutant avec sa mère, quand elle était allée se coucher.

— Je n'ai aucune envie de te faire taire, la rassura-t-il. Tu n'imagines pas à quel point j'aimerais que tu puisses comprendre…

— Alors, dis-moi quel est le problème.

Il soupira.

— Je t'en prie, papa, l'implora-t-elle, sentant qu'il hésitait, que la vérité était à portée de main. Pourquoi refuse-t-elle de faire le trajet ?

— Oh, ma chérie, dit-il avec difficulté. Ce n'est pas une question de volonté. Cela lui est simplement impossible.

Elle fronça les sourcils à son tour.

— « Impossible » ?

Il lança un long regard, comme s'il se demandait s'il devait en dire davantage.

Elle se pencha sur sa chaise, le pressant de poursuivre.

Mais il secoua la tête, comme s'il venait de se rappeler quelque chose.

— Il faut que tu lui poses la question. Je lui ai promis de ne rien dire. (Il saisit la cafetière et se servit, comme s'il était en manque.) Mais pas maintenant, je te prie. Elle se repose.

— Mais…, commença Maddy.

— Je t'en prie, ma chérie, insista-t-il en écarquillant les yeux.

Elle hésita encore un moment. Il fixait son regard sur elle. Il avait l'air extrêmement las.

Lentement, elle hocha la tête d'un air de renoncement. Que pouvait-elle faire d'autre ?

— J'irai lui parler quand elle ira mieux, s'engagea-t-elle auprès de Luke quand il vint la chercher, peu après, pour l'emmener chez Peter et Della.

S'appuyant contre le volant, il lui lança un regard oblique.

— C'est promis ?

— Promis.

— Tu es certaine de toujours vouloir aller chez les Wilson ?

— Absolument. Sinon, je risque d'être triste toute la journée.

Il esquissa un léger sourire.

— Eh bien, voilà qui serait fâcheux, dit-il.

— Tout à fait, confirma Della à leur arrivée chez Peter, lorsqu'il leur eut annoncé la nouvelle. Je suis totalement aux anges pour toi, chanceuse ! Il était vraiment temps.

— En effet, approuva Peter, en repoussant une mèche de cheveux de son visage rayonnant, saisissant la main de Luke, embrassant Maddy et les poussant tous vers le salon étouffant où il ouvrit les fenêtres, puis une bouteille de champagne.

— Ça veut dire que tu vas rentrer, toi aussi, Della ? demanda-t-il en se tournant vers sa sœur. Je peux te renvoyer à maman telle une bouteille consignée ?

— Navrée, mais non, répondit Della. J'y suis, j'y reste, encore au moins une année. Et évite de me faire croire que je ne te manquerais pas, si je partais.

Il plissa les yeux, sans confirmer ni infirmer ses propos, avant de remplir leurs verres.

— Et l'église ? s'inquiéta Della.

— Nous le ferons plus tard, si on n'oublie pas, répondit Luke. Je suis sûr que Dieu comprendra.

Ce ne fut sans doute pas le cas.

À moins qu'il ait eu d'autres chats à fouetter. François-Ferdinand, par exemple.

Ce soir-là, ils se retrouvèrent, cette fois pour un pot de fiançailles, au *Gymkhana Club*. Richard avait insisté. Alice, qui prétendait ne pas encore se sentir très bien, n'était pas venue, mais elle avait surpris Maddy en descendant lui dire « au revoir » avant qu'elle parte.

« Je ne souhaite que ton bonheur, lui avait-elle dit doucement, vêtue de sa robe de chambre, dans l'escalier. J'espère que tu en as conscience. »

« Je le sais », lui avait répondu Maddy.

J'espérais simplement que ça te rendrait un peu plus heureuse.

Ce soir-là, ils apprirent de la maison du vice-roi que l'archiduc Ferdinand venait de se faire abattre par des nationalistes serbes.

La nouvelle n'inquiéta pas tout le monde. Della, par exemple, s'avoua incapable de comprendre le pourquoi de toute cette agitation.

— Qu'est-ce qu'il a à voir avec nous, cet archiduc ?

— Pas grand-chose, j'espère, répondit Peter d'un ton peu convaincu.

Maddy non plus ne parut guère convaincue. Se tournant vers Luke, elle remarqua son air soudain sérieux. Elle savait à quoi il pensait. Ils avaient trop souvent évoqué ce qui se passait en Europe pour qu'elle puisse douter qu'il soit aussi préoccupé qu'elle par le fait que l'Autriche-Hongrie, qui cherchait depuis longtemps un prétexte pour attaquer la Serbie et renforcer sa présence dans les Balkans, venait de recevoir ce prétexte. S'ils passaient à l'offensive, la Russie, qui s'était engagée à soutenir la Serbie, serait également entraînée dans ce conflit. La France suivrait, car elle avait signé un traité avec la Russie, puis la Grande-Bretagne (grâce à la Triple-Entente, merci beaucoup) et l'Allemagne (alliée à l'Autriche-Hongrie). Devinant l'énormité de ce qui pourrait en découler, elle ferma les yeux.

« On dirait un grand jeu de dominos, avait-elle fait remarquer quelques jours auparavant. Sauf que ça n'a rien de drôle. »

— Il ne se passera peut-être rien, déclarait-elle à présent, plus pour se rassurer qu'autre chose.

— Je l'espère, avoua Luke. Je vais trinquer pour que tu aies raison.

Ils trinquèrent tous.

La soirée ne fut pas gâchée, loin de là. Presque tous ceux qui se trouvaient encore à Bombay étaient venus, à l'exception de Guy, qui leur avait fait parvenir un mot d'excuse : « Je crains de devoir travailler ce soir, mais je vous souhaite tout le bonheur du monde. »

« Tu culpabilises ? » lui avait demandé Della.

« Absolument », lui avait-elle répondu.

Le club-house éclairé à la chandelle était bondé, l'air poisseux vibrant au son de Harry Lauder, des verres qui s'entrechoquaient et du brouhaha débordant de bonne humeur. Maddy dansa avec Luke. Il la fit tournoyer, basculer à la renverse au point de presque lui faire toucher le sol, et rire jusqu'à ce qu'elle en ait un point de côté. Ils se taquinèrent, sourirent et parlèrent de nouveau de tout ce que l'été allait leur réserver (le mariage, le voyage de noces, Richmond et la berge du fleuve), mais s'abstinrent d'évoquer son travail, et le fait que tout cela ne serait probablement pas inutile, après tout. Richard porta un toast à l'avenir, et tout le monde leva son verre en poussant des cris de joie.

Personne ne souhaita s'attarder sur l'assassinat du souverain autrichien. Pas ce soir-là.

Sans doute pour la dernière fois, semblait-il. Les jours qui suivirent, il devint aussi banal de discuter des représailles éventuelles de l'Autriche-Hongrie contre la Serbie que de la météo du jour. Plus personne ne semblait mettre en doute la probabilité d'une guerre.

Du jour au lendemain, c'était devenu une simple question de temps, et Maddy trouva cela insupportable.

Chapitre 13

Par la suite, tout se déroula très vite.

Le lendemain matin de l'assassinat de l'archiduc, le père de Maddy alla trouver l'évêque de la cathédrale Saint-Thomas, le persuadant que la lecture des bans pouvait se faire rapidement, et réserva la date du 3 août pour la cérémonie. L'après-midi même, Luke se rendit au central télégraphique pour annoncer la nouvelle à Edie et à ses parents. « Ravie du fond du cœur », répondit Edie. « Absolument merveilleux, s'enthousiasmèrent les parents de Luke, nous avons hâte de rencontrer notre nouvelle bru. » Maddy et lui se dirigèrent ensuite vers le port, au guichet bondé de la P&O afin d'y réserver un billet pour l'Angleterre le 7 août.

— C'est dans moins d'un mois, calcula Maddy en prenant place devant le bureau ciré de l'employé, inscrivant ses coordonnées sur le formulaire réservé aux passagers. (Elle se mordit la lèvre inférieure en employant le nom de « Devereaux » pour la première fois.) Ce ne sera pas long.

— Pas long du tout, confirma Luke avec un sourire.

Elle leva les yeux vers lui, son stylo en l'air.

— Il ne se passera rien avec les Serbes d'ici là, si ? Ça ne peut pas se produire si vite…

— Non, tenta-t-il de la rassurer. Non.

Mais, le 6 juillet, le jour où les invitations au mariage sortirent de l'imprimerie – une liasse de cartes gaufrées que Maddy ouvrit avec impatience, le sourire aux lèvres, parcourue par un frisson d'enthousiasme –, le ciel chargé de Bombay se déchira et se fissura, déversant des torrents de pluie sur la ville, et Richard rentra chez lui fort de la nouvelle que l'Allemagne avait donné un blanc-seing à l'Autriche-Hongrie, lui confirmant son soutien en Serbie.

— Ça ne signifie pas encore que la guerre est inévitable, déclara Della, venue admirer les invitations.

— C'est l'idée, confirma Richard.

Mais personne d'autre ne semblait partager l'optimisme de Della. En fait, beaucoup de monde paraissait même souhaiter qu'elle se trompât.

— Fraser Keaton est très impatient de porter l'uniforme, déclara Peter, ce soir-là, alors qu'ils étaient tous réunis – à l'exception d'Alice, qui, ce qui devenait inquiétant, se disait encore malade – dans le salon humide éclairé à la chandelle afin de mettre la touche finale à la petite liste d'invités. Il ne cesse de répéter combien il souhaite remplir son rôle.

— Et en quoi consistera son rôle, exactement, d'après lui ? voulut savoir Luke, s'allumant une cigarette.

— À porter une jolie veste d'uniforme, bien sûr, répondit Peter.

— Eh bien, je peux lui en trouver une au magasin de l'armée et de la marine, intervint Richard.

— Je vais lui en donner une, se proposa Luke. Et je vais lui demander d'arrêter son cinéma.

Il n'eut cependant jamais l'occasion de parler à Fraser. Tout le monde (à l'exception de Della) estimant désormais que la nécessité d'une armée indienne en Europe était presque inévitable, il fut plus occupé que jamais, enchaînant les allers et retours à Pune, s'entraînant avec une des premières divisions destinées à être mobilisées. Tandis que Maddy et lui profitaient de chacune des occasions qui leur étaient offertes d'être ensemble lorsqu'il se trouvait à Bombay, il manqua la plupart des préparatifs du mariage. Maddy l'envia de pouvoir échapper aux discussions interminables sur les plans de table, les avantages du gâteau aux fruits par rapport au *sponge cake*.

— Je me fiche du gâteau, reconnut-il en l'embrassant dans son lit, un soir. Ça t'aide ?

— Non. Ça ne m'aide pas. On peut échanger les rôles ?

Il courait d'une réunion à l'autre – avec des officiers de la marine, des intendants de l'armée de terre, des commandants de compagnie – pour préparer la logistique, les besoins en munitions et en vivres, l'hébergement pour le flot de soldats qui débarquerait en ville, si la situation venait à empirer, avant de prendre la mer.

Ils devaient aussi faire face à une pénurie d'officiers. Avec plus d'un quart des commandants de l'armée indienne en permission en Angleterre, il n'en restait plus assez pour mener les *cipayes* sur les terrains de manœuvres, sans parler de les conduire au front.

— C'est absurde, déclara Luke à Maddy au milieu du mois, sur le rebord de la fenêtre où ils avaient pris place, des trombes d'eau s'abattant dans la nuit noire, martelant la mer invisible. Je ne sais pas ce qui va se passer…

— Ça ne va pas nous concerner, n'est-ce pas ? demanda Maddy, commençant à avoir un mauvais pressentiment. (Il était réserviste, après tout. « Les premiers appelés en cas de guerre », avait expliqué un jour Peter. Ses paroles lui étaient revenues avec un frisson.) Tu ne seras pas obligé de rester ici pour diriger qui que ce soit, hein ? (Elle se redressa, se tournant vers lui.) Nous avons réservé notre billet…

— Ne va pas te faire des idées, lui recommanda-t-il. Rien n'est encore arrivé. Della a raison, il peut encore ne rien se produire.

— Oh, Luke…

— Non, je suis sérieux. Tant que la France se tient à l'écart, l'Angleterre n'est pas obligée d'intervenir.

Mais la France, naturellement, refusa de se tenir à l'écart.

La troisième semaine de juillet, le président français Poincaré se rendit en Russie, où il s'engagea à ce que la France défende la Serbie contre l'Autriche. Maddy, qui commençait désormais à craindre que la guerre éclate avant que Luke et elle puissent se marier, songea, en se rendant à son dernier essayage dans l'atelier de couture carrelé situé au sous-sol de l'hôtel *Taj*, à la rapidité avec laquelle la situation semblait lui échapper. Sa mère l'accompagnait. Elle avait insisté pour se rendre à l'ensemble des rendez-vous de sa fille, même si elle n'avait pas cessé de se plaindre de son estomac et semblait chaque jour un peu plus pâle. Lors d'un de ces trajets en voiture, Maddy lui avait enfin parlé, comme elle l'avait promis à Luke et à elle-même. La bouche sèche en raison d'une soudaine appréhension, elle lui avait demandé pourquoi elle était si peu disposée à venir les voir à Richmond, ce qui l'avait empêchée de se rendre à Oxford durant toutes ces années, et – ses paroles lui échappant, sa voix se raccrochant au soulagement de pouvoir les libérer – pourquoi elle ne les avait pas accompagnés lors de ce premier voyage, pour l'emmener chez Edie et Fitz. *Je crois que ça t'a brisé le cœur de m'y envoyer.*

Alice ne lui avait pas répondu. Pas tout de suite. Elle l'avait dévisagée, de la peur dans son regard bleu, comme si elle redoutait ces questions depuis longtemps, poussant Maddy à regretter de les avoir posées.

Elle l'avait d'autant plus regretté quand Alice avait fini par lui répondre, chacune de ses syllabes forcée et crispée :

« Ça m'a brisé le cœur, Madeline. C'est la chose la plus difficile que j'aie jamais faite. Je souhaitais tellement t'y accompagner... »

« Mais… »

« C'était impossible. Ça me paraissait impossible. »

« "Impossible" ? avait répété Maddy, plus perplexe que jamais. À cause d'Edie ? avait-elle risqué. Vous étiez amies. Vous vous êtes disputées ? »

Alice avait soupiré, ce que Maddy avait pris pour un « oui », mais, avant qu'elle ait pu trouver le moyen de pousser sa mère à en dire davantage sur cette querelle qu'elle soupçonnait depuis longtemps, Alice avait repris la parole, lui garantissant qu'Edie n'avait rien à voir avec sa réticence à prendre la mer.

— Ni Fitz. Jamais je ne les aurais laissés m'empêcher d'aller te voir.

« Mais que s'est-il passé entre vous ? » s'était-elle apprêtée à lui demander.

À ce moment-là, Alice avait porté la main à sa taille, fronçant les sourcils à cause de ce qui semblait être une nouvelle douleur. Partant du principe que c'était bien le cas, et se sentant affreusement mal pour elle – coupable, aussi, certaine d'en être en partie responsable –, Maddy n'avait simplement pas pu se résoudre à insister, de peur de la contrarier davantage.

Au grand désarroi de Luke et de Della, elle s'abstint d'aborder de nouveau le sujet avec elle.

Elle refusa de nouveau de lui en parler à l'atelier de couture, tournoyant sur elle-même, observant au-delà de sa simple robe de dentelle blanche le reflet blême d'Alice dans le miroir couvert de buée.

— Parfait, déclara doucement sa mère. Comme dans les tableaux.

Elle sentit son estomac se nouer à cause de ce que Poincaré avait promis, et de la terrifiante imprévisibilité de ce qui allait suivre.

— Je veux qu'ils arrêtent tout, déclara-t-elle à Luke. Je veux aller là-bas et leur ordonner de tout arrêter.

— Ce serait une bonne chose, lui rétorqua-t-il en l'embrassant dans le cou. Je préférerais éviter de redevenir soldat, et ils t'écouteraient, j'en suis convaincu.

Mais, naturellement, elle n'en fit rien, et, le 23 juillet, l'Autriche-Hongrie lança un ultimatum à la Serbie, lui imposant de lui laisser les coudées franches pour mener une enquête sur la mort de l'archiduc, que la Serbie rejeta d'emblée.

Et puis, à quelques jours de la cérémonie, les dominos commencèrent à tomber.

Le 31 juillet, Maddy se leva avant l'aube et se rendit avec Ahmed et Della au magnifique marché aux fleurs parfumé de Bombay, tous trois abrités sous des parapluies bombés au milieu de la foule matinale, se faufilant entre les étals gémissants afin de sélectionner des charretées de pétales humides pour l'église. Le même jour, la nouvelle tomba : les Russes avaient mobilisé des troupes pour soutenir la Serbie.

— Ça ne signifie pas forcément que..., commença Della avant de s'interrompre.

Même elle avait du mal à faire comme si ce n'était rien.

Elles firent néanmoins parvenir les fleurs à la cathédrale. Elles étaient persuadées que rien d'autre ne pouvait réellement se produire avant le mariage. C'était impossible.

Mais, le lendemain, tandis que Maddy était dans la cuisine de la villa en train de pousser toutes sortes de gémissements de satisfaction devant la pièce montée sincèrement impressionnante de Cook (gâteau aux fruits, et non *sponge cake*), Luke lui annonça dès son arrivée que les Allemands avaient envahi la Belgique pourtant neutre.

— On va quand même se marier, insista-t-il, dès qu'ils furent retranchés dans l'intimité du salon désert. Rien ne pourra nous en empêcher.

— Mais après…

— On verra plus tard, l'interrompit-il en l'attirant à lui. On y réfléchira le moment venu. (Il croisa son regard.) Tout va bien se passer.

Se plaquant contre lui, elle soupira, se laissant volontiers convaincre, pour le moment, du moins.

— Tu ne vas pas t'enfuir je ne sais où, maintenant, n'est-ce pas ? lui demanda-t-elle.

— Il faut que j'aille au cantonnement.

— Je préférerais que tu restes avec moi.

— Moi aussi, lui assura-t-il avec un long baiser. Et c'est bien ce que je compte faire, dès que cette pagaille aura pris fin. Ça et rien d'autre.

— Et tu crois que ce sera terminé pour Noël, comme tout le monde a tendance à le penser ?

— Peut-être même plus tôt.

Elle croisa les doigts pour qu'il ait raison.

Elle l'espérait encore le lendemain, quand la France et la Belgique décrétèrent leur mobilisation. Elle alla chercher sa robe au *Taj*, s'arrêtant pour jeter un coup d'œil à la une des journaux exposés dans le hall d'entrée – aux photos d'Anglais heureux profitant de leurs vacances, aux gros titres annonçant que le pays, en proie à une canicule, était prêt à se battre –, et priant silencieusement pour que tout cela ne soit rien de plus qu'une folie passagère.

Inévitablement, la Grande-Bretagne lança un ultimatum à l'Allemagne, lui ordonnant de quitter la Belgique si elle ne souhaitait pas s'exposer à une déclaration de guerre. À l'aube, le jour du mariage, l'ensemble des troupes britanniques et indiennes, aussi bien d'active que de réserve, fut mis en état d'alerte. Inévitablement, Luke et Peter en faisaient partie.

Bien que Maddy soit hors d'elle (en plus d'être terrifiée), elle se réveilla beaucoup trop tôt pour la cérémonie, un sourire obstiné sur ses lèvres, en proie à une euphorie inextinguible à l'idée de la journée qui s'annonçait, de Luke se réveillant dans sa chambre, du fait bien réel, aussi merveilleux qu'impressionnant, qu'ils seraient mariés dans quelques heures.

Mariés.

L'excitation fut à son comble lorsque, après s'être lavée, elle enfila sa robe blanche et épingla sa chevelure les mains tremblantes. Ses craintes se dissipèrent lorsqu'elle prit la route de l'église avec son père, lui tenant la main puis le bras, courant sous la pluie battante jusqu'aux portes de Saint-Thomas, le voile traînant derrière elle sur les marches glissantes du perron.

Au début de l'allée de marbre, elle observa Luke, à l'autel – si beau dans sa jaquette de costume (il n'était pas en uniforme, pas encore), si heureux de la regarder, elle –, et ne songea plus qu'à lui et à ce qu'ils étaient sur le point de faire. Elle avança d'un pas, prise de vertiges à cause de son excitation et de son souffle court, et oublia la mobilisation des réservistes décrétée aux quatre coins du pays. Elle oublia les navires qui se dirigeaient à vide vers Bombay en ce moment même, prêts à emporter l'armée loin de là. Elle oublia quelles forces armées franchissaient quelles frontières interdites, l'air sinistre de sa mère sur le banc de bois du premier rang, et le fait que Guy lui avait envoyé une nouvelle carte pour justifier son absence au mariage. « Je suis certain que la cérémonie sera aussi merveilleuse sans moi. » Elle s'immobilisa aux côtés de Luke, son voile lui tombant sur les épaules, et il se pencha vers elle. Sa voix grave résonna dans son oreille.

— Ça y est, dit-il simplement.

Elle eut alors l'impression de n'avoir jamais été si heureuse.

Elle écouta d'une oreille distraite le discours d'accueil de l'évêque. Devinant le bras de Luke non loin du sien, la chaleur de sa présence, elle continua à lui lancer des regards furtifs, s'apercevant qu'il en faisait autant à son égard, tous deux tentant difficilement de contenir leurs sourires. Quand l'évêque annonça le premier cantique, les accords de l'orgue retentirent. Tandis que tout le monde se levait pour chanter *Amazing Grace*, Luke se tourna de nouveau vers elle, cette fois pour lui dire combien le blanc lui allait bien.

— Je te remercie, lui chuchota-t-elle.

— De rien. Tu dégages une impression de grande pureté.

Elle sentit un sourire se dessiner sur ses lèvres.

— Vraiment ?

— Je t'assure, lui garantit-il en s'approchant un peu plus d'elle. Je me serais presque fait avoir…

Elle éclata de rire, s'attirant un froncement de sourcils désapprobateur de la part de l'évêque, de plus en plus sévère, Maddy riant davantage à cause de la façon dont le prélat la regardait.

— Arrête, l'implora Luke, une lueur dansant dans son regard ténébreux. Tu vas nous attirer des ennuis.

Della lut magnifiquement un passage de la Première Épître aux Corinthiens.

« Elle s'est entraînée », trahirait plus tard Peter.

Ils chantèrent tous un nouveau cantique, cette fois sur l'espoir, puis l'évêque prononça son sermon (heureusement court), avant de demander si quelqu'un avait une raison valable pour empêcher l'union légale de Luke et Madeline. Personne – pas même Alice – ne prit la parole.

Ils échangèrent leurs vœux sans se quitter des yeux, se promettant mutuellement de s'aimer jusqu'à ce que la mort les sépare, et quittèrent l'édifice sous un déluge de confettis humides de mousson, rejoignant la villa où un petit déjeuner de mariage était prévu. Exactement comme ils l'avaient souhaité. La pluie ayant inondé les pelouses et trempé les palmiers, et un quatuor à cordes jouant sous l'auvent de la terrasse, ils coupèrent le magnifique gâteau de Cook, burent du champagne, dansèrent et rirent sans évoquer la guerre, puis, à la tombée de la nuit, ils repartirent dans le mauvais temps, dans une effusion de baisers cette fois, retournant chez Luke.

— Je t'aimerai à tout jamais, lui promit Maddy quand il la porta depuis l'automobile jusqu'à son appartement où régnaient la chaleur et le silence. Et même après.

— Parfait, répliqua-t-il en la reposant à terre, ses lèvres contre les siennes et dans son cou. Car j'ai l'intention de te faire tenir parole.

Chapitre 14

Alice ne s'était pas bien sentie du tout pour aller au mariage. Elle ne s'était pas bien sentie non plus pour aller aux séances d'essayage, mais cela lui aurait tout aussi manqué que de ne pas voir Madeline descendre l'allée. En s'asseyant sur le banc, elle avait compris qu'à l'atelier (*ma fille,* avait-elle songé, sans quitter du regard son visage adoré, *c'est ma fille…*), elle s'était forgé des souvenirs qui rejoindraient les milliers d'autres qu'elle avait emmagasinés, prête à les rejouer sans fin dans les mois et les années à venir. Dans ses moments les plus désespérés, elle regrettait presque que Madeline soit revenue. Il lui aurait été plus facile, d'une certaine manière, de ne pas devoir la perdre une seconde fois.

Elle avait eu du mal à garder son sang-froid, à l'église, puis tout au long de l'après-midi, à la villa. Elle avait été très soulagée quand Madeline avait demandé qu'il s'agisse d'une simple petite fête, sans faste ni manières. *« Sans manières »*, s'était-elle dit. *Ça, je peux y arriver.* Elle n'avait pas dansé. Elle était tout juste parvenue à s'asseoir droit. Les maux de ventre qu'elle avait ressentis ces dernières semaines n'étaient pas un prétexte pour dissimuler sa peine ou ses craintes (bien que cela ait également été le cas). Ils étaient bien réels et empiraient, de plus en plus accompagnés de nausées. Elle avait cru que c'était dû à l'angoisse.

— Non, lui répondit doucement Guy après son arrivée, tard le soir, le lendemain. C'est votre appendice.

Richard avait fait appel à lui, après qu'Alice avait passé la journée au lit, plongeant par intermittence dans le sommeil, rêvant du mariage, de Madeline petite fille pleurant et la suppliant de ne pas la faire partir en Angleterre (« Je ne veux pas y aller, non merci. Je serai plus sage, je te le promets... »), puis de nouveau adulte, remontant la passerelle d'un autre navire à bord duquel Alice était certaine de ne jamais pouvoir mettre les pieds. Au fil des heures, ses douleurs ventrales s'étaient accentuées, et, sous l'effet de la fièvre, elle s'était mise à frissonner de tout son être de manière incontrôlable, la villa où elle se trouvait devenant un îlot oppressant se balançant sous la pluie battante de Bombay.

— Vous auriez dû venir me voir, Alice, lui reprocha Guy, ses traits aimables tirés, le visage ridé par l'inquiétude.

Tirant une seringue de sa mallette, il lui expliqua que cela soulagerait ses douleurs, puis lui piqua le bras.

Elle ferma les yeux, sentant les opioïdes lui faire effet dans tout le corps et éprouvant la sensation d'être voluptueusement protégée. Elle hocha lourdement la tête. Oui, elle aurait dû.

Il s'éloigna. Elle l'entendit discuter avec Richard, juste derrière la porte de sa chambre, leurs voix étouffées tout juste audibles à cause de la pluie. Ils évoquaient l'idée de la transférer à l'hôpital de Guy pour l'opérer. L'esprit embrumé, elle se dit qu'une opération devrait lui faire peur. Mais elle fit abstraction de ce sentiment. Franchement, tant que la douleur s'arrêtait... quelle importance ?

— Il est rompu, j'ai l'impression, expliqua Guy. (C'était peut-être important.) J'aimerais l'opérer moi-même, avec votre permission.

— Naturellement, lui répondit Richard. Bien sûr.

Malgré son état cotonneux, Alice remarqua leur ton compassé. Ils n'avaient passé que peu de temps ensemble, ces derniers mois. Aucun de leurs dîners, aucun de leurs cocktails. Elle-même n'avait écrit à Guy que pour lui annoncer les fiançailles de Madeline, puis de nouveau pour l'inviter au mariage. Ils s'étaient évités. Ils y avaient été contraints. Ils ne savaient tous que trop bien ce que l'un et l'autre ressentaient, souvent de manière indicible. Il avait donc été vraiment plus facile (comme Alice l'avait souvent constaté) d'éviter tout simplement de se parler.

Non pas qu'elle puisse s'exprimer à présent, même si elle l'avait souhaité. Ses lèvres pesaient une tonne, son visage et ses membres semblant gagner un peu plus en densité à chaque seconde qui s'écoulait. Elle s'aperçut vaguement que Richard était revenu auprès d'elle. Lorsqu'il la souleva pour la transporter au rez-de-chaussée, la pièce se mit à tanguer et à tournoyer, malgré la douceur toujours aussi surprenante de ses grands bras. Puis elle se retrouva étendue sur la banquette en cuir tiède de l'automobile, la tête sur ses genoux, sentant sa main dans ses cheveux. Combien de fois étaient-ils partis précipitamment de chez eux au beau milieu de la nuit ? Tous ces bébés...

Ils prirent la route. Elle dut perdre connaissance, car, lorsqu'elle ouvrit les yeux, on la soulevait de nouveau, cette fois pour la déposer sur un lit qui se déplaçait en produisant un bruit curieux sur le sol carrelé. *Un lit à roulettes*, songea-t-elle. *Nous sommes à l'hôpital.* Cette connaissance lui parut lointaine. Même le sentiment de panique qu'elle éprouva quand un homme disposa un masque sur son visage en lui annonçant qu'ils l'emmenaient en salle d'opération où l'attendait le commandant Bowen semblait appartenir à quelqu'un d'autre.

Ce qu'elle savait avec certitude, c'était que Madeline allait partir très bientôt, alors qu'elle souhaitait qu'elle reste. Elle voulait sa fille. Elle aurait aimé pouvoir le lui dire, lui faire savoir combien elle l'aimait, et tout… lui expliquer.

Ce fut sa dernière pensée tandis que le fluide s'écoulait sur son masque.

Cela et le fait que quelqu'un d'autre dans la pièce venait d'annoncer que la Grande-Bretagne avait déclaré la guerre à l'Allemagne, mais le masque commençait à avoir un goût très curieux. La voix s'estompa. Elle flottait. Non pas dans l'eau, dont elle ne s'était pas approchée depuis des années, mais dans l'obscurité. Dans l'obscurité la plus complète.

Le messager, trempé jusqu'aux os à cause de la pluie, se présenta aux premières lueurs de l'aube, le 5 août, martelant à la porte de Luke, les réveillant, Maddy et lui, qui s'étaient endormis sur le lit, les draps emmêlés sous leurs corps, la moustiquaire pendant mollement dans la chaleur lourde et moite.

Maddy se redressa, émergeant de son sommeil le cœur battant, son sang se glaçant dès que son esprit comprit ce qui se passait et qu'elle devina la raison de cette visite.

Ils l'attendaient depuis un moment.

Malgré leur réticence à l'idée de quitter l'appartement, ne serait-ce qu'un instant, leur inquiétude concernant le temps qu'ils pourraient encore passer ensemble et la réaction de l'Allemagne à l'ultimatum britannique avait été trop forte pour être ignorée. La veille au soir, ils s'étaient rendus au bureau du colonel, dans le cantonnement principal, pour découvrir si, comme Luke le souhaitait de manière désespérée, l'Allemagne s'était retirée de Belgique.

« Je crains que non, leur avait répondu le colonel Whittaker avec un soupir en tirant une bouteille de rhum du tiroir de son bureau. Et il ne leur reste que quelques heures. »

Il leur avait proposé un petit verre. Ils avaient refusé, se dirigeant déjà vers la porte. Quand Whittaker avait insisté, prétextant que Luke et lui avaient un problème à régler, plus précisément au sujet d'Ernest Aldyce et des nombreux officiers qui avaient laissé plusieurs centaines d'hommes sans encadrement, Luke avait serré la main de Maddy dans la sienne.

« Demain. On verra ça demain », lui avait-il répondu.

Ils avaient couru sous la pluie avant de se réfugier dans l'automobile, Luke conduisant rapidement sous les trombes d'eau, en silence une bonne partie du trajet, aucun d'eux n'osant parler de ce qui allait se passer ensuite (et il ne s'agissait pas de leur voyage vers l'Angleterre), Maddy ayant pour sa part l'impression qu'elle allait s'étouffer si elle y faisait simplement allusion. Dès leur retour, ils s'étaient tournés l'un vers l'autre pour s'embrasser, se débarrassant de leurs vêtements trempés, les faisant tomber sur les malles qu'ils avaient laissées à côté de la porte, prêtes, désespérément prêtes, pour leur départ. Ils n'avaient pas atteint la chambre. Aucun d'eux n'avait levé le pied, le temps étant devenu à leurs yeux le plus précieux des luxes.

Leurs vêtements étaient encore épandus sur les malles. Après avoir enfilé un pantalon en toute hâte, Luke se dirigea vers la porte. Maddy, la main sur sa gorge, le regarda traverser la pièce plongée dans la pénombre, au milieu des formes obscures et des ombres, dans un silence étouffant. Il ouvrit la porte, laissant entrer le bruit de la tempête et le télégramme de Londres. Elle le vit le prendre des mains du messager, le lire, puis, après quelques mots de remerciement en ourdou, refermer la porte et se pencher en avant, la main sur le chambranle, comme s'il avait besoin de soutien.

Elle n'eut guère besoin d'attendre qu'il se retourne, de voir ses traits figés, pour deviner le contenu du télégramme.

Encore moins de lire le message.

Elle le parcourut néanmoins. Lorsqu'il revint vers elle, s'agenouillant à ses côtés sur le matelas, lui tendant le document détrempé, elle le prit dans ses mains froides.

« Grande-Bretagne en guerre contre Allemagne. STOP. Ne retournez pas en Angleterre, présentez-vous auprès colonel Whittaker. STOP. Tous officiers en Inde mobilisés. STOP. Félicitations pour mariage. STOP. Merci pour votre travail et votre patience. STOP. »

— Alors, on ne part plus, comprit-elle.

Ses paroles lui semblèrent curieuses, éloignées de la réalité, et terriblement injustes.

Luke garda le silence.

Elle leva les yeux vers lui. Blême de colère, il avait le regard brillant.

— Tu sais combien de fois j'ai demandé à des gens comme le colonel Whittaker d'annuler la permission de tous les officiers ? demanda-t-il à voix basse, se maîtrisant avec difficulté. S'ils m'avaient écouté, il y aurait plein de gradés, ici. J'aurais pu rentrer avec toi, m'engager là-bas, mais, au lieu de ça, il va falloir que je m'occupe des hommes d'Ernest Aldyce pendant qu'il est à Dorking, les orteils en éventail, avec une femme qu'il déteste par-dessus tout.

Elle s'esclaffa, produisant, à sa grande surprise, un bruit étouffé singulier qui ressemblait malgré ses efforts à un sanglot. Elle avait ri à l'idée qu'Ernest et Diana puissent être coincés ensemble à Dorking, au fait que Diana devait détester ne pas être entourée de personnel et peut-être même devoir beurrer elle-même ses toasts. Luke continua à la regarder fixement, sans rire, parce qu'il n'y avait rien de drôle. Puis elle cessa de rire, avant de fondre en larmes.

—Non, lui dit-il en l'attirant à lui. Je t'en prie…

—Je ne peux pas m'en empêcher. (Elle plaqua son visage contre sa poitrine, sentant la chaleur de son corps, les battements de son cœur, son extrême fragilité.) Tu vas redevenir soldat.

—C'est vrai.

—J'aurais dû dire deux mots à Poincaré.

—Oui.

—Je ne le supporterai pas, reconnut-elle, des larmes roulant encore sur ses joues. Je ne peux pas.

Elle était incapable d'en accepter l'idée. Ils n'iraient pas en Angleterre, ils n'auraient pas de cabine rien que pour eux deux, ils ne passeraient pas le mois d'août à Richmond. Il allait se battre, peut-être se faire blesser, voire…

—J'ai peur. J'ai vraiment peur.

Sans un mot, il la serra contre lui. Elle se dit qu'il avait peut-être peur, lui aussi, ce qui la culpabilisa d'autant plus. Pendant tout ce temps, elle avait cru qu'elle serait prête – ce sentiment horrible et persistant que cela allait mal tourner ; *ne t'y fie pas* –, mais ce n'était pas du tout le cas. Quelque part, elle semblait avoir commencé à se fier à tout, mais, à présent, elle avait l'impression de payer pour son enthousiasme et sa joie, sans pouvoir y mettre un terme. Elle ne savait pas quoi faire.

—Tu peux toujours partir, lui fit-il remarquer, réfléchissant pour eux deux. Je serai encore là pour te dire « au revoir ». Pour l'instant, il n'est pas prévu que les divisions de Bombay aillent où que ce soit. Ça ne concerne que Pune, Lahore…

—Alors, je vais rester avec toi.

— Non, insista-t-il. Prends la mer. Je ne sais pas combien de temps les paquebots vont continuer à faire la liaison. Je te suivrai dès que possible. (Il l'embrassa, avant de la regarder droit dans les yeux.) Les *cipayes* ont besoin d'être formés. On fera ça en Angleterre, j'en suis convaincu. J'aurai une permission pour aller te voir. Tout sera peut-être même terminé, quand on sera enfin prêts à aller se battre. Ça ne changera peut-être pas forcément grand-chose pour nous.

Elle hocha la tête, ravala ses larmes, mais garda le silence.

Elle avait au contraire l'atroce pressentiment que cela allait tout changer.

Mais mieux valait éviter de le dire à voix haute.

Peter aussi avait reçu l'ordre de se présenter à Whittaker. Dès les premiers rayons du soleil, qui avaient du mal à franchir l'épais rideau de nuages noirs, il alla prévenir Maddy et Luke.

Il s'était déjà entretenu avec le colonel.

— C'est la raison de ma présence ici, déclara-t-il en franchissant le seuil de la porte, lançant un regard attristé à Luke en secouant son parapluie. Je viens te chercher pour t'emmener au cantonnement, mon vieux.

— Whittaker a besoin de moi tout de suite ? s'étonna Luke, tout juste habillé.

— Oui, mais prenons notre temps, on mettra ça sur le dos des embouteillages. Je ne suis pas pressé d'y retourner. (Il tira une des chaises et y prit place, des mèches de cheveux lui tombant sur le front.) Whittaker m'a prévenu qu'il était inutile que tu perdes ton temps à tenter de le convaincre qu'il faut absolument que tu partes en voyage de noces. Apparemment, mon ourdou est pire que celui de son fils de quatre ans, et tu as été promu au rang de commandant. Alors, félicitations.

Luke mourut soudain d'envie de donner un coup de poing dans le mur.

— On aurait dû se marier la semaine dernière, regretta Maddy, serrant un peu trop fort entre ses mains une tasse de thé désormais froid.

Ses articulations étaient blanches, blêmes. Luke n'aurait jamais cru que des mains pouvaient trahir une telle anxiété. Cela le fit souffrir. Il aurait bien aimé savoir comment l'aider, les aider, mais il en était incapable. Il n'avait aucune solution.

— On serait sur un paquebot, à l'heure qu'il est, poursuivit-elle, étendus sur des transats sur le pont.

— Arrête, l'implora Luke. Je t'en prie, arrête.

— Je crains qu'il n'y ait pire, intervint Peter.

— Comment ça, « pire » ? demanda Luke, même s'il n'avait pas vraiment envie de le savoir.

Peter grimaça.

— Nous n'allons pas rester à Bombay.

Luke le regarda fixement.

— Où va-t-on nous envoyer ?

— À Karachi. Dès ce soir.

Cette fois, Luke cogna dans le mur.

Peter soupira, comme s'il compatissait, avant de révéler à Luke toutes les informations dont il disposait déjà, sans se douter qu'elles le toucheraient autant : la troisième division de Lahore, une des plus grosses unités censées partir dans l'immédiat, manquait encore plus d'officiers que les divisions de Bombay.

— Nous allons les rejoindre, poursuivit Peter. Nous embarquons avec eux à Karachi.

— Et les soldats d'ici ? voulut savoir Luke, cherchant une issue au problème. Ceux d'Aldyce…

— Nous en prenons la moitié avec nous, répondit Peter. Et Whittaker se chargera directement des autres. Il n'est guère ravi.

— Il aurait dû contester…

— C'est ce que je lui ai dit, lui garantit Peter. Il m'a rappelé que j'étais dans l'armée, désormais.

— Bonté divine, jura Luke.

— Où vas-tu aller ? demanda Maddy. En Angleterre ?

— Probablement, répondit Luke d'un ton plus convaincu qu'il ne l'était en réalité.

Il en avait la nausée. Il n'avait aucune idée de la destination des troupes de Lahore. Il savait simplement que, contrairement à la 6e division de Pune, on les mènerait quelque part en Europe, et non dans le golfe Persique.

Peter poursuivit, expliquant qu'il n'en avait pas encore parlé à Della, mais que, évidemment, il ne pouvait pas la laisser seule en Inde. Il se tourna vers Maddy pour lui demander si elle pouvait rentrer en Angleterre avec elle, le 7.

— Oui, répondit mollement Maddy sans quitter Luke des yeux. Bien sûr.

Il lui rendit son regard, tentant vainement de s'imaginer en train de la quitter, le soir même, se triturant de nouveau les méninges pour trouver une autre solution. Il n'en existait pas, il en était conscient. Aucune.

S'approchant de lui, elle le prit par la taille. Machinalement, il la serra contre lui, ses muscles se relâchant à son contact, conscient que, quelques heures plus tard, il ne pourrait plus jouir de ce confort. Ils n'avaient pas eu assez de temps, tous les deux. Ce n'était pas assez. Ce ne serait jamais assez…

— Nous embarquerons en même temps, s'entendit-il dire, plus pour lui que pour elle. Dans quinze jours, nous pourrons nous retrouver.

— « Quinze jours »…, répéta-t-elle en levant les yeux, son regard plus bleu que jamais.

Il s'efforça de lui sourire, espérant qu'elle en ferait autant. Elle essaya – il décela le léger mouvement de ses joues –, mais en vain. C'était la première fois que Luke la voyait incapable de lui répondre. Cela lui brisa le cœur.

Se doutait-elle déjà de ce qui allait se produire ?

Il se poserait la question à de nombreuses reprises, par la suite. Il le lui demanderait aussi dans ses lettres.

« Non, lui écrirait-elle, comment aurais-je pu le savoir ? »

Ils décidèrent qu'il irait voir Whittaker au cantonnement, avant de revenir pour qu'ils puissent passer l'après-midi ensemble, de même que Peter le passerait avec Della.

— Je suis très triste de l'abandonner, avoua Peter. Évidemment, il ne faut pas le lui dire, hein ?

Whittaker, qui n'était pas quelqu'un d'antipathique, avait accordé à tous ceux qui avaient des proches à proximité de passer un peu de temps avec eux pour leur faire leurs adieux.

— Vous partez pour Karachi à 20 heures, expliqua-t-il. Soyez simplement à l'heure au port.

Luke n'avait aucune envie de réfléchir à la façon dont il gagnerait le navire. Il souhaitait simplement rester au lit avec sa femme, qu'il n'était pas sûr de mériter, et oublia l'uniforme que Whittaker lui avait remis, les galons de commandant cousus sur les manches, le sac de marin, le fusil et la baïonnette désormais tous à son nom.

S'il n'avait pas imaginé une chose ne serait-ce qu'une seule seconde, c'était qu'il trouverait, en franchissant la porte de chez lui, l'appartement désert, Maddy ayant griffonné un mot avant de partir avec son père à l'hôpital de Guy Bowen. Jamais il n'aurait cru qu'il passerait le reste de la journée à ses côtés dans un couloir animé, sur une chaise de bois inconfortable, attendant avec inquiétude qu'Alice reprenne connaissance, tous deux tentant de garder leur calme, même si personne ne savait si Alice allait s'en remettre, et s'ils avaient l'impression que tout allait de travers. Ils regardaient fixement la porte de sa chambre, voyant l'horloge tourner inlassablement, se tenant par la main parce que c'était tout ce qu'ils pouvaient faire, tous deux rêvant de se trouver n'importe où sauf là, le silence chargé de l'appréhension de leur séparation.

Guy arriva. Luke dut le reconnaître, il se comporta de manière impeccable, expliquant calmement à Maddy qu'il ne fallait pas qu'elle s'inquiète, que l'opération d'Alice s'était déroulée aussi bien que possible, s'exprimant avec la même franchise que la mère de Luke lorsqu'elle abordait des sujets médicaux. Il pensait encore beaucoup à sa mère. Elle serait terrifiée, aujourd'hui, il le savait. Elle avait entamé sa carrière d'infirmière lors de la première guerre des Boers et avait horreur des champs de bataille. La seule lueur d'espoir dans son départ imminent était le fait qu'il aurait peut-être l'occasion de la revoir. Guy poursuivit, expliquant d'un air réellement sincère combien il était navré d'apprendre que Luke devait partir le soir même. Luke aurait presque pu l'apprécier s'il n'avait pas été certain qu'il était encore amoureux de Maddy.

— Je vais moi aussi bientôt partir, avoua Guy. Mais je vais rester encore un moment pour prendre soin de vous tous, Maddy.

— Parfait, dit Luke.

— Combien de temps ma mère va-t-elle devoir rester à l'hôpital ? voulut savoir Maddy.

— Ça dépend. Le principal est d'empêcher toute infection. (Il se tourna vers sa chambre.) Si on peut éviter une répétition de…

Il s'interrompit, semblant vouloir se reprendre.

Allons, pourquoi avait-il fait cela ?

Maddy, les sourcils froncés, se posa évidemment la question.

— Une répétition de quoi ? demanda-t-elle.

— De rien, répondit Guy. Pardonnez-moi. Je suis resté debout toute la nuit. J'ignore pourquoi j'ai dit ça.

— Pouvez-vous nous en dire davantage, à présent ? intervint Luke.

— Vraiment pas, non, refusa Guy en se retournant. Il faut à présent que je…

— Attendez, insista Luke, devinant son impatience dans sa propre voix.

— Guy, dit Maddy sur un ton similaire. Je vous en prie.

— Je suis navré. Appelez-moi si elle se réveille.

Sur ce, il s'éloigna.

Maddy le suivit du regard, poussant un soupir aussi bien de résignation que d'agacement.

— Tu veux que je l'oblige à te répondre ? proposa Luke.

— C'est tentant. (Les yeux cernés de rouge, elle se tourna vers la chambre d'Alice, Richard veillant sur elle à son chevet.) Mais je poserai la question à mon père, quand elle sera réveillée.

Ce qui n'était toujours pas le cas à la tombée de la nuit. Luke, conscient qu'un navire l'attendait au port, ne pouvait plus repousser son retour au cantonnement s'il ne voulait pas finir fusillé pour désertion. (Ce qui était loin d'être idéal.) Il avait par ailleurs des hommes sous sa responsabilité, des centaines d'entre eux qui allaient eux aussi devoir abandonner leur foyer. C'était peut-être un soldat réticent, mais ce n'était pas leur faute. Ils l'attendaient.

— Qu'ils se débrouillent avec l'ourdou désespérant de Peter ! s'exclama Maddy en tentant de nouveau d'esquisser un sourire tandis qu'ils se dirigeaient tous deux, à pas lents, vers la sortie, au bout des couloirs sombres de l'hôpital.

— Que comptes-tu faire ? lui demanda-t-il. J'ai l'impression que tu vas devoir rester là, pour le moment.

— Je le crois aussi. (Elle jeta un coup d'œil par-dessus son épaule en direction de la chambre de sa mère.) Je partirai dès que possible.

Il prit une profonde inspiration, évitant délibérément de répéter son précédent avertissement, à savoir qu'ils ignoraient combien de temps les paquebots continueraient à fonctionner. Il ne pouvait pas lui demander d'abandonner sa mère. Il n'avait d'ailleurs aucune envie de le faire. Au contraire, il lui garantit qu'il ferait tout son possible pour l'accueillir sur le quai à son arrivée en Angleterre. Et s'il ne pouvait pas y être, il demanderait à ses parents d'aller la chercher.

— Ils te montreront la maison. Je suis certain qu'ils adoreraient que tu loges chez eux, si ça te dit…

— Je préférerais que tu sois là.

— Si j'en ai la possibilité, je viendrai.

Ils atteignirent les portes de l'hôpital. Il en poussa une, incrédule à l'idée de partir alors que c'était la pire des folies. Pourtant, il lui tint la porte, la retenant le temps qu'elle la franchisse.

Comme toujours, il pleuvait à torrents. Les gouttes d'eau ricochaient dans l'allée poussiéreuse, éclaboussant les dalles et leurs pieds. Les palmiers se dressaient contre les nuages noirs, leurs feuilles ovales ployant sous le poids de l'eau. Il les observa en plissant les yeux, et, brusquement, éprouva un pressentiment inquiétant, l'idée qu'une fois parti, il ne reverrait sans doute plus jamais de tels arbres.

— Luke, l'appela-t-elle, comme si elle avait deviné son soudain effroi. Luke…

Elle lui caressa le cou pour attirer son attention. En croisant son regard, il sentit le sien s'apaiser. Elle refusa de ciller, de détourner les yeux, même s'il répugnait à devoir le faire lui-même. Elle avait les cheveux en désordre, emmêlés à cause du nombre de fois où elle s'était passé les mains dedans, rebelles en raison de l'humidité. Sa peau était rouge, aussi bien à cause de la chaleur que de sa peine. Il rêvait de pouvoir la revoir heureuse. Il désirait la rendre heureuse. Et il voulait se réveiller le lendemain matin à ses côtés. Il avait envie de rester chaque jour avec elle. De lui parler, de la regarder, de ne jamais savoir ce que cela faisait d'en être empêché.

Mais comme cela lui était impossible, il l'embrassa et lui répéta plusieurs fois qu'il l'aimait.

Elle lui rendit ses baisers.

—Moi aussi, je t'aime. Je t'aimerai à tout jamais. Et on se reverra bientôt.

—Bientôt, répéta-t-il. Très bientôt.

Il posa son front contre le sien, les mains de part et d'autre de son visage, se remémorant le moment où il l'avait vue pour la première fois : une belle inconnue sur la promenade obscure de Bombay. Il se revit sous les voûtes du hall d'entrée de la gare, accroupi sur les mosaïques, emballant ses allumettes, son guide touristique, avec tout le bonheur qui les attendait. Il se remémora tous les regards et toutes les paroles qu'ils s'étaient échangés, puis, parce qu'il avait beaucoup trop l'impression de voir sa vie défiler devant ses yeux, repoussa ces images et se promit de faire en sorte qu'il y en ait d'autres. Beaucoup, beaucoup d'autres.

—On se revoit en Angleterre, lui promit-il. On se revoit à la maison.

—« À la maison », répéta-t-elle. (Cette fois, son sourire fut des plus sincères.) Oui.

Il lui rendit son sourire, plus qu'heureux de pouvoir revoir une lueur de bonheur sur son visage.

Il avait encore tant de choses à lui dire… Mais il n'en avait pas le temps. Il était conscient de ne pas en avoir le temps. Et, pour le moment, il n'avait plus qu'une chose à lui dire.

Il aurait simplement souhaité, plus qu'il n'avait jamais souhaité quoi que ce soit, que ce ne soit pas « au revoir ».

Chapitre 15

Elle ne parvenait pas à se résoudre à annuler son voyage en Angleterre. Elle se sentait même incapable de retourner chez Luke pour y récupérer sa malle. L'idée de pénétrer dans cet appartement désert, de voir le lit dans lequel ils avaient dormi, les tasses dans lesquelles ils avaient bu, la banquette devant la fenêtre où ils avaient passé toutes ces heures, lui était trop pénible. Sans que Maddy ait besoin de lui en parler, Della le comprit. Elle se chargea donc de faire rapporter la malle chez les parents de son amie.

— J'ai emballé tout le reste, déclara-t-elle en retrouvant Maddy dans la chambre d'hôpital le lendemain du départ de Luke et Peter pour Karachi. J'ai laissé la clé chez le voisin. J'espère que ça ira.

— Oui, lui répondit Maddy, même si rien ne pouvait aller. Je te remercie.

Della se tourna vers Alice, qui dormait encore, d'un sommeil peu réparateur.

— Ils ne peuvent vraiment rien lui donner d'autre ? demanda-t-elle, grimaçant d'inquiétude.

— Rien, lui confirma Maddy, qui s'était posé la même question, terrifiée par les taches de couleur vive sur la peau de sa mère, la façon dont elle remuait ses lèvres sèches sans un bruit, les paupières tremblantes. Elle a eu toute la morphine qu'elle pouvait prendre. C'est la fièvre, le problème.

Cela avait commencé au petit matin : une infection que même Guy n'avait pas été en mesure d'empêcher. Juste une heure auparavant, il avait déclaré qu'il n'y avait rien d'autre à faire, à part patienter, en espérant que cela lui passerait.

« "En espérant" ? » s'était étonnée Maddy, les yeux rouges d'épuisement, sentant monter la colère, parce que c'était trop, beaucoup trop pour elle.

« "En espérant" », avait-il répété d'un air impuissant.

« Je croyais que vous alliez veiller sur nous… », avait-elle été sur le point de hurler. Elle avait ravalé ses paroles horribles au dernier moment. Ce n'était pas sa faute. Il n'y était pour rien. Il avait fait de son mieux et tenté de l'aider.

Elle savait à présent que ce n'était pas la première fois.

Elle avait demandé à son père ce que Guy avait voulu dire, dans le couloir, quand il s'était adressé à Luke et à elle. « Si on peut éviter une répétition de… » Elle n'avait pas pensé tout de suite à lui poser la question. Lorsque Richard l'avait trouvée sur le perron de l'établissement, après que Luke eut disparu dans l'allée détrempée, il l'avait serrée dans ses bras, l'empêchant de s'élancer à sa poursuite.

« Ça ne servira à rien, ça ne servira à rien… », lui avait-il soutenu.

Elle avait éclaté en sanglots, trop rongée par la tristesse pour penser à autre chose. Mais, plus tard, après s'être vidée de toutes les larmes de son corps, tandis qu'elle veillait au chevet de sa mère avec Richard, la regardant respirer, les paroles de Guy lui étaient revenues.

Son père n'avait guère paru étonné, quand elle les lui avait répétées. Il s'était contenté de soupirer, sans quitter sa femme des yeux, comme s'il avait déjà réfléchi à ce qui s'était produit.

Même s'il ne lui avait pas raconté grand-chose, il l'avait tout de même bouleversée en lui révélant que sa mère avait dû subir une intervention chirurgicale lors de son retour en Inde, après l'unique fois où elle était allée rendre visite à Maddy en Angleterre.

« C'était… épouvantable », s'était-il rappelé, le regard distant, revivant la scène. Elle a été admise à l'hôpital dès notre arrivée. Elle y est restée longtemps. Dans cet hôpital. Guy était jeune médecin, à l'époque, mais il l'a aidée.

« On l'a opérée de quoi ? » avait demandé Maddy.

Il avait secoué la tête. *Je lui ai promis de ne rien dire.*

« Tu poseras la question à ta mère, lui avait-il répondu. Quand elle ira mieux. Oblige-la à t'expliquer. »

« Je ne peux pas l'"obliger". »

« Bien sûr que si. Ma chérie, elle décrocherait la lune, pour toi, si elle le pouvait. »

Caressant la main de sa mère, elle songeait à présent à ces paroles. Cela faisait une éternité qu'elle ne lui avait pas tenu la main.

— Où est ton père ? voulut savoir Della.

— Au bureau. Pour leur annoncer qu'il va s'absenter un moment. Il va demander à Fraser Keaton d'annuler mon billet, ajouta-t-elle d'une voix tremblante.

— Oh… (Della contourna le lit.) Viens là.

S'approchant d'elle, Maddy sentit son amie la prendre dans ses bras. Plus que reconnaissante pour ce réconfort dont elle avait vraiment besoin, et évitant de toutes ses forces de songer à l'effet que cela lui ferait de se jeter dans les bras de Luke, désormais en mer, longeant la côte jusqu'à Karachi, elle fondit finalement en larmes, parce que cela faisait presque deux jours qu'elle n'avait pas dormi et qu'elle n'avait plus la force de lutter.

— Je ne partirai pas avant toi, lui promit Della. Je ne sais pas si ça peut te rassurer…

Maddy la serra contre elle.

— Évidemment, que ça me rassure.

« Il va demander à Fraser Keaton d'annuler mon billet. »

En entendant Madeline prononcer ces paroles, Alice devina la tristesse de sa fille et son horrible déception. Elle leva la main, tentant de saisir de nouveau ses doigts, qu'elle avait glissés si facilement entre les siens (tous les jours !), mais elle ne trouva que l'atmosphère humide.

« Ne pleure pas, tenta-t-elle de dire à Madeline. Je t'en prie, ne pleure plus. »

L'écoutait-elle ?

Quelqu'un l'écoutait-il ?

Elle n'avait pas l'impression que c'était le cas. Madeline discutait avec Della. Cette dernière allait séjourner à la villa. Ce serait bien. La maison lui avait toujours paru trop vide, trop calme, ses pièces manquant de présence. De celle de Madeline, durant de trop nombreuses années. De celle de tous ces bébés.

Arrête, s'ordonna-t-elle. *Non.*

Elle ne put s'en empêcher. Elle se trouvait de nouveau dans cet hôpital. Elle n'avait jamais songé y retourner, mais, maintenant qu'elle y était et que ses sens étaient saturés par une odeur de désinfectant, de vomi et de sueur, le son du roulement des chariots métalliques, les voix des infirmières, la chaleur poisseuse de l'alèse en caoutchouc de son lit, elle avait du mal à songer à autre chose qu'à la raison qui l'avait conduite là la fois précédente. Le petit garçon qu'elle avait presque cru pouvoir élever, avant que le chirurgien du navire lui annonce qu'il arrivait encore une fois trop tôt, et par le siège.

« Vous allez dormir un peu, maintenant, madame Bright. Et quand vous vous réveillerez, tout ira bien. »

Ils avaient également employé du chloroforme, à l'époque. Elle en avait oublié le goût. Le goût si horrible.

Personne ne l'avait laissée le voir. À son réveil, il était déjà parti. Richard lui avait parlé d'une « sépulture en mer ». Elle avait hurlé et hurlé encore, refusant qu'il s'approche d'elle, car il les avait laissés faire. Elle lui en avait voulu, elle n'avait pas pu s'en empêcher.

Elle s'en était voulu aussi. Et pas qu'un peu. Il l'avait mise en garde contre ce voyage jusqu'en Angleterre, après tout : « C'est trop. Trop épuisant. »

L'été précédent, quand il avait emmené Madeline alors qu'elle était enceinte d'un autre enfant, elle l'avait écouté lorsqu'il lui avait fait comprendre qu'il lui était impossible de prendre la mer. Elle était restée à Bombay. Sans doute qu'au fond d'elle, elle avait été un peu soulagée d'avoir un prétexte pour ne pas voir Edie et Fitz – pour ne pas avoir à la regarder dans les yeux pendant qu'elle lui volerait encore autre chose –, mais il ne s'agissait que d'un soulagement dérisoire. Elle avait surtout regretté de ne pas être partie à la seconde même où Madeline l'avait quittée. Et davantage encore lorsqu'elle avait fait une fausse couche, en l'absence de Richard.

Elle avait perdu deux enfants, cette année-là.

Chaque jour qui s'était écoulé, par la suite, elle avait attendu avec impatience le moment où elle embarquerait à son tour, imaginant ce qu'elle ressentirait en serrant de nouveau Maddy dans ses bras.

Seulement, à l'arrivée d'Alice à Oxford, sa fille avait continué à courir vers Edie, la choisissant, de la même manière que Fitz (la première personne à l'avoir embrassée, à lui avoir offert une bague) l'avait choisie. La peine de voir Madeline se cacher dans les bras d'Edie, son petit visage larmoyant posé sur son épaule… L'horreur de voir Edie insister pour lui expliquer le comportement de sa propre fille…

« C'est juste parce qu'elle me connaît, maintenant. »

La gêne de Fitz, le beau Fitz, dévisageant Alice comme s'il avait pitié d'elle. En permanence. *« Je ne veux pas de ta pitié !* aurait-elle voulu lui hurler. *Arrête ça tout de suite ! »*

Sa propre mère ne l'avait pas plainte. Elle lui en voulait encore d'avoir perdu Fitz, puis d'avoir fui en Inde, sans le moindre égard pour elle. Elle s'était montrée si glaciale, le jour où Richard et elle lui avaient rendu visite avec Madeline, qu'Alice avait regretté d'être allée la voir.

« Vous aurez du mal à me convaincre que vous avez rendu ma fille heureuse, avait lancé Edna à Richard en guise d'adieux. Regardez-la. La tristesse fait vieillir, tu sais, Alice ? »

Le père d'Alice, déjà sur le déclin en raison de la maladie pulmonaire qui avait fini par avoir raison de lui, n'avait rien dit. Lui-même avait simplement l'air atrocement triste et vieux.

C'était le jour où Madeline avait pris sa mère dans ses bras pour la première fois sans qu'Alice ait eu à le lui demander.

« Moi non plus, je ne les aime pas. »

Par la suite, elle ne s'était plus intéressée à Edie, ni même à Richard. Elle ne voulait plus qu'Alice, qu'elle vienne dans son lit chaque soir (ce petit corps tout chaud…), la suppliant de la ramener en Inde.

« Je t'en prie, maman, s'il te plaît… »

« C'est possible ? avait demandé Alice à Richard. Elle est plus grande, à présent. Elle ne tombera peut-être plus malade… »

« Elle est plus grande parce qu'elle n'est plus tombée malade, lui avait fait remarquer Richard. Tu le sais très bien, Alice. »

Elle le savait. Au fond d'elle. Elle n'aurait jamais cédé, sinon. Mais, comme pour leur petit garçon en mer, elle avait trouvé plus facile de lui en vouloir.

Était-ce sa faute s'il était mort ? S'était-elle laissée aller à la fatigue, à l'épuisement ?

« Non, lui avait garanti Guy, à l'époque. Bien sûr que ce n'est pas votre faute. »

Elle en avait pourtant eu l'impression. Mais personne ne parlait de ces choses-là. Après qu'elle avait quitté l'hôpital, personne n'avait plus jamais fait allusion à cet enfant. Elle savait qu'il lui fallait oublier, mais elle l'avait toujours refusé, parce qu'elle aurait sinon eu l'impression que ses petits coups de pied, ses hoquets dans son ventre n'avaient jamais existé.

Elle n'avait jamais plus été capable de monter sur un navire. Elle avait essayé, à de nombreuses reprises. Les premières années, elle avait demandé à Richard de lui réserver billet après billet. Mais, dès qu'elle posait le pied sur une passerelle, sentait le balancement des planches sous ses pieds, la présence des autres passagers et l'odeur de la vapeur, elle avait l'impression d'être de retour dans la salle d'opération, hurlant de nouveau, songeant à ce petit corps quelque part au fond de l'eau, dans sa « sépulture en mer ». Elle reculait, faisait demi-tour et regagnait le bord du quai, respirant sans pour autant parvenir à reprendre son souffle, son champ de vision rétréci, dégoulinante de sueur.

Finalement, elle avait cédé à sa propre terreur, renonçant à se rendre au port. À cette époque, elle avait déjà perdu beaucoup de temps avec Madeline, des années d'existence. Il lui était plus facile, d'une certaine manière, de croire que ses tentatives désespérées pour la rejoindre n'avaient plus aucun sens. Elle abandonna donc, sentant Madeline s'éloigner d'elle à chaque nouvel anniversaire, à chaque Noël, devenant progressivement aussi lointaine que ses frères et sœurs.

Jusqu'à son retour.

Et, à présent, elle était là. Elle avait terminé sa conversation avec Della et était de nouveau assise à son chevet, lui tenant la main.

« Raconte-lui tout, l'avait encouragée Richard un nombre incalculable de fois. Autrement, elle risque de t'en vouloir jusqu'à ce que tu le fasses. »

Allait-elle pouvoir le faire ? Tout lui raconter ?

Durant tout ce temps, elle s'était persuadée qu'elle protégeait Madeline de la tristesse, avec son silence.

Elle s'apercevait à présent qu'elle n'avait réellement protégé qu'elle-même.

De sa honte.

Lentement, elle finit par se rétablir. Très lentement. Le 7, elle souffrait encore de la fièvre. Maddy – courbatue et épuisée après une nouvelle nuit passée à ne pas dormir dans son fauteuil – avait tout juste conscience que son paquebot s'éloignait du port de Bombay, prenant de la vitesse et se dirigeant vers le large. Elle dévisageait Alice avec ses yeux secs et douloureux, pétrifiée par le fait qu'elle semblait avoir quitté son propre corps, refusant d'admettre la possibilité très réelle qu'elle soit en train de mourir. Elle s'efforçait de trouver du réconfort dans les certitudes de Guy, qui lui soutenait qu'il avait déjà eu l'occasion de voir ce genre de phénomène à de nombreuses reprises, que les choses empiraient toujours avant de s'améliorer. Maintenant qu'elle avait l'impression de vraiment risquer de perdre sa mère, elle ne parvenait plus à penser à autre chose qu'au son de son rire et au fait qu'elle ne lui avait pas donné suffisamment de raisons de le faire entendre. Elle rêvait de l'entendre de nouveau s'esclaffer.

— On en a tous envie, lui fit remarquer Richard.

Elle ne rit pas non plus, le lendemain, mais elle sembla aller mieux. Elle était suffisamment lucide pour ouvrir les yeux et croiser le regard de Maddy. « *Tu es là, Madeline*, souhaitait-elle lui dire. *Je suis si heureuse que tu sois là.* » Sans vraiment savoir pourquoi, elle lâcha :

— On dirait que tu as besoin d'un bon bain.

Malgré sa tristesse, Maddy esquissa un sourire.

— Bonjour, maman.

Le lendemain, sa température était de nouveau normale, et le gonflement autour de sa cicatrice s'était résorbé. Guy, qui emmena Maddy et Richard dans le couloir pour les prévenir d'un risque d'infections secondaires, déclara qu'il préférait qu'Alice reste à l'hôpital encore au moins quinze jours, jusqu'à ce que la cicatrice soit parfaitement guérie.

— Mais il n'y a plus de danger, pour le moment, n'est-ce pas ? demanda Richard.

— Pour le moment, confirma le chirurgien, qui semblait presque aussi soulagé que l'était Maddy.

— Je vous remercie, dit-elle sans réfléchir, s'apprêtant à l'enlacer, avant de se raviser tout aussi promptement en le voyant se crisper des pieds à la tête.

— Je n'ai pas fait grand-chose, répliqua-t-il, sa peau bronzée arborant une teinte qu'elle voyait pour la première fois.

— Vous avez fait beaucoup, lui assura Richard.

Cet après-midi-là, Maddy retourna à la villa pour la première fois, prit le bain dont elle avait tant besoin et se changea, ses vêtements, grâce à Della, étant déjà déballés et de retour dans son armoire. Debout devant la garde-robe, se sentant lourde aussi bien en raison de son épuisement que du fait d'être de retour dans la chambre qu'elle avait quittée si joyeusement quelques jours auparavant, elle laissa vagabonder son esprit – libéré d'une partie de la crainte qu'elle avait éprouvée pour sa mère – jusqu'à Luke et son désir pour lui.

Elle était encore à la villa quand elle reçut son télégramme. On aurait dit qu'il avait senti combien elle avait besoin d'avoir de ses nouvelles. Il lui expliqua que Peter et lui étaient arrivés sains et saufs à Karachi, et lui donna l'adresse de l'hôtel où ils étaient descendus en attendant les troupes de Lahore, qui devaient traverser des étendues de terrain inondées par la mousson. « Écris-moi, je t'en prie. STOP. Restons là pour le moment. STOP. »

Elle obtempéra sur-le-champ, lui racontant tout ce qui s'était passé depuis son départ, et, surtout, combien il lui manquait. « J'arrive dès que possible. »

Le lendemain, la température d'Alice étant toujours stable, Richard retourna au bureau. Ils manquaient de personnel, une bonne partie des employés étant en vacances, et d'autres, comme Peter et Luke, ayant dû revêtir l'uniforme, mais il fallait bien quelqu'un à la direction. Il y avait des contrats commerciaux à signer, des licences et des appels d'offres de construction à étudier, des conflits salariaux, des problèmes de pénurie d'eau et de rails défectueux à régler.

— Je ne peux pas m'empêcher de me demander si tout ce que nous avons apporté à l'Inde ne serait finalement pas de la paperasserie, déclara-t-il d'un ton las en retournant à l'hôpital, ce soir-là. Peter me manque déjà.

— Je suis certaine que vous lui manquez aussi, lui fit remarquer Della avec un sourire plus courageux qu'amusé. J'ai du mal à l'imaginer en soldat.

— Eh bien, moi non, intervint Alice.

Ils se consultèrent tous du regard, éprouvant le besoin de s'assurer que chacun avait entendu, trop méfiants pour parvenir à croire qu'elle était vraiment redevenue elle-même.

Pour la première fois, en près d'une semaine, ils la laissèrent seule, cette nuit-là, et Maddy alla se coucher dans son ancienne chambre. Elle évita de s'attarder sur la tristesse d'y être de retour, cette fois. Elle ne tira même pas la moustiquaire après s'être effondrée sur les draps moelleux. Elle jeta un coup d'œil au télégramme de Luke, qu'elle conserva auprès d'elle, sur son oreiller, écouta un instant Della se déplacer dans la chambre voisine, puis ferma les yeux et s'endormit. Elle dormit longtemps. Elle ne se souvint pas de la dernière fois qu'elle avait dormi si profondément et si longtemps.

Il en fut de même les nuits suivantes. Elle avait cru qu'en étant si angoissée elle aurait du mal à trouver le sommeil, mais c'était tout le contraire : elle ne parvenait pas à garder les yeux ouverts. Elle allait se coucher de plus en plus tôt, souvent (au grand dam de Della) dès qu'elle rentrait de sa journée à l'hôpital. Il lui arrivait parfois de ne même pas tenir jusque-là et de s'assoupir à côté de sa mère, la tête posée sur ses bras croisés.

— Repose-toi, lui disait Alice, sans jamais la réveiller. Tu en as manifestement besoin.

Elle ne dormait pas tout le temps, à l'hôpital. Elle discutait, aussi, et sa mère également, toutes deux conscientes du fait qu'elles avaient failli ne plus pouvoir le faire. Aucune d'elles n'avait envie de gâcher cette seconde chance. (« Dieu soit loué, écrivit Luke. Je regrette simplement de ne pas être là pour voir combien cela doit vous soulager, toutes les deux. Je regrette de ne pas être là pour un bon nombre de raisons... ») Peut-être était-ce en partie grâce aux opioïdes, mais, sans que Maddy lui pose la question, Alice aborda même le sujet de son précédent séjour à l'hôpital et de cette opération en mer.

— Je suis déjà venue ici, tu sais, dit-elle le lendemain du jour où sa fièvre s'était dissipée.

Elle s'adressa à Maddy sans la quitter des yeux. Il était évident qu'elle s'obligeait à le faire.

— Ah bon ? demanda doucement Maddy, évitant de prendre le risque qu'elle s'interrompe.

— Oui.

Alice marqua une si longue pause que sa fille craignit qu'elle s'arrête là.

Elle l'encouragea :

— Papa m'a dit que tu avais été indisposée, lors de ton retour d'Angleterre ?

— « Indisposée » ? répéta Alice, les joues crispées par la douleur. Non, Madeline, je n'étais pas indisposée.

Elle ne raconta pas toute l'histoire d'une traite, elle ne répondit pas tout de suite à toutes les interrogations de Maddy. Au contraire, après avoir révélé dans les larmes que Maddy avait failli avoir un petit frère (« Oh, s'étrangla-t-elle. Oh, maman, je suis vraiment désolée… »), Alice divulgua ses secrets petit à petit, au fil des jours, chacun d'eux paraissant libérer le suivant. Ce petit garçon, livré à la mer, et les longues semaines d'Alice à l'hôpital, par la suite.

— Le chirurgien du paquebot n'était pas… expérimenté. Je n'ai jamais pu… en espérer un autre, après ça.

Fitz et Edie, quant à eux, n'avaient jamais pu avoir d'enfants, mais ils avaient eu Maddy.

— Si j'avais su…, réfléchit Maddy, sans la moindre idée de ce qu'elle pouvait dire, ni de ce qu'elle aurait pu faire, même si elle aurait désespérément souhaité pouvoir agir.

— Tu étais trop petite, lui fit remarquer sa mère.

— Je suis contente que tu aies choisi papa plutôt que Fitz.

— C'est lui qui m'a choisie. Mais moi aussi, j'en suis heureuse.

Elle lui parla ensuite des autres bébés. Huit, en tout, qui n'avaient pas eu la chance d'exister. Dont un l'été même où Maddy était partie en Angleterre.

— Tu aurais dû me le dire, se plaignit Maddy, comprenant enfin, le cœur serré, pourquoi sa mère ne l'avait pas accompagnée.

« C'était impossible. Ça me paraissait impossible... »

— Je ne savais pas comment, lui répondit Alice.

Elle évoqua les longues années durant lesquelles elle avait tout tenté pour quitter Bombay, sans jamais y parvenir.

— Tes lettres, dit Maddy. Elles étaient toujours... (Elle s'interrompit pour essuyer ses larmes avec le talon de sa main.) Tu ne semblais jamais... tenir à moi.

— Oh, Madeline... (Alice avait les larmes aux yeux.) J'en suis tellement navrée...

Leurs relations ne se métamorphosèrent pas subitement, comme par miracle. Le malaise entre elles avait duré si longtemps qu'elles allaient avoir du mal à changer leurs habitudes. Et Maddy, bouleversée par toutes les épreuves que sa mère avait traversées, refusait de se laisser aller, au risque de déraper et d'évoquer un sujet qui pourrait la blesser davantage encore, notamment le fait qu'elle mourait toujours d'envie de retourner vivre en Angleterre, chez eux, avec Luke.

Mais elles lisaient ensemble, mangeaient le contenu du *tiffin* que Cook leur faisait parvenir par l'intermédiaire des *dabbawallahs*, travaillaient sur des mots croisés, parlaient de Luke, de combien il manquait à Maddy, de la peur qu'elle avait qu'il doive aller se battre... Parfois, elles restaient simplement assises, dans un silence qu'elles cessaient peu à peu de redouter. Les jours passèrent, et, sous les yeux de Maddy, Alice reprit un peu du poids qu'elle avait perdu. Son horrible pâleur s'estompa. Guy leur promit que, si elle continuait sur cette voie, elle pourrait rentrer chez elle à la fin du mois.

— Dieu soit loué, lâcha Alice.

Dieu soit loué, songea Maddy.

Les nouvelles depuis l'Europe leur parvenaient au compte-gouttes : des batailles entre les forces françaises, allemandes et belges à la frontière franco-allemande, puis les avancées de l'armée allemande, et le débarquement du Corps expéditionnaire britannique, dont tout le monde soutenait qu'il mettrait fin à la guerre en quelques jours seulement. Mais les Allemands ne cessaient de les battre aussi, poussant la ligne de front de Mons vers Paris, des kilomètres et des kilomètres de terres françaises passant aux mains des Allemands. « Les troupes sont à présent toutes réunies ici, à Karachi, lui écrivit Luke, même si la moitié d'entre elles souffrent de la malaria, et si personne n'a d'uniforme d'hiver. Nous embarquerons demain, et je déteste l'idée de partir dans la direction opposée à la tienne. Maddy, je suis désolé, mais nous n'allons pas en Angleterre. Je ne peux te dire où nous serons, seulement que ce sera quelque part en France. »

« "Quelque part en France", lui répondit Maddy, affligée. Je ne puis te dire combien cela me terrifie. »

— Moi aussi, ça me terrifie, déclara Della, que l'idée que Peter soit soldat ne faisait même plus sourire, surtout après toutes ces défaites en France. (Il lui avait écrit, plaisantant au sujet de leur arrivée en Europe en tenue tropicale, alors que, le temps qu'ils débarquent, le mois d'octobre ne serait plus très loin. Mais ce n'était guère amusant.) Je n'ai pas un bon pressentiment, Maddy.

—Non, confirma Maddy, plutôt pessimiste, qui avait l'envie de plus en plus pressante de résister à l'attrait de rester avec sa mère, et de partir pour l'Angleterre au plus vite.

Malgré la présence de Luke en France, elle était sûre qu'elle se sentirait mieux une fois de retour au pays. Ce n'était pas uniquement l'idée de rejoindre leur maison à Richmond. Ce n'était même pas la raison principale. Elle avait simplement le sentiment qu'il était très important qu'elle aille là-bas.

—Attends juste que ta mère sorte de l'hôpital, lui conseilla son père.

—Je partirai quand tu le décideras, la soutint Della.

Chaque jour, les principaux journaux donnaient des nouvelles fraîches de la retraite en cours de Mons : une course à la mer sur laquelle personne ne souhaitait s'étendre, tant il était inconcevable que les Britanniques puissent se voir repousser de la sorte. Des soldats arrivaient par trains entiers à Bombay, prêts à embarquer pour apporter leur soutien aux opérations de défense. L'hôtel *Taj Mahal* débordait d'officiers, tous vêtus de l'uniforme que Luke devait à présent porter, sauf qu'aucun d'eux n'était Luke. Maddy, qui était allée prendre le thé au *Sea Lounge* avec Della – une pause bienvenue après de longues journées passées sur les chaises dures de l'hôpital –, se surprit à se redresser à plusieurs reprises sur sa chaise longue en rotin, ayant l'impression, l'espace d'un instant, d'avoir aperçu ses cheveux noirs ou son profil au détour d'un couloir, dans l'hôtel, avant de s'affaisser de nouveau sur son siège, car ce n'était naturellement pas le cas. C'était insupportable. Elle les observa tous, fumant et riant dans le hall de l'hôtel, sur la terrasse abritée du bar, et se demanda s'ils ne faisaient pas semblant de se montrer si enthousiastes à propos de la suite des événements.

— Pas du tout, se défendit l'un des nombreux hommes qui leur proposèrent, à Della et à elle, quelque chose de plus fort que leur thé (une perspective que Maddy trouvait de plus en plus écœurante). Comme je le dis à mes hommes, il faut prendre ça comme une grande aventure. J'espère simplement que ce ne sera pas fini avant notre arrivée.

— Sachez que j'espère le contraire, lui répondit Maddy.

Au port, on avait monté de longues rangées de tentes pour y accueillir les résidents temporaires de Bombay. Maddy avait du mal à regarder ce village de toile, gris et terne sous la pluie, sans s'imaginer que Luke avait sans doute une part de responsabilité dans sa mise en œuvre, s'il n'avait pas lui-même ordonné son installation. Ceux qui ne dormaient pas dans les tentes étaient logés dans les entrepôts du port, ou dans des cabines sur les imposants bâtiments qui patientaient dans la mer lisse, sous la mousson. Chaque jour, en se rendant à l'hôpital, Maddy voyait des *cipayes* participer à de rapides visites organisées de la ville – des centaines d'entre eux se tenant par la main, contemplant avec émerveillement les trams et la circulation – et se disait que si elle n'avait pas été si lasse (et une femme), elle aurait pu proposer gracieusement ses services. Della, qui œuvrait en tant que bénévole (à un poste convenable pour une femme, à l'une des cantines du port), la fit sourire en lui racontant une anecdote à propos du régiment de Gurkhas qui n'avait jamais vu la mer et avait tenté d'y faire sa toilette.

— Apparemment, ils ne comprenaient pas pourquoi leur savon ne moussait pas, lui expliqua-t-elle, ni pourquoi l'eau leur donnait encore plus soif.

— En fait, nous en avons reçu deux ou trois, ici, déclara Guy, qui consultait le dossier d'Alice dans la chambre de cette dernière lorsque Maddy raconta l'histoire à sa mère. L'eau salée ne donne pas seulement soif.

Imaginant le goût de l'eau de mer, Maddy fit la moue.

— Eh bien, Alice, dit Guy en levant les yeux de son dossier. Il me semble que vous êtes prête à rentrer chez vous.

— Vraiment ? demanda-t-elle en se redressant sur son oreiller, sa chevelure blonde lui tombant sur les épaules, lui donnant un air beaucoup plus jeune. Je vous remercie, Guy.

— Il n'y a vraiment pas de quoi. Je suis ravi de voir avant mon départ que vous allez mieux.

Maddy s'abstint de lui demander quand il allait partir. Elle s'abstint également de lui dire qu'il lui manquerait, ce qui serait le cas. Quelqu'un à l'hôpital avait mis du riz à cuire. L'odeur de la vapeur l'atteignit, accentuant encore l'écœurement qu'avait provoqué l'idée de boire de l'eau de mer. Elle parvint de justesse à atteindre le grand lavabo en faïence de la chambre avant que la nausée ne la submerge.

Elle s'y cramponna à deux mains, rendant le yaourt et la mangue qu'elle avait pris au petit déjeuner. Elle trouva cela si peu réjouissant qu'elle eut de nouveaux haut-le-cœur, avant de fondre en larmes, parce qu'elle pleurait toujours quand elle vomissait. Guy et sa mère la regardaient d'un air gêné. Elle voulait voir Luke. Être à ses côtés…

— Madeline, entendit-elle sa mère l'appeler depuis son lit. Madeline…

— Oh, mon Dieu, soupira-t-elle en s'essuyant la bouche.

— Madeline, répéta sa mère.

Consciente qu'elle allait devoir s'y résoudre à un moment ou à un autre, elle se tourna lentement.

— Tu as mangé quelque chose ? s'inquiéta-t-elle.

— Je ne sais pas, répondit Maddy d'un ton peu sincère, mais n'ayant aucune envie de lui révéler ses soupçons pour le moment.

Ils lui étaient trop précieux, trop merveilleux. *Ne leur porte pas la poisse.*

Guy, cependant, la dévisageait d'un air très curieux. Il ne souriait plus du tout. Dès qu'il s'aperçut qu'elle le regardait, il s'anima, prétextant qu'il allait lui chercher de l'eau, mais elle avait eu le temps d'être troublée par son immobilité et son air crispé.

Elle avait presque eu l'impression que quelque chose en lui s'était brisé.

À la grande tristesse de Maddy, il embarqua pour l'Europe trois jours plus tard par le premier convoi à quitter le port de Bombay, en même temps que la plupart des hommes qui avaient bu du champagne au *Taj*, et que ceux qui avaient logé dans le village de toile. Le vide soudain ne durerait pas longtemps. Déjà, la vague suivante de soldats s'entraînait aux quatre coins de l'Inde, prête à venir embarquer à Bombay.

Avant de partir, Guy passa à la villa pour faire ses adieux. Il se rendait lui aussi en France, chargé d'installer un des nouveaux hôpitaux de campagne qui se dresseraient le long de la ligne de front à venir. Ils lui recommandèrent tous d'être prudent, et Maddy se fit beaucoup de souci, car elle avait du mal à imaginer ce qu'il allait vivre, d'autant plus qu'il serait vraiment seul.

Elle le raccompagna jusqu'au perron. À la porte, il lui remit une carte : les coordonnées d'un médecin.

— C'est le meilleur, lui garantit-il. N'allez pas en voir un autre.

— Guy…, commença-t-elle.

— Je vous en prie, l'interrompit-il avant qu'ils finissent tous deux par craquer à force de s'excuser pour ce qu'aucun d'eux n'acceptait d'admettre. Évitez de voyager.

Uniquement par nécessité. Il a peut-être cessé de pleuvoir, mais la mer est toujours aussi agitée.

— J'espère que tout se passera bien pour vous, rétorqua-t-elle, sans accepter quoi que ce soit, et pensant, comme toujours, à Luke, se demandant de quelle façon Peter et lui géraient leurs hommes malades sur une mer déchaînée.

— Je suis un dur à cuire, lui déclara Guy.

Elle comprit qu'il ne cherchait pas simplement à la rassurer à propos des vagues.

Se hissant sur la pointe des pieds, elle lui déposa un léger baiser sur la joue.

— Vous allez me manquer, lui confia-t-elle.

Il s'abstint de lui avouer que ce serait réciproque.

Il lui adressa un dernier sourire, fugace, avant de tourner les talons et de rejoindre son automobile, en bas du perron. Cette même voiture dans laquelle il avait transporté toutes ces bouteilles d'eau bouillie.

Elle avait toujours l'intention de prendre la mer. Bien qu'elle n'ait pas encore pu se résoudre à aborder le sujet avec sa mère, elle avait annoncé à son père qu'il lui faudrait absolument être en Angleterre le jour où Luke aurait sa première permission. Elle passerait la fin du mois avec Alice, avant d'aller acheter un billet, et reviendrait la voir dès que possible.

Mais, le 5 septembre, le premier *U-boat* allemand coula le cuirassé britannique HMS *Pathfinder*. Peu après, tandis que la bataille de la Marne faisait rage, en France, les troupes franco-britanniques parvenant enfin à mettre un terme à l'avancée allemande sur les berges de l'Aisne, plusieurs bâtiments de guerre britanniques furent coulés en un court laps de temps. Maddy n'eut guère besoin de son père et de Della pour comprendre qu'il serait pure folie d'embarquer sur un paquebot. Tout ce qui comptait désormais à ses yeux était que Luke gagne la France sans encombre. Et Guy et Peter aussi. Mais, bien qu'à son grand soulagement, et à celui de tous, des télégrammes aient fini par leur arriver depuis la France, les rassurant quant au fait qu'ils avaient tous débarqué sains et saufs, elle avait du mal à éprouver le moindre sentiment de joie, surtout depuis la publication de la liste des victimes de la Marne. Plusieurs garçons que Maddy avait connus à l'université y figuraient. Morts au combat. Blessés. Portés disparus... Cela l'anéantit de s'imaginer qu'ils n'étaient subitement plus là. Elle voulait croire que ce n'était pas vrai, qu'il y avait eu une erreur d'impression et qu'ils étaient toujours quelque part, comme dans ses souvenirs – faisant le tour d'Oxford à vélo, leurs écharpes flottant au vent, les joues rougies par le soleil d'été tandis qu'ils savouraient de la bière tiède dans les jardins, sur les berges du fleuve –, mais le monde lui semblait plus vide, et beaucoup plus triste.

L'unique bonne nouvelle lui fut annoncée par le docteur Tully, un homme plutôt âgé, très distingué et parfait gentleman, que Guy lui avait recommandé.

— Il m'a présenté ses excuses avant de m'ausculter, raconta Maddy, écarlate, à Della, dès qu'elle l'eut rejointe dans la salle d'attente. Je crois que je n'ai pas fini d'être gênée.

— Mais..., insista Della.

— Mais..., répéta Maddy, un sourire sur les lèvres, à la fois incrédule à l'idée qu'un petit être (leur petit être) puisse grandir en elle et folle de joie. Je vais être maman, Della, lui confia-t-elle dans un éclat de rire, écartant les bras pour y accueillir son amie. Je vais être maman !

Malgré son bonheur évident, elle était nerveuse à l'idée de l'annoncer à ses parents. Consciente de tout ce qu'ils avaient enduré, elle trouvait son euphorie un peu honteuse, presque coupable. Le soir même, ce fut les jambes flageolantes qu'elle se dirigea vers la terrasse, où ils prenaient tous deux l'apéritif à la lueur de lampes parfumées à la citronnelle. L'odeur d'agrume la prenait à la gorge. Se sentant encore nauséeuse (« Une fille, je parie, avait affirmé le docteur Tully, sans raison scientifique, si ce n'est qu'elles semblent avoir tendance à mettre leur mère toujours plus mal en point »), elle dut déglutir avant de s'exprimer, mais, Della lui donnant des coups de coude dans le flanc, elle parvint à parler, plutôt qu'à vomir.

— J'espère que vous n'avez rien de prévu, au mois de mars, commença-t-elle.

— Pourquoi donc ? voulut savoir Richard.

— Parce que, même si tu sembles encore trop jeune pour ça, maman, vous allez devenir grands-parents.

Richard poussa un mugissement, un véritable mugissement. Alice hoqueta, porta ses mains à ses lèvres, et regarda tour à tour, Maddy, Della, Richard, et de nouveau Maddy.

— Un bébé ? Ici ?

— J'en ai bien l'impression, répondit Maddy, qui refusait de courir le risque de tomber sur un *U-Boat*, et qui avait commencé à accepter l'idée que, même si elle espérait le contraire, la guerre ne serait pas terminée à Noël.

Elle se demandait comment elle aurait pu le supporter si elle n'avait pas été émerveillée par l'évolution de son petit ventre.

Et cela valait presque la peine de rester, ne serait-ce que pour voir le bonheur de ses parents, les larmes dans les yeux de sa mère. Elle était ravie d'avoir pu leur offrir ce sentiment. Vraiment.

Mais elle l'aurait échangé sans hésiter contre le fait de ne pas avoir à annoncer à Luke par télégramme qu'il allait devenir père.

Mais, comme ce serait le cas, son sourire et sa joie en apprenant la nouvelle n'existeraient que dans son imagination.

Il ne reçut son télégramme qu'à la mi-octobre, après que ce dernier eut transité via son camp de base à Marseille jusqu'à Orléans, où son ordonnance – un jeune *cipaye* qui les accompagnait, Peter et lui, depuis Bombay – le lui remit au milieu d'un terrain d'exercice d'artillerie détrempé et balayé par les vents. Derrière les clôtures grillagées, les habitants de la région s'étaient rassemblés, bravant les éléments, pour voir une fois de plus les *cipayes*, une nouveauté dont ils ne semblaient pas se lasser. Les hommes, qui s'étaient pour la plupart remis de la malaria qui avait transformé leur traversée en véritable cauchemar, étaient en rangs sur les dalles de pierre, leurs uniformes légers trempés par la bruine, leurs turbans dégoulinants, chargeant et déchargeant leurs fusils, exécutant rapidement leurs manœuvres malgré le froid, tirant sur des sacs de sable suspendus tandis que leurs capitaines, dont un Peter grelottant, aboyaient leurs ordres.

Luke regarda Peter se pencher pour aider un de ses hommes à débloquer son arme enrayée. Il soufflait des cristaux de glace en parlant (sans aucun doute en assassinant un peu plus la langue ourdoue). Il faisait très froid pour un mois d'octobre. Encore vêtus de leur uniforme indien, malgré les demandes répétées de Luke aux quartiers-maîtres pour des pardessus et d'épais treillis de serge, ils étaient tous frigorifiés. Tendant le cou, il scruta le ciel brumeux, sentant l'humidité sur son visage, et fronça les sourcils en songeant aux semaines à venir dans les champs marécageux d'Ypres.

Une sorte de ligne de défense s'était fixée là – composée de troupes françaises, belges et britanniques – pour tenter d'empêcher les ports de la Manche de tomber aux mains des Allemands. Cela fonctionnait, mais tout juste, et, en l'absence d'autres soldats britanniques en France, c'était à l'armée indienne qu'il échoyait d'aider à tenir cette position. Le colonel Whittaker, qui se trouvait lui aussi à Orléans, y allait également. Ils prendraient le train la nuit suivante, pour Dieu savait quel carnage. Orléans avait vu passer son lot de soldats tout juste revenus du front. Luke avait été secoué par plus d'un récit de compagnies décimées par le feu nourri des mitrailleuses, la puissance des tirs d'obusier...

Il oublia tout cela quand son ordonnance accourut, lui tendant le délicat télégramme. Il en déchira l'enveloppe, sachant qu'il venait d'elle, avide de ses paroles, quelles qu'elles soient, tel un drogué. Malgré le staccato des fusils et les ordres en ourdou retentissant tout autour de lui, il parcourut le message dactylographié.

« On est doués, hein ? STOP. Garçonnet ou fillette en préparation pour printemps. STOP. Raison supplémentaire pour rester prudent. STOP. »

Il prit une inspiration débordant d'une allégresse à laquelle, malgré son imagination, Maddy n'aurait jamais pu rendre justice. Un enfant. Leur enfant.

— Mon Dieu ! s'exclama-t-il en relisant le message, souriant, riant, ayant beaucoup de mal à y croire.

Il l'imagina dans le bureau du télégraphe, dans une de ses robes pastel, le teint rougi par une chaleur qui lui manquait, rédigeant le mot en souriant... et, l'espace d'un instant, juste un instant, il fut là-bas, avec elle.

Il aurait tellement souhaité être avec elle... Il en éprouvait le besoin physique.

« Rester prudent », lui avait-elle écrit.

Rester prudent, se répéta-t-il avant de sursauter quand une balle perdue siffla à son oreille.

— Désolé, s'excusa Peter. Encore enrayé…

Luke se concentra de nouveau, redescendant sur Terre, dans la bruine et le froid, au milieu d'hommes qui ne se plaignaient jamais et qu'il conduirait au combat, dès le lendemain, pour la première fois.

Rester prudent.

Il le fallait. Quoi qu'il arrive, il le fallait, pour qu'il puisse retourner auprès d'elle et de ce nouveau-né, leur famille.

Rien ne lui avait jamais semblé si important.

Chapitre 16

Cet hiver-là, les Allemands ne purent atteindre les ports de la Manche. Jour après jour, les obus hurlaient, les balles sifflaient, mais, malgré les attaques et les contre-attaques incessantes des deux camps dans les plaines inondées et infranchissables d'Ypres, le front restait stable. Tout n'était que désolation. Durant les rares pauses entre les affrontements, Luke suppliait ses hommes de déposer leurs baïonnettes et de se reposer. Toujours en tenue tropicale, ils se blottissaient à l'abri des arbres écrasés, tentant de trouver le sommeil dans la boue glacée, et d'oublier les corps, un peu partout, les canons lourds susceptibles à tout moment de pointer dans leur direction et de leur faire subir le même sort qu'à leurs frères, leurs amis. Sans compter les tireurs embusqués, toujours invisibles, toujours à l'affût. « Ce n'est pas la guerre, écrivait un *havildar* dans une des lettres que Luke censurait chaque soir, accroupi dans un trou d'obus, tendant son imper pour les protéger de la pluie, c'est la fin du monde. »

Chaque jour, de nouveaux soldats mouraient d'une manière que Luke n'aurait jamais pu croire admissible s'il n'avait pas été à leurs côtés, leur hurlant de partir, juste une fraction de seconde trop tard, les tenant dans ses bras jusqu'à leur dernier souffle.

— C'est leur regard, déclara Peter, une cigarette à la main, un soir d'orage, ayant perdu la carapace de légèreté derrière laquelle il se protégeait d'ordinaire. La façon dont ils le fixent sur nous. (Lui-même regardait Luke droit dans les yeux, laissant entrevoir son désespoir, au point que Luke serra son bras trempé, comme si cela pouvait lui être d'une aide quelconque.) Je n'ai aucune envie que ce soit la dernière chose que je voie.

— Alors, pour l'amour du ciel, faisons en sorte que ce ne soit pas le cas.

— Tu as un plan ? demanda Peter.

— J'y réfléchis, répondit Luke, qui, bien sûr, n'avait aucune idée et était devenu sinistrement convaincu que cette mascarade n'était rien de plus qu'un jeu de hasard macabre.

Également conscient de ce fait, Peter tira sur sa cigarette.

— Tiens-moi au courant, lui demanda-t-il toutefois avec un sourire contraint, car, après tout, c'était généralement ce qu'on attendait lui.

Les jours défilèrent, chacun d'eux incroyablement pire que le précédent. Luke se demandait comment ils parvenaient à supporter la situation. Il était écœuré d'avoir contribué à faire venir ses hommes dans ce bourbier et n'avait qu'une envie, les renvoyer chez eux, et lui avec. Mais on lui avait ordonné de conduire ses compagnies là où le Corps expéditionnaire britannique, qui se déplaçait constamment le long du front, ballotté d'un combat à l'autre, avait le plus besoin de renforts. Ils avaient rarement le temps de dormir. Ils avaient froid en permanence, et étaient continuellement affamés, se nourrissant de *corned-beef* froid. Grièvement brûlé par un obus explosif, le commandant de Luke fut envoyé à l'un des nouveaux chirurgiens plasticiens de la mère patrie.

— La chirurgie plastique, marmonna-t-il entre ses lèvres fondues quand Luke lui fit ses adieux à l'hôpital de campagne plein à craquer. On dirait un nom de torture.

Les commandants – des hommes avec qui Luke et Peter étaient venus de Karachi, qui avaient formé et entraîné les troupes et leur avait permis de tenir le coup, qui avaient des familles, une vie et des projets pour l'avenir – avaient tous été emportés. « J'ai été promu lieutenant-colonel, écrivit Luke à Maddy. Il ne reste plus personne pour remplir cette fonction. Peter est commandant, désormais. Les promotions vont bon train, sur le front de l'Ouest. Je ne sais pas comment nous avons fait pour être encore en vie, tous les deux. On a l'impression d'être chacun le porte-bonheur de l'autre. Il ne reste presque plus aucun des capitaines arrivés avec nous, et ça me tue. On nous a affecté de nouveaux sous-officiers britanniques, mais ils parlent encore plus mal ourdou que Peter. Ils se donnent du mal, mais personne ne les comprend, et nous les perdons aussi. Maddy, la plupart d'entre eux étaient à l'école, l'an dernier. Ce sont encore des enfants. Les tireurs embusqués nous visent tous. Ils savent que les officiers portent des casquettes et non des turbans. »

« Pour l'amour du ciel, lui répondit-elle, fin octobre. Mets un turban. »

C'était naturellement une excellente idée.

— Voilà qui ressemble enfin à un plan, se réjouit Peter. Bien joué, Maddy.

Avant de retourner au combat, tous les officiers de Luke remplacèrent leurs casquettes. Ils donnèrent la charge au lever du soleil sur le terrain couvert de cratères de Nonnebos, « le bois des Nonnes ». Encore une percée effrénée dans une épaisse fumée, cette fois pour repousser les Allemands, qui s'apprêtaient à prendre la route de Menin. Le changement d'uniforme déplut fortement à Whittaker, qui refusa de porter un turban.

— Vous êtes dans l'armée, à présent.

Mais il se fit tuer, lui aussi, abattu par un tireur embusqué lors de la même attaque, alors qu'il n'était pas censé y participer. Il avait insisté pour apporter son soutien, prétendant que, bon sang, les hommes avaient le droit d'entendre l'ordre de charger dans leur propre langue. Il fut descendu avant même qu'ils aient eu la chance d'atteindre la position allemande et d'y faire prisonniers les soldats en hypothermie.

— *Danke*, bredouillaient les soldats. *Danke.*

En fin de journée, tandis que ce qu'il restait de ses hommes valides et lui se laissaient tomber dans les ruines d'une chapelle, Luke écrivit à la femme de Whittaker à la lueur blafarde des projecteurs installés en hauteur. Il fit courir son stylo sur la feuille humide, répétant les mêmes platitudes inutiles au sujet de sa bravoure et de sa mort rapide que celles qu'il avait maintes fois eu l'occasion de rédiger.

Maddy lui écrivait aussi. Des lettres quotidiennes qui lui arrivaient par paquets, après une trop longue attente à son goût. Elles parvenaient à l'arracher aux scènes d'horreur qu'il vivait, lui parlant de la vie dont il rêvait comme s'ils étaient côte à côte – sur une plage, au restaurant, au lit –, comme si elle aussi imaginait que c'était le cas. Elle lui décrivit les mouvements de leur enfant qui grandissait – ils trouvaient tous les deux cela incroyable –, lui raconta, à sa demande, chacun de ses rendez-vous avec le docteur Tully. « Il ne cesse de parler du bébé, qui grandit apparemment très bien, comme s'il s'agissait d'un des gâteaux de Cook. Cook, qui, à propos, non seulement me reparle, mais s'adresse à moi en ourdou. En ourdou ! Je suis sûre qu'il est content de lui parce que son chutney m'a été très utile contre les nausées. » Elle lui rapporta également qu'elle avait commencé à enseigner à l'école locale que fréquentaient les enfants de son jardinier, où il n'y avait pas de règles ridicules interdisant aux femmes mariées de faire la classe (pas plus qu'aux femmes divorcées).

« Je suis ravi que tu aies trouvé à t'occuper, écrivit-il. Est-ce que ça te plaît ? »

« Énormément, répondit-elle. J'aurais dû faire ça depuis longtemps. Ma mère m'accompagne aussi, parfois. »

« Comment va ta mère ? » s'enquit-il.

« Elle est si différente. Je ne saurais l'expliquer. Tout va pour le mieux, à présent. Elle est toujours aussi réservée (mon père pense qu'elle a oublié comment ne pas l'être), mais elle est plus douce, moins… secrète. Donc, vraiment, il est agréable de la côtoyer et plus facile de lui parler – même Della est de cet avis –, surtout quand cela concerne le bébé. Elle est en train de lui broder une moustiquaire toute neuve, couverte d'étoiles et de lunes magnifiques. Je sais désormais qui a cousu tous ces singes sur la mienne ! Elle est bien sûr étonnée que je m'en souvienne. Je commence à comprendre combien elle adore les enfants, et je suis désespérément triste qu'elle n'en ait pas eu d'autres, après moi. Chaque fois qu'elle m'accompagne à l'école, elle prétend que c'est dans le seul but de s'assurer que je ne me fatigue pas sur le chemin, mais, dès qu'elle pénètre dans la classe et que les enfants lui demandent de peindre avec eux, elle accepte. Comme si elle n'avait pas l'intention de rester depuis le départ… »

« Les enfants savent que tu es enceinte ? » demanda-t-il.

« Oui. Ils aiment bien sentir le bébé gigoter et donner des coups de pied. »

« Qu'en dit Diana Aldyce ? »

« Que ne dirait-elle pas ? » répondit-elle.

« Je suis jaloux, lui écrivit-il, la pluie ricochant sur ses épaules avant de lui couler dans le cou. J'ai envie de sentir ces coups de pied. »

Il faisait de plus en plus froid. La mère de Luke, qui n'avait jamais été du genre à faire des gâteaux, lui envoya un pardessus. « Prends-en soin, s'il te plaît. Pas de déchirures. Pas de trous. Nous t'accompagnons à chaque instant. Tu es tout ce que nous avons. » Luke prêta le manteau à son ordonnance, qui, avant cet enfer, n'avait jamais connu plus fraîche température que la nuit à Bombay. L'homme lui demanda s'il autorisait son frère, un soldat, un des *naiks* de la compagnie de Peter, à le porter aussi. Les deux hommes le revêtirent ensuite à tour de rôle, savourant ces moments de chaleur.

Vers la fin du mois de novembre, tandis que la bataille d'Ypres s'essoufflait sans que se dessine la moindre issue concluante et que le front avait été réduit à un silence discontinu, ils reçurent enfin des uniformes d'hiver en serge épaisse, alors que le champ de bataille était désormais couvert d'un lourd manteau blanc. Il y en avait trop. Près de la moitié des hommes à qui ils étaient destinés n'étaient plus là, ensevelis dans le sol gelé sans avoir pu retrouver la chaleur indienne dont ils avaient tant rêvé.

« Je ne t'ai pas oubliée, écrivit-il un jour à Maddy. Je t'imagine, parfois, dans mes songes. Mais je ne peux jamais te voir. Voudrais-tu bien m'envoyer une photo ? J'ai vraiment besoin de voir ton visage. »

Elle s'exécuta, lui envoyant un cliché sépia que Richard avait pris d'elle sur la terrasse. Luke se trouvait à une nouvelle position, en amont du front, près de la ville de Neuve-Chapelle, où son nouveau commandant, un colonel épuisé originaire d'Ipswich, lui avait ordonné de conduire les restes meurtris de sa division pour qu'ils se retranchent pour l'hiver. Le secteur était plus calme, malgré la rumeur d'une offensive au printemps. Il était aussi plus agréable (tout était relatif), grâce aux profondes tranchées creusées par des soldats du génie, aux planchers protégeant leurs pieds des flaques glacées, et aux petits sacs de sable (considérés comme un luxe) empêchant les tireurs embusqués de les viser. Ils avaient également la possibilité de dormir dans des abris les protégeant de la pluie et du vent.

Luke s'étendit sur sa couchette avant d'ouvrir la lettre de Maddy. Au-dessus de lui, de la terre provenant des tirs d'obus qu'ils échangeaient quotidiennement avec les Boches (histoire de leur rappeler à tous, comme s'ils pouvaient l'oublier, la raison de leur présence) s'écoulait du plafond. Dans un angle de la pièce en terre, un groupe de *naiks*, dont sa propre ordonnance, jouaient aux dés. À la table, Peter et quelques sous-officiers jouaient au rami, se demandant si les courses de rats étaient ou non un sport susceptible de remonter le moral des troupes.

— Le simple fait que vous vous posiez la question, intervint Luke en décachetant l'enveloppe, me prouve que nous sommes là depuis trop longtemps.

Il tira le contenu de l'enveloppe, effleurant du bout des doigts le papier qu'elle avait touché, et prit sa photo dans ses mains craquelées couvertes de boue. « Mon père m'a acheté un appareil photo Brownie, lut-il. Ça me permettra de t'envoyer des photos du nouveau-né, dès qu'il sera venu au monde. Tes parents m'en ont demandé aussi, et Edie a hâte que je lui en envoie. » Il contempla son visage, sa vision se brouillant à force de chercher à s'imprégner des moindres détails. Elle portait une robe claire, sans chapeau. Sa chevelure était toute bouclée, certaines mèches lui tombant dans le cou. Elle regardait directement l'objectif, lui adressant un sourire. Distinguant la courbe de son ventre, il serra les dents, souffrant mille morts de ne pouvoir se trouver à ses côtés. Sur la table devant elle étaient posés un verre d'eau à moitié vide et une assiette de fruits coupés en tranches. Il l'imagina porter le verre à ses lèvres, avant de le reposer. Il entendit sa voix. *« Très bien, allons-y. Je suis prête. Non, attends… Je dois sourire ? C'est autorisé sur les photos ? »*

« Je te remercie, lui répondit-il. Je ne saurais t'exprimer ce que cette photo représente pour moi. »

« À ton tour, à présent, s'il te plaît », lui demanda-t-elle.

Il lui envoya une photo de Peter et de lui prise par son ordonnance avec un appareil photo emprunté au buraliste local lors d'une permission d'une semaine dans un hameau voisin, tous deux se tenant dans une rue pavée, portant par-dessus leurs treillis les peaux de mouton qu'ils avaient achetées à un fermier de la région.

« Très élégant, écrivit-elle. Ça te va bien. Si ça peut t'aider, je t'enverrai des chaussettes et des gants. Les enfants de ma classe m'ont aidée à les tricoter (très enthousiastes à l'idée de pouvoir faire une pause au milieu du cours d'arithmétique). Certains d'entre eux ont un grand frère ou un père au front, alors nous tricotons une heure chaque jour, désormais. C'est une classe industrieuse. Nous sommes tous très occupés. Peter t'a-t-il dit que Della ne travaillait plus à la cantine, mais qu'elle faisait du bénévolat à l'ancien hôpital de Guy ? Elle a fait la connaissance d'un chirurgien-dentiste plutôt gentil, Jeffrey, mais elle me garantit que ce n'est pas la seule raison pour laquelle elle travaille là-bas. Tout le monde manque de bras, en ce moment, et aucun de nous ne peut supporter de rester assis sans rien faire à la maison. Je n'arrête pas de me dire qu'à la même époque, l'an dernier, j'étais sur le point de te voir pour la première fois au *Yacht Club*.

Je n'y suis pas retournée depuis ton départ. Je ne peux pas. Ils ne font rien pour le réveillon du nouvel an. Ce ne serait pas convenable, et personne n'a envie de danser. De toute façon, je ne pourrais pas danser, même si je le voulais. Grâce à Cook, qui nous a promis qu'il n'y aurait pas de dinde au curry pour Noël, cela risque d'être un beau bébé… »

« Je danserais bien avec toi, écrivit-il à son tour. Si j'étais là, je t'amènerais à notre plage, et je danserais avec toi sur le sable… »

« Quelle belle attention », répondit-elle.

À la mi-décembre, de nouveaux hommes arrivèrent pour remplacer ceux qui n'étaient plus là, et, parmi eux, quelques officiers parlant l'ourdou dont ils manquaient tant. Fraser Keaton, tout juste arrivé de Bombay, faisait partie du lot. « Veillez sur lui, voulez-vous ? demanda Richard à Luke. Il refusait de rester, même s'il me semble beaucoup trop jeune pour se battre. » Ernest Aldyce était également présent.

— Bonté divine, se plaignit Peter en brûlant des poux sur les coutures de sa chemise. Moi qui pensais que ça ne pouvait pas être pire…

Ernest était cependant plus calme qu'auparavant. Il était épuisé. Il avait également combattu à Ypres avec le Corps expéditionnaire britannique, car il était en permission en Angleterre lors de la mobilisation, et faisait partie des rares de sa compagnie à s'en être sortis. Si l'on pouvait appeler cela s'en sortir. Physiquement, il avait considérablement minci. Il avait le front dégarni. Même sa peau cireuse pendait, telle une gaufrette, sur les traits mal définis de son visage. Il ne tenait plus sa tête droite, mais de biais, le menton contre son épaule osseuse, le regard constamment mobile, comme s'il craignait de le fixer sur une chose en particulier. Il était vraiment différent de l'officier indien assuré qui avait épuisé

Luke à Bombay avec ses monologues interminables et ses questions sans fin. Si Luke n'avait pas vu ses papiers, il n'était pas certain qu'il l'aurait reconnu.

— Il ne voulait pas venir, rappela Luke à Peter. Il tenait absolument à rester à Bombay, tu t'en souviens ?

— Il est plus malin que je le croyais, déclara Peter, non sans une certaine bienveillance, cette fois.

Ils furent tous abasourdis par la manière dont Ernest avait changé. Effrayés, aussi, même si aucun d'eux ne souhaita l'admettre. Ils avaient cette terreur indicible de pouvoir être les suivants à subir le sort qui lui avait été réservé.

— Je commence à croire que j'aurais mieux fait de rester à Bombay, après tout, déclara Fraser lors de sa première soirée dans les tranchées, grimaçant en ressentant les vibrations de lointains tirs d'obus.

— Ça vient seulement de vous traverser l'esprit ? demanda Luke en poussant un soupir.

Il garda les deux hommes près de lui, plaçant Fraser directement sous ses ordres, et Ernest un peu plus loin, entre Peter et lui. Cela lui donna l'occasion de voir combien de temps Ernest passait assis sur le sol de la tranchée, contemplant les feux d'artifice dans le ciel en se tordant les mains. Ses *cipayes* s'en aperçurent également. Ils vinrent trouver Luke pour lui demander d'être réaffectés.

— Je peux les prendre, se proposa Peter. Avec plaisir. Ce sont de bons soldats…

Luke aurait bien aimé pouvoir les lui transférer.

— Je ne peux pas, lui répondit-il d'un ton las. Il faudrait que je fasse un rapport pour l'expliquer.

Il ne savait que trop bien ce qu'il adviendrait alors d'Ernest. Ils avaient tous entendu ce qu'on racontait. Comme Ernest n'avait aucune blessure apparente, il serait traduit devant la cour martiale pour acte de lâcheté, et serait probablement fusillé.

Luke se promit de faire de son mieux pour Ernest, de tenter de le reconstruire en l'emmenant sur quelques opérations mineures, de l'aider à récupérer des forces avant de lui demander de participer à des affrontements plus sérieux. Un raid était prévu pour le 30 décembre, le dernier de l'année 1914. Une petite mission pour anéantir une série de points d'observation dans le camp ennemi. Elle ne figurerait même pas dans les dépêches. Il l'emmènerait.

—Prenons Keaton, aussi, suggéra Peter. Je suis terrifié de constater combien c'est un bleu…

Ils se mirent en route très tôt, bien avant le lever du soleil. Luke, qui avait dirigé un nombre incalculable d'expéditions de ce genre, n'éprouva aucune montée d'adrénaline en gravissant l'échelle, faisant signe aux autres de le suivre. Il ne s'attendait pas à la moindre difficulté. Ils avaient conclu une sorte de cessez-le-feu pour Noël – rien d'aussi amical que les matchs de football dont il avait entendu parler dans d'autres secteurs, ou les chants de « Douce Nuit » au milieu du *no man's land* –, histoire de faire taire les armes le temps de pouvoir dormir un peu, de rédiger de nouvelles lettres pour les proches… Luke avait scruté le ciel hivernal, priant un dieu qui semblait avoir perdu la raison pour que ce soit son dernier Noël en France.

« Ce n'est pas la bonne prière, lui avait signalé Peter en lui assenant un léger coup de poing. Tu pourrais finir dans un endroit encore pire. »

« Comment ça pourrait être pire qu'ici ? » avait demandé Luke.

« Je suis certain que 1915 nous réserve des surprises », avait répondu Peter.

Ils vaquaient tous à leurs occupations, et les Boches ne s'attendaient pas à un combat, ce matin-là. Il faisait nuit noire. Tant qu'ils feraient profil bas, aucune sentinelle ne les repérerait. Si tout se passait bien, ils tireraient au mortier, mettraient hors d'usage les postes d'observation et s'enfuiraient sans accuser la moindre perte.

Ils étaient quinze, en tout. Quatre officiers – Peter, Ernest, Fraser et lui –, une poignée de membres du génie aguerris et quelques *naiks* rescapés d'Ypres. Tous savaient ce qu'ils devaient faire. Luke n'eut pas besoin de leur demander de garder le silence pendant qu'ils rampaient sur le sol gelé et constellé de cratères en direction de la tranchée des Boches. Il ne songea même pas à demander à Ernest, qui était toujours silencieux, de toute façon, de tenir sa langue.

Mais, lorsqu'ils furent suffisamment près de leur cible pour sentir le parfum du café allemand et de la graisse de cuisson du bacon, Ernest se mit à produire des bruits singuliers, à mi-chemin entre des bêlements et des gémissements, entrecoupés de sanglots étouffés.

Effaré, Luke lui siffla de se taire. Les autres l'imitèrent.

— Bonté divine, lâcha Fraser, la voix tremblante de peur. Quelqu'un peut le faire taire ?

— Aldyce, l'appela Luke, commençant à son tour à s'affoler. Il faut cesser, maintenant.

Il continua. Il se mit à sangloter, enfouissant son visage dans la terre gelée, sans doute de honte, peut-être simplement pour étouffer ses bruits. C'était horrible à voir. Si Luke avait pu, il l'aurait soulevé, et ramené à leur tranchée. Si nécessaire, il lui aurait tiré dans la main, une excuse pour qu'on le reconduise chez lui.

Mais il aurait été suicidaire de se lever. Il rampa donc à reculons. Arrivé à sa hauteur, il posa sa main sur son épaule tremblante.

— Aldyce. Allez…

— Je ne peux pas, répondit-il, les lèvres dans la terre. Je ne peux pas, je ne peux pas, je ne peux pas…

Il parlait de plus en plus fort.

— On y va, suggéra Peter. Couvrons sa voix avec le bruit des mortiers, puis ramène-le.

Mais, avant que Luke ait pu manifester son approbation, Ernest se redressa d'un bond, avec une force qui le surprit, et resta immobile au milieu du *no man's land* en hurlant. Les autres, horrifiés, le regardèrent bouche bée durant ce qui leur sembla une éternité, mais qui ne dura probablement que quelques secondes, avant que les Boches ouvrent le feu avec une mitrailleuse. Ils se redressèrent tous d'un coup, Luke leur ordonnant à tous de fuir, de courir le plus loin possible. L'un des soldats du génie passa outre à son ordre : avec un courage qui lui vaudrait une médaille pour service distingué, il s'élança jusqu'à la tranchée et tira au mortier, parvenant à abattre le tireur. Au même instant, Luke saisit Ernest, le hissa sur son épaule, sans remarquer combien son corps était flasque, et s'élança à la suite de ses hommes, les poumons en feu, en direction de leur tranchée.

Grâce au soldat du génie et à ses tirs de mortier, aucun d'eux ne fut tué. Fraser reçut un éclat de balle dans la joue, ce qui eut au moins le mérite de l'éloigner un moment du front. Le soldat du génie reçut plusieurs balles dans l'épaule. Il écrivit à Luke depuis l'hôpital militaire de Brighton. Il lui apprit qu'on l'avait renvoyé chez lui, à Lahore, auprès de sa femme et de ses enfants, et le remercia – le remercia ! – d'avoir été son lieutenant-colonel.

« Vous auriez eu davantage de raisons de me remercier si on ne vous avait pas tiré dessus », lui fit remarquer Luke.

« Vous n'avez aucun pouvoir sur les balles, *sahib*, répondit-il. Il en aurait été de même avec quelqu'un d'autre que vous. »

Il n'en aurait pas été de même pour Ernest, Luke en était persuadé. S'il n'avait pas été là, jamais Ernest ne se serait retrouvé debout au milieu du *no man's land* en train de hurler jusqu'à ce que cet éclat d'obus lui arrache la moitié du visage. Luke ne s'était même pas rendu compte qu'il était blessé avant de voir le sang couler et de constater la flaccidité d'Ernest, une fois de retour à la tranchée.

« Non, avait-il lâché en pressant sa main contre ce qu'il lui restait de mâchoire. Non, non, non… »

Les brancardiers l'avaient emmené à un poste de secours, puis dans l'un des nombreux centres d'évacuation des blessés le long du front. Il était ensuite parti pour Londres, dans une unité de reconstruction faciale, avant de finir dans un hôpital psychiatrique du Surrey, le Cinquième hôpital militaire du roi. Luke leur écrivit, impatient de savoir comment il allait. Une des sœurs – sœur Lytton, s'appelait-elle – lui répondit gentiment qu'il ne se portait pas bien. Il n'avait plus aucun souvenir, « ni de son passé, ni même de chaque jour qui passe, mais sachez que nous veillons sur lui du mieux possible. Il adore ses tasses de chocolat et les week-ends, surtout quand sa mère vient lui rendre visite ». En lisant cette lettre, Luke eut la nausée. Il serra le poing, froissant la feuille de papier, honteux de ce qu'il avait fait subir à Ernest. Pouvoir respirer, avancer, pris au piège dans son corps comme cela, sans visage, sans vie, sans souvenirs… Peter avait raison, il y avait pire que la France, après tout. Pire, sans doute, que la mort.

— Ce n'était pas ta faute, lui répéta Peter.

Maddy le lui écrivit aussi : « Il faut que tu le saches. Si tu dois t'en prendre à quelqu'un, c'est au tireur. Ou à Ypres. Reproche-le à Ypres, aux généraux, à cette guerre atroce. Mais, je t'en prie, ne t'en veux pas. »

Mais il ne put s'en empêcher. Début mars, les jours commencèrent à s'allonger, mais les températures demeurèrent relativement basses. Il faisait simplement plus humide. Les tranchées étaient inondées, les hommes souffrant de pieds enflés et noircis et d'engelures. Il fit de son mieux pour tenter de les réconforter, leur promettant une permission au printemps qu'il espérait seulement voir accordée, tout en ressassant sa décision de faire sortir Ernest à l'aube de ce mois de décembre, le fait qu'il soit resté étendu quand Ernest s'était levé, ne réagissant pas assez vite pour le plaquer au sol.

La deuxième semaine de mars, Fraser Keaton rentra de l'hôpital, et des centaines de soldats affluèrent dans leur partie du front, ainsi que des munitions et des obus supplémentaires. Tous reçurent alors l'ordre de passer à l'offensive tant attendue afin de reprendre la ville de Neuve-Chapelle. Ce fut un nouveau bain de sang, dans les deux camps, avec des dizaines de milliers de victimes – des hommes et des gamins fauchés, abandonnés sur le champ de bataille jusqu'à ce que les canons et les mitrailleuses se taisent et que les survivants puissent leur porter secours, leur donnant de l'eau et tentant de les ramener en lieu sûr –, mais les dépêches saluèrent cette victoire. « Neuve-Chapelle est de nouveau aux mains des Britanniques, et le front a progressé de près d'un kilomètre. »

— « Près d'un kilomètre », répéta Peter lorsqu'ils furent enfin déconsignés. (Ils erraient dans la ville anéantie afin d'y trouver un endroit, dans n'importe quel bâtiment encore debout, pour se coucher. Ils avaient six jours de repos.) Près. D'un. Kilomètre. Ça fait combien de morts au mètre ?

— Une centaine, répondit Fraser, qui avait par bonheur survécu au carnage, et qui avait manifestement déjà fait ce sinistre calcul.

— « Une centaine », répéta Luke.

De ses yeux irrités, il parcourut la colonne sinueuse de ceux qui tenaient encore debout, leurs turbans et leurs uniformes couverts de boue et de sang, impressionné, comme toujours, par la façon dont ils se tenaient si droits malgré leurs pieds ulcérés, le froid, le manque de sommeil et les hommes qu'ils avaient enterrés, abattus et vu abattre. Combien de temps allaient-ils pouvoir continuer ainsi, se plier aux ordres implacables ? Ces derniers temps, certaines de leurs lettres avaient pris un ton plus furieux, empreintes d'une colère qu'il comprenait, et qu'il ne signalait jamais dans ses rapports. Le temps de leur soumission était-il compté ? Il pensait que oui, probablement, et puis, parce qu'Ernest n'était jamais loin de ses pensées, il se demanda ce que l'homme penserait de tout cela s'il avait encore toute sa tête. Serait-il encore là, lui aussi, après les trois jours qu'ils venaient d'endurer, si lui, Luke, lui avait laissé plus de temps pour se remettre ?

« J'aurais dû chercher un moyen de le faire rentrer chez lui », écrivit-il à Maddy, juste avant que le bataillon se remette en mouvement, reprenant, à son plus grand effroi, la direction d'Ypres, où l'on annonçait l'imminence d'une nouvelle bataille pour les ports de la Manche. « Je ne cesse de penser à lui dans cet hôpital… »

« Tu auras bientôt ta permission, lui répondit-elle. Va le voir à l'hôpital. »

« Tu as raison. Il le faut. »

Mais l'idée de mettre un pied dans cet établissement le terrifiait.

Si Maddy avait été en Angleterre, elle serait allée le voir. Elle se serait rendue à l'hôpital tous les jours, si cela avait pu l'aider à guérir. Elle aurait fait des allers et retours jusqu'au Cinquième, où elle se serait installée avec Ernest, lui parlant en lui tenant la main de tout ce qui aurait pu lui rafraîchir la mémoire – Le *Gymkhana Club*, le polo sur l'herbe jaunie, les gin-tonics au coucher du soleil –, puis elle aurait écrit à Luke et aurait tenté de le rassurer en lui racontant qu'Ernest avait eu de la compagnie, ce jour-là, qu'on s'occupait bien de lui. « Tu as fait tout ce que tu as pu. »

Elle avait tenté d'entrer en contact avec Diana, toujours bloquée à Dorking. Elle lui avait écrit en janvier, lui expliquant combien elle avait été navrée d'apprendre ce qui était arrivé à Ernest. Diana ne lui avait pas répondu. Fin mars, adossée contre ses oreillers, dans sa chambre, les volets ouverts dans une vaine tentative pour inviter un peu d'air à pénétrer dans la pièce étouffante, Maddy comprit qu'elle ne lui répondrait plus. Trop bouleversée, sans doute.

— Je parie qu'elle s'apitoie sur son sort, plutôt, déclara Della, qui, ce jour-là, n'était pas en train de récurer les bassins hygiéniques de l'hôpital, ni de partager un *tiffin* avec Jeff, mais avait pris place aux côtés de Maddy, contemplant avec adoration le précieux petit bout de chou dans les bras de son amie. Laisse tomber, Maddy. Tu as autre chose à penser.

Maddy, qui avait à peine levé les yeux du petit être parfait qu'elle tenait, en avait pleinement conscience. Leur fille était finalement née, la nuit précédente, plus d'une semaine après que le docteur Tully l'avait prévenue qu'il fallait s'attendre à ce que le nourrisson, comme le frère perdu de Maddy, se présente à l'envers. Le médecin, qui avait signalé à Maddy qu'elle allait devoir accoucher par le siège et hoché la tête d'un air bienveillant en la voyant blêmir et en entendant Alice exprimer son horreur à l'annonce de la nouvelle, leur avait donné sa parole d'honneur que personne ne subirait de césarienne, cette fois. Il avait mis au monde de manière traditionnelle de nombreux nouveau-nés se présentant par le siège, et n'était guère inquiet. Elles n'avaient aucune raison de l'être non plus.

Maddy avait passé de mauvais moments durant la nuit atroce qui venait de s'écouler. Elle était certaine que cela avait également été le cas de son père, qui avait arpenté la villa, venant frapper à sa porte toutes les demi-heures pour avoir de ses nouvelles. Elle était sûre qu'il en allait de même pour sa mère épuisée, et même pour Della – aucune d'elles n'ayant quitté son chevet, agenouillées à côté de son lit, lui répétant que tout allait bien se passer, qu'elles auraient également préféré que Luke soit présent, mais qu'il lui fallait continuer à pousser. Le docteur Tully avait cependant tenu parole. Sans s'affoler une seule fois, lui conseillant calmement de respirer, puis de pousser, de relâcher, de pousser, de respirer, et ainsi de suite, jusqu'à ce que la petite Iris vienne au monde, avec ses boucles noires brillantes et ses grands yeux bleu foncé, douce et tiède dans ses bras tremblants.

« Je vous remercie », avait-elle rendu grâce au médecin, manquant de s'étouffer avec ses larmes de joie et de gratitude, remerciant Guy aussi en son for intérieur, qui avait su exactement ce qu'il faisait en lui recommandant de n'aller voir personne d'autre.

— Elle ressemble vraiment à Luke, constatait à présent Della. À part ses yeux, on ne dirait pas que c'est ta fille, Maddy.

— Ça m'est égal, lui répondit-elle, regrettant que Luke ne puisse pas voir leur fille magnifique.

Sa mère était déjà partie au bureau du télégraphe pour lui écrire, ainsi qu'à ses parents. L'euphorie (et le soulagement) d'Alice la poussa même à proposer à sa fille d'envoyer un télégramme à Edie.

« Je peux m'en occuper, si tu préfères », lui avait suggéré Richard.

« Non, lui avait répondu Alice en se penchant pour déposer un nouveau baiser sur la tête duveteuse d'Iris. Je pense être en mesure de partager ce moment. »

Maddy aurait bien aimé savoir où se trouverait Luke quand il recevrait le télégramme. *En lieu sûr*, pria-t-elle. *Pourvu qu'il soit en lieu sûr...* Il lui en avait envoyé plusieurs au cours des deux dernières semaines. De France, ou de Flandres, jamais en mesure, à sa grande frustration, de lui dire avec précision de quelle région. Il pensait constamment à elle et attendait de ses nouvelles. « Peter aussi très impatient. STOP. » Comme eux, elle mourait d'impatience d'apprendre qu'on leur avait accordé une permission en Angleterre. Excitée à la perspective de surprendre Luke à son arrivée, elle était de plus en plus tentée de partir, et ce malgré la présence des *U-boats*. Elle avait même proposé à Ahmed de le payer pour qu'il aille chercher un horaire au bureau de la P&O. Il y était allé, mais avait refusé son argent.

« *Memsahib*, lui avait-il dit, le regard inquiet en lui tendant le document. Je ne recommande pas ça. »

Il avait raison. Elle avait dû le lui concéder. *Je ne vais nulle part.* Caressant la joue rose et douce d'Iris et repoussant l'écharpe de mousseline de son menton, elle fut même consternée d'avoir envisagé de lui faire courir un tel risque. La simple idée de devoir l'emmener sur les routes de Bombay la faisait frémir. Si douloureux cela puisse-t-il lui sembler, il lui faudrait attendre le retour de Luke. Ils devraient tous les deux patienter.

Semblant avoir lu dans ses pensées, Della lui prit la main.

— Il recevra la photo, lui garantit-elle.

Maddy acquiesça. Ils allaient la prendre cet après-midi-là, dans le jardin. Une photo qui devrait faire l'affaire jusqu'à ce que Luke puisse bercer Iris dans ses bras, bras que Maddy n'avait plus sentis autour d'elle depuis de trop nombreux mois, et qui lui manquaient désespérément.

— Il va s'en tirer, lui assura doucement Della. Il ne compte pas se laisser mourir là-bas. Aucun d'eux, d'ailleurs.

— Je le sais, répliqua Maddy, sans trop savoir pourquoi.

Aucune d'elles, naturellement, n'était au courant de ce genre de chose.

Il n'allait pas si bien que cela. Il était à Ypres, un enfer que le long hiver n'avait rien fait pour améliorer et qui parvenait à se révéler encore plus sinistre baigné par les rayons du soleil d'avril que sous la pluie du mois de novembre.

— Poétique, déclara Peter, à ses côtés dans le fossé creusé à la hâte où Fraser et plusieurs centaines d'hommes étaient entassés, baïonnette au fusil, attendant qu'on leur donne l'ordre de charger pour la seconde fois de la journée.

— J'en ferais bien une carte postale, plaisanta Luke en consultant sa montre avant de porter son sifflet à ses lèvres, prêt à donner le signal.

Au-dessus de leurs têtes, les obus sifflaient, bombardant ce qu'ils espéraient tous être la position allemande contre laquelle ils s'apprêtaient à lancer l'assaut, bien qu'il puisse tout aussi bien s'agir d'un bois désert. Cela faisait désormais deux jours qu'ils se battaient, les deux camps tirant sans discontinuer, reculant, avançant, reculant de nouveau… jusqu'à ce que plus personne ne sache où se trouvaient les autres. Les officiers qui étaient allés reconnaître le terrain avant cette attaque n'étaient pas revenus, et les obusiers tiraient à l'aveuglette. Luke devait se contenter de deviner dans quelle direction ils étaient censés charger. Il ne connaissait la moitié des hommes qu'il dirigeait que depuis une heure. Les bataillons étaient totalement mélangés, Britanniques et Indiens se mêlant au chaos des combats, fuyant dans l'affolement général les gaz que les Allemands employaient pour la première fois, s'enterrant à l'endroit où ils se trouvaient. Aucun d'eux n'avait de masque à gaz. L'unique stratégie pour survivre aux nuages toxiques consistait à passer dessous, ou, de préférence, à s'en éloigner aussi vite que possible.

« C'est ça, le plan », leur avait annoncé Luke.

Portant la main à la poche de sa veste, il sentit la lettre de Maddy, à l'intérieur. Il l'avait reçue la veille au matin. Il l'avait attendue avec impatience, depuis qu'il avait lu le télégramme d'Alice lors d'une brève halte à Poperinge, qui lui avait arraché un cri de joie. « Belle Iris née. STOP. Photo envoyée. STOP. Madeline va bien. STOP. Votre famille vous attend. STOP. Soyez prudent. STOP. » Il n'avait pas ouvert l'enveloppe. Il préférait attendre d'avoir quitté Ypres, afin d'avoir une réelle raison de vivre. Mais, pour le moment… Il lâcha son sifflet, déglutit malgré sa gorge sèche et se redressa contre la paroi de terre crayeuse, scrutant à travers la fumée en direction de la cacophonie des explosions et des flammes vers les arbres lointains. Il ignorait ce qui l'attendait là-bas, mais il sentait son cœur battre un peu trop fort. Sans vraiment s'en rendre compte, sachant seulement qu'il ne lui restait que quelques secondes avant d'agir, il enfonça la main dans sa poche, attrapa l'enveloppe et l'ouvrit sans ménagement.

—Non, lui dit Peter, s'apercevant de ce qu'il était en train de faire. C'est inutile, pas maintenant…

Il ne tint aucun compte de ses conseils. Il ne tint compte de rien. Retenant son souffle, il se contenta de l'admirer. Parce qu'elle était là. Sa fille. Sa fille ! Une merveille sépia blottie dans les bras de Maddy, les feuilles de palmier projetant leur ombre sur les paupières baissées et les pommettes de Maddy, sur le regard parfait d'Iris, sa bouche miniature, son petit pied qui dépassait de son lange, sa chevelure noire hirsute. Comment avait-il pu se retenir de la regarder ? Comment avait-il pu croire que cela lui porterait la poisse de la voir, de les voir toutes les deux ? Il porta le cliché à ses lèvres, et, pour la première fois depuis des mois, se sentit débordant d'espoir et de force. Il se sentit invincible.

—Non, ce n'est pas le cas, lui cria Peter pour se faire entendre malgré le bombardement. Alors, même si elle est magnifique et le restera à jamais, sois prudent, parce qu'elle aura besoin d'un père.

—Elle en a un, rétorqua-t-il, jetant un dernier coup d'œil à la photo avant de récupérer son sifflet. Et je ne compte pas l'en priver.

—On y va ? l'encouragea Peter en brandissant sa baïonnette.

—On y va, lui répondit Luke en soufflant dans son sifflet.

Durant un temps, presque une minute entière, leur avancée se déroula comme prévu. Ils s'extirpèrent rapidement de leur trou, progressant lentement, en longues colonnes, vers les arbres, prenant soin de rester derrière la protection du feu roulant de l'artillerie qui ne cesserait qu'une fois qu'ils auraient atteint les bois. Devant eux, l'ennemi ne semblait pas réagir. Aucun d'eux ne tomba, ne hurla. Ils atteignirent bientôt la lisière. Luke lança un regard dubitatif à Peter, que ce dernier lui rendit. *Est-ce que ça peut réellement être aussi facile ?*

À ce moment-là, il se mit à pleuvoir un déluge de projectiles du ciel pourtant bleu et dégagé, s'écrasant dans l'herbe sans un bruit, dégageant une vapeur jaune brûlante qui rendit les rayons du soleil opaques et s'infiltra dans leurs yeux, leurs narines, leurs poumons…

Suffoquant, Luke ôta brusquement sa veste et la plaqua contre sa bouche, arrachant ainsi involontairement ses plaques d'identification. Il vit Fraser Keaton se baisser, les cherchant à tâtons en lui criant de ne pas s'inquiéter, pour l'amour du ciel, mais sa voix se perdit dans le vacarme des tirs de canon. Les Allemands se mirent à leur tour à riposter, criblant le champ de bataille d'obus et de munitions de mitrailleuse, mais uniquement depuis le flanc du bois, et non depuis l'intérieur, comme ils l'avaient cru, fauchant l'herbe, abattant les hommes, les obligeant à fuir à l'aveuglette, au hasard, sous la pluie d'obus, les gerbes de terre et de sang, incapables de voir quoi que ce soit, et même de respirer.

Haletant, Luke se plia en deux, rampant sous le nuage de gaz qui s'élevait dans le ciel, les mains à sa gorge. Il vit son ordonnance à moins de vingt mètres de lui, luttant pour ôter la veste de son frère qui suffoquait, et il se mit à moitié à courir et à ramper vers eux, finissant par arracher la veste avant de la plaquer sur le visage du garçon. Il leur cria de rester baissés, de courir se mettre à l'abri, et vite. Les regardant s'enfuir, puis disparaître dans le nuage de fumée et de gaz, il repéra Peter, un bras sur la bouche et le nez, boitant, manifestement touché.

— Peter, meugla-t-il. Peter, baisse-toi…

Il vit son ami regarder autour de lui, les yeux écarquillés, sans les fixer sur rien. Tout à coup, Luke se remémora les paroles qu'il avait prononcées l'hiver précédent : « Je n'ai aucune envie que ce soit la dernière chose que je voie. »

— Baisse-toi ! hurla de nouveau Luke en toussant.

— Luke ? s'écria Peter. Luke ?

— Baisse-toi ! lui lança une dernière fois Luke avant de pousser un juron en voyant le sang jaillir de la jambe de Peter et en constatant qu'il n'était pas en état de faire quoi que ce soit.

Partout autour de lui, des hommes s'effondraient. Ils allaient tous se faire tuer. Dans cet endroit. Certains, comme l'ordonnance de Luke et son frère, fuyaient vers les arbres, mais Peter restait sur place. Il tressauta, puis s'écroula, de nouveau touché.

— Peter ! hurla Luke.

Avec toujours autant de difficulté à respirer, les yeux pleins de larmes, il se releva et courut vers lui en évitant les obus. Sur sa trajectoire, il vit Fraser tituber devant lui, surgissant de nulle part, sans veste, sa chemise en lambeaux, ses traits d'adolescent atrocement réduits en charpie. Il n'avait plus non plus ses plaques d'identification autour de son cou – dans le même état que son visage –, mais il se cramponnait paradoxalement à celles de Luke. C'était ce qui avait permis à Luke de déterminer que c'était bien lui. Effaré, il se dirigea vers lui et le rattrapa par la taille alors qu'il s'écroulait. Il s'accroupit, jeta sa propre veste sur lui pour qu'il se réchauffe en attendant qu'il revienne à lui, puis, suffoquant plus que jamais, courut vers Peter, qui avait perdu connaissance, mais respirait encore. Le hissant sur son dos, Luke s'élança vers les arbres en haletant.

Il y était presque lorsque l'obus tomba.

Il ne l'entendit pas. Mais il sentit le monde se figer autour de lui, et son sang se glaça dans un pressentiment écœurant, avant d'être frappé par un mur de chaleur qui lui sembla s'écraser sur son visage, sa tête, son dos et son sang. Il fut projeté dans les airs, dans le ciel d'Ypres. La dernière image qu'il vit fut celle de Peter dans l'herbe, le teint blême, ouvrant brièvement les yeux et prenant un air horrifié.

Sa dernière pensée consciente fut pour sa fille et Maddy ; la photo d'elles qu'il avait laissée dans sa veste, sur le corps sans visage de Fraser.

Ce qu'il était heureux d'y avoir tout de même jeté un coup d'œil !

Chapitre 17

Quand il recouvra ses esprits, il boitait sur un sol couvert de feuilles, le dos voûté, cramponné à son bras, des arbres tout autour de lui. Levant les yeux, il observa le mouvement des branches. Il n'entendait aucun bruissement, seulement un tintement. Sous ses pieds nus et ensanglantés, le sol vibrait. Il se demanda à quoi c'était dû.

Il ne portait qu'un pantalon et un maillot de corps en lambeaux. *Je devrais avoir une veste*, songea-t-il, ayant l'impression, sans vraiment savoir pourquoi, que ce détail revêtait une importance capitale, et ignorant où elle pouvait bien se trouver. Quand il porta la main à son crâne – qui lui faisait horriblement mal, presque autant que son bras, ses côtes et ses pieds – et qu'il la regarda, elle était écarlate.

Du sang, songea-t-il. *Je saigne.*

De nouveau, il se demanda à quoi c'était dû.

Et pourquoi il avait autant de mal à respirer.

Son bras n'était pas correctement fixé à son épaule. Il le tenait pour l'empêcher de tomber. Ses mains étaient couvertes d'entailles. Il avait aussi un goût de sang dans la bouche. Son maillot de corps en était couvert. *Il faut que je trouve de l'aide*, se dit-il en continuant à tituber sans savoir combien de temps, jusqu'à la tombée de la nuit, lorsqu'il déboucha sur une route où d'autres hommes en sang titubaient en silence au milieu de véhicules ornés de croix rouges. De l'un d'eux bondit une femme à l'air fatigué. Le regardant dans les yeux, elle le rattrapa lorsqu'il s'écroula la tête la première, réclamant un brancard.

Elle m'aide, songea-t-il. *Très bien. C'est parfait.*

Où suis-je ?

— Comment vous appelez-vous ? lui demanda la femme.

Il regarda ses lèvres former des mots.

Il demeura interdit.

Elle lui reposa la question.

Il secoua la tête, prenant conscience de la terrible réalité.

Il ne savait pas comment il s'appelait.

À sa grande horreur, il n'avait pas la moindre idée de qui il était.

Les télégrammes arrivèrent en même temps à Bombay, tandis que la famille déjeunait sur la terrasse, Iris dormant dans son landau. Ils étaient tous abattus. Richard avait appris, moins d'une heure auparavant, que le gentil et enthousiaste Fraser, toujours disposé à faire plaisir aux autres, était porté disparu, présumé mort. Même si elles tentaient toutes de le rassurer en lui assurant qu'il y avait encore de l'espoir (comment pouvait-on avoir des certitudes alors qu'on n'avait pas retrouvé son corps ?), il semblait incapable de faire preuve du moindre optimisme, et continuait à se reprocher de ne pas être parvenu à empêcher Fraser de s'engager.

Malgré la tristesse qu'elle éprouvait pour le pauvre Fraser, cependant, Maddy ne se doutait de rien quand le jeune télégraphiste se présenta à la villa. Il venait si souvent, après tout, avec des messages pour son père, ou pour elle, de la part de Luke. Elle n'éprouva pas de réelle inquiétude quand Ahmed franchit les portes du salon. Juste l'espoir insensé que Luke lui avait peut-être de nouveau écrit.

Mais le garçon réclamait Della, et non elle. Della, qui attendait que Jeff les rejoigne d'une minute à l'autre pour déjeuner, ne recevait jamais de télégramme, mais sa mère lui avait promis de lui en envoyer un dès qu'elle aurait des nouvelles de Peter.

Della se leva avec circonspection, repoussant sa chaise, et prenant la feuille que lui tendait le garçon. Maddy observait chacun de ses mouvements, un long frisson de peur lui parcourant l'échine. Ses parents aussi demeurèrent immobiles sur leur chaise.

Les mains tremblantes, Della ouvrit le télégramme. Elle le parcourut du regard.

— Oh, lâcha-t-elle, les larmes aux yeux. Oh, mon Dieu…

— Qu'y a-t-il ? demanda Alice. Que s'est-il passé ?

— Il a perdu une jambe, répondit Della. Il est à l'hôpital, en France.

— Non, soupira Richard. Oh, Peter…

Della poursuivit, la voix tremblante, leur garantissant qu'il allait bien, qu'il était en vie, qu'il se remettait, et qu'on allait bientôt le reconduire à la mère patrie.

— Au moins, il s'en est sorti, déclara Richard. C'est déjà ça…

Maddy savait qu'elle devait dire quelque chose, elle aussi, aller voir son amie, la prendre dans ses bras, lui dire combien elle était navrée pour son frère – ce qui était le cas, naturellement –, mais le garçon s'était tourné vers elle, un autre télégramme à la main, d'une couleur différente. Il provenait directement de l'armée.

— Je n'en veux pas, s'entendit-elle dire. (Sa voix ne sembla pas être la sienne. Elle lui parut être celle d'une autre.) Vous pouvez le remporter. S'il vous plaît.

Elle eut vaguement conscience que ses parents se retournaient, et Della aussi, les larmes aux yeux, regardant tour à tour son amie et le garçon.

— *Memsahib*, répondit le télégraphiste. Il faut que vous le lisiez.

Il le déposa sur la table en lui adressant une grimace d'excuse, avant de s'éloigner d'un air reconnaissant.

Maddy regarda fixement le télégramme. Comme eux tous. Un si petit bout de papier…

Iris se mit à remuer, repoussant ses langes, ouvrant ses yeux en clignant des paupières, comme si elle avait senti l'effroi qui s'était soudain abattu sur la terrasse. Maddy s'approcha d'elle, la souleva, remarquant combien ses mains tremblaient, avant de se retourner, jetant un nouveau coup d'œil au télégramme.

— Tu veux que je l'ouvre ? se proposa son père.

— Je vais le faire, intervint Alice.

Maddy secoua la tête d'un air hébété. Elle examina le document encore quelques secondes, espérant qu'il lui dirait tout sauf ce qu'elle redoutait le plus. Puis, consciente que le fait de faire traîner les choses ne changerait pas son contenu, et que le garçon avait raison, qu'il fallait qu'elle le lise, elle remit Iris à sa mère et, les mains tremblant plus que jamais, ouvrit le télégramme.

Elle était comme figée. Elle retenait son souffle. Elle se contenta de lire ce qui était inscrit, de le relire et de le relire encore, tant le message lui paraissait irréel.

Dans le lointain, elle entendit les voix inquiètes de ses parents, celle de Della aussi, lui posant un tas de questions. Dehors, sur l'herbe, un des paons poussa un cri, et, à l'étage, une porte claqua. Tout cela lui semblait se produire dans un autre monde, un monde dans lequel il n'était apparemment plus. « Mort au combat », était-il inscrit. Pas « porté disparu », comme dans le cas de Fraser. Ni « soigné pour blessures ». « Mort. »

Elle n'arrivait pas à le croire.

C'était impossible. Il ne pouvait pas être mort. Non. Elle l'aurait su, deviné…

Elle lâcha la feuille, qui tomba par terre, et se tourna vers sa mère, reprenant sa fille dans ses bras, qui ne tremblaient plus.

— Madeline ? s'inquiéta Alice. Que s'est-il passé ?

— Il faut que j'écrive au commandant de Luke, déclara Maddy. Il y a eu une terrible méprise.

Guy rendit visite à Peter à l'hôpital du quai d'Escale, une ancienne gare aménagée du Havre, la première occasion qui lui était offerte de le voir, soit tout de même près d'un mois après sa blessure. C'était un *naik* de la compagnie de Peter qui lui avait appris ce qui leur était arrivé, à Luke et à lui. Le soldat indien avait été admis à son poste d'évacuation des blessés – un hôpital de tentes et de salles d'opération situé dans un champ non loin du front d'Ypres – avec des éclats d'obus dans la poitrine en plus d'avoir inhalé du gaz. À la grande tristesse de Guy, il avait parlé du lieutenant-colonel dont des brancardiers avaient ramené le corps enveloppé d'un linceul, avant de le mettre en terre, et du commandant qui s'était fait tirer dans la jambe. Le *naik* avait tenté de repousser le masque d'anesthésie tandis que l'on s'apprêtait à l'opérer, pestant sur la table contre cette guerre et les armes, plaignant la fille dont le lieutenant-colonel était si heureux d'avoir eu des nouvelles.

— Il avait sa photo, il l'avait sur lui…

Lui-même passablement secoué, Guy avait tenté de le réconforter. Il avait imaginé Luke et Peter tels qu'ils étaient à Bombay, pas récemment, mais des années auparavant, quand Luke y avait vécu pour la première fois. Peter et lui avaient ri et fait les fous au *Gymkhana Club*, faisant la course sur le terrain de polo. Toute cette joie s'était dissipée. Envolée. Finalement, n'ayant plus confiance dans ses propres mains, il avait demandé à un autre chirurgien de l'opérer. Il était si bouleversé que cela avait presque été un soulagement d'éprouver malgré sa jalousie minable un tel sentiment de tristesse à la mort de Luke, rien que pour le désespoir que devait ressentir Maddy, la pauvre Maddy…

Il aurait voulu lui envoyer ses condoléances, pour ce qu'elles valaient. Transmettre son amour à la petite Iris, aussi, qui ne connaîtrait jamais son père. Mais Alice l'avait contacté la première.

« Désolée de vous importuner, avait-elle écrit, surtout avec cela. J'imagine les problèmes auxquels vous devez être confronté là-bas. Mais ma grande inquiétude me pousse à vous écrire. Madeline n'accepte pas qu'il soit parti, voyez-vous ? Elle ne pleure pas, refuse de faire son deuil, et continue à écrire des lettres, d'abord au commandant de Luke, puis à l'état-major, leur demandant de le chercher. Elle a même demandé à sa tante Edie de se rendre dans l'ensemble des hôpitaux de Londres. Richard lui a fait remarquer que cela n'avait aucun sens, ce qui l'a rendue furieuse comme jamais. Guy, cela ne me semble pas normal. Faut-il que nous l'emmenions consulter quelqu'un ? A-t-elle besoin d'aide ? Elle vient d'avoir Iris, après tout, et j'ai peur que ce soit trop pour elle… »

Guy lui avait répondu, par retour de courrier, qu'il lui était reconnaissant qu'elle l'ait prévenu, qu'elle ne l'importunait jamais, qu'il ne fallait pas qu'elle hésite à le contacter, et qu'il avait peur de lui dire qu'il y avait peu de chances que Maddy ait raison. Il avait lui-même croisé un des soldats qui avaient assisté à l'enterrement de Luke. « Mais, je vous en prie, ne vous précipitez pas pour emmener Maddy où que ce soit, lui avait-il écrit, rechignant à l'idée que l'on puisse la pousser dans cette voie. Laissez-lui un peu de temps. Je suis certain que c'est tout à fait naturel. Comment se comporte-t-elle avec Iris ? »

« Elle en est follement éprise, lui avait répondu Alice. Comme nous tous. Cette enfant est la seule personne capable de faire sourire Maddy. »

« Alors, je suis vraiment convaincu que vous n'avez aucune raison de vous inquiéter, avait-il écrit, le cœur serré en imaginant Maddy avec sa fille. Je lui conseille de passer autant de temps que possible avec le nourrisson. Je suis certain qu'elle acceptera tout le reste, dès qu'elle sera prête. Dites, je vous prie, à Della que je vais rendre visite à son frère, demain. Je lui passerai le bonjour de sa part. »

Il se trouvait à présent dans le service de Peter, encore orné des horloges et des grandes fenêtres de la salle d'attente de l'ancienne gare, mais l'endroit était occupé par des patients plutôt que des voyageurs, par des rangées de lits séparés par des paravents. Peter se trouvait tout au bout, dans le dernier box, dans l'angle le plus éloigné de la salle. Malgré les milliers d'amputations que Guy avait réalisées, cela lui fit mal de voir l'espace plat et net à l'endroit où Peter aurait dû avoir sa jambe gauche. Ce souvenir de lui s'amusant sur le terrain de polo…

— Comment est-il ? demanda-t-il à l'infirmière qui en avait la responsabilité, sœur Owen.

(« Très mignonne, dirait Peter d'un ton sinistre, quand Guy l'aurait rejoint. Bien trop charmante pour travailler en un lieu pareil. »)

— Anéanti, répondit sœur Owen. Il ne cesse de parler d'un certain Luke.

— Ils étaient amis, expliqua Guy. Excellents amis. Ils étaient ensemble depuis le début.

— Il est vraiment mort ? demanda sœur Owen.

— Oui, répondit Guy d'un ton las, se remémorant les paroles du *naik*, songeant à Maddy et à toutes ses lettres. Pourquoi me demandez-vous ça ?

Elle se tourna vers le lit de Peter.

— Il ne cesse de répéter qu'il pense l'avoir vu.

Cela ne l'étonna guère. Il avait eu l'occasion de croiser un bien trop grand nombre d'hommes, dans son hôpital, qui imaginaient que leurs frères ou leurs cousins se trouvaient dans le lit voisin pour en déduire quoi que ce soit. Cela lui brisait simplement le cœur que ces fantômes n'existent jamais.

— Il me semblait si réel, se défendit Peter, quelques minutes plus tard, quand Guy prit place à ses côtés.

Quelqu'un avait lavé ses cheveux blonds et les avait peignés avec une raie sur le côté. Il portait un élégant pyjama à rayures, sans doute envoyé de chez lui. Il était trop grand. Il avait perdu tant de poids que c'en était inquiétant.

— Il s'est fait tuer sous mes yeux, poursuivit Peter. Les hommes l'ont enterré avec sa photo de Maddy et d'Iris, mais je l'ai tout de même vu monter dans une ambulance, sur cette satanée route de Menin.

— Vous aviez perdu beaucoup de sang, à ce moment-là ? demanda Guy.

— Je n'ai pas mesuré.

— Une bonne quantité, je dirais.

— Il m'a sauvé la vie, Guy. (Une larme roula sur la joue décharnée de Peter, puis une autre.) Il n'avait pas à mourir.

— Je suis vraiment navré, lui assura Guy, regrettant de ne rien avoir de plus, de mieux, à lui dire.

Peter fronça les sourcils. Guy ne réagit pas face à ses larmes, ne lui recommanda pas de s'endurcir, contrairement à d'autres médecins. Il fit ce qu'il pouvait, prenant place à ses côtés, lui faisant savoir qu'il n'était pas seul, attendant que la fatigue vienne.

Quand ce fut le cas, Guy lui demanda ce qu'il comptait faire, à présent.

— Certainement pas rentrer à la maison pour laisser ma mère s'occuper de moi, répondit-il, esquissant un rictus macabre censé rappeler son sourire de toujours.

Guy, qui n'avait pas du tout envie de rire, pouffa néanmoins, comprenant que c'était ce dont Peter avait besoin.

— Alors ?

— Je vais d'abord aller dans un hôpital spécialisé dans la rééducation, à Londres. Dès qu'ils seront sûrs que je ne risque pas de faire une hémorragie sur le bateau. Dès que j'aurai appris à marcher avec une jambe de bois, j'irai rendre visite à Ernest Aldyce. Ça aurait fait plaisir à Luke.

— Oui, confirma Guy, qui était au courant pour Ernest.

Diana lui avait demandé par courrier si son cas était si désespéré qu'on le lui avait dit. « Très cher Guy, pourriez-vous me venir en aide ? Je me sens si seule, en ce moment. J'ai l'impression d'être veuve. Et je ne cesse de penser à vous, tout seul au fin fond de la France. Peut-être pourrions-nous nous voir lors de votre prochaine permission, pour que vous puissiez me donner de précieux conseils ? »

Il avait lu sa lettre durant une de ses pauses, au cours d'une journée particulièrement difficile en salle d'opération, et s'était montré plutôt bref dans sa réponse.

« Estimez-vous heureuse de ne pas être veuve. Je ne peux malheureusement pas vous être utile, je crains qu'il ne s'agisse pas de mon domaine d'expertise. Mais sachez que le docteur Arnold a une excellente réputation. Transmettez mes meilleurs vœux de rétablissement à votre époux. »

Diana ne lui avait plus écrit. Manifestement, sa réponse n'était pas celle qu'elle avait attendue.

— Della est toujours à Bombay, poursuivit Peter, et elle n'est pas près de partir, si ce Jeff est un tant soit peu raisonnable.

— Il semblerait que ce soit le cas. Alice m'a beaucoup parlé de lui et de Della. Je ne le connais pas bien, car il est arrivé au moment où je partais, mais ce que j'ai pu voir de lui m'a bien plu.

Peter hocha la tête comme s'il s'agissait enfin d'une bonne nouvelle.

— Richard m'a dit que mon poste m'attendait. Il se pourrait que je prenne le risque de croiser un *U-boat*, que je retourne là-bas pour parler à Iris de son père. Pour être là pour la pauvre Maddy.

— Vous ne lui direz rien, n'est-ce pas ? voulut s'assurer Guy. Vous ne lui direz pas que vous pensez avoir vu Luke ? Ça pourrait l'ancrer dans ses croyances.

— Non, lui promit Peter. Je ne lui dirai rien. (Il se retourna sur son oreiller, et braqua son regard sur le plafond.) Della m'a parlé de toutes ses lettres.

Guy hocha lentement la tête.

— Maddy sera heureuse de vous revoir, lui garantit-il. (Cette fois, ce fut à son tour de s'exprimer d'une voix tremblante. Idiot qu'il était, il ne pouvait s'empêcher de regretter que ce ne soit pas lui qui aille la retrouver.) Vous pourrez lui parler. Aidez-la... à croire.

— Oui, s'engagea Peter, contractant les muscles de ses joues.

— Faites-lui savoir combien je suis navré pour elle, voulez-vous ? Je suis vraiment désolé, Peter.

— Je le sais, lui certifia Peter en manquant de s'étrangler. Nous le sommes tous.

Guy ne put rester beaucoup plus longtemps. Il devait bientôt reprendre le travail, il était de nuit. Il était arrivé en retard, car le train qui l'avait amené avait dû s'immobiliser à de nombreuses reprises à cause de tirs d'obus. Il resta cependant suffisamment longtemps pour jeter un rapide coup d'œil au moignon de Peter afin de s'assurer qu'il guérissait bien, et lui promit de l'emmener boire un verre dès qu'il serait de retour à Bombay.

— Je saurai m'en souvenir, lui affirma Peter en lui tendant la main.

Guy la serra, se retenant de trahir sa stupeur en constatant la faiblesse de la poigne de Peter.

En sortant, il discuta de nouveau avec sœur Owen. Celle-ci l'interpella juste avant qu'il atteigne la porte de la salle. Elle lui remit un morceau de papier sur lequel était inscrite l'adresse d'un hôpital de campagne, non loin du sien.

— Qu'est-ce que c'est ? demanda-t-il.

— C'est l'hôpital où était Peter. Je me suis dit… eh bien… (Elle rougit.) Eh bien, que vous pourriez peut-être y faire une halte pour leur demander s'ils n'avaient pas admis quelqu'un qui correspondrait à la description de Luke Devereaux.

Guy la dévisagea longuement. Était-elle vraiment sérieuse ?

Elle rougit davantage encore, mais sans cesser de soutenir son regard. Elle semblait sérieuse, en tout cas.

— Sœur Owen…, commença-t-il.

— Je sais, je sais. (Elle leva les mains.) C'est probablement sans espoir.

— Plus que probablement. Il s'est fait tuer, sœur Owen. J'ai discuté avec l'homme qui l'a enterré.

— Peter paraît si sûr de lui, parfois…

— Je ne crois pas qu'il en soit si sûr, rétorqua Guy.

— Mais ça ne ferait de mal à personne de poser quelques questions, n'est-ce pas ? Ce matin même, un sergent que nous pensions suffisamment remis pour rentrer chez sa mère demain est mort. Un caillot qu'aucun d'entre nous n'avait remarqué. (Elle leva les yeux vers lui.) Au milieu de toute cette horreur, ne serait-il pas agréable de penser qu'il reste encore quelques bonnes surprises ?

Il hésita, sentant faiblir sa volonté.

— J'ai cru comprendre que le colonel Devereaux venait d'avoir une fille, poursuivit-elle, profitant de son avantage. Refuseriez-vous de le faire pour elle ?

Il hésita encore un moment.

Elle continua à le regarder fixement.

— Très bien, céda-t-il en mettant le mot dans sa poche. D'accord.

Même s'il était convaincu que c'était inutile, il avait vraiment l'intention de tenir parole. Mais, lorsqu'il regagna son propre établissement, ce soir-là, ce fut pour découvrir qu'il y avait eu un nouvel assaut sur la ligne de défense britannique. Il dut se frayer un passage entre les files d'ambulances, de charrettes tirées par des chevaux et de brancards rien que pour gagner l'entrée de l'établissement. Il ne quitta pas le bloc, cette nuit-là. Il ne dormit que quelques heures, et ne put partir le lendemain, ni le surlendemain. Il travailla sans relâche, partageant la salle d'opération avec trois autres chirurgiens, les yeux secs, les jambes douloureuses de devoir rester si longtemps debout, les coudes dans les rates et les foies éclatés, les poumons et les intestins déchirés, et s'affairant à recoudre les déchirures, à refermer des artères, à faire tout ce qui était en son pouvoir avant qu'on étende un nouveau patient sur sa table. Lorsque l'afflux de blessés finit par se calmer et qu'il eut enfin une heure de libre pour appeler l'unité mobile où Peter avait été pris en charge, celle-ci avait déjà déménagé en Artois pour se préparer à accueillir les inévitables victimes de l'offensive suivante.

Il resta à Ypres le printemps et l'été. Il n'y eut aucune intervention militaire majeure, mais les tirs d'artillerie entre les tranchées se poursuivaient quotidiennement, et il voyait arriver un flux continu de blessés par balles et éclats d'obus, les hémorragies et les amputations le tenant sinistrement occupé. En septembre, ils furent tous envoyés à Loos, une vaste attaque y étant prévue. On murmurait qu'elle marquerait le début de la fin de la guerre, mais elle ne mit un terme à rien du tout, sinon à des dizaines de milliers de vies, dont un trop grand nombre sur la table d'opération de Guy. À l'approche de l'automne, tandis que les rumeurs de mutineries se multipliaient dans les rangs indiens – des unités refusaient de se battre ou abandonnaient leurs positions ; des hommes qui en avaient finalement assez d'être conduits à la mort, de perdre des officiers en qui ils avaient confiance, remplacés par des garçons qui ne comprenaient ni leur langue, ni rien d'eux –, les généraux décidèrent qu'après tout, c'était trop demander aux *cipayes* que de les contraindre à rester un hiver supplémentaire. Mieux valait les envoyer à Gallipoli. Guy partit lui aussi vers l'est. Affecté dans un hôpital d'Alexandrie, il embarqua sur un navire pour l'Égypte par une matinée polaire de novembre, sept mois jour pour jour après sa visite à Peter. Seulement, à présent, il avait totalement oublié tout ce qui concernait sœur Owen.

Après l'horreur et l'épuisement de l'été, il avait oublié leur conversation sur les bonnes surprises, ainsi que le morceau de papier qu'elle lui avait remis.

Chapitre 18

Cinquième hôpital militaire du roi/Bombay, 1915-1916

Il arriva juste avant le déjeuner, par un matin glacial de novembre, toutes les opérations insoutenables qu'il avait subies en France et à Londres afin de soigner son corps malade et son crâne cabossé désormais heureusement derrière lui. Physiquement, il avait été déclaré apte. Seul son esprit avait besoin d'être remis en état, à présent.

—Ah, ces routes, se plaignit la conductrice de l'ambulance, serrant le volant avec ses mains gantées pareilles à des étaux, le visage si près du pare-brise couvert de givre qu'il embuait la vitre à chacun de ses souffles.

—Vous vous en tirez très bien, la rassura-t-il.

—Il paraît qu'il est hanté, vous savez ? déclara-t-elle sans quitter des yeux le bâtiment. C'était un asile de fous, avant.

Il haussa un sourcil.

—J'ai l'impression que c'est encore le cas.

Malgré ses joues gelées, elle esquissa un sourire en coin.

—En tout cas, on dirait bien que vous avez un comité d'accueil, constata-t-elle en désignant à travers les demi-cercles laissés par les essuie-glaces une infirmière gelée qui patientait dans l'escalier de l'établissement. Elle a l'air convenable. Je suis certaine qu'elle vous aidera à vous faire de nouveaux amis en un rien de temps pour jouer au billard.

— Excellent, dit-il en appuyant sa tête contre le montant de l'habitacle, épuisé, si épuisé…

Le véhicule s'immobilisa.

— Loué soit Dieu, s'exclama la conductrice en tirant le frein à main.

Elle descendit de la voiture et échangea quelques mots avec l'infirmière.

— Un bon chocolat chaud vous fera du bien, entendit-il dire cette dernière.

Très convenable, songea-t-il.

— Je ne sens plus mes orteils, rétorqua la conductrice (pas convenable du tout).

Il se leva en la voyant ouvrir en grand les portières de l'ambulance, laissant l'air glacial s'engouffrer à l'intérieur.

— Vous êtes prêt ? lui demanda-t-elle.

— Je n'en sais rien, répondit-il.

— Non, je ne suis pas sûre que je le serais non plus, à votre place.

Il hocha la tête, reconnaissant pour sa franchise.

— J'espère que vous n'allez pas rester là trop longtemps.

— Moi aussi, lui confirma-t-il en descendant de l'ambulance.

Elle lui souhaita bonne chance, et il la remercia. Il aurait accepté n'importe quoi, si tant est que cela puisse signifier que cet endroit était efficace…

Il marqua un temps d'arrêt sur le marchepied, tendant le cou, scrutant à travers la neige les murs poussiéreux de l'hôpital, refusant d'envisager la possibilité que ce ne soit pas le cas. Il ne pouvait pas se le permettre. Sinon, s'il laissait libre cours à sa crainte de se retrouver un jour vieux et seul, toujours à la poursuite de ses rêves, attendant désespérément que son esprit meurtri l'aide à retrouver la vie qu'il avait si négligemment perdue, il redoutait que la peur finisse par le détruire.

Il descendit du véhicule. Et si cela le choqua que sœur Lytton l'appelle « officier Jones » (il ne supportait pas ce nom), il n'en dit rien. Il était évident qu'elle était aussi gentille que convenable, et il n'avait aucune envie de la mettre mal à l'aise. Car, en fin de compte, comment pouvait-elle l'appeler autrement ? Il la suivit tout au long de sa visite des lieux, et se retrouva à regarder fixement le capitaine masqué, dans le salon.

— Que lui est-il arrivé ? demanda-t-il à sœur Lytton.

— À Ernest ? Je n'en sais rien.

Il parvint à contenir sa réaction quand elle lui montra la salle de billard, puis, enfin, fit la connaissance du docteur Arnold, qu'il fut soulagé de trouver fort sympathique.

Il accepta le journal qu'Arnold lui tendait, dîna en silence, sans même toucher au *trifle*. Il alla ensuite se coucher, une bouillotte brûlante dans son lit, et s'endormit. Quand, au milieu de la nuit, il se réveilla en sursaut dans l'obscurité la plus complète, en sueur et haletant, prêt à tout pour retourner auprès de la femme en robe jaune citron qu'il venait de quitter, il attrapa son journal et y écrivit pour la première fois. « Un homme édenté. Du bruit. Un marché ? » Il laissa ensuite sa tête retomber sur son oreiller, car il n'avait aucune idée de ce que tout cela pouvait bien signifier.

Le mois de novembre s'acheva. Il sortait se promener, s'évadait dans les jardins blancs, parfois des heures durant, puis s'asseyait au coin du feu, sentant sa peau glacée le piquer d'une manière qui le rendait nostalgique, même s'il ignorait totalement pour quelle raison.

— Patience, lui recommanda Arnold, qu'il voyait une heure chaque jour. Patience.

Il ne jouait pas au billard, car il n'avait pas oublié la plaisanterie de sa conductrice, mais, au plus grand plaisir de sœur Lytton, se fit une sorte d'ami, le pauvre Ernest, qui ne parvenait pas à cesser de bégayer. Non pas qu'il apprécie particulièrement leurs présentations guindées quotidiennes, ni l'élocution atroce du capitaine, ses commentaires souvent répétés sur le bruit du feu, la difficulté de manger sa soupe avec son masque et ses fichues mains tremblantes. Il se sentait simplement obligé de lui tenir compagnie dès qu'il le voyait assis seul.

— Vous n'êtes pas obligé de passer tout votre temps avec lui, lui fit remarquer la volontaire Poppy, un matin de décembre, en prenant place à côté d'eux dans l'un des fauteuils du salon. Vous pouvez aller vous promener avec moi, si vous préférez. (Elle se pencha vers lui, chuchotant sur le ton de la confidence.) Je vous promets d'être beaucoup plus amusante que sœur Lytton.

— Ne vous inquiétez pas pour moi. Ne vous inquiétez pas pour nous.

— On-on se-se co-connaît ? demanda Ernest.

— Que diriez-vous d'une bonne tasse de chocolat ? proposa sœur Lytton en surgissant dans la pièce. Ernest, je vais aller vous chercher une paille.

Ce fut bientôt Noël. À cause d'Ernest, personne ne chanta, mais, dans la salle de travaux manuels, plusieurs patients fabriquèrent des chaînes de papier pour orner le couloir et le salon. Refusant de se laisser entraîner dans le découpage et le collage festifs (en partant du principe que s'il ne savait peut-être pas grand-chose, il était sûr de ne pas être un enfant), il s'emmitoufla dans son grand manteau, enfila des bottes et partit avec quatre aides-soignants – tous trop âgés ou ayant les pieds trop plats pour pouvoir se battre – en expédition dans les forêts brumeuses afin d'en rapporter un sapin. Il y était allé pour faire de l'exercice, pour faire quelque chose. Il ne s'attendait pas à en tirer le moindre plaisir. À vrai dire, il ne s'attendait pas à apprécier grand-chose, au Cinquième.

« Pourquoi ? » lui avait demandé Arnold.

« J'aurais l'impression d'accepter de rester. »

Alors qu'ils marchaient à travers champs, le plus âgé des aides-soignants maugréa parce qu'il avait oublié de commander la dinde de Noël pour sa femme. Jones lui proposa de mettre un pense-bête dans son journal pour lui rappeler d'aller à la boucherie, ce à quoi l'homme répondit en riant :

— J'ai mieux : faisons un crochet dès maintenant, et arrêtons-nous aussi pour boire un verre au *Bull*.

Le pub du village, où il régnait une odeur de bois brûlé en raison de la fumée qui s'échappait de l'âtre, était bondé, chaud et bruyant. Nombre de clients ayant leurs propres enfants au front, ils insistèrent dès qu'ils eurent remarqué sa tenue pour lui offrir des bières. Il protesta d'abord :

— Je n'ai pas d'argent pour payer la prochaine tournée.

Mais ils lui soutinrent tous qu'il avait déjà payé plus qu'assez.

— Acceptez la bière, lui souffla l'aide-soignant sans dinde, un sourire en coin. Prenez-la.

Il obtempéra. Et il se soûla. Ils furent bientôt tous ivres, et ne regagnèrent le Cinquième qu'à la tombée de la nuit, traînant un sapin qu'ils avaient coupé de travers sur le chemin du retour, trébuchant dans le couloir de l'hôpital éclairé à l'huile où le moindre bruit résonnait.

— Vous avez l'air en forme, déclara Poppy en descendant le grand escalier comme si elle les avait attendus et observés d'en haut. On nous a dit au pub que vous vous êtes bien amusés…

— Que ça ne se reproduise pas, ordonna sœur Lytton en surgissant du salon, après avoir réprimandé Jones, pour qui elle s'était inquiétée jusqu'à ce que le patron du pub appelle.

Ce pour quoi il lui avait assuré qu'il était « très, très *déjolé* ».

— Vous m'inviterez, la prochaine fois ? lui demanda le docteur Arnold, le lendemain, sans la moindre animosité, d'humeur plutôt joviale, trouvant que c'était bon signe que Jones ait ainsi souhaité s'évader.

« Je ne sais pas si c'est un signe, écrivit Jones, non dans son journal, mais sur une feuille de papier. (Une des nombreuses lettres qu'il avait écrites à la femme dont il tentait désespérément de se souvenir.) C'est en tout cas un soulagement d'avoir pu profiter d'une journée si différente en ce lieu qui est inlassablement le même. Dehors, comme ça, je me suis senti moi-même. J'ai eu l'impression de savoir qui j'étais pour la première fois depuis que je suis monté dans cette ambulance, sur la route de Menin.

» Je me souviens de cette route. Je revois le chauffeur qui m'a aidé. Je sens les ornières sous les roues de l'ambulance. Je me rappelle l'hôpital de campagne où l'on m'a conduit, le goût du sang dans ma bouche, et ma peur, étendu au milieu de ce champ couvert de civières, me demandant si j'allais mourir ou si la mémoire allait me revenir. Une infirmière s'est approchée, elle a mis une étiquette sur mon maillot de corps, puis m'a envoyé directement dans un train à destination de l'hôpital de Dieppe, où, malgré la fatigue, ils se sont montrés très gentils et m'ont ôté les éclats d'obus que j'avais dans le crâne et le corps et ont soigné mes côtes cassées. Si je sais tout cela, c'est parce que je m'en souviens.

Pourtant, je ne veux pas de ces souvenirs. Je n'en ai pas besoin.

» J'ai besoin de toi.

» Où vas-tu passer Noël, cette année ? Es-tu assise dehors, la chaleur sur ton visage ? Ton visage que je ne vois jamais. Souris-tu ? Es-tu heureuse ? J'aimerais le croire.

» M'attends-tu, cependant, comme je t'attends ?

» Penses-tu à moi, en ce moment ?

Il lâcha son stylo avant de poser sa tête douloureuse entre ses mains.

» Existes-tu seulement ? »

Maddy contemplait le ciel bleu indien, les rayons du soleil lui caressant les joues, tenant sur ses genoux une petite Iris de huit mois. Elle lui tenait distraitement la main, l'empêchant de tirer sur le col de dentelle de sa robe, et pensait à Luke, comme tous les jours. Les larmes lui montèrent aux yeux dans la lumière éblouissante de l'après-midi. Pourtant, elle s'efforçait vraiment de faire ce que tout le monde lui conseillait : croire à sa mort.

— Je suis censée avoir abandonné, chuchota-t-elle à leur fille. Mais je n'y arrive pas.

Iris, trouvant certainement de mystérieuses traces d'humour dans ses paroles, éclata de rire.

— Tu n'as pas de cœur, dit Maddy en l'embrassant. Pas de cœur du tout.

C'était la veille de Noël. Le lendemain aurait lieu le premier Noël d'Iris. Malgré les promesses de Maddy à ses parents, à Della et à Peter (ayant échappé aux torpilles des sous-marins, ce dernier était arrivé sain et sauf en septembre, avait retrouvé son ancien poste, et logeait lui aussi à la villa, puisqu'ils avaient de la place et que personne ne voulait le laisser seul), elle continuait à rêver qu'elle finirait par recevoir un message de Luke lui confirmant qu'il était bel et bien vivant et qu'il était sur le chemin du retour. Mieux encore, qu'il surgirait sur la terrasse, les mains dans les poches, son beau visage tourné vers eux, dans le jardin. « Croyais-tu vraiment que j'allais manquer un nouveau Noël ? » Au cas où, Maddy se tourna vers la terrasse…

Non. Il n'était pas là.

Il n'était jamais là.

Les dernières lettres qu'elle lui avait envoyées au front lui avaient été retournées. Les enveloppes qui renfermaient ses descriptions de chacun des sourires d'Iris, de ses humeurs et de ses gazouillis n'avaient pas été ouvertes et portaient la mention : « Mort au combat. » Elle les avait jetées, les haïssant. Et elle avait finalement arrêté de chercher quelqu'un qui admettrait qu'il était en vie. Non pas parce qu'elle pensait que c'était sans espoir, mais parce qu'elle n'avait plus personne à qui écrire.

« Dieu merci », avait-elle surpris son père dire à sa mère avant dîner, un soir.

Elle s'était retenue de se précipiter dans leur dressing pour leur expliquer à tous les deux combien leurs paroles étaient blessantes. *Laissez-moi y croire, qu'est-ce que ça peut vous faire ?*

Ces lettres ne l'avaient menée nulle part, de toute façon. Le commandant de Luke avait été le premier à l'accabler, répondant à ses requêtes en reconnaissant qu'il aurait pu y avoir une erreur, mais en lui assurant avec des mots choisis qu'il n'y en avait eu aucune, et en lui conseillant de manière atroce de tourner la page. « Je ne voudrais pas que ma femme perde son temps à m'attendre. » Furieuse, elle avait aussitôt jeté la lettre.

Elle n'avait pas été en mesure d'en faire autant avec la réponse de l'ancien contact de Luke à l'état-major, car il n'en avait pas envoyé. Ni son supérieur. Ni le supérieur de son supérieur.

« Tu ne peux pas faire jouer quelques-unes de tes relations ? » avait-elle imploré son père.

« Ma chérie, lui avait-il répondu d'une voix douce. Les relations dont tu as besoin n'existent pas. »

Les secrétaires de tous les principaux hôpitaux lui avaient au moins répondu, mais avec des lettres types l'informant qu'il y avait simplement trop de blessés pour qu'ils puissent s'adresser individuellement aux familles. « Veuillez accepter nos plus sincères condoléances. » Il en avait été de même avec les secrétaires des établissements londoniens. Si seulement Maddy avait été en Angleterre, elle se serait rendue en personne dans chaque service, mais les *U-boats* étaient encore en activité, et elle refusait d'exposer Iris au moindre danger. Edie avait refusé catégoriquement de mener l'enquête pour elle. « Je ne veux pas te donner de faux espoirs, ma chérie. Sur ce point, je suis d'accord avec ton père. » À présent, Maddy ne savait plus que faire d'autre.

« Laisse tomber, Maddy chérie », lui avait recommandé Peter, à son retour, pâle, silencieux et bien trop maigre.

Ils s'étaient promenés dans le jardin, rien que tous les deux, bravant les dernières averses de la mousson. Della était sortie pour un déjeuner dominical avec Jeff, dont les services n'avaient heureusement pas été requis par le Corps expéditionnaire.

« Les dents sont le dernier de leurs soucis », lui avait fait remarquer Peter.

Les parents de Maddy s'occupaient alors d'Iris, à l'intérieur.

« Je ne peux pas laisser tomber, s'était défendue Maddy. Je ne peux simplement pas. »

« Mais il le faut. (Il s'était immobilisé, se tenant de travers sur sa prothèse sous son parapluie, son visage blême tiraillé par la douleur.) Il est mort. J'en suis vraiment navré... »

« Et s'il était comme Ernest Aldyce ? l'avait-elle interrompu. Et s'il avait perdu la mémoire, et s'il attendait que je... »

« Il n'attend personne, lui avait-il soutenu d'une voix si douce qu'elle lui avait arraché quelques larmes. (Il avait poursuivi, lui rappelant qu'il était allé voir Ernest à la fin du mois d'août. Luke n'était pas avec lui.) J'ai même demandé à cette fichue infirmière si elle n'avait pas vu quelqu'un qui lui ressemblait. »

Elle avait sauté sur l'occasion.

« Alors, tu crois aussi qu'il pourrait encore être en vie... »

« Non. Non. (Peter s'était tourné vers le ciel pluvieux, ses fragiles mâchoires serrées.) J'aimerais bien. Il me manque. Chaque jour que Dieu fait. Et je culpabilise tellement d'être là sans lui. L'infirmière m'a dit qu'elle recevait constamment du courrier. Des centaines de lettres chaque mois envoyées par des gens qui lui demandent des nouvelles de personnes qu'ils ne parviennent pas à laisser partir. »

« Mais... »

« Non ! (Il avait presque crié.) Il n'y a pas de "mais" ».

Il lui avait tendu sa main libre. Elle avait tenté de reculer, craignant qu'il la touche, de peur qu'il réussisse à la convaincre. Il était néanmoins parvenu à lui prendre le bout des doigts.

« J'étais présent, Maddy. »

« Tu as vu son corps ? avait-elle demandé. (À son grand désespoir, elle s'était mise à sangloter.) Tu l'as vraiment vu ? »

« J'ai tout vu, avait répondu Peter, les larmes aux yeux. Ne m'oblige pas à te dire ce que j'ai vu… »

« Quoi ? avait-elle insisté, ses paroles semblant s'échapper contre sa volonté. Qu'est-ce que tu as vu ? »

« Je l'ai vu mourir. »

« Non, avait-elle objecté. »

Ce faisant, elle-même avait vu Luke, non pas en uniforme, ni en France, mais dans une veste de lin, sur la promenade, en costume au *Gymkhana Club*, face à elle dans ce restaurant sur une terrasse, devant la cathédrale Saint-Thomas, la tenant dans ses bras dans la mer…

« Il s'est fait projeter dans les airs, avait expliqué Peter, l'interrompant dans ses souvenirs, la tenant encore par la main. Maddy, tu dois me faire confiance. »

« Ce n'est pas la même chose que mourir », avait-elle tenté de répondre, mais elle n'en avait pas été capable, car elle sanglotait trop.

« Ils l'ont retrouvé, avait-il poursuivi. Enseveli. Avec la photo de toi et d'Iris sur sa poitrine. Il est dans une tombe.

Elle avait fondu en larmes, sans pouvoir s'arrêter. Il avait jeté leurs parapluies par terre et l'avait serrée dans ses bras, tous deux trempés jusqu'à ce qu'Alice descende en courant de la villa, elle-même trempée, et insiste pour qu'ils rentrent tous les deux.

« Ce n'est pas bon. Ce n'est pas bon pour toi… »

Par la suite, tout le monde était parti du principe qu'elle avait accepté la mort de Luke. Elle les avait laissés y croire, parce que, en fin de compte, elle préférait qu'ils cessent de lui rappeler constamment que c'était mieux pour elle.

Elle pleurait plus souvent, désormais. Presque tous les soirs, après avoir couché Iris et s'être assurée qu'elle ne pourrait pas l'entendre. (Elle évitait toujours de se faire entendre, terrifiée à l'idée que sa tristesse puisse, d'une manière ou d'une autre, gâcher l'innocence heureuse de son existence.) Elle pleurait, parce que, bien qu'elle ne puisse toujours pas croire à sa disparition, il lui manquait. Il lui manquait énormément.

— J'ai besoin de lui, murmura-t-elle entre ses dents.

Cette fois, Iris n'éclata pas de rire. Elle tendit la main, fit tomber le col de dentelle de sa mère, posa sa main potelée contre sa joue, ses lèvres contre les siennes, et y déposa un baiser baveux.

— Oh, comme c'est gentil, dit Maddy. Je te remercie. (Elle bava encore.) Merci, Iris. Quelle chance j'ai de t'avoir !

— Tu n'as pas qu'Iris, lui rappela sa mère, bien plus tard, ce soir-là, après qu'Iris se fut endormie dans sa chambre d'enfant, tandis qu'elles emballaient à la lueur vacillante de la lampe du salon des hochets, des cubes à empiler et de nouveaux animaux en peluche qu'elles avaient dénichés en écumant la petite poignée de magasins de jouets de Bombay, avant de les placer jusqu'au matin sous l'arbre de Noël en feuilles de bananier.

Della était sortie. Elle était allée à la soirée de Noël du *Gymkhana Club* avec Jeff. Peter et Richard prenaient un dernier verre sur la terrasse.

— Tu n'es pas seule, Madeline, poursuivit doucement Alice. (Elle abandonna le ruban qu'elle était en train de nouer et leva les yeux vers Maddy, son regard bleu étincelant à la lueur de la lampe.) Tu es entourée de personnes qui… tiennent à toi. Énormément.

— Je le sais, assura doucement Maddy, sentant ses yeux lui piquer.

Parce que bien sûr qu'elle le savait, et elle en était infiniment reconnaissante, mais cela comptait encore tellement pour elle d'entendre sa mère le lui répéter, de voir l'amour sur son visage. Un amour qu'elle ne pouvait toujours pas considérer comme acquis après tout ce temps.

— Je veux que tu… souries, ce Noël, lui demanda Alice. Dis-moi comment t'aider.

— Ça va aller, tenta de la rassurer Maddy.

— Oh, Madeline…

— Vraiment. Tant qu'Iris s'amuse. C'est ce qui compte…

— Non, objecta Alice. Ça ne suffit pas.

— Maman…

— Non, répéta Alice. (Elle lui saisit la main.) Tu es mon Iris, lui expliqua-t-elle en serrant ses doigts dans les siens. Toi aussi, tu comptes.

Attristée par les paroles de sa mère et son inquiétude, Maddy s'évertua à sourire davantage, ce Noël. Pour faire plaisir à tout le monde. Émue par les efforts qu'ils avaient tous mis en œuvre pour rendre cette journée agréable – le bas que ses parents avaient déposé au pied de son lit, débordant de livres, de sels de bain et de chocolats Cadbury importés (et pas trop fondus) ; la gaieté tapageuse que Peter, Della et Jeff étaient déterminés à imposer à tout moment, chouchoutant Iris, s'entassant dans l'automobile pour aller à l'église, engloutissant le festin (végétarien) de Cook sur la terrasse, coiffant les chapeaux en papier de Richard –, elle fit de son mieux pour jouer le jeu. Elle était parfaitement consciente de ne pas être la seule, loin de là, à avoir souffert, cette année-là (les pauvres Peter, Fraser, Ernest…), et détestait faire comme si c'était le cas. Si Peter, avec sa jambe en moins et toute sa peine, pouvait se lancer dans de telles festivités, sans doute pouvait-elle au moins se fendre d'un sourire.

Mais ce fut très difficile. Elle eut beau tenter de rester présente, dans la journée, elle sentit vagabonder ses pensées – vers des hôpitaux européens grisâtres, un véritable sapin de Noël dans un établissement inconnu, un lit dans lequel il était couché, attendant qu'elle le retrouve –, et, trop souvent, elle s'apercevait en sursautant qu'elle n'avait pas répondu à la question qu'on lui posait, réagi à une plaisanterie, ou tiré sur un pétard de Noël.

Si elle poussait des cris, comme tout le monde, quand Iris rampait jusqu'à l'arbre en feuilles de bananier et tirait dessus, faisant s'envoler les boules de Noël pour ce qui semblait être la centième fois cette année-là (« Oh, Iris... » s'exclamaient-ils tous en chœur), elle ne pensait qu'à une chose en récupérant délicatement sa fille : à quel point Luke serait heureux de voir les dégâts causés par leur petite aventurière, et combien il manquait à sa vie. Quand elle la posa sur ses genoux pour ouvrir le présent que ses parents dévastés, Nina et Theo, lui avaient envoyé (Nina et Theo, qui lui écrivaient chaque semaine depuis que Maddy s'était vue contrainte de leur envoyer cette horrible lettre presque impossible à formuler pour leur annoncer la mort supposée de leur fils), elle tira le médaillon gravé en or rose qu'ils avaient soigneusement emballé, « Pour notre petite-fille adorée », ne cherchant même pas à esquisser un sourire. C'était le mieux qu'elle puisse faire pour éviter de s'effondrer.

— C'était pareil pour nous, lui garantit Della, dès que le soleil se fut enfin couché sur cette épuisante journée, toutes deux venant de mettre Iris au lit. Mais, puisque personne d'autre ne peut te voir, là, tu ne voudrais pas pleurer un petit coup avant que Jeff insiste pour jouer à des jeux de société ?

Après s'être abandonnée aux larmes, Maddy se sentit mieux à même d'affronter le reste de la soirée. Et, requinquée par le généreux brandy que Jeff lui avait servi (« revigorant »), elle parvint même à mimer *Le Magasin d'antiquités* de Dickens pour tenter d'en faire deviner le titre à Peter.

— En fait, j'avais trouvé après « magasin », avoua-t-il. Mais c'était très amusant de te voir tenter de mimer « antiquités », je dois dire.

Quand bien même, elle poussa un long soupir de soulagement lorsque, bien avant 22 heures, son père suggéra d'en rester là. Elle soupçonna – vu que tout le monde était d'accord pour convenir que, oui, il était vraiment tard – qu'elle n'était pas la seule à être ravie que les réjouissances soient enfin terminées.

Elle échappa au bal du nouvel an organisé par le bureau de son père au *Taj*, au bénéfice de l'effort de guerre. Que la cause soit charitable ou non, il lui aurait été trop difficile – beaucoup, beaucoup trop difficile – de se trouver en ce lieu, en cette soirée si particulière pour elle. Elle n'était pas certaine de pouvoir supporter d'entendre – et encore moins de voir – un feu d'artifice. Alors, si Della et Jeff y étaient allés, ainsi que ses parents, car il leur aurait été difficile de ne pas s'y rendre, elle resta à la villa. Avec la bénédiction de Richard, Peter resta avec elle.

— Il a assez souffert comme ça cette année, déclara Richard à Maddy. Vous pourrez vous tenir compagnie, tous les deux. Ainsi, ta mère et moi serons moins inquiets.

Ils avaient prévu de ne rien faire d'autre que de dîner sur la terrasse et de boire, par respect pour la tradition, un ou deux verres de champagne. Durant une grande partie de la soirée, ils suivirent ce plan à la lettre. Ils parlèrent de Luke sans pouvoir s'arrêter. Au son des cigales et du bruissement des arbres, Peter lui raconta des histoires datant de bien avant sa rencontre avec son mari : les matchs de polo, les courses de voiliers, les nuits d'ivresse, les conseils de discipline parce qu'ils étaient rentrés trop tard au cantonnement. Elle n'en avait jamais assez. Elle évoqua à son tour les lettres que

Luke lui avait envoyées depuis le front : combien de fois il lui avait parlé de Peter, à quel point il avait dépendu de lui…

— C'était réciproque, lui soutint Peter. Tu peux me croire.

La bouteille de champagne se vidant, la douce soirée avançant à bon train, ils évoquèrent le souvenir de cette fête au *Yacht Club*, deux ans auparavant, riant en repensant à l'indignation de Della parce que Peter n'était pas allé la chercher (« Quel chameau ! »), et à Maddy, qui recherchait désespérément ses allumettes…

— Tu les as toujours ? demanda Peter.

— Bien sûr !

Peut-être était-ce le champagne, à moins que ce soit dû à toutes ces discussions à propos du *Yacht Club*, mais, minuit approchant, Maddy s'aperçut qu'elle aimerait bien voir le feu d'artifice, après tout.

— Tu en es sûre ? lui demanda Peter.

— Oui, je crois bien.

Ne s'arrêtant que pour prendre des nouvelles d'Iris auprès de son *ayah* et aller chercher du champagne au frais, ils descendirent la colline – lentement, à cause de la jambe de Peter –, jusqu'à la plage bordée par la jungle où Maddy s'était rendue tant de fois avec Luke, et où elle n'avait pas remis les pieds depuis son départ. À quelques pas de là, elle s'immobilisa au milieu des palmiers, submergée par un flot d'images. Les sables illuminés par le clair de lune étaient exactement comme dans son souvenir. Le rivage noir et ondulant était le même. Cela lui fendit le cœur.

— On peut toujours rentrer, lui proposa doucement Peter, son visage pâle tendu d'inquiétude dans la lumière argentée de l'astre nocturne. On n'est pas obligés de rester.

— J'en ai envie, déclara-t-elle d'un ton sincère. J'ai envie d'être ici.

Elle eut presque l'impression que Luke était là.

Comment pouvait-elle partir de là ? Le laisser tout seul ?

Il était bientôt minuit. Ils eurent juste le temps de remplir leurs verres avant que le feu d'artifice éclate au-dessus des toits de la ville lointaine. Se tenant par la main, ils observèrent le ciel en silence.

Ils levèrent leurs verres.

— À Luke, trinqua Peter en levant les yeux vers les cieux étoilés.

Maddy ne suivit pas son regard. Elle ne quitta pas la ville des yeux, la terre des vivants, se cramponnant à sa conviction qu'il en faisait encore partie. Conscient, espérait-elle.

Pas trop mal en point, pria-t-elle.

En lieu sûr, dans un endroit chaud. Dans un endroit vivant.

Quelque part là-bas.

Une bonne moitié des patients du Cinquième veillèrent pour accueillir 1916, mais pas Ernest, ce qui signifiait que l'on pouvait mettre en marche le gramophone et que les infirmières étaient autorisées à chanter. Lorsqu'elles entonnèrent *Auld Lang Syne*, certains se joignirent à elles – ceux qui avaient commencé à reprendre du poids, à s'exprimer davantage et à moins sursauter, ceux qu'Arnold se verrait bientôt contraint de déclarer aptes au service actif –, mais Jones garda le silence, non pas parce qu'il ignorait les paroles de cette vieille chanson, mais parce qu'il s'en souvenait. Quand elles lui revinrent d'un coup, il sentit bondir l'ensemble de ses terminaisons nerveuses. Des images se matérialisèrent dans son esprit. Il n'entendit pas Poppy lui proposer un verre de vin de sureau. Il ne vit pas sœur Lytton lui adresser un sourire intrigué. Ne songeant qu'à son journal, il tourna les talons, gravit les marches quatre à quatre, et y consigna le tout. Les paroles, la sensation de chaleur qu'il avait éprouvée, la représentation de lui accroupi sur un sol de mosaïque (« une gare ? » écrivit-il), et la fine main gantée posée sur le dossier d'une chaise, sur une terrasse.

— Excellent, déclara Arnold le lendemain matin. Excellent. Il se pourrait que ce soit notre année.

Mais ce ne fut pas le cas.

Janvier fit place à février. L'hiver au printemps. Le printemps à l'été. Entendant tonner l'artillerie lourde de la Somme, Jones éprouva soudain un profond désespoir pour les hommes encore là-bas, dans les tranchées. Épuisé, il souffrait d'insomnie et faisait des rêves fragmentés, dénués de sens. Quand, un matin de septembre, Poppy vint faire son lit – bien qu'il l'ait toujours fait seul – et se mit à rire bêtement, lui faisant remarquer qu'elle allait finir par lui passer un bon savon, un de ces jours (« Que diriez-vous de ça, officier Jones ? »), il explosa, lui hurlant qu'il ne s'appelait pas Jones, bonté divine, et qu'elle pouvait lui passer autant de savons qu'elle voulait.

Il regretta aussitôt de s'être emporté. Il appréhendait depuis longtemps de devenir ce genre de patient. Il se retourna, s'apprêtant à lui présenter ses excuses. Mais quand il la regarda de nouveau, elle ne semblait pas le moins du monde heurtée, juste tellement écarlate qu'il en fut déconcerté. Comprenant qu'elle préférerait sans doute qu'il n'en rajoute pas, il n'en dit pas davantage.

Plus tard dans le mois, à la grande horreur de tous, deux officiers se suicidèrent à quelques jours d'intervalle. L'un d'eux était sur le point de quitter l'hôpital, et de regagner les tranchées.

— Sœur Lytton s'en veut, lui expliqua Arnold en essuyant ses lunettes, qui n'en avaient pourtant pas besoin. Mais j'ai plutôt l'impression que c'est moi qui ai du sang sur les mains.

— Ce n'est pas votre faute, tenta de le rassurer Jones.

Il fut soudain frappé par la certitude que quelqu'un lui avait déjà dit quelque chose de semblable.

— Si, rétorqua Arnold en poussant un profond soupir. Je l'ai renvoyée chez elle, de toute façon. Prendre quelques jours de congé.

Ce fut en son absence que la femme d'Ernest vint rendre visite à son mari à l'hôpital. Jones, qui était resté dans sa chambre la majeure partie de sa visite dans l'établissement, n'ayant pas conscience de sa présence, ne la vit que de manière fugitive, la croisant en se rendant au salon tandis qu'elle en sortait précipitamment avec Poppy. Il se retourna, regardant fixement sa chevelure noire, son visage fardé, avant de froncer les sourcils, se demandant ce qui avait à ce point capté son attention.

Mais il entendit aussitôt sangloter Ernest dans son fauteuil. Il se dirigea droit sur lui ; cette envie irrépressible de le protéger, de le consoler… Il ne remarqua même pas que la femme d'Ernest s'était retournée vers son mari. Il était trop occupé à ramasser les morceaux qu'elle avait laissés.

— Di-di-di…, commença Ernest.

— Non, l'interrompit Jones. Vous ne voulez pas disparaître. Ça suffit avec ça.

Peu à peu, il comprit que la femme d'Ernest était venue lui demander de signer des formulaires, et qu'elle avait été furieuse qu'il en soit incapable. Il en voulut à Poppy d'avoir permis à cette femme d'approcher son mari en l'absence d'Arnold, et de ne pas être intervenue plus tôt.

Plus tard, il lui en parla.

— Où aviez-vous la tête ? Vous n'avez pas vu comme il pleurait ?

— Et vous, où étiez-vous ? lui demanda-t-elle. Encore en train de rédiger vos lettres ?

— Que diable savez-vous de mes lettres ?

Elle le regarda fixement, sans lui répondre, se mordant les joues, soit pour contenir ses larmes, soit pour réprimer un sourire. Il n'en savait rien et s'en moquait éperdument.

— Vous n'avez rien à me dire ? demanda-t-il.

— Moins que vous, en tout cas, répliqua-t-elle.

Était-ce une plaisanterie ?

Il s'abstint de lui poser la question.

— Évitez de vous mêler de mes affaires, exigea-t-il en tournant les talons.

Il ne jugea pas nécessaire de consigner ce déplorable incident dans son journal. Il savait qu'il ne s'en souviendrait que trop bien.

Ce n'était pas avec le présent qu'il se débattait, après tout.

C'était avec le passé. Rien que le passé.

Le curieux mot de Diana arriva à la villa par une matinée aussi ensoleillée que venteuse, à la fin de l'année 1916. La maison était paisible. Richard était au travail. Della et Peter avaient déménagé un peu plus tôt dans l'année : Della, qui avait épousé Jeff, s'était installée avec son mari à quelques centaines de mètres, un peu plus bas sur la route. Peter, qui marchait de mieux en mieux et avait repris un peu de poids, était retourné dans son vieux pavillon de fonction, au pied de la colline. Cela ne l'empêchait pas de monter à la villa presque tous les soirs, que ce soit pour dîner et parler de Luke avec Madeline, ou pour lire des histoires à Iris, en partie parce qu'il les aimait bien toutes les deux, était convaincue Alice, mais aussi, avait-elle l'impression, pour expier la mort de Luke dont il se sentait responsable. De même que Luke s'était toujours reproché ce qui était arrivé à Ernest.

Ernest, dont la femme avait écrit.

Alice fronça les sourcils en reconnaissant l'écriture inclinée de Diana sur l'enveloppe. Elle la saisit avec méfiance sur le plateau argenté. Cela faisait plus de deux ans qu'elle n'avait pas eu de ses nouvelles. Que pouvait-elle bien lui vouloir, à présent ?

De la compassion, manifestement, pour son « état de veuve qui en avait tout sauf le nom ». Son approbation, aussi, pour son projet évident de divorce d'avec le pauvre Ernest et de remariage.

« Comme Edie et Fitz, expliquait Diana, j'espère à mon tour pouvoir prendre un nouveau départ. Je sais que beaucoup éprouvent du mépris à propos de ces choses, surtout au club (j'en ai peut-être été moi-même coupable, par le passé), mais je suis certaine qu'avec votre propre belle-sœur divorcée, vous ne me jugerez pas. "Celui dont la maison est de verre..." et ainsi de suite. Je suis encore jeune, et j'ai toute la vie devant moi. Mes pensées s'étaient tournées vers un vieil ami, mais je me suis rappelé que votre fille avait de nombreux admirateurs. »

Alice grinça des dents d'agacement. Était-elle en train de parler de Guy ? Un « vieil ami » ? Guy n'avait jamais eu de temps à lui accorder. Diana s'en était forcément aperçue.

« Quoi qu'il en soit, poursuivait Diana, j'ai fait à Whitehall la connaissance d'un homme plutôt charmant qui serait ravi de goûter à la vie de notre Raj, si Richard y était disposé. »

Nous y voilà... Alice faillit reposer la missive. Elle n'avait absolument aucun intérêt à aider Diana à revenir en Inde.

Mais un mot capta son attention. Un nom : « Luke », en bas de la page.

Fronçant les sourcils, plus méfiante que jamais, elle poursuivit sa lecture.

« Franchement, cet homme lui ressemblait. Personne ne peut imaginer croiser deux fois un tel visage. J'ai même interrogé la volontaire à son sujet, la ressemblance étant si frappante, mais elle m'a garanti qu'il n'avait ni femme ni enfants. Elle m'a plutôt donné l'impression qu'ils s'entendaient bien, tous les deux. Quelle chanceuse, cette Poppy Reid ! Mais c'est plutôt amusant, non ? »

Ne trouvant rien d'amusant à cela, Alice serra le papier entre ses doigts, les mots se froissant devant ses yeux au fur et à mesure de sa lecture. « Personne ne peut imaginer croiser deux fois un tel visage. » La bouche sèche, elle regarda dehors, dans le jardin, où Della, enceinte depuis peu, était avec Madeline, toutes deux applaudissant et s'exclamant tandis qu'Iris, dix-huit mois, désignait les arbres, les feuilles et les paons, les nommant chacun à leur tour. Madeline s'accroupit, dans une jupe courte comme tant de femmes commençaient à en porter, exposant leurs chevilles, et serra sa fille contre elle, lui chatouillant le ventre, la poussant à rejeter ses boucles noires brillantes en arrière chaque fois qu'elle poussait un cri de joie.

— Espèce de ouistiti ! s'exclama Madeline en riant.

Un rire magnifique que seule Iris parvenait à lui arracher, et que les autres n'entendaient encore que trop peu.

C'était une torture de la voir devenir une telle coquille vide, depuis un an et demi. Alice ne se rappelait pas s'être déjà sentie à ce point impuissante, aussi incapable d'aider sa fille. Après sa sortie d'hôpital, au début de la guerre, elle avait savouré chaque instant de leur intimité croissante – les matinées à l'école, les heures passées à décorer la chambre d'enfant, leurs promenades, leurs discussions, puis la joie totale de la naissance d'Iris –, mais elle avait l'impression qu'on lui avait rendu Madeline juste avant qu'elle la perde de nouveau.

Cela faisait un moment qu'ils l'avaient tous perdue.

Même si elle allait mieux, ces derniers temps, beaucoup mieux, même, Alice était convaincue qu'elle n'avait pas renoncé à Luke. Elle voyait bien de quelle façon, pleine d'espoir, elle regardait encore vers le portail chaque fois que le télégraphiste venait apporter un message à Richard. Elle n'allait jamais aux soirées, ni au club, trop terrifiée à l'idée de parvenir à s'amuser ou de se faire inviter à danser par un autre homme. Alice en était persuadée.

Elle attendait.

Alice détestait cette situation. Même si elle avait redouté son départ, elle lui aurait rendu Luke en un claquement de doigts, si elle l'avait pu. Mais Peter l'avait vu mourir. On leur avait envoyé sa veste déchirée par les balles, ses lettres, ses papiers et ses cigarettes. Il était mort. Enterré par un homme que Guy – Guy ! – avait vu.

Elle reporta son attention sur la lettre froissée de Diana. Il serait sans aucun doute trop cruel d'en parler à Madeline. Alice avait déjà gâché tant d'années de sa propre existence à pleurer des morts irrémédiables, comment pouvait-elle encourager sa fille à en faire autant ?

Elle remit lentement la lettre dans son enveloppe, et, refusant de s'amollir, s'installa pour répondre sur-le-champ à Diana.

« Je suis certaine que Richard sera ravi de pouvoir aider votre ami, écrivit-elle. Je ne vous demande qu'une chose. Cet homme que vous avez aperçu à l'hôpital d'Ernest ne peut pas être Luke. C'est impossible, Diana, et je ne peux pas me permettre de laisser Madeline espérer. La déception la tuerait. Je veux que vous me promettiez de ne jamais parler à qui que ce soit, et encore moins à elle, de ce que vous avez vu. »

La réponse de Diana lui parvint moins d'un mois plus tard :

« Absolument, très chère Alice. Mes lèvres sont scellées, vous avez ma parole. »

Quatre ans plus tard

Chapitre 19

Bombay, 1920

À la fin du mois de septembre 1920, soit près de deux ans après la signature de l'armistice et la fin de la guerre, Guy, resté à Alexandrie pour aider les blessés de la désastreuse campagne du Proche-Orient, rentra finalement à Bombay.

La ville était plus triste. Trop nombreux étaient les hommes, parmi ceux qui avaient bu et fumé à la soirée de réveillon du nouvel an 1914 au *Yacht Club*, qui avaient disparu. Le marin au coup de soleil, presque tous les amis de Peter, cet officier loquace qui avait dit à Maddy et à Della qu'elles lui brisaient le cœur... Sur le million et demi de soldats indiens partis se battre, plus de soixante mille n'étaient jamais revenus. Sans eux, la ville avait changé. L'Inde avait changé. Ce n'était pas un simple sentiment de deuil. Après toutes ces pertes, de gros nuages commençaient à s'amonceler dans le ciel oriental brûlant, une tension que Maddy ne se rappelait pas avoir déjà ressentie. Même avant les terribles pertes subies au détroit des Dardanelles, son père avait déjà fait des allers et retours à Delhi pour assister à des réunions d'urgence sur la façon de maîtriser le nombre croissant de protestations et de manifestations contre la domination britannique, mais elle avait été trop accaparée par son chagrin pour Luke et son attention pour

Iris pour s'en apercevoir. Si son père lui avait fait part de ses inquiétudes quant aux nouvelles mesures finalement mises en œuvre par le biais de la loi sur la défense de l'Inde, permettant à l'État de jeter en prison tout Indien soupçonné de menacer le Raj sans mandat ni procès, elle n'avait pleinement compris la raison des craintes de son père que lorsque les fonctionnaires provinciaux avaient commencé à abuser de leurs pouvoirs, procédant à un trop grand nombre d'arrestations et provoquant encore plus de mécontentement et de violence. La situation avait empiré l'année précédente, en 1919, lorsque, tandis que des personnes comme le Mahatma Gandhi réclamaient l'indépendance, le conseil du vice-roi, pris de panique, avait voté la prorogation de la loi, bien que la guerre soit terminée, provoquant un tollé général, dans les plus hautes sphères de la société indienne et surtout au Penjab, où des centaines d'émeutiers avaient été abattus par des tirs britanniques.

« Des femmes et des enfants aussi, avait déclaré Richard d'un ton désespéré en rentrant chez lui. Nous devrions tous avoir honte. »

« Et pourtant, avait dit Peter, qui logeait encore dans son vieux pavillon et travaillait toujours comme adjoint de Richard, il n'y a qu'une seule pendaison en cours. »

Ils méritaient toute l'animosité dirigée contre eux. Maddy en était malheureusement consciente. Elle était étonnée que la plupart ne soient pas plus hostiles. Mais les écoliers auprès desquels elle travaillait depuis qu'Iris avait trois ans étaient toujours aussi exubérants, et leurs parents aussi souriants et reconnaissants. Les trois enfants du jardinier, désormais trop grands pour courir après les paons, jouaient avec sa fille comme si elle était leur propre sœur. Cook, qui s'était donné tant de mal pour aider

Maddy quand elle avait des nausées matinales, puis pour l'encourager à se nourrir convenablement après la disparition de Luke (en lui préparant des currys et des *kathis*, ayant appris que Luke les lui avait fait adorer), était, contre toute attente, peu à peu devenu son ami, ainsi qu'Ahmed. Il leur arrivait souvent de boire du *chai* ensemble dans la cuisine, où ils se disputaient en ourdou pour déterminer si les livres de Hardy étaient déprimants ou magnifiques, parlaient politique, des familles de Cook et d'Ahmed, à Goa et à Pune, de la douleur pour Cook d'avoir perdu son petit frère à Gallipoli…

Pourtant, dans la rue, Maddy sentait suffisamment de regards durs et accusateurs pour ne pas réussir à se sentir aussi à l'aise qu'avant, quand elle allait seule un peu partout.

« Alors, arrête de sortir toute seule, l'avait implorée Della. Je t'en prie. Ne serait-ce que pour ta propre santé mentale. »

Elle n'avait pas pu s'en empêcher. Toutes ces années, elle passa encore de nombreuses heures seule au milieu des libellules et des parterres débordants des Jardins suspendus, sur le banc que Luke et elle avaient jadis partagé, imaginant la chaleur de son corps contre le sien, entendant sa voix *(« Voyons si je réussis à te faire penser à autre chose »)*, perdant son regard au-delà des mers en direction de la ville qu'il avait laissée si déserte et dans laquelle elle craignait malheureusement de ne plus jamais le revoir. Certains soirs, incapable de trouver le sommeil, elle se faufilait hors de la villa, traversait la forêt humide et hélait un pousse-pousse jusqu'à son ancien appartement. Elle caressait alors du bout des doigts les châssis de fenêtre, jetait un coup d'œil à l'intérieur par les persiennes, avant de s'asseoir sur les marches de l'entrée, souvent jusqu'au lever du soleil, uniquement parce qu'il avait lui aussi foulé ces marches.

« C'est la même chose pour moi, lui écrivit Nina, la mère de Luke, qui lui envoyait régulièrement du courrier, de longues lettres débordantes de chaleur qui, d'une certaine manière, quand elle les lisait, lui donnaient l'impression de se rapprocher de lui. Je suis certaine d'en avoir déjà parlé, mais il est venu déjeuner à la maison, juste avant de faire votre connaissance, en Inde. Nous avons passé une journée merveilleuse à promener Coco sur la plage, à boire un peu trop de vin au coin du feu… Il m'a réparé une armoire cassée. Cela faisait des semaines que je demandais à son père d'y jeter un coup d'œil. Luke ne l'a pas réparée correctement – tout ce vin –, et elle est toujours un peu de travers. Parfois, je peux passer une matinée entière à regarder cette porte. J'espère que vous viendrez nous voir. Cela nous ferait tant plaisir de vous rencontrer, et de pouvoir enfin prendre la petite Iris dans nos bras. »

Ils allaient bientôt en avoir la possibilité. Edie, qui avait cédé et laissé Fitz lui acheter, par culpabilité, un cottage dans le Sussex, lui avait également écrit, lui demandant si Iris et elle seraient d'accord pour aller leur rendre visite pour Noël.

« Il est temps, avait expliqué Maddy à sa mère. Ce ne sera que pour les vacances. Tu sais que jamais je ne priverai Iris de sa vie ici. Je ne te quitterai pas. »

« Je le sais, avait admis Alice. J'en suis consciente. (Elle avait esquissé un sourire.) Tu as l'air impatiente. »

C'était le cas : Maddy avait hâte de revoir Edie, de loger chez Luke, de respirer l'air des pièces où il avait grandi, de faire la connaissance de ses parents, de promener Coco, son épagneul, sur cette plage… C'était la première fois depuis bien longtemps qu'elle attendait quelque chose avec une telle impatience. Elle avait prévu d'emmener Iris voir un spectacle dans le West End, de lui acheter un jouet chez *Hamleys*. Enfin, elle irait aussi rendre visite à Ernest. Ce pauvre Ernest, dont Diana – qui regagnerait l'Inde au début de l'année – avait finalement réussi à divorcer.

« Je crains qu'il ne te reconnaisse pas », l'avait prévenue Peter.

« Tant pis, avait-elle rétorqué. Je le reconnaîtrai, moi. »

« Tu ne vas pas embarquer avant deux mois, cependant », lui fit remarquer son père, un soir étouffant, après l'arrivée de Guy.

Maddy, qui venait de border Iris pour la nuit (elle l'avait laissée s'assoupir sous sa moustiquaire étoilée, sous le regard attentif de sa grand-mère), hocha la tête.

Richard se pencha pour attraper ses cigarettes, sur la table de la terrasse.

— Pourquoi ne pas profiter de ce regain d'énergie pour t'amuser un peu ici ? lui suggéra-t-il. Vingt-neuf ans, c'est trop jeune pour vivre comme une recluse.

— J'ai presque trente ans, lui rappela-t-elle.

— Une vraie momie, dit-il sèchement en allumant son briquet. Va au club, ce soir. Je t'en prie.

— Oh oui, s'enthousiasma Della, venue dîner avec Peter.

Jeff était en route. Il avait travaillé tard à l'hôpital et était retourné se changer et embrasser leurs deux filles : Lucy, trois ans, le portrait craché de Della, avec sa chevelure brune bouclée, ses joues et ses yeux ronds, et Emily, un an, qui avait hérité (Jeff avait été le premier à le déplorer) des os anguleux et du menton surdimensionné de son père.

« Nous espérons qu'elle aura aussi ma personnalité, avait déclaré Jeff. Ce qui, évidemment, compenserait le tout. »

— Si ça ne te plaît pas, Maddy chérie, poursuivit Peter, je te raccompagnerai aussitôt à la maison.

— Ça va lui plaire, lui garantit Della.

— Tu veux juste que je voie Guy, comprit Maddy, curieusement nerveuse à cette idée.

Il lui avait écrit quelques mois après la disparition de Luke pour lui dire combien il était navré. Elle lui avait répondu pour le remercier, espérant qu'il allait bien et qu'il était en lieu sûr – ce qui était vraiment sincère –, mais elle s'était abstenue de lui déclarer à quel point elle avait été touchée de recevoir sa lettre, et ne lui avait pas demandé de lui écrire à nouveau. Si tentée qu'elle ait été de profiter du confort de son amitié, elle aurait eu l'impression de tous les trahir.

Depuis, elle n'avait plus eu de ses nouvelles. Cela faisait très longtemps. Voudrait-il seulement la revoir, maintenant qu'il était de retour ?

— Le fait que nous préférerions que tu sortes, pour une fois, n'a rien à voir avec Guy, lui promit Della.

— Il travaille, ce soir, de toute façon, dit Richard en soufflant la fumée de sa cigarette.

— Oh, lâcha mollement Della, se trahissant.

— C'est dommage, expliqua Peter. Il me doit un verre. Il faut que je lui fasse savoir que je n'ai pas oublié.

— Sans parler de Guy, poursuivit Della. C'est quand la dernière fois que tu as mis les pieds dans un club après la tombée de la nuit, Maddy ?

Ce n'était pas vraiment une question, et Maddy se garda d'y répondre. Ils savaient tous que cela faisait des années. Pourquoi se donner cette peine ? Elle finirait simplement par jeter régulièrement des coups d'œil par-dessus son épaule, espérant douloureusement qu'il la surprendrait de nouveau.

— Il est temps d'arracher le pansement, annonça Della. Tu viens, et c'est tout.

Elle resta à la maison. Elle était donc absente lorsque Peter, Della et Jeff tombèrent sur Guy, au comptoir. Il avait finalement fait un crochet par le club avant de rentrer chez lui. Elle aurait vu Guy esquisser un sourire en remarquant la présence de Peter, et aurait souri à son tour en le voyant traverser la salle pour aller l'étreindre.

— Tu n'aurais pas pu résister, lui raconta plus tard Della. J'ai failli verser une larme.

Elle aurait entendu Guy féliciter Della et Jeff pour leur mariage, leurs enfants, et leur demander des nouvelles d'elle, Maddy. Elle l'aurait vu jeter un coup d'œil vers la porte, comme s'il s'attendait à ce qu'elle la franchisse.

— C'était évident, lui assura Della.

Elle aurait remarqué les nouvelles rides autour de ses yeux, sa mâchoire carrée, et se serait sentie un peu faible, parce qu'il était devenu encore plus beau avec l'âge.

— Franchement, Maddy, il est divin.

Tout cela s'était passé pendant qu'elle réconfortait Iris, qui avait fait un cauchemar, et elle s'était sentie soulagée d'être là pour la consoler.

Elle ne revit Guy pour la première fois que le lendemain après-midi.

Elle avait revêtu Iris d'un tablier géant, et l'avait laissée préparer des biscuits à la pistache avec Cook. Elle avait quant à elle gravi la colline pour s'asseoir sur son banc habituel, dans les Jardins suspendus. Le soleil d'après mousson était brûlant, frappant les allées de terre rouge du jardin, les pelouses vertes et les fleurs roses. Sous son chapeau cloche, elle transpirait. Sa robe ample collait à ses bas et à son dos. Les yeux fermés, elle imagina l'Angleterre du mois de décembre qui l'attendait, la sensation de froid qu'elle éprouverait pour une fois, et le fait qu'elle ne serait plus obligée d'aller s'asseoir seule sur ce banc, ressassant constamment les mêmes souvenirs. Elle se dit, comme elle se le disait toujours, qu'il était temps de rentrer chez elle. *Ça ne te fait aucun bien.*

Elle entendit alors sa voix, juste derrière elle.

— Bonjour, Maddy.

Brusquement tirée de sa rêverie, elle sursauta. Elle se retourna, un « oh » se formant sur ses lèvres en voyant de qui il s'agissait.

Il lui adressa un sourire. Ce sourire délicat qui accentuait les nouvelles rides dont Della lui avait parlé. Malgré le choc en apercevant son apparence, elle sentit son cœur fondre, parce qu'elle n'imaginait que trop bien ce qui avait pu les creuser.

Les yeux plissés, elle porta une main au bord de son chapeau et le toisa de la tête aux pieds. Il n'était pas en uniforme, mais portait un blazer blanc et un pantalon de flanelle. Il tenait son panama à la main. Il paraissait plus mince, avait les joues creusées, mais c'était toujours ce bon vieux Guy. Elle le voyait à son sourire, à son regard affectueux. Malgré toute son appréhension – et plus encore, maintenant qu'il était soudainement là –, elle lui rendit son sourire.

— Quelle charmante surprise, déclara-t-elle, non seulement pour dire quelque chose, mais aussi parce qu'elle le pensait.

— Ce n'est pas une coïncidence, déclara-t-il.

— Ah non ?

— Non. Peter m'a dit que vous aimiez particulièrement ce lieu. (Il soutint son regard.) Je serais tenté de vous dire que vous ne devriez pas vous promener seule, mais je me souviens encore de votre réaction la dernière fois que j'ai essayé.

Elle poussa un éclat de rire attristé, se remémorant également de quelle manière il l'avait interceptée dans ce bazar bondé. Elle avait encore dans le tiroir de sa table de chevet la soie dorée que Luke lui avait achetée.

— Désolée de m'être fâchée à ce point.

— Sans doute le méritais-je. (Il changea de sujet.) Ça me fait extrêmement plaisir de vous voir, Maddy.

— J'en suis également ravie.

— Vous êtes maman, à présent.

— C'est vrai. Iris a cinq ans. « Et demi », vous dirait-elle, si elle était là.

Ce fut à son tour de rire. Ce faisant, il s'approcha d'elle.

— Je peux m'asseoir ?

Elle hésita. « C'est le banc de Luke », s'apprêta-t-elle à lui faire remarquer.

Mais elle se ravisa. Parce que c'était Guy, et qu'elle l'avait suffisamment blessé par le passé. Et parce qu'elle commençait à en avoir vraiment assez de rester assise là toute seule.

— Oui, répondit-elle en lui faisant de la place sur le banc. Bien sûr.

Chapitre 20

Cinquième hôpital militaire du roi, 1920

Le Cinquième allait fermer, l'été suivant. Jones n'était de retour à l'hôpital que depuis peu. Au début de l'année 1918, il avait progressivement perdu tout espoir – furieux de son incapacité à recouvrer la mémoire – et avait convaincu Arnold de l'envoyer dans un autre genre d'établissement : moins conciliant, moins confortable, mais, du moins l'espérait-il, plus efficace. Le médecin avait tenté de l'en dissuader, le prévenant de la brutalité des thérapies électriques, des dangers de toute chirurgie supplémentaire, mais Jones avait insisté.

Au printemps 1918, il était parti dans un prieuré reconverti du Hertfordshire, aux bons soins du docteur Gibbon. Cela avait été un enfer. Deux années d'enfer auxquelles Jones avait été plus que ravi de renoncer – après avoir subi un tas de procédures insupportables pour soulager la pression sous son crâne et d'innombrables séances d'électrochocs et d'hypnose – quand Gibbon lui avait confié qu'il avait fait de son mieux, qu'il était optimiste, et qu'il était temps pour Jones de retourner dans le Surrey et de faire preuve de patience.

Sœur Lytton était venue le chercher en ambulance. Elle n'avait cessé de lui rendre visite tous les quinze jours, durant son absence, une Thermos de chocolat dans son sac.

Avec le temps, elle avait également pris l'habitude d'apporter les annonces concernant les recherches de personnes portées disparues, toujours plus nombreuses. Ensemble, Jones et elle les avaient parcourues – les suppliques tragiques de parents et d'épouses à la recherche de leurs proches – dans l'espoir qu'un nom lui sauterait aux yeux : le sien. Mais il y en avait des milliers à lire, dans différents journaux. Il leur avait été impossible de toutes les consulter. Tout ce qu'ils avaient trouvé dans ces pages, c'était de la tristesse.

Les voyages qu'Arnold leur avait suggérés, à Jones et à sœur Lytton, chaque fois que Jones n'était pas en train de se remettre d'un traitement, s'étaient révélés plus heureux. Ils avaient tous deux pris le train à Londres pour se rendre dans différentes régions du pays, jusque sur la côte, dans l'espoir de tomber sur un paysage, un son ou une odeur qui stimulerait sa mémoire. Il avait failli se souvenir de… quelque chose… récemment, à Windsor. Ils avaient déambulé le long de la rivière, les berges herbeuses et les saules baignant dans les rayons du soleil estival. Ayant observé les équipages de huit rameurs, enfonçant leurs avirons dans l'onde, il avait ressenti un sentiment très familier.

« Oui, l'avait encouragé sœur Lytton d'un air enthousiaste, son visage rose bouillonnant sous son chapeau de paille. Autre chose ? »

Il l'aurait souhaité, presque autant pour elle que pour lui.

Mais cela n'avait pas été le cas.

Et voilà qu'il était de retour au Cinquième.

S'efforçant de faire preuve de la plus grande patience possible.

Arnold n'avait pas encore annoncé la fermeture de l'hôpital à l'ensemble des patients. Lorsqu'il en parla à Jones, dans son bureau, par un après-midi pluvieux, il lui demanda de garder la nouvelle pour lui, afin que personne ne s'inquiète outre mesure.

— Tout le monde sera pris en charge, lui promit Arnold, faisant grincer son fauteuil en se penchant pour prendre son thé. Nous avons presque un an devant nous avant la fermeture. Personne ne se retrouvera à la rue. Beaucoup d'hôpitaux resteront ouverts. Personnellement, je vais aller à Swansea. (Il jeta un coup d'œil à Jones par-dessus sa tasse.) Et j'espère que je ne vous y emmènerai pas.

Jones l'espérait aussi.

— Et les infirmières ? demanda-t-il, songeant non pas à Poppy (qui avait fini par renoncer à lui juste avant son départ, en 1918, et avait été congédiée après avoir été surprise en flagrant délit avec un capitaine de cavalerie qui ne savait peut-être plus comment monter à cheval, mais n'avait pas tout oublié), mais uniquement à sœur Lytton, dont il savait désormais qu'elle était orpheline et n'avait ni frère ni fiancé, juste une chambre d'hôte dans sa ville natale du Norfolk, où elle avait admis se rendre en solitaire lors de ses congés.

— On leur trouvera aussi du travail, lui garantit Arnold. Et vous n'êtes pas responsable de sœur Lytton.

— Je m'en sens responsable, lui avoua Jones.

À cause non seulement de tout ce qu'elle avait fait pour lui ces dernières années (il lui en était d'ailleurs fort reconnaissant), mais surtout de la raison pour laquelle elle l'avait fait.

« Elle m'a avoué que vous lui donniez l'impression d'être son petit frère », lui avait un jour révélé Arnold.

Jones ne l'avait jamais oublié. Et plus il avait appris à la connaître, plus il en était venu à détester la solitude où elle se trouvait. Il ne supportait pas l'idée qu'elle puisse être déracinée, qu'elle doive tout recommencer ailleurs, qu'on l'arrache à cet établissement qui avait été une sorte de seconde maison, à ses yeux. Avec ses chocolats, son grand cœur, ses tentatives précoces pour venir en aide à ce pauvre Ernest – ses congés quand elle ne supportait plus la tristesse d'un nouveau décès –, elle méritait nettement mieux.

Il aurait aimé pouvoir le lui offrir. Dans le train de retour de Windsor, elle lui avait presque dit qu'elle le souhaitait aussi. Il était resté silencieux dans le wagon capitonné, cherchant ce qui avait tant résonné en lui au bord de cette rivière. Elle l'avait observé attentivement, les sourcils froncés, serrant ses mains crevassées, déglutissant, fronçant de nouveau les sourcils, déglutissant une nouvelle fois, jusqu'à ce qu'il finisse par lui demander ce qui n'allait pas. Elle s'était alors ouverte à lui – avec une précipitation qui trahissait son état de nervosité –, lui assurant qu'elle n'avait aucune envie de le contrarier, non, qu'elle souhaitait par-dessus tout que la mémoire lui revienne, oui, mais lui était-il déjà arrivé de s'imaginer qu'il pourrait peut-être être aussi heureux, ou, du moins, suffisamment heureux, en repartant de zéro ?

« En repartant de zéro ? » avait-il répété.

« Vous êtes encore jeune, lui avait-elle fait remarquer, l'air sérieux, pleine de compassion. Je sais ce que c'est de… de tout perdre… (Elle avait porté les mains à sa poitrine.) Mais je déteste l'idée que vous puissiez perdre davantage… »

« Sœur Lytton… »

« Vous pourriez trouver un emploi, avait-elle poursuivi sans l'écouter, manifestement incapable de s'interrompre, maintenant qu'elle avait commencé. Je pourrais vous aider. J'ai de l'argent, je pourrais vous acheter un… cottage, ou ce que vous voudrez. Nous pourrions devenir… compagnons. Rien de plus. Juste… de bons amis. »

Il avait patienté avant de lui répondre, choisissant ses paroles avec soin.

« Je ne peux pas, lui avait-il dit doucement. Je ne peux pas abandonner. Votre fiancé, il n'aurait pas abandonné, j'en suis convaincu. »

« Il est mort, officier Jones. »

« Et j'en suis navré. Profondément navré. Mais pas moi. J'ai des proches. Ils attendent que je recouvre la mémoire. »

« Oui, avait-elle convenu, secouant la tête trop vite, déglutissant de nouveau. Oui, oui, bien sûr. Suis-je bête. »

« Vous n'êtes pas bête, sœur Lytton. »

Elle avait pris une inspiration hésitante, trahissant sa gêne et sa déception. Il en avait eu un pincement au cœur.

« Vous avez des proches, avait-elle répété d'un air stoïque. Des proches qui vous attendent. (Elle avait hoché la tête avec fermeté.) Nous devons vous ramener à eux. »

Peu après, les songes de Jones avaient commencé à changer. Gibbon en avait revendiqué le mérite, mettant ce phénomène sur le compte de la dernière opération qu'il avait réalisée. Arnold avait répondu que c'était peut-être le cas, mais qu'il était tout aussi probable que les années qu'il avait précédemment passées dans son établissement, dans le Surrey, aient enfin porté leurs fruits. Jones se demandait lequel des deux avait raison. Même s'il s'en fichait pas mal. Tout ce qui comptait à ses yeux était que ses rêves étaient désormais beaucoup plus fréquents, et plus longs.

Elle y figurait toujours en bonne place.

Il s'était vu devant un autel, sa silhouette sans visage magnifique dans sa robe de dentelle blanche, à ses côtés. Il avait failli pleurer de joie et de chagrin, à son réveil, cette fois-là. C'était sa femme. Il était marié. Une femme qu'il vénérait et qui assistait à des feux d'artifice en robe de soirée noire à sequins, buvait du champagne sur le rebord des fenêtres et l'embrassait inlassablement dans la mer.

Une femme qui s'asseyait pour une photo, berçant un nouveau-né dans ses bras sépia, l'ombre des palmiers jouant sur ses mains et les minuscules orteils de l'enfant.

Les orteils de sa fille.

Il avait aussi une fille.

Il sentait son cœur battre à tout rompre chaque fois qu'il pensait à elle : à tout ce qu'il avait déjà manqué, et à tout ce qu'il allait manquer. Chaque journée lui coûtait cher, désormais. Toutes celles qu'il laissait filer sans retourner auprès d'elle en étaient encore quelques-unes où elle avait grandi loin de lui.

Si seulement Diana Aldyce pouvait prendre contact avec lui.

C'étaient les papiers de divorce d'Ernest qui avaient permis à Jones de découvrir comment elle s'appelait. L'avocat de Diana les avait apportés le mois précédent, une semaine après le retour de Jones au Cinquième. La mère âgée d'Ernest, qui aurait pu venir, avait tragiquement trouvé la mort au cours de l'épidémie de grippe, à la fin de la guerre. À la grande tristesse de Jones, Ernest – sans se souvenir de quoi que ce soit – se tournait encore vers la porte du salon avec une vive impatience chaque fois qu'un visiteur la franchissait. Désireux de faire tout son possible pour aider son ami, Jones s'était agenouillé auprès de lui quand son avocat était arrivé. Il avait tenu sa main tremblante et l'avait convaincu de ne pas pleurer, qu'il n'y avait pas de honte à cela, mais qu'il ne devait pas non plus avoir peur, qu'il irait bien mieux une fois que tout cela serait terminé. L'avocat, qui avait eu la bonne grâce de prendre un air mortifié face à la détresse d'Ernest, avait tendu les documents à Jones en présentant ses excuses. En les prenant,

Jones avait vu le prénom « Diana » inscrit noir sur blanc. Il en avait eu des frissons dans le dos. Il avait aussitôt pensé à son journal, à l'étage, au nom qu'il y avait inscrit le premier été après son arrivée au Cinquième. Le seul nom qu'il n'avait jamais oublié. « Diana s'amuse comme une folle. » Il avait regardé fixement l'inscription sur le document d'Ernest, se remémorant l'unique fois où Diana était venue en personne à l'hôpital, revivant la scène.

Dès qu'il avait eu fini d'aider Ernest avec sa signature, il s'était élancé droit vers le bureau d'Arnold.

« Je l'ai reconnue, avait-il annoncé au médecin, le souffle court. C'est la raison pour laquelle je l'ai regardée à deux fois. Et elle m'a regardé aussi. J'ai d'abord cru que c'était Ernest, mais c'était moi. Je suis convaincu qu'elle m'a reconnu aussi. »

« Elle l'aurait dit, lui avait rétorqué Arnold. Sans aucun doute. »

« J'ai l'impression que c'est le cas, avait rétorqué Jones, les muscles tendus par l'adrénaline et la colère, se remémorant de quelle manière Poppy avait accompagné Diana vers la sortie. De quelle manière elle aussi s'était tournée vers lui, avant de se comporter de façon singulière, par la suite. »

« Vous n'avez rien à me dire ? » lui avait-il demandé.

« Moins que vous, en tout cas », avait-elle répliqué.

Dans son infinie bonté, c'était sœur Lytton qui s'était donné du mal pour chercher Poppy, ces dernières semaines. Elle l'avait finalement retrouvée serveuse dans un café de Kingston. Elle était parvenue à la convaincre d'admettre que Diana avait effectivement mentionné le fait qu'il ressemblait à quelqu'un qu'elle avait connu. Quelqu'un qui avait une femme et une fille.

« Mais l'officier Jones n'est pas marié, avait apparemment déclaré Poppy, feignant d'être stupide. Comment aurait-il pu s'agir de lui ? »

« Quelle égoïste, avait lancé sœur Lytton à son retour au Cinquième. Égoïste et irréfléchie. »

Arnold avait directement écrit à Diana. Il avait également téléphoné au domicile de son nouvel époux. Mais, à la grande frustration de Jones, personne n'avait répondu, ni cette fois-là, ni les vingt suivantes.

Ils supposèrent qu'elle devait être en voyage de noces.

Si pénible cela soit-il, il ne leur restait plus qu'à attendre son retour.

Chapitre 21

Bombay, 1920

Guy ne resta pas longtemps avec Maddy sur ce banc, dans les Jardins suspendus. Il avait deviné ses réserves quand il lui avait demandé s'il pouvait se joindre à elle et, même si Peter ne l'avait pas prévenu qu'elle était encore en deuil, il s'en serait rendu compte rien qu'à la tristesse jetée tel un voile sur ses frêles épaules, et à la manière dont il l'avait surprise en train de contempler la mer d'un air perdu. Il avait deviné avant même de la saluer qu'il serait idiot de la bousculer. Il ne fallait pas la brusquer… pour quelque raison que ce soit. Ainsi, après qu'ils eurent discuté quelques minutes – de l'effet que cela faisait d'être de retour à Bombay (« C'est à la fois curieux et merveilleux », avait-il dit. *« Et vous êtes là »*, avait-il eu envie d'ajouter), de la petite Iris, qui, apprit-il, avait des cheveux noirs bouclés, et adorait dessiner, pique-niquer sur la plage « et les gâteaux, tous les gâteaux » –, il se força à lui dire qu'il ferait bien de la laisser tranquille.

— Vous pouvez rester, lui répondit-elle.

Il insista, espérant qu'il n'avait pas imaginé la lueur de regret dans son regard bleu nuit.

Il s'éloigna alors doucement, très doucement. Il déclina l'invitation à dîner d'Alice, à deux reprises, préférant les emmener, Richard et elle, au *Taj* : deux soirées très agréables où ils dînèrent dans la salle à manger sous un lustre, et discutèrent comme les vieux amis qu'ils étaient, lui évoquant le moins possible la France et l'Égypte, parce que, vraiment, à quoi bon s'attarder sur tout cela, et tous abordant le sujet de plus en plus pressant de l'indépendance de l'Inde et de la possibilité qu'elle survienne un jour.

— J'aurais dit que c'était impossible, expliqua Guy, mais, ces six dernières années, j'ai eu l'occasion de voir énormément de choses que je jugeais également impossibles.

Il demanda à Richard, qui avait près de soixante-cinq ans (Guy en avait quarante-huit, comment était-ce arrivé ?), s'il commençait à songer à la retraite et s'il envisageait de se rendre dans le Sud, nettement plus calme. Un seul sujet demeura tabou. Guy, très conscient du fait que Richard n'avait jamais approuvé l'intérêt qu'il portait à sa fille, s'abstint de parler de Maddy. À son grand désarroi – sans que cela le surprenne outre mesure –, Richard évita aussi le sujet. Alice, qui se montrait aussi prudente que son mari, soupçonna Guy, ne prononça pas non plus le moindre mot sur sa fille.

Par la force de sa volonté, Guy se tint à l'écart de leur villa, la semaine qui suivit. Il évita les Jardins suspendus, ainsi que la petite école cernée par la jungle où il avait appris qu'elle enseignait, même s'il avait très envie de se faufiler entre les arbres pour jeter un coup d'œil par les fenêtres en piteux état et la voir entourée d'enfants en train de réciter leurs tables de multiplication. Et lorsque Alice lui proposa de revenir dîner, il refusa également.

— Vous m'évitez ? lui demanda Maddy quand elle le croisa à l'église, à la sortie de l'office matinal de la cathédrale Saint-Thomas, dix jours après qu'il s'était assis à ses côtés dans les jardins.

Ses parents, qui discutaient avec des membres du personnel de Richard, étaient encore en train de sortir. Maddy, qui descendait les marches baignées de soleil, se tenait à côté de Guy, suffisamment près pour qu'il puisse voir la peau luisante de son décolleté, le contour séduisant de sa silhouette, sous sa robe bleue qui lui arrivait au mollet. Elle tenait par la main une enfant qui ne pouvait être qu'Iris : une fillette que Guy avait appréhendé de rencontrer, et qui le dévisageait curieusement sous son canotier de paille, aussi attirante que son père, et qui, à l'exception des yeux de sa mère, était en fait son portrait craché.

— Bien sûr que non, se défendit-il, soulagé d'avoir pu lui répondre d'un ton si détendu.

— Guy, le salua Alice en les rejoignant. Vous avez prévu quelque chose pour déjeuner ?

— J'allais travailler, répondit-il en toute sincérité.

Il lui fallait examiner une pile de documents : des demandes de bourse de recherche de la part de certains des plus anciens chirurgiens, des commandes de fournitures, une proposition sur laquelle il travaillait pour moderniser les salles d'opération.

— Venez chez nous, plutôt, insista Alice d'un ton moins délicat. C'est dimanche, vous ne pouvez pas travailler un dimanche.

— Ahmed travaille le dimanche, fit aimablement remarquer Iris. Et Cook aussi. Tout le monde, en fait…

Avant d'avoir pu s'en empêcher, Guy éclata de rire.

— Iris, la reprit gentiment Alice.

— La vérité sort de la bouche des enfants, sourit Maddy.

— Je déteste quand tu dis ça, se défendit Iris avant de faire avec ses lèvres une moue qui lui donnait des airs de poisson rouge, comme si elle se demandait ce qu'elle pouvait dire d'autre.

Guy esquissa un nouveau sourire. Il lui était désormais impossible de refuser.

Iris lui lança un sourire effronté.

Alice pressa Maddy :

— Dis-le-lui, toi.

— Franchement, dit Guy, je vous remercie.

Maddy leva les yeux vers lui, le regard dans l'ombre du bord de son chapeau. Il se demanda si l'expression qu'il y lisait était de l'affection, de l'inquiétude ou de la méfiance. Peut-être un mélange des trois.

— Ne passez pas la journée seul, finit-elle par lui dire. Venez.

— Vous en êtes certaine ?

— Oui, répondit-elle, non sans un nouveau temps d'arrêt qui lui fit penser que ce n'était pas le cas.

Incapable de résister, maintenant qu'il s'était tenu devant elle, il retourna donc à la villa où il avait été si triste de la laisser en 1914. En s'engageant dans l'allée au volant de son automobile, approchant des grands murs ornés de balcons de la demeure, il prit une inspiration pleine d'appréhension. Même s'il savait pertinemment qu'Alice se montrerait des plus accueillantes, et, oui, la brillante et délicieuse Iris aussi (elle semblait vraiment bien l'aimer, ce dont il tirait une grande fierté), il n'était toujours pas sûr de vouloir y aller. Ce n'était pas que la réticence de Maddy qui le préoccupait. Richard risquait lui aussi de ne pas être fou de joie de sa venue. Le repas allait-il être affreusement tendu ?

À son grand soulagement, Della, Jeff et leurs enfants étaient déjà sur la terrasse quand Ahmed le fit entrer. Peter était avec eux.

— Bonjour, vous, le salua Della, dissipant ses doutes avec un grand sourire.

— Guy, l'accueillit Jeff en s'approchant pour lui serrer la main, ce qui l'aida aussi.

— Du vin ? demanda Peter. Il est délicieux.

Ils dînèrent sur la terrasse, en compagnie des enfants, buvant et discutant jusqu'au coucher du soleil. Guy, un peu plus détendu à chaque nouveau plat, fit des grimaces à Iris, rit à celles de plus en plus créatives qu'elle lui adressait, bavarda avec Jeff au sujet de leurs collègues, à l'hôpital, demanda à Della si sa brève incursion dans le métier d'infirmière lui avait plu.

— Pas autant que j'avais imaginé, répondit-elle. Les bassins hygiéniques n'ont rien de romantique.

— Non, reconnut Guy. Effectivement.

Il fut soulagé d'entendre que Peter semblait entièrement remis, de le voir sourire. Il sourit lui-même à Maddy, face à lui, chaque fois qu'il avait l'occasion de croiser son regard. Elle demeura cependant silencieuse, beaucoup plus que dans ses souvenirs, et s'adressait surtout à Richard et à Iris, assis de chaque côté d'elle. Lorsqu'on débarrassa les assiettes à dessert, il espérait que Maddy se lèverait et viendrait prendre place à ses côtés.

Mais ce fut Iris qui s'en chargea, contournant la table dans sa robe de dentelle, ses boucles noires remuant au rythme de ses pas.

— Vous êtes vraiment médecin ? demanda-t-elle en posant sa main brûlante sur la sienne avec une familiarité qui le toucha de manière presque absurde.

Cela ne faisait que quelques heures qu'ils se connaissaient, mais il pouvait déjà la prendre par le petit doigt.

— Oui, lui répondit-il en réprimant un sourire, car elle avait l'air très sérieuse.

— Alors, vous pouvez recoudre les gens ?

— Je fais de mon mieux.

— Ma poupée a le ventre déchiré.

— Oh, la pauvre.

— C'est la faute à Suya, ajouta-t-elle d'un air grave.

Il hocha la tête comme s'il comprenait, bien qu'il n'ait aucune idée de qui était Suya.

« La petite dernière de notre jardinier », lui apprendrait plus tard Alice.

— Je peux vous la descendre pour que vous y jetiez un coup d'œil ? demanda Iris.

— Bien sûr, répondit-il. Va aussi me chercher du fil et une aiguille.

Il lui fallut moins d'une minute pour recoudre l'étoffe déchirée de la poupée. Iris resta à côté de lui pendant qu'il travaillait, observant chacun de ses mouvements : ce fut l'opération la plus heureuse qu'il eut réalisée depuis longtemps. Alice vint également s'installer auprès d'eux, prenant Iris par la taille. Tirant sur son aiguille, Guy la regarda embrasser sa petite-fille sur la tête. Il se sentit soudain content pour elle. Elle était restée seule bien trop longtemps, et avait beaucoup trop souffert. Il était merveilleux de la voir de nouveau entourée de ses proches. Elle ressemblait presque à la femme qu'il avait connue, courant après Maddy dans le jardin. (Même s'il n'aimait pas vraiment penser à Maddy quand elle était enfant.)

— Merci d'être venu, lui dit doucement Alice. Je vous en prie, ne restez pas si longtemps loin de nous, la prochaine fois.

Il jeta un coup d'œil à Maddy, qui, son verre de vin à la main, le regardait, regardait Iris; semblant perdue dans ses pensées. Il comprit alors que ce ne serait pas le cas. Il cessa de coudre, figé un moment, émerveillé d'avoir réussi à capter son attention et par son incroyable proximité.

Il avait longtemps tenté de l'oublier ces trois dernières années. De toutes ses forces. Il avait dansé avec d'autres femmes, dans les clubs d'Alexandrie, et failli céder, manquant de peu de demander en mariage une infirmière qu'il avait rencontrée sur place. Quelque part, il souhaitait encore oublier Maddy : l'honnêteté et la logique lui rappelaient brutalement qu'elle avait déjà eu son histoire d'amour. Mais, en la regardant porter distraitement son verre à ses lèvres, il sentait presque leur contact sur les siennes, et n'était plus en mesure d'oublier quoi que ce soit. Elle était son histoire d'amour à lui. Inutile de le nier.

Et il lui était parfaitement impossible de ne pas garder espoir.

Il se rendit le plus souvent possible à la villa, par la suite. Alice avait remarqué qu'il se montrait toujours aussi prudent. Il ne passait pas aussi fréquemment qu'au retour de Madeline à Bombay, quand il l'avait emmenée faire toutes ces visites de la ville. Madeline avait depuis longtemps avoué à sa mère qu'elle avait complété ces excursions par d'autres, de sa propre initiative.

« Pardon ? s'était-elle offusquée, horrifiée. Tu es allée au réservoir ? »

« Maman, lui avait-elle rétorqué. Je suis allée partout. »

Mais il avait pris l'habitude de passer en se rendant à l'hôpital, le temps de prendre un thé matinal. Il était revenu, à l'invitation d'Alice, pour un déjeuner dominical. Il avait également fini par accepter un dîner de temps à autre. Chaque fois qu'il venait, Iris cessait toute activité – qu'elle prenne son thé dans sa chambre ou qu'elle joue au jardin –, et accourait le saluer, ne lui laissant pas d'autre choix que de la serrer dans ses bras (ce qui, comme on pouvait le voir, le ravissait au plus haut point).

Pour sa deuxième visite, il lui apporta une nouvelle poupée.

— Je trouve que mes patients guérissent toujours plus vite quand ils ont de la compagnie, déclara-t-il en s'agenouillant pour qu'Iris n'ait pas à lever les yeux. Peut-être deviendra-t-elle amie avec l'autre ?

— Je vous remercie ! s'exclama la fillette en serrant la poupée contre sa poitrine. Merci beaucoup.

— Il n'y a vraiment pas de quoi, dit-il en riant quand Iris l'embrassa.

Alice vit de quelle manière Madeline les observait, tous les deux, d'un air songeur. Elle n'était guère avenante, pas plus que le jour où Guy avait recousu la poupée d'Iris. Alice était presque certaine de pouvoir lire dans ses pensées. Elle y songeait aussi depuis longtemps : si Peter pouvait se révéler un parrain très amusant, et Richard un grand-père aimant, aucun des deux ne pourrait jamais remplacer un père. (Le pauvre Peter n'aurait jamais d'enfants, de toute façon.)

— N'était-ce pas attentionné de la part de Guy d'apporter cette poupée ? lui demanda-t-elle pendant le dîner, ce soir-là, souhaitant s'assurer que Madeline s'était bien rendu compte de sa générosité.

— Si, répondit Madeline. Il a toujours été très gentil.

— Iris était ravie, poursuivit-elle, consciente de son manque de subtilité. J'avais l'impression de voir Emily et Lucy avec Jeff.

— Tu peux me passer l'eau, je te prie ? demanda Richard, pas moins conscient de sa lourdeur.

Il l'avait mise en garde contre le fait de pousser Madeline dans une direction ou une autre, au retour de Guy.

« Je sais que c'est ce que tu as toujours espéré, lui avait-il confié. Mais ce n'est pas Guy qu'elle a choisi. Je ne suis pas sûr que lui forcer la main à présent puisse lui faire le moindre bien. »

« Tu préfères qu'elle reste seule ? » lui avait demandé Alice.

« Je préférerais qu'on évite de se mêler de ça. Et elle n'est pas seule. Elle nous a, nous. Et Iris. Peter et Della… »

« Ce n'est pas suffisant », lui avait rétorqué Alice, regrettant que ce ne soit pas le cas.

Car si cela avait été le cas, pourquoi l'entendait-elle parfois sangloter la nuit ?

Elle n'était pas dupe, cependant. Au fur et à mesure que les semaines passaient, que le mois d'octobre approchait, Madeline acceptant que Guy les amène, Iris et elle, prendre une glace au *Sea Lounge* du *Taj*, puis déjeuner au *Watson's*, et même qu'il les conduise au club pour voir un match de polo (puisque Iris adorait les poneys), elle s'aperçut que, même si Iris était absolument aux anges grâce aux petites attentions de Guy, sa fille ne montrait pas le moindre signe d'intérêt envers ses tentatives de séduction. Son teint crème ne rougissait pas d'impatience quand elle entendait arriver l'automobile de Guy. Elle ne descendait jamais quatre à quatre les marches pour aller à sa rencontre, comme ç'avait été le cas avec Luke. Mais elle lui rendait ses sourires. Elle prenait place à ses côtés sur la terrasse pendant qu'Iris jouait, parfois durant des heures, discutant à bâtons rompus. Alice tâchait de s'occuper à coudre dans le salon, les laissant faire. Elle entendait Madeline lui parler des enfants avec qui elle faisait un travail formidable à l'école, de ses projets pour les vacances de Noël avec Iris (qu'Alice redoutait, non seulement à cause du silence qui allait inévitablement régner au sein de la villa, mais surtout parce qu'il était possible qu'elle décide de rester en Angleterre). Madeline était même parvenue à inciter Guy à parler de la guerre.

— Je les soignais, dit-il d'un ton hésitant, remuant lentement son thé. Je ne cessais de les soigner, avant d'apprendre un mois plus tard qu'ils étaient morts.

— Oh, Guy, compatit Madeline avec une grande tristesse. J'en suis vraiment navrée.

Elle l'aimait, d'une certaine façon. Alice l'entendait au son de sa voix. Elle n'aurait jamais songé à encourager n'importe quelle initiative si elle en avait douté.

— Bien sûr que je l'aime bien, dit Madeline. C'est un ami. Ça a toujours été un ami.

— Un ami, c'est bien, déclara Della, qui s'inquiétait presque autant pour elle qu'Alice. C'est un bon début.

— Je ne sais pas, réfléchit Madeline, les sourcils froncés. Je n'en sais vraiment rien.

— Il te rendrait heureuse, si tu le laissais faire.

Madeline secoua la tête.

— Je n'ai pas envie d'en parler.

— Laissez tomber, recommanda Richard à Alice et à Della. Je vous en prie.

— Si vous êtes obligées de la pousser, intervint Peter, c'est qu'il y a quelque chose qui ne va pas.

Mais Alice n'était pas disposée à l'accepter. Cela lui était impossible. Madeline était seule. Guy était seul. Il l'adorait plus que tout, Iris aussi, et la fillette s'était entichée de lui.

— Parce qu'il lui offre constamment des glaces et des poupées, fit remarquer Madeline.

— Tu es injuste, lui reprocha Alice.

Consciente que c'était le cas, Madeline soupira.

— Ce serait le meilleur papa dont une fillette pourrait rêver, insista Alice.

— Iris a un père, rétorqua Madeline.

— Non, répliqua Alice, sévère mais juste. C'est faux. Voilà longtemps qu'elle n'a plus de père.

— Maman, je t'en prie…

— Tu pourrais avoir une famille, lui fit remarquer Alice. Ta propre famille.

— S'il te plaît…

— Il le faut, l'interrompit sa mère. Tu es triste depuis suffisamment longtemps. (Elle se pencha, faisant ce qu'elle avait lentement réappris à faire, et prit la main de sa fille dans la sienne.) Je t'en supplie, ajouta-t-elle. Réfléchis-y sérieusement. Tu n'es plus obligée de vivre dans la peine.

Maddy regrettait presque qu'il soit revenu. Elle savait qui elle était, avant ça. Cela n'avait pas été facile, mais avait été relativement simple.

Et cela avait fonctionné.

« J'ai l'impression de ne plus savoir à qui parler, à présent, écrivit-elle à Edie. Maman et Della ne laissent jamais passer une journée sans me demander quand Guy va revenir, et s'il m'a parlé de ses intentions (ce n'est pas le cas, et je crois que j'en suis soulagée). Papa me répète constamment de ne pas les écouter, Peter de ne faire que ce que j'estime bon pour moi… Mais comment puis-je savoir ce qui est bon pour moi quand tout le monde a un point de vue différent ? Même Iris s'en mêle, insistant pour que nous passions chez Guy pour le saluer sur le chemin de l'école, impatiente d'avoir des nouvelles de notre prochaine sortie au *Sea Lounge*. Paradoxalement, c'est Guy qui me semble le plus facile à vivre. C'est le seul qui n'essaie pas de me dire ce que je devrais faire.

» Mais je ne crois pas l'aimer au sens propre du terme, Edie. C'est quelqu'un de merveilleux, l'homme le plus chaleureux et le plus agréable que je connaisse, mais mon cœur ne se met pas à battre la chamade quand je suis avec lui ; mes jambes ne tremblent pas. »

Edie lui répondit : « Fitz a fait battre mon cœur. Celui de ta mère aussi. Regarde ce qui s'est passé. »

« Oh non, écrivit Maddy. Tu ne vas pas t'y mettre aussi ! »

Elle plaisantait, mais cela n'avait rien d'amusant. Rien de drôle. D'une manière ou d'une autre, décembre était déjà là, et cela faisait deux mois que Guy lui rendait régulièrement visite. Même s'il ne lui avait rien dit, elle savait que ce n'était qu'une question de temps. Ses regards appuyés, ses petits sourires, et toutes les attentions qu'il prodiguait à une Iris sous le charme le trahissaient. Il lui faudrait soit faire le grand saut, ce pour quoi elle ne se sentait pas prête, soit le faire souffrir (encore). Elle se demandait comment elle avait pu se laisser entraîner dans une telle situation. Elle en voulait exclusivement à Guy. Elle l'aimait trop pour le repousser, même si elle ne parvenait pas à l'aimer suffisamment pour le laisser approcher davantage.

À moins que…

Devrait-elle se poser la question ?

— Je ne sais pas, lui répondit Peter d'un air affligé. Mais je crois bien que non.

Pourtant, elle ne cessait de s'interroger.

Elle avait d'autant plus hâte de partir en vacances avec Iris. Cette idée-là lui donnait des frissons. À quelques jours de leur départ, prévu pour le 1er décembre, elle fit leurs malles, pliant les épaisses robes et les tuniques qu'elle avait achetées au magasin de l'armée et de la marine. Plus elle travaillait, plus elle était impatiente, s'imaginant avec Iris monter à bord du paquebot, découvrir leur cabine pour la première fois, dévorer des gâteaux sur le pont tous les jours, jouer au quoits, nager dans la nouvelle piscine annoncée par P&O. Elle se voyait accoster à Tilbury, marcher main dans la main avec sa fille jusqu'au quai, où Edie et les parents de Luke les attendraient.

« J'en ai besoin, écrivit-elle à Edie, pour énormément de raisons, ne serait-ce que pour avoir le loisir de comprendre dans le calme mes propres pensées. J'aimerais que Luke soit là. Tout le temps.

» Je n'ai jamais eu besoin de me poser pour réfléchir quand il était là. »

Elle acheva sa lettre juste après avoir verrouillé les malles.

Était-elle destinée, se demanderait-elle plus tard, à toujours se préparer pour des voyages qu'elle ne pourrait pas faire ?

Ce qui se passa ensuite fut vraiment stupide de sa part.

Elle avait constamment répété aux élèves de ne rien faire d'autre que s'asseoir sur les chaises branlantes qu'ils utilisaient tous. Pourquoi elle était montée sur l'une d'elles le lendemain matin pour accrocher les guirlandes qu'elle avait achetées comme cadeau d'adieu aux enfants, elle ne put jamais se l'expliquer par la suite. Mais elle chuta devant leurs yeux, se fracturant la cheville. Cela lui fit atrocement mal. Jamais elle n'aurait cru que cela pouvait faire si mal. Elle ne put retenir des sanglots de douleur. Iris, la pauvre petite Iris, courut aussi vite que ses petites jambes potelées le lui permirent jusque chez Della, la villa la plus proche, pour qu'elle vienne avec son automobile.

— Madeline Devereaux…, soupira Della, l'aidant à s'installer sur la banquette arrière. Quelle nigaude vous faites…

Maddy n'avait guère besoin qu'on le lui fasse remarquer.

À sa demande, Della demanda à son chauffeur de les conduire à l'hôpital général, et non à celui de Guy, où Alice avait été si malade, et où Luke avait laissé Maddy, avant son départ.

— Je ne peux pas y retourner, déclara Maddy, serrant les dents de douleur. Sinon, je n'arrêterai plus de penser à Luke.

— Alors, à l'hôpital général, accepta Della.

Un jeune médecin britannique lui soigna la jambe et lui prescrivit une légère dose de morphine et quinze jours en traction, car la fracture n'était pas belle à voir, puis une semaine d'alitement à l'hôpital, « par sécurité », et plusieurs jours à la maison.

— Tu seras à la maison pour Noël, au moins, dit sa mère.

Elle était arrivée en serrant dans sa main le mot que Della avait remis à un domestique, morte d'inquiétude et accompagnée de Richard, qui avait accouru depuis son bureau.

— Nous ferons en sorte de passer malgré tout un merveilleux moment.

Maddy acquiesça, sans pouvoir prononcer la moindre parole. Si elle tentait de parler de Noël et du voyage qu'elle avait attendu par-dessus tout et qu'elle devait à présent annuler, elle craignait de s'effondrer. Elle se tourna vers Iris, à qui elle regrettait d'avoir fait si peur, caressant ses joues mouillées par les larmes, tentant de se résigner à l'idée qu'aucune d'entre elles ne partirait en vacances.

— Je suis vraiment désolée, parvint-elle à bredouiller, manquant de s'étrangler. Je souhaitais tellement t'emmener à la maison…

Iris lui adressa un sourire forcé qui lui brisa le cœur.

— Mais c'est ici, la maison, maman, dit-elle.

Si Maddy comprit qu'elle avait eu l'intention de la réconforter, elle ne s'en sentit que plus mal.

Elle se demanda comment elle allait pouvoir annoncer aux parents de Luke qu'elles ne viendraient pas. Elle demanda à son père d'envoyer au plus vite un télégramme à Edie, pour que, au moins, ce soit fait.

« Guéris vite, lui répondit aussitôt Edie. Vais rendre visite aux Devereaux pour les prévenir. STOP. Mieux vaut en personne. STOP. Serons encore tous là au printemps. STOP. »

— Le printemps, ce n'est pas si loin, fit remarquer Guy en arrivant, ce soir-là, après que tout le monde fut parti, un bouquet de fleurs à la main, des tartelettes de Noël du *Taj* dans l'autre.

Il savait que ce ne serait pas pareil, mais espérait que cela l'apaiserait un peu.

— Je voulais y aller maintenant, dit-elle en pleurant vraiment, cette fois.

C'était aussi bien dû à la douleur dans sa cheville qu'à sa déception, son immense déception.

— Maddy, l'appela-t-il en déposant ses présents avant de lui prendre la main et de la presser contre ses lèvres avant qu'elle comprenne ce qu'il faisait. Ne pleurez pas.

— Je ne peux pas m'en empêcher.

Il s'approcha, l'attirant délicatement à lui sans lui toucher la jambe, et la serra dans ses bras. C'était la première fois qu'il ne se contentait pas de lui effleurer la joue avec la sienne. Au fond d'elle, une voix lui ordonna de résister. Mais elle plaqua sa tête contre son torse, trop triste et trop secouée pour se retenir. Il lui caressa la tête, lui embrassa les cheveux, mais elle pleura de plus belle, car Luke lui avait déjà fait la même chose, et Guy n'était pas Luke.

— Chhh, tenta de l'apaiser Guy. Chhh…

Même si ce n'était pas Luke, elle ne fit rien pour le repousser. S'il partait, elle serait toute seule, et elle n'était pas certaine de pouvoir le supporter. Pas ce soir-là.

— Je suis là, poursuivit-il. Si vous m'y autorisez, je serai là à tout jamais.

Elle comprit ce qu'il était en train de lui dire. Malgré ses larmes, les brumes de la morphine, elle comprit ce que cela signifiait. De nouveau, elle entendit chuchoter cette voix : *Arrête ça tout de suite !*

Il faut que tu mettes un terme à cette situation.

Ce qu'elle ne fit pas. Il l'embrassa de nouveau, posant sa joue contre sa tête. Sentant son poids, la présence d'un corps tout près du sien, elle se cramponna à lui sans un mot.

Il n'exigea rien d'elle.

Finalement, elle sentit ses sanglots se dissiper.

Mais il ne la libéra pas pour autant.

Il recula pour croiser son regard, et porta ses doigts à ses joues humides. Elle lui rendit son regard, se demandant s'il allait l'embrasser, sans savoir si elle le souhaitait ou non.

Les lèvres de Guy trouvèrent les siennes avant qu'elle ait pu prendre la moindre décision, et, confrontée à la singularité du contact de cet autre homme, elle ferma ses yeux douloureux, encore incertaine de ce qu'elle éprouvait. Il se pencha sur elle, la prenant par le cou, son doux baiser se faisant plus ferme, plus confiant, et elle attendit... quelque chose.

Mais elle ne ressentit aucune palpitation, aucun frisson.

Juste une curieuse prise de conscience éthérée – un abandon, presque – de ce qui se passait, du fait qu'elle avait permis que cette situation se produise.

Rien ne pourrait plus jamais être pareil, entre eux, désormais.

Par une matinée brumeuse et humide de décembre, Arnold alla trouver Jones dans sa chambre. Ce dernier était en train de consulter son journal, la tête dans ses mains, qu'il pressait sur son crâne pour tenter d'obliger ses os à se rappeler. Levant les yeux, il aperçut le médecin dans l'encadrement de la porte. Il se leva, son pouls s'accélérant, plein d'espoir...

— Désolé, déclara Arnold. Je n'ai rien de concret.

— Qu'avez-vous ? voulut savoir Jones.

— J'ai de nouveau téléphoné chez Diana. J'ai eu sa servante. (Arnold nettoya ses lunettes avec le bord de son gilet.) Diana est effectivement en voyage de noces. Un voyage prolongé, je le crains.

— De combien de temps ? demanda Jones.

— Longtemps. Ils sont partis en Afrique, d'après ce que j'ai compris. Aussi bien pour le travail que pour le plaisir. Elle a parlé de déménagement en Orient, par la suite. (Il fronça les sourcils.) Elle n'a pas été claire du tout.

— Diana ne va plus revenir ?

— Brièvement, mais pas avant le printemps.

— « Le printemps » ? répéta-t-il, n'en croyant pas ses oreilles.

— Ne vous découragez pas, le rassura Arnold. Nous finirons par la joindre, mon vieux. Nous ne baissons pas les bras.

Chapitre 22

Durant les trois semaines où elle resta à l'hôpital, Guy rendit visite à Maddy tous les jours, parfois deux fois dans la même journée, passant si souvent qu'elle n'avait pas le temps d'appréhender sa visite suivante. Il s'arrangeait pour se faire remplacer auprès de ses propres patients, afin de pouvoir passer au moins chaque matin, ne serait-ce que pour lui dire un petit bonjour et consulter son dossier pour vérifier qu'elle avait été correctement surveillée pendant la nuit et qu'elle avait reçu la bonne dose de morphine.

— Ils ne devraient pas tarder à espacer les prises, expliqua-t-il. Inutile de développer une dépendance à cette substance.

— Ils m'ont dit que ça allait être le cas, lui confirma-t-elle.

— Hmm, poursuivit-il en parcourant les pages de son dossier. J'aurais aimé que vous leur demandiez de vous transférer chez moi.

— J'ai un médecin parfaitement compétent, ici.

— C'est votre façon de me dire que vous préféreriez que je m'occupe de mes affaires ? demanda-t-il en la regardant par-dessus l'écritoire en lui adressant le sourire le plus taquin que quelqu'un d'aussi sincère que lui puisse faire.

— Bien sûr que non, répondit Maddy, sans mentir le moins du monde.

Quand il n'y avait personne d'autre dans la pièce, il l'embrassait dès son arrivée. En réaction, elle se crispait de gêne malgré ses efforts. Elle espérait simplement qu'il ne remarquerait rien. (Il le remarqua. *La nervosité*, se dit-il avec détermination. *Elle est juste un peu nerveuse.*) Il se mit aussi à l'appeler « très chère ». Cela aussi lui fit un drôle d'effet. Personne ne l'avait jamais appelée de la sorte. Certainement pas Luke. Ni « mon cœur », ni « mon amour », ni aucun nom d'animal. Uniquement « mademoiselle Bright ».

Cela lui avait tellement plu…

— Mais Luke n'est plus là, lui rappela Della, qui passait également tous les jours. Ça fait longtemps qu'il est parti, maintenant, et pour toujours.

— Elle est au courant, lui fit remarquer Peter.

— Qu'est-ce que je peux culpabiliser…, déclara Maddy.

— Il ne faut pas, lui ordonna Della. Je t'en prie. Luke n'aurait jamais voulu que tu restes seule.

— N'empêche que j'ai l'impression de le trahir.

— En sortant avec Guy ? demanda Della.

« En me recasant », manqua-t-elle de répondre. Mais elle avait du mal à admettre que c'était ce qu'elle était en train de faire. Elle avait même du mal à s'en convaincre.

Souvent, quand Guy venait, il prenait Iris – qui manquait à Maddy, celle-ci s'inquiétant pour elle à chaque instant – et l'emmenait en voiture. Ces jours-là, Maddy oubliait sa gêne, sa peur tenace de faire la plus terrible des erreurs. Elle les attendait tous les deux dans sa chambre carrelée à l'atmosphère étouffante, la cheville douloureuse, tendue de tout son être par l'impatience de pouvoir serrer contre elle le petit corps brûlant de sa fille et d'être rassurée sur le fait qu'elle n'avait été réveillée par aucun cauchemar la nuit précédente, qu'elle avait apprécié son petit déjeuner avec ses grands-parents et mangé tous ses fruits. Dès qu'elle entendait le bruit des pas d'Iris, elle se redressait sur ses oreillers, sentant un sourire de soulagement et de gratitude se dessiner sur ses lèvres en écoutant l'exubérance des bavardages de sa fille, le rire indulgent de Guy. On aurait dit qu'ils formaient une équipe. Un parfait duo.

— Ils ne se connaissent que depuis septembre ? s'étonnaient les infirmières.

— Seulement, oui, leur répondait Maddy.

— N'est-il pas merveilleux avec elle ? disaient-elles avec une certaine adoration. Quelle chance elle a.

Guy ne venait jamais les mains vides. Sa chambre déborda rapidement de fleurs : un véritable jardin. Leur parfum envahissait la pièce, la prenant à la gorge, un rappel constant de l'homme bienveillant qu'il était, un ami qu'il était impossible de blesser. Quand ce n'étaient pas des fleurs, c'étaient des gâteaux, de la crème glacée provenant des cuisines du *Taj* (dont une bonne partie colorait les joues d'Iris à son arrivée avec Guy), des livres ou des cartes pour l'aider à passer le temps.

Et une bague.

Il lui offrit une bague la veille du jour où elle devait rentrer chez elle, deux jours avant Noël.

Elle ne fut guère étonnée quand il s'agenouilla devant elle, lui tendant une boîte de velours rouge renfermant une émeraude. Elle était consciente que cela allait probablement se produire. Son père l'avait prévenue aussi. Il était passé tard la veille, une bouteille de gin et une de tonic dissimulées sous son blazer, lui soutenant qu'il avait besoin d'un verre après la discussion qu'il venait d'avoir avec Guy.

« Il m'a demandé la permission », l'avait prévenue son père.

« Oh, avait lâché Maddy, attendant avec optimisme un élan d'enthousiasme qui n'était jamais venu. J'imagine que ça a dû être plutôt embarrassant… »

« Tu imagines bien. Je lui ai répondu que la seule permission dont il avait besoin, c'était la tienne. »

« Tu ne veux pas que je la lui donne », avait-elle deviné.

« Je pense beaucoup de bien de lui, lui avait-il expliqué sans véritablement répondre à sa question. Il te traitera comme une reine, je n'ai aucun doute là-dessus. Mais je veux que tu sois heureuse. (Inquiet, il avait froncé les sourcils.) J'ai tellement peur que ce ne soit pas le cas… »

« Mais si je pouvais être heureuse ? avait-elle demandé. Et si c'était ce qu'il me fallait ? Ce qu'il fallait à iris ? »

« Iris peut compter sur toi… »

« J'ai l'impression que je ne lui suffis pas. »

« Et toi, de quoi as-tu envie, ma chérie ? »

« De ne plus être triste », avait-elle répondu, sa voix se brisant sur la dureté de la sombre réalité.

« Oh, ma chérie… »

« Je ne peux passer le restant de mes jours à vivre à tes crochets et à ceux de maman. Tu vas bientôt prendre ta retraite… »

« Pas tout de suite. »

« Un jour ou l'autre. Iris et moi avons besoin d'un… "chez-nous". D'une vie. »

Il avait soupiré.

« Réfléchis bien. Je t'en prie. »

Durant la nuit interminable qui venait de s'écouler, en sueur et incapable de trouver le sommeil, dans son petit lit d'une place, sa jambe la démangeant horriblement dans son plâtre, elle n'avait fait que cela, réfléchir. En froissant ses oreillers humides et ses draps, elle s'était remémoré chaque parole, chaque regard et chaque sourire que Luke et elle avaient partagés, et avait tenté de s'imaginer proche de Guy. En vain. Des souvenirs de Luke plein la tête, elle avait pleuré la douleur de son silence, son désir pour lui la faisant toujours autant souffrir que dans la solitude obscure de sa chambre.

— Pourquoi es-tu parti ? lui demanda-t-elle. Pourquoi fallait-il que tu partes ?

Il ne lui répondit pas. Elle pressa le talon de ses mains contre ses yeux, commençant enfin à accepter qu'il ne lui répondrait jamais, emplie de terreur à l'idée que, si elle repoussait Guy maintenant, elle puisse passer le restant de ses jours à se rendre folle en attendant une voix qui ne viendrait pas. Seulement, elle rendrait Guy malheureux aussi. Et Iris. La vive, intelligente et belle Iris à qui elle avait donné sa vie, dont Guy s'occupait si bien, et qui avait vécu presque six ans sans père. *Six ans…*

Sa mère avait raison : Guy était le père dont tout enfant pouvait rêver. Oui. Et un ami. Un véritable ami digne de ce nom.

« Un ami, c'est bien, avait déclaré Della. C'est un bon début. »

Était-ce suffisant, cependant ?

Elle s'efforçait encore de donner un sens à ses pensées confuses lorsque Guy s'agenouilla, aussi nerveux que beau dans son costume crème, parfait en tout point, à l'exception d'un. Lorsqu'il lui tendit la boîte en bredouillant qu'elle ferait de lui le plus heureux des hommes si seulement elle acceptait de devenir sa femme, elle ne put s'empêcher de constater combien tout cela était très cérémonieux, à mille lieues de la manière à la fois décontractée et taquine dont Luke s'était penché, sur le lit, pour récupérer les diamants qu'elle portait encore à sa main gauche, la faisant pleurer de rire et de plaisir.

Mais c'était mignon. Très mignon.

— Je sais que je ne remplacerai jamais Luke, poursuivit-il avec une franchise qui donna à Maddy l'impression d'être une criminelle. Je n'ai même pas envie d'essayer. (Il la regarda dans les yeux d'un air sérieux.) Mais si tu m'y autorises, je passerai chaque instant de mon existence à tâcher d'être un aussi bon mari que tu le mérites. Je veillerai sur Iris comme s'il s'agissait de ma propre fille. (La chaleur envahit son visage. *De l'amour.*) Maddy, je la considère déjà comme ma propre fille.

Ce fut ce qui la poussa à prendre une décision.

Cela et le soudain chahut à la porte. La vue d'Iris jetant un coup d'œil effronté dans l'entrebâillement, apparemment sourde aux imprécations d'Alice, qui lui chuchotait de revenir, faisant savoir à Maddy qu'elles étaient toutes les deux là. Le sourire de Guy se fit contrit. Ils s'étaient ligués contre elle. Ce n'était pas juste. Mais, en voyant le regard dansant de sa fille, qui se mordait la lèvre inférieure dans un espoir inexorable, puis Guy, qui lui demandait une nouvelle fois si elle acceptait qu'il fasse partie de leur famille, elle comprit qu'il n'y avait qu'une réponse possible à sa question.

Et, bien qu'elle ait éprouvé une absence troublante d'euphorie en prononçant un « oui » entre ses lèvres engourdies, en voyant le visage de Guy se métamorphoser de joie et Iris s'élancer vers eux en poussant des cris, elle comprit qu'il était bien trop tard.

Elle s'était aperçue qu'il était trop tard dès le moment où elle avait permis à Guy de prendre place à ses côtés dans les Jardins suspendus.

Elle se demanda si elle changerait quoi que ce soit, si on lui en offrait la possibilité. Guy l'attirant dans ses bras, puis Iris se précipitant dans son lit, se jetant à son cou, il lui était impossible de réfléchir clairement.

— Tu as fait de moi le plus heureux des hommes, déclara-t-il.

— Félicitations, tous les deux, déclara Alice. (Son regard bleu croisa celui de Maddy. « Je sais que ça n'a pas dû être facile, semblait-elle vouloir lui dire. Bravo. ») Il va nous falloir fixer une date, réfléchit-elle à voix haute.

— Je pensais au mois de mars, reconnut Guy. Avant les grosses chaleurs.

— Parfait, estima Alice.

Maddy n'y vit aucune objection. Elle avait déjà hâte que la cérémonie soit passée, quand il ne serait plus temps de se demander si elle faisait ce qu'il fallait.

— Je pourrai être demoiselle d'honneur ? demanda Iris.

— Bien sûr, répondit Guy.

Ils poursuivirent leur discussion. Maddy les laissa faire. Guy avait déposé la boîte de la bague à côté d'elle, sur le lit. Elle la récupéra, sa vision se troublant à la vue de l'émeraude. Elle retourna sa main, contemplant les diamants de Luke, étincelants et parfaits. Elle s'aperçut qu'elle allait devoir les ôter, ces pierres qu'il avait fait sertir dans la bague qu'elle aimait. Ces pierres qu'il avait touchées. Elle devrait aussi retirer son alliance.

C'était idiot, mais elle n'y avait même pas songé.

— Tu es heureuse, très chère ? s'enquit Guy.

Il lui fallut un moment pour comprendre qu'il lui avait parlé.

— Oui, répondit-elle en hochant la tête, s'efforçant soudain de lui sourire, mourant d'envie qu'ils partent tous pour qu'elle puisse enfin céder aux larmes qui lui nouaient la gorge avant qu'elles finissent par l'étouffer.

Personne ne quitta la pièce. Pas avant plusieurs heures. Et, en fait, elle était heureuse qu'ils soient restés, parce que si elle s'était retrouvée seule avec ses regrets, ils auraient pu la paralyser. En l'occurrence, elle n'eut à aucun moment l'occasion de s'attarder sur quoi que ce soit, et encore moins de s'apitoyer sur son sort, car, autour d'elle, tout le monde était très heureux.

Guy avait apporté du champagne.

— C'était un peu présomptueux, j'en suis conscient, déclara-t-il avec un rire désabusé en tirant la bouteille du sac. Promets-moi que tu n'as pas pris de morphine, aujourd'hui…

— Je te le promets, jura-t-elle en saisissant un verre pour « rattraper les bulles » quand il libérerait le bouchon.

Ils burent tous. Iris parla davantage de sa robe, des fleurs qu'elle voulait porter dans ses cheveux, et Alice envoya un mot au bureau de l'administration locale, chez Della, au père de Maddy et à Peter. Della et Jeff, et même Emily et Lucy, vinrent les voir, emplissant la chambre de félicitations et de bruit, des distractions merveilleuses et bienvenues.

Personne ne fit allusion à Luke. Richard, diplomate jusqu'au bout des ongles, ne jeta à Maddy qu'un regard légèrement troublé, à son arrivée. Il se montra cordial, serrant la main de Guy, voire jovial en leur portant un toast à tous les deux. Pas une seule fois il ne trahit l'inquiétude qu'il avait exprimée à Maddy la veille au soir. Bien que Peter ait jeté un coup d'œil aux bagues de Luke et qu'il ait discrètement fait savoir à Maddy qu'il lui offrirait une chaîne pour les porter (la poussant à se demander pour la millième fois ce qu'elle ferait sans lui), personne d'autre ne remarqua qu'elle portait encore les diamants au lieu d'une émeraude. Pas même Guy, qui laissa la question de côté avec une compassion qui prouvait que Maddy avait eu raison de lui dire oui. Absolument raison.

À la tombée de la nuit, Jeff alla chercher un pique-nique au club en guise de dîner, et les infirmières les pressèrent de commencer à envisager de bientôt retourner chez eux. Maddy rentrerait avec eux dès le lendemain, après tout.

Mais ils restèrent tous encore un long moment. L'ambiance était chaleureuse, animée et très, très agréable.

Après qu'ils furent tous partis et que Guy eut embrassé Maddy pour lui souhaiter bonne nuit, lui répétant combien elle avait fait de lui un homme heureux, elle se retrouva une fois de plus seule, sa lampe électrique vacillant, les cigales chantant derrière la moustiquaire à sa fenêtre. Elle rouvrit la boîte qu'il lui avait offerte.

Elle passa son pouce sur la bague, aussi timidement que si elle pouvait la brûler. Elle la tira de son écrin, exposant l'émeraude à la lumière, projetant des motifs verdâtres sur les murs blanchis à la chaux. Prenant une longue et profonde inspiration, elle leva sa main gauche, expirant en contemplant les diamants de Luke.

— Ai-je pris la bonne décision ? chuchota-t-elle dans le vide. Ai-je ta permission ?

Le silence.

Elle se laissa tomber sur son oreiller, le regard rivé au plafond. Elle distingua son visage. Ce visage qu'elle avait tant aimé. Le plaisir, l'énergie débordante et la chaleur de son sourire aguicheur, son regard ténébreux et brillant. Puis elle vit Guy. Stable, adorable, qui avait clairement affiché ses sentiments durant tout l'après-midi et qui lui avait offert si librement son cœur.

Ainsi qu'à Iris.

Lentement, elle baissa de nouveau les yeux sur sa main. Sans prendre sciemment de décision, elle reposa l'émeraude de Guy et tenta d'ôter les bagues que Luke lui avait mises au doigt. Ce n'était pas facile. Les mains gonflées par la chaleur, elle dut tirer sur le métal pour l'aider à glisser sur sa peau, à franchir son articulation. Plus elles résistaient, plus elle tirait, les dents serrées, déterminée, maintenant qu'elle avait commencé, à mener à bien son opération.

Lorsqu'elle parvint enfin à les retirer, laissant sur sa peau une marque blanche et douloureuse, elle s'aperçut qu'elle sanglotait. Des larmes lui roulaient sur les joues, sans discontinuer, à cause de la peur des conséquences de sa décision, de l'incertitude de ce qui l'attendait, et, surtout de la peine, d'un chagrin déchirant pour ce qu'elle avait perdu. À cause des années qu'elle avait gâchées à se battre, convaincue qu'elle pourrait le récupérer, du poids des bagues dans le creux de sa main, de l'émeraude qu'elle devait à présent enfiler à leur place.

Le point final de ces adieux qui n'avaient que trop duré.

Chapitre 23

Après ce soir-là, Maddy cessa de pleurer. Elle se l'interdit. Sa mère et Della avaient raison : il fallait qu'elle s'autorise à se laisser aller au bonheur. Qu'elle fasse des efforts.

Ce ne serait certainement pas si difficile.

Elle était heureuse que ce soit Noël, et qu'elle puisse rentrer chez elle. La semaine qui suivit, elle eut chaque jour son lot de cadeaux, d'église et de repas. Chez ses parents, chez Della et Jeff. Excités, les enfants couraient dans tous les sens, et elle, refusant de se reposer sur la chaise longue qu'Ahmed avait apportée sur la terrasse, exaspérait sa mère et Guy à force de les suivre en clopinant à l'aide de sa béquille, aidant Iris à installer sa nouvelle maison de poupées, s'extasiant devant le parterre de fleurs qu'elle avait commencé à faire pousser, lui apprenant à jouer *Vive le vent* au piano.

— Oh, non ! s'exclamait Peter chaque fois qu'il arrivait pendant qu'elles étaient en train de le jouer. Pas encore ce morceau !

— Mais tu adores ma façon de jouer du piano, lui rétorquait Iris à juste titre.

À l'occasion, Alice ou Della évoquait tout ce qu'il restait à faire avant le mois de mars (l'église qu'il fallait réserver – « Pas Saint-Thomas », avait suggéré Della. « Naturellement », avait consenti Alice –, le lieu de réception aussi, sans compter l'orchestre, les robes…), mais, en réalité, il était impossible de confirmer quoi que ce soit avant la reprise de l'activité, en janvier. Alors, à quoi bon en parler ?

— C'est passionnant, s'enthousiasma Della. Voilà tout. Tu comptes porter du blanc ?

— Della, la reprit Jeff. Tu es vraiment incorrigible.

— Ce terme a été inventé pour elle, la railla Peter.

— Je ne sais pas ce que je vais porter, répondit distraitement Maddy, se souvenant de quelle manière Luke l'avait fait rire devant l'autel de Saint-Thomas en lui disant combien elle était pure en blanc. *« Je me serais presque fait avoir… »*

— Tu seras merveilleuse quelle que soit ta tenue, très chère, lui assura Guy.

Maddy esquissa un sourire, se demandant quand ce « très chère » commencerait à lui sembler normal.

Au réveillon du nouvel an, le *Yacht Club*, qui avait depuis longtemps repris ses réjouissances annuelles, organisa une fête. Guy prévint Maddy qu'il lui fallait y assister, car la plupart de son personnel s'y trouverait, y compris Jeff. Les parents de Maddy devaient également s'y rendre, pour à peu près la même raison. Della, bien sûr, y accompagnerait Jeff. Peter refusa.

— Ma pauvre jambe, dit-il à Guy, en mentant. C'est une torture de devoir regarder tous ces gens danser.

Maddy aussi déclina l'invitation. Depuis cette première fois en 1915, elle était retournée sur la plage au pied de la colline avec Peter à chaque nouvel an. Cette année, elle était plus que soulagée d'avoir sa cheville comme prétexte.

— Tu trouveras bien le moyen de t'amuser au club, même avec ta cheville, lui assura Guy, qui ne se doutait pas qu'elle n'y avait pas remis les pieds depuis la guerre, et qui ne se rappelait plus qu'elle s'était un jour tenue sur cette promenade, regardant fixement un inconnu en veste de lin. Je te tiendrai compagnie.

— Tu t'amuseras mieux sans moi, lui garantit-elle.

— Je t'assure que non. Viens. Ce n'est vraiment pas la meilleure façon de commencer l'année.

Mais elle demeura inflexible. Et il était trop gentil, trop gentleman pour insister. Se sentant minable, elle se promit de faire mieux à l'avenir. Mais elle désirait simplement passer un dernier moment avec Peter sur le sable chaud, à regarder les feux d'artifice de la ville, et à se rappeler.

À minuit, ils levèrent leurs verres à Luke ; leur toast traditionnel. Ce faisant, Peter pencha une fois de plus sa tête blonde en arrière, le regard rivé sur le ciel étoilé indien, le ciel que Maddy refusait d'ordinaire de regarder.

Cette fois, cependant, elle leva également les yeux, comme à l'aube de l'année 1914.

Était-il vraiment là, les observant ?

Elle sentit presque le poids de son regard, la chaleur de son sourire. Peut-être. Elle avait envie de croire que son âme était heureuse, quelque part, qu'il savait combien leur fille était merveilleuse, et qu'elle, Maddy, le rejoindrait un jour.

— J'aurais bien aimé que tu voies sa tête, quand il a regardé la photo que tu lui as envoyée, lui raconta une énième fois Peter. Nous étions sur le point de sortir de la tranchée, et tu aurais tout aussi bien pu lui offrir la Terre sur un plateau.

Comme d'habitude, en l'imaginant, elle esquissa un sourire attristé.

— Della a raison, poursuivit-il. Il voudrait que tu sois heureuse. Il le souhaiterait par-dessus tout.

— Je le sais, reconnut-elle sans quitter les étoiles des yeux.

— Puisse-t-il savoir combien il est aimé, prononça Peter.

— Il sera toujours aimé, ajouta Maddy, pressant sa main contre sa poitrine, sur laquelle elle portait désormais les bagues de Luke sur la chaîne de Peter, juste à côté de son cœur.

Jones refusa de quitter sa chambre, pour le réveillon du nouvel an, même quand sœur Lytton tenta de l'entraîner dans les inévitables célébrations au salon. Il demeura assis devant sa lampe à pétrole, relisant le journal qu'il avait déjà parcouru un nombre incalculable de fois, sans tenir compte ni des vibrations du gramophone dans le plancher ni de sa culpabilité de savoir Ernest seul et triste dans sa chambre, passant de nouveau en revue chacun des moindres détails.

Ces dernières semaines, il avait eu l'impression de rêver en continu, chaque nuit lui donnant des centaines de nouveaux clichés de son passé : des fragments de souvenirs aussi précieux que déroutants, aucun n'étant plus précieux que l'image de ces doigts fins tenant ce petit pied sépia.

Tout lui revenait. Son miracle était à portée de main, il le sentait, dans son souffle, dans ses os. Que ce soit grâce aux opérations de Gibbon, au traitement d'Arnold – ou même, comme Arnold l'avait également suggéré, à une simple diminution du tissu cicatriciel –, les rêves continuaient d'affluer. Jones en notait les moindres détails, ne laissant aucun élément lui échapper. Il était proche, si proche...

Mais cela n'allait pas assez vite à son goût. Il tourna les pages de son journal avec impatience, relisant des descriptions qu'il connaissait par cœur – « homme édenté », « voilier », « oiseaux de la jungle », « pluie battante », « larmes dans un hôpital », « *Auld Lang Syne* » –, et, leur sens continuant à lui échapper, il sentit son cœur s'emballer. Peut-être était-ce dû à la fermeture de l'hôpital. À la crainte que Diana lui fasse faux bond au printemps…

Il ne savait pas vraiment à quoi c'était dû, mais il était gagné par une peur atroce de manquer de temps.

Durant la majeure partie du mois de janvier, le mois de mars lui sembla encore très loin, et singulièrement fictif. Les préparatifs du mariage avaient sérieusement débuté – les bans avaient été lus à l'église du quartier (pas à Saint-Thomas, bien sûr), les annonces avaient été publiées dans les journaux, les listes d'invités étaient dressées –, et Maddy y participait activement, faisant « des efforts », s'asseyant auprès de Guy pour la photo de fiançailles, hochant la tête pendant que sa mère lisait le nom des invités, tâchant de se convaincre que tout cela était bel et bien réel. C'était le cas. Elle en avait conscience. Même si elle ne parvenait pas à le ressentir. Guy l'aida à faire le tour de la salle de bal du *Taj* en boitillant, lui tenant le bras tandis que le directeur de l'hôtel lui indiquait la taille de cette pièce magnifique, avec ses lustres de cristal, ses colonnes importées auprès du fabricant parisien responsable de la tour Eiffel. Elle s'entendit dire que oui, ce serait un lieu parfait pour la réception, et dut se rappeler que c'était de sa réception qu'il s'agissait.

— Tu es encore sous morphine ? s'inquiéta Della.

— Non, répondit Maddy. J'ai arrêté il y a longtemps.

— Ça doit simplement être le trac, alors. N'y pense pas trop. Tu réfléchis toujours trop.

Vraiment ?

Elle tenta de se ressaisir.

Mais ils avaient envoyé des invitations à plus de trois cents personnes, y compris au vice-roi, et elle ne put s'empêcher de se demander pourquoi elle n'était pas plus perturbée par ce nombre imposant, et par la perspective de devoir prononcer ses vœux devant tous ces gens.

— J'ai presque l'impression que c'est quelqu'un d'autre qui va le faire pour moi, avoua-t-elle à Peter en riant, tentant de faire preuve de légèreté.

— Personne ne le fera à ta place, rétorqua-t-il sans même rire un peu. (Inquiet, il avait même froncé les sourcils.) Si tu as des doutes, c'est le moment de le dire.

— Je n'ai aucun doute. Bien sûr que non.

Elle avait pris sa décision. Elle allait être heureuse.

Cette idée en tête, elle s'obligea à faire ce qu'elle avait toujours repoussé, et écrivit aux parents de Luke au sujet de son mariage. « J'espère que vous comprenez combien cela a été difficile pour moi, et que personne ne prendra jamais la place de votre fils. Je suis vraiment, vraiment désolée de ne pas pouvoir aller vous voir cette année. » Elle relut ces mots, son regard rivé sur son écriture inclinée, réfléchissant particulièrement à ce que ressentirait Nina en les lisant, et attendit que les larmes lui montent aux yeux.

Mais rien ne se produisit.

C'était si étrange.

— Étrangement bien, il me semble, déclara son père en la conduisant au bureau de poste par une matinée chaude et ensoleillée de la fin du mois de janvier, afin qu'elle puisse poster la lettre en personne.

— Très bien, dit-elle, certaine que c'était bon signe.

— J'aurais été inquiet si tu avais pleuré, poursuivit-il en doublant un pousse-pousse. Ça fait un moment que je ne t'entends plus pleurer.

— Parce que je ne pleure plus.

— C'est ce que j'espérais, reconnut-il, un sourire se dessinant sur son visage tanné. Ta mère m'a dit qu'il fallait que je l'écoute plus souvent.

— Ça ne m'étonne pas d'elle, admit Maddy, esquissant elle aussi un sourire.

Au début du mois de février, on lui ôta enfin le plâtre qui l'avait tant démangée et tant fait transpirer, ce qui avait été pour elle un soulagement sans précédent. Bien que sa cheville soit encore affaiblie, elle ne lui faisait plus aussi mal, et elle réapprenait progressivement à marcher dessus. Elle continuait cependant à vaciller, surtout pendant ses essayages de robe au *Watson's* (et non au *Taj*, où elle avait fait ses essayages pour son mariage avec Luke, évidemment). En contemplant sa robe à taille basse finement ouvragée, elle se sentit si désorientée par son propre détachement qu'elle eut du mal à tenir debout.

Elle lutta davantage encore quand, pour son trentième anniversaire, Guy la prit au dépourvu en lui offrant une automobile : une berline argentée qui étincelait à la lumière du soleil, aux formes incroyables et généreuses. C'était trop, beaucoup trop.

— Bien sûr que non, lui assura-t-il en l'étreignant (ce à quoi elle commençait au moins à s'habituer). Je t'apprendrai à conduire. (Il l'embrassa. Là aussi, un geste qui lui devenait de plus en plus familier.) Si tu persistes à vouloir sortir seule, lui chuchota-t-il à l'oreille, au moins, comme ça, je saurai que tu n'es pas dans un tram.

— Il n'y a rien de mal à prendre le tram, lui fit-elle remarquer en fermant les yeux, car elle souhaitait vraiment pouvoir profiter de son contact.

Elle accepta qu'il la sorte, ce soir-là. Cela faisait partie du processus pour être heureuse.

« Parfait », s'était réjouie Della.

Ils se rendirent à l'un des dîners, à base d'huîtres et de jazz, que le *Taj* avait commencé à mettre en place chaque semaine dans la salle à manger cossue et étouffante à côté de la salle de bal où devait avoir lieu la réception. C'était bondé. La moitié de Bombay semblait s'y être donné rendez-vous, fumant et dansant, venant à leur table pour témoigner de leur choc en constatant que Maddy était hors de chez elle après la tombée de la nuit.

— Laissez-la tranquille, s'il vous plaît, finit par leur demander Guy, souriant, mais s'exprimant d'un ton inflexible qui rappela à Maddy qu'en plus d'être doux et chaleureux, c'était aussi un haut gradé du corps médical de l'armée indienne. Je préférerais qu'elle passe un bon moment et qu'elle ait envie de remettre ça.

— Inutile de te faire des ennemis à cause de moi, lui dit Maddy quand ils se retrouvèrent de nouveau seuls.

Elle était touchée qu'il soit prêt à s'en faire.

— Aucun risque, lui garantit-il. Ils ont tous trop hâte de venir au mariage pour se sentir offensés. Du reste (il lui prit la main), tout ce qui compte, c'est toi.

Elle l'embrassa pour la première fois. Un geste impulsif. Elle s'était penchée par-dessus la table pour déposer un baiser sur ses lèvres. Elle n'éprouva toujours pas de frissons. Ni grand-chose d'autre. Mais, en se retirant, et en constatant que ses yeux s'étaient emplis de joie – et, oui, de soulagement aussi –, elle se promit de l'embrasser plus souvent.

Le serveur leur apporta des huîtres sur un plateau d'argent. Le groupe de jazz jouait, et les *pankas* fixés au plafond brassaient un air poisseux. Pour une fois, ils s'abstinrent de parler du mariage. Ils burent de l'excellent vin, beaucoup de vin, et abordèrent tous les sujets dont ils avaient l'habitude de discuter : le travail de Guy, celui de Maddy, le fait qu'il était naturellement d'accord pour qu'elle continue à enseigner, dès que sa cheville lui permettrait de tenir debout toute une journée, mais accepterait-elle d'arrêter de fumer ? Il avait entendu dire que c'était mauvais pour la santé.

— Eh bien, si c'est ta théorie…, dit-elle en écrasant sa cigarette, souriant avec une aisance qu'elle avait presque jugé impossible d'éprouver en sa compagnie.

Peut-être devrait-elle boire du vin plus souvent.

— Quand on est satisfait, on dit rarement ça, lui fit remarquer Peter, quand elle alla prendre le café avec lui, le lendemain matin. Comment va ta tête ?

— Bien, répondit-elle, même si elle lui faisait atrocement mal et lui semblait moite, sous son chapeau cloche.

— Maddy, dit-il avec précaution. Le vice-roi va quitter Delhi dans moins d'une semaine.

— Je suis au courant.

— Une fois qu'il sera là, il sera trop…

— Peter, l'interrompit-elle plus sèchement qu'elle l'aurait souhaité. (Sa tête…) J'ai envie d'épouser Guy.

— Tu as toujours l'impression que c'est quelqu'un d'autre qui va se marier à ta place ?

Elle remua son café au lait sans dire un mot.

C'était pourtant exactement ce qu'elle ressentait.

À la fin du mois, avec sa mère, Della, Iris et Lucy (également demoiselle d'honneur), elle alla chercher leurs robes au *Watson's*. Essayant la sienne une dernière fois, elle entendit sa mère s'exclamer qu'elle était parfaite, rit du ravissement d'Iris et sourit quand Lucy imita Iris. Elle se serait crue dans une pièce de théâtre.

Ce fut la même chose la semaine suivante, quand Ahmed et le majordome de Guy emportèrent toutes les affaires d'Iris et de Maddy sur la route menant à la villa de Guy. Elle se tenait sur la chaussée, au milieu des insectes tapageurs, regardant le chariot s'éloigner, garantissant à Iris que, oui, bien sûr, elle pourrait revenir voir Suya et Cook quand elle le souhaiterait. Elle ne parvenait tout simplement pas à se faire à l'idée qu'ils allaient vivre ailleurs que là où ils avaient toujours vécu.

— Tu es triste ? demanda son père, dès qu'Iris fut partie avec Alice pour inspecter sa nouvelle chambre. Iris a grandi ici, après tout.

— Ça va, je crois, répondit-elle, se demandant sincèrement si c'était la réalité ou un mensonge.

Elle n'éprouvait pas grand-chose.

Elle vivait au jour le jour, comme elle l'avait toujours fait, mais elle avait l'impression d'être… mécanique, telle une marionnette que quelqu'un d'invisible manipulerait avec des ficelles elles aussi invisibles. Elle s'exprimait et riait comme elle le devait, et, puisque personne ne lui demandait si elle allait bien, ni ne la regardait bizarrement, elle supposait qu'elle devait avoir l'air plus convaincante qu'elle le croyait. Elle sortit de nouveau dîner avec Guy, mangea, sourit, et dansa même avec lui. Il la serra contre lui, les rides qu'elle avait remarquées sur son visage à son retour à Bombay s'estompant tant il était heureux, mais ne sembla à aucun moment deviner à quel point elle était à la dérive.

Elle faisait ce qu'il fallait, au moins.

Début mars, le vice-roi arriva à Bombay. Ils organisèrent pour l'accueillir un grand dîner officiel sur les pelouses de la villa illuminées par le clair de lune. Il tritura sa moustache, se retourna, adressa un clin d'œil à Guy, puis embrassa Maddy sur les deux joues, avant de faire remarquer que son vieil ami Guy avait beaucoup de chance.

— C'est moi la plus chanceuse des deux, rétorqua Maddy, ayant de nouveau l'impression surréaliste de tenir le rôle de quelqu'un d'autre.

Le lendemain matin, à trois jours du mariage, elle commença enfin à redescendre sur Terre. Ce fut la mère de Luke qui la ramena à elle quand elle reçut la réponse à sa lettre. Lorsqu'elle aperçut l'enveloppe sur la table du petit déjeuner, elle comprit combien elle l'avait attendue. En la saisissant, elle éprouva quelque chose pour la première fois depuis des semaines : elle était soulagée que Nina lui ait répondu. Elle avait également peur du contenu de sa lettre. En ouvrant l'enveloppe, elle sentit son cœur se remettre à battre, ses mains trembler. En lisant ses paroles d'une insondable générosité, elle sentit ses yeux se brouiller.

« Ne vous inquiétez pas, nous savons que vous avez toujours aimé notre fils. Du fond du cœur, nous vous souhaitons d'être heureuse. Nous espérons que vous envisagez toujours de venir nous rendre visite, un jour. Vous serez toujours chez vous ici. »

Iris arriva en courant, poussant un cri aigu, alors que sa mère était encore en train de lire.

— Encore trois dodos !

D'une manière ou d'une autre, Maddy parvint à ravaler ses larmes. Elle replia la lettre et la rangea.

Mais elle cessa vraiment d'avoir l'impression d'être une marionnette, par la suite. Elle devint plus silencieuse, y compris à l'intérieur d'elle-même. Elle n'avait plus d'appétit pour rien.

— Vous êtes souffrante ? s'enquit Cook, lorsqu'elle s'excusa une nouvelle fois de ne pas avoir fini son assiette.

— Je suis nerveuse, je crois.

Elle était pétrifiée.

Peut-être l'était-elle depuis qu'elle avait accepté d'épouser Guy. Trop engourdie par la panique, elle ne s'en était pas rendu compte…

Elle fut soulagée que tout le monde soit trop occupé pour remarquer son soudain silence. Sa mère était heureusement occupée avec Della à décorer l'église et la salle de bal. Son père et Peter se chargeaient d'escorter le vice-roi dans toute la ville, rendant visite à l'ensemble des cantonnements, organisant des déjeuners et des réceptions dans différents clubs et bureaux, l'aidant à entretenir ses relations avec les principaux hommes d'affaires indiens de la ville. Guy était à l'hôpital, pour faire des heures supplémentaires dans sa salle d'opération avant leur voyage de noces de deux jours, et Iris était franchement trop excitée pour penser à autre chose qu'aux gâteaux qu'on lui avait promis, à sa nouvelle chambre, et à qui, de Lucy ou d'elle, tiendrait la traîne de Maddy.

À force de volonté, Maddy tint bon, laissant filer les journées cuisantes et les nuits interminables, se baignant, se vêtant, écoutant Iris, tentant de dormir. Elle parvint presque à tenir le coup jusqu'au mariage, certaine que si elle survivait à la cérémonie, tout irait bien.

Elle était tout près du but.

Puis, la veille au soir, tandis que tout le monde était couché, elle commença à faire ses bagages pour leur voyage de noces, pliant ses affaires de nuit dans une valise pour qu'Ahmed puisse l'apporter à la suite du *Taj* que Guy avait réservée. Ses volets étaient entrebâillés, laissant pénétrer les bruits nocturnes de la jungle : le chant des cigales, le bruissement des feuilles, le chuchotement lointain des vagues.

Elle tira ses bas de son tiroir, la soie très fine capturant les reflets dorés de la lampe. Elle eut alors une pensée surgie de nulle part : *Guy va les voir…*

Les sourcils froncés, elle tenta de repousser cette perspective alarmante.

Mais, lorsqu'elle saisit son déshabillé, cela se reproduisit. Cette voix qui lui disait : *Ça aussi, il va le voir…*

Cette fois, elle ne put faire abstraction de son malaise. Elle serra l'article entre ses doigts et l'imagina l'effleurer, le lui ôter. Avant qu'elle comprenne ce qui se passait, elle ne pensa plus qu'à cela. Son esprit, si voluptueusement détaché quelques jours plus tôt, prit conscience de la terrifiante inéluctabilité du fait qu'elle allait se retrouver nue avec Guy. *Guy.* Ils feraient tous les deux ce qu'elle avait fait avec Luke. Demain.

Elle porta une main à sa gorge. *Demain.*

Ils allaient le faire tous les soirs jusqu'à la fin de leurs jours.

Tous. Les. Soirs.

— Oh, mon Dieu, murmura-t-elle. Oh, mon Dieu…

Elle avait du mal à respirer. Beaucoup de mal.

Renonçant à ses bagages, elle s'échappa de sa chambre en courant aussi vite que sa cheville affaiblie le lui permettait. S'arrêtant uniquement pour vérifier que l'*ayah* d'Iris était avec elle, elle descendit quatre à quatre les marches du perron, et atteignit l'allée avant que ses parents puissent l'entendre et la retenir, découvrir son effroi. Elle grimpa dans l'automobile qu'elle apprenait encore à conduire, mit le contact, et, projetant du gravier derrière elle, descendit l'allée en trombe, prenant la seule direction possible, sans s'arrêter avant d'avoir gagné la maisonnette de Peter. En sueur et tremblante devant sa porte, elle attendit qu'il lui ouvre.

Il était déjà en robe de chambre, prêt à se coucher. Repoussant ses cheveux blonds en arrière d'un air aussi perplexe que vaseux, il scruta la nuit, puis, prenant conscience de l'état de Maddy, il blêmit.

— Oh, bonté divine !

— Peter, bredouilla-t-elle. Je ne sais pas ce que je fais. Je ne sais plus.

Il écarquilla les yeux.

— Il est trop tard, Maddy chérie. Il est trop tard pour ça.

— Mais…

— C'est demain. Le vice-roi est là. Tout le monde est là. Tu ne peux pas faire ça à Guy. Ça l'anéantirait. Ton père ne pourrait plus jamais dresser la tête. Iris…

— Oh, mon Dieu…, lâcha-t-elle, sentant sa gorge se serrer en entendant le nom de sa fille, car, naturellement, elle ne pouvait pas la faire souffrir, ni aucun d'eux, d'ailleurs. Oh, mon Dieu, ce que je peux être bête !

Il s'abstint de la reprendre. Mais il écarta les bras et l'enlaça un long moment, lui promettant que tout allait bien se passer, vraiment.

— Tu as tant de raisons de l'épouser, lui rappela-t-il sans la lâcher. Parlons-en.

Ils restèrent assis toute la nuit, fumant trop de cigarettes, buvant des verres de brandy « revigorants », et parlant à n'en plus finir de la gentillesse de Guy, de sa bonté, de la chance qu'avait Iris de pouvoir compter sur lui, de la façon dont il la chérirait.

— Dont il vous chérira toutes les deux, rectifia Peter.

— Oui, confirma-t-elle en se servant un nouveau verre. Oui.

Lentement, régulièrement, forcée de se rappeler tout ce qu'il y avait d'admirable chez Guy, notamment le fait qu'il ferait un père parfait, elle sentit s'estomper son inquiétude à l'idée de devoir coucher (et de passer toute son existence) avec lui.

À moins que ce soit simplement l'épuisement qui ait pris le pas sur son affolement. Et le brandy.

Elle ne contestait pas le fait qu'il était vraiment trop tard pour revenir en arrière – au fond d'elle, elle le savait avant même que Peter le lui fasse remarquer, raison pour laquelle elle était à ce point hors d'elle –, et elle était prête à accepter toute l'aide qu'on lui proposerait pour aller de l'avant.

— Très bien, lui dit Peter avec le plus grand sérieux du monde en la raccompagnant à la porte. Je suis toujours là.

— Je te remercie.

— Ça va bien se passer, lui promit-il, tentant d'en paraître convaincu.

— Ça va bien se passer, répéta-t-elle, encore moins crédible que lui.

Mais elle laissa Peter héler un pousse-pousse, car elle avait beaucoup trop bu et trop peu dormi pour pouvoir conduire. Elle rentra à la villa, où personne ne s'était rendu compte de son absence. Elle était de retour dans son lit avant qu'Iris se réveille et surgisse dans sa chambre en courant :

— C'est aujourd'hui, c'est aujourd'hui !

À 9 heures, le télégraphiste lui apporta un message d'Edie (« Passe la plus merveilleuse des journées. STOP. Sûre que c'est la meilleure chose à faire pour vous tous. STOP. »), et un autre des parents de Luke. (« Pensons à vous deux. STOP. »)

À 10 heures, elle ôta les bagues de Luke de son cou, s'habilla en mariée pour la deuxième fois de sa vie, arriva à l'église sous le soleil et non la pluie, et, à 11 heures, elle en descendit l'allée centrale au bras de son père. Puis, devant plus de trois cents personnes, dont le vice-roi, elle promit à un homme à qui, s'était-elle aperçue bien trop tard, elle n'aurait jamais dû dire « oui » de l'aimer, de l'honorer et de lui obéir. Tandis qu'il lui souriait, si élégant et convenable dans son uniforme, sans plaisanter, pas même un peu («Je me serais presque fait avoir…»), elle se jura au moins de l'honorer et d'essayer de le rendre aussi heureux qu'il souhaitait la rendre heureuse.

La réception passa à toute vitesse, de façon aussi floue que brumeuse. Ils prirent la pose pour des photographes, burent du champagne, sourirent et remercièrent les innombrables invités d'être venus, puis ce fut terminé. Il faisait nuit, elle tenait la main de Guy, et ils gravirent le grand escalier de marbre du *Taj*, avant de gagner leur chambre.

—Je te remercie, lui dit-il en lui faisant franchir le seuil de la porte, puis en la conduisant vers le grand lit à baldaquin. Merci de m'avoir offert le plus beau jour de ma vie.

—De rien, répondit-elle, ce qui était ridicule, mais, debout depuis plus de vingt-quatre heures, elle parvenait tout juste à respirer tant elle redoutait ce qu'ils étaient sur le point de faire.

—Tu es nerveuse? lui demanda-t-il doucement.

«Je suis terrifiée, aurait-elle voulu hurler. Est-ce qu'on peut s'en passer?»

—Un peu, répondit-elle.

—C'est inutile. Détends-toi. (Il se pencha, l'embrassa dans le cou, sur son décolleté, s'apprêtant à lui déboutonner la robe.) Je t'aime tellement…

Il évita de la bousculer. Il défit sa robe, l'aida à s'asseoir sur le lit, faisant rouler ses bas sur ses jambes comme s'il s'agissait de la plus fragile des poupées de porcelaine. Il dénoua son corset, l'embrassa sur la poitrine, lui caressa la taille avec ses deux mains, ses cuisses… Il était lent, délicat et très gentil.

Mais lorsqu'il se hissa sur elle, elle ne put penser qu'aux crises de rire qu'elle avait eues quand Luke les avait jetés à la mer, tous les deux, cette nuit-là. Tout ce qu'elle ressentit sous le poids de Guy, tandis qu'elle s'enfonçait dans le luxueux matelas, fut le souvenir de son excitation, de son désir, pendant qu'ils se déshabillaient mutuellement, faisant l'amour encore et encore, dans ce petit et parfait voilier.

Chapitre 24

Cinquième hôpital militaire du roi, 1921

— Diana a écrit, annonça Arnold depuis la porte de la chambre de Jones. Elle dit qu'elle préférerait éviter de venir, à cause d'Ernest.

Installé à son bureau, Jones leva les yeux, le regard fixe. Cela faisait longtemps qu'il attendait ce moment, il avait tout misé sur lui, et, maintenant qu'il était enfin là, voilà qu'il était rongé par la peur.

— Qu'est-ce qu'elle dit ? demanda-t-il, forçant les mots à sortir de sa gorge trop serrée.

Arnold pencha la tête, étudiant la lettre dans sa main, les sourcils froncés sous ses lunettes. Il semblait également y avoir dans l'enveloppe une coupure de presse pliée en deux. Jones trouva curieux qu'Arnold ne lui ait pas simplement remis les deux pour qu'il les lise. Lui cachait-il quelque chose ?

Avant d'avoir l'occasion de lui poser la question, Arnold lui demanda :

— Est-ce que le nom de Maddy Bright vous dit quelque chose ?

Immobile, Jones oublia la coupure, attendant que le nom lui dise effectivement quelque chose.

« Maddy », répéta-t-il en silence.

« Maddy Bright ».

Il secoua lentement la tête, gagné par un sentiment glacial de résignation.

Il ne signifiait rien du tout.

Pas plus que le nom de « Luke Devereaux ».

Pas dans l'immédiat, du moins.

Abattu par la déception, il refusa d'écouter Arnold, qui tentait de lui expliquer qu'il fallait laisser du temps au temps.

— Ce n'est pas fini, lui garantit Arnold en repliant la lettre et la coupure sans lui avoir montré ni l'une ni l'autre.

Jones garda le silence. Il avait quant à lui l'impression que c'était bel et bien terminé.

Il déclina l'invitation d'Arnold de le suivre dans son bureau pour en parler. Lorsque sœur Lytton pénétra dans sa chambre, un chocolat à la main, il la renvoya également. Incapable de rester dans un endroit où les autres lui demandaient d'afficher son courage, ce qu'il ne supportait plus, il enfila ses bottes, une veste et prit la direction de la forêt, humant le brouillard et la fraîcheur du mois de mars, frappant les arbres avec un bâton, donnant des coups de pied dans les feuilles. Il ne savait pas jusqu'où il avait marché, mais, à mesure qu'était descendue l'obscurité printanière, son énergie l'avait quitté. Il se laissa tomber sur le sol moussu, appuya sa nuque contre un tronc et sanglota comme un enfant – pour lui, sa femme, sa fille, ses parents, tout ce qu'ils avaient perdu, et tout ce qu'il avait perdu –, vaincu par le désespoir de ces années qu'il avait passées à les chercher, prêt, désormais, vraiment prêt à finalement tout abandonner.

Il y était encore disposé à son retour au Cinquième.

« Vous vous souvenez de ce que vous m'avez suggéré, un jour, envisagea-t-il même de dire à sœur Lytton. *Eh, bien, je suis prêt à repartir de zéro, à devenir heureux. Je suis las de cet endroit. Tellement las… »*

Il était épuisé. Il évita la salle à manger, où il entendait dîner les autres patients, et, avant de dire quoi que ce soit à sœur Lytton qu'il puisse regretter plus tard, il se dirigea droit vers sa chambre, et s'endormit aussitôt.

Puis il rêva.

Il se trouvait de nouveau au milieu des arbres. Pas dans une froide forêt anglaise, mais dans la jungle indienne.

Il était en Inde.

Il se tenait devant un portail, contemplant l'allée qui menait à une vaste villa aux murs couverts de bougainvilliers. Des paons se pavanaient sur les pelouses, des palmiers se balançaient. Il vit un perron. Sur les marches de ce perron était assise une femme. Elle profitait du soleil. Sa chevelure blonde et ses pommettes crème étaient protégées par l'ombre de son chapeau.

Dans son inconscient, il l'observa. Il comprit qu'il attendait qu'elle lève les yeux, qu'elle remarque sa présence.

Pour une fois, il ne se réveilla pas avant.

Elle se tourna vers lui. Il la vit, malgré la distance, se fendre d'un sourire.

Il lui fit quelque chose, son sourire.

Il lui donna tout.

Chapitre 25

Maison de retraite des Grands Ormes, Angleterre,
décembre 1975

Jamais il ne voulut oublier la joie de ce moment. L'euphorie pure et simple de la retrouver, de tout retrouver. Installé devant l'une des baies vitrées de l'établissement, contemplant les pelouses gelées à travers les carreaux embués, il sentit son cœur se serrer. Une brûlure de douleur et de tristesse, à force de se rappeler son enthousiasme, l'espoir qui l'avait animé.

Rongé par l'impatience de pouvoir retourner auprès d'elle.

Mais, alors même qu'il était assis là, son esprit commença à s'embrouiller. Le désarroi l'obscurcissait. Son souffle s'accéléra. Il lutta une énième fois pour se raccrocher aux branches de la lucidité.

Quelques secondes plus tard, il avait oublié qu'il luttait pour se raccrocher à quelque chose.

Il regardait par la fenêtre.

Il ne se rappelait pas s'être assis devant. Son reflet le regardait : une épaisse chevelure, de larges épaules, mais plus basses que par le passé, plus frêles.

Il était devenu si vieux…

Il sentit le parfum d'un gâteau aux fruits en train de cuire. La radio, réglée à faible volume, diffusait de la musique classique. Le salon était presque vide. Un couple jouait aux échecs dans les fauteuils rembourrés, près du feu. À côté d'eux, une femme et sa fille savouraient des scones en buvant du thé.

Il n'était pas seul, non plus. Une femme âgée était assise juste à côté de lui. Elle l'observait d'un air inquiet. Sans un mot, il se tourna vers elle, tentant de comprendre qui elle était. Il essaya de ne rien montrer de son désarroi, devinant que cela pourrait la blesser – après tout, elle semblait avoir fait des efforts vestimentaires : une veste bleu pastel et une jupe assortie, une toque sur sa chevelure blanche –, mais, à en juger d'après ses sourcils froncés, la douceur avec laquelle elle lui tendait la main, il comprit que c'était un échec.

— Tu es de nouveau perdu ? demanda-t-elle.

— « Perdu » ?

— À Bombay.

Il fronça les sourcils. *« Bombay » ?*

— Ne t'inquiète pas. (Elle serra sa main.) Je suis là. Je vais t'aider. (Il vit briller son regard. Il n'aurait su dire si c'était de joie ou de chagrin.) Je suis là, répéta-t-elle.

Il avait l'impression qu'il valait mieux lui faire confiance. Ce serait même plus confortable, en réalité.

— Tu vas m'aider ? demanda-t-il.

— Oui, répondit-elle en lui tapotant la main. Mais que dirais-tu d'un bon chocolat, d'abord ?

Chapitre 26

Bombay, 1921

Après qu'ils se furent couchés, le soir de leur mariage, Maddy eut du mal à trouver le sommeil malgré son épuisement. Elle resta éveillée jusqu'au lever du soleil, les yeux brûlants, à côté d'un Guy repu, écoutant les bruits des autres chambres à travers les murs de l'hôtel : les tuyaux grinçants, les chasses d'eau des toilettes, les quintes de toux et les voix indiscernables d'inconnus. Elle-même avait envie d'aller aux toilettes, mais elle se sentait trop mal à l'aise pour le faire, redoutant de réveiller Guy. Elle recommença à s'affoler : comment avait-elle pu épouser un homme devant lequel elle ne pouvait même pas se résoudre à aller aux toilettes ? Elle se le demandait vraiment, mais, finalement, tandis que le soleil levant teintait de lumière le bord des volets de la fenêtre, elle se leva à contrecœur et traversa la pièce à pas de loup, grimaçant, endolorie comme cela n'avait jamais été le cas avec Luke, pas même la première fois. Elle se vida la vessie aussi discrètement que possible, avant de se laver les mains et le visage, mais, à son retour dans la chambre, elle le vit réveillé, lui adressant un sourire indolent depuis le lit.

— Viens, l'invita-t-il en se redressant, écartant les bras.

La peau de son torse était bien plus pâle que celle de ses bras, de son cou et de son visage. Luke était d'une couleur uniforme, un léger bronzage obtenu en nageant tous les jours.

Allait-elle cesser un jour de comparer Guy et Luke ?

— Maddy ? l'appela Guy, prenant un air inquiet. Tu as l'air contrariée. Tout va bien ?

— Oui. C'est juste que… j'ai mes règles.

Le mensonge était sorti tout seul. Elle se mit à rougir, plus en raison de l'intimité de l'aveu que de sa malhonnêteté.

Il ne parut guère gêné. Il était médecin, après tout.

— Oh, très chère, dit-il (encore cette expression…). Ma pauvre petite. Viens t'allonger.

Elle obtempéra. Que pouvait-elle faire d'autre ?

Il l'attira à lui, la prenant par la taille, l'embrassant dans le cou. Il faisait chaud. Trop chaud. Elle se mit à transpirer sous sa chemise de nuit.

— Peut-être que tu ne les auras pas le mois prochain, dit-il doucement.

— Peut-être, répéta-t-elle, sans lui révéler qu'elle était allée voir le docteur Tully pour lui demander un moyen de contraception.

Bien qu'elle ait décidé de devenir une bonne épouse – en tout point celle que Guy méritait –, elle n'était pas prête à avoir un enfant avec lui. Pas encore.

Il l'embrassa de nouveau, lui chuchotant qu'il était encore tôt, qu'elle ferait bien de se reposer avant qu'ils rentrent à la villa. Elle ferma les yeux avec gratitude, faisant mine de se rendormir.

Elle fit beaucoup semblant, les jours, puis les semaines qui suivirent. Elle s'y sentit obligée. Elle ne connut plus jamais l'impression (rétrospectivement merveilleuse) d'être une marionnette. Iris et elle emménagèrent dans la villa de Guy, s'installèrent dans leurs nouvelles chambres aux peintures refaites, au mobilier neuf et au plancher fraîchement ciré. Iris se sentit aussitôt comme un poisson dans l'eau – se blottissant contre Guy lorsqu'il lui racontait une histoire avant de se coucher, se glissant dans le lit de Maddy chaque matin, comme elle l'avait toujours fait –, et Guy se rendait à l'hôpital et en revenait d'un pas guilleret que Maddy s'efforçait d'imiter tout en éprouvant en permanence des picotements de terreur l'obligeant à surveiller chacune de ses paroles, chacune des expressions qu'elle employait pour éviter de révéler à l'un d'entre eux, ou aux deux, à quel point elle était loin d'être aussi heureuse qu'elle le prétendait.

Quand, après la fin de ses règles imaginaires, Guy vint frapper à la porte de leurs chambres communicantes et lui demanda s'il « pouvait », elle se dit que c'était maintenant ou jamais, qu'elle devait faire un effort. Elle s'obligea à acquiescer, puis à respirer quand il prit place à ses côtés, lui ôtant sa chemise de nuit par la tête.

— Tu es parfaite, déclara-t-il en l'embrassant sur l'épaule, la poussant doucement pour qu'elle s'étende. Trop parfaite. Je n'arrive pas à y croire.

Les yeux fermés, elle se retint de grimacer quand il s'immisça en elle. Elle avait elle aussi du mal à y croire.

Il lui fut plus difficile que jamais de se sentir à l'aise avec lui, maintenant que leurs nuits souffraient d'une si douloureuse intimité, sans parler du mensonge de sa contraception. Elle se détesta de nouveau devoir lui mentir lorsqu'elle eut réellement ses règles, prétendant qu'il lui arrivait de les avoir toutes les deux semaines, d'autant plus quand il s'inquiétait pour elle et lui conseillait d'aller voir le docteur Tully, juste au cas où.

— Je ne veux pas que tu t'inquiètes, cependant, lui assura-t-il, prenant son visage dans ses mains. Je suis convaincu que ce n'est rien.

— Oui, lui confirma-t-elle, parfaitement à l'aise. Moi aussi.

Déterminée à trouver de quoi s'occuper, elle décida de retourner à l'école, même si Guy s'inquiétait encore de la voir trop solliciter sa cheville, risquant de s'épuiser.

— Nous venons juste de nous marier. Tu as besoin de récupérer.

— Récupérer de quoi ? Ce sont Della et ma mère qui ont fait tout le travail.

— Mais tu as l'air fatiguée. Repose-toi encore un peu. Va au club, va déjeuner avec Della. Apprends à connaître certaines épouses de médecins de l'hôpital.

Elle haussa un sourcil.

— Guy, tu n'as pas épousé ce genre de personne.

Il esquissa un sourire, puis soupira d'un air résigné qui la poussa à se demander s'il ne commençait pas à trouver que cela aurait été plus facile pour lui.

Il ne protesta pas davantage, cependant. Il lui demanda simplement d'y aller en voiture plutôt qu'à pied. Elle le lui promit. Mais c'était encore un mensonge. Elle aimait trop la courte promenade sous les arbres verdoyants, le chant des oiseaux et la douce chaleur moite pour s'en passer.

Elle fut ravie de retrouver les enfants. Cela plut également à Iris, qui courut s'asseoir à côté de Suya dès qu'elle pénétra dans la classe au plafond bas. Les autres se précipitèrent vers Maddy. Elle les embrassa chacun à leur tour, riant de leur joie, de sentir leurs bras enthousiastes autour de son cou. Puis elle frappa dans ses mains, leur demandant de se mettre au travail. Les matinées où elle leur faisait la classe – leur apprenant l'arithmétique, chantant des chansons, écrivant des histoires, voire en faisant venir sa mère pour peindre –, elle oubliait ses nuits, ses tracas. Elle n'avait plus l'impression de s'être immiscée dans la vie de quelqu'un d'autre.

Mais cela revenait dès qu'elle regagnait la villa de Guy. Dès qu'Iris et elle longeaient le couloir ombragé, pénétraient dans les grandes pièces sombres qu'elles ne connaissaient pas, elle sentait ses épaules s'affaisser. Cela la mettait mal à l'aise. Guy s'était montré très accueillant (tous ces nouveaux meubles, la peinture fraîche…). Elle décida de lui faire plaisir. Il avait parlé d'inviter ses officiers supérieurs à dîner, lui soutenant qu'ils étaient tous impatients de la revoir. D'ailleurs, ils l'avaient si souvent invité quand il était célibataire qu'il leur était redevable. Bien qu'elle ne soit pas vraiment ce genre de personne – le genre à passer des heures sur les décorations et les plans de table –, elle était également consciente que Guy ne tarderait pas à avoir des problèmes si elle ne commençait pas à recevoir.

S'adaptant en douceur, elle invita ses parents, Peter, Della et Jeff à déjeuner le dimanche suivant. Malheureusement, elle oublia de demander au majordome de Guy ce qu'il pensait de ce projet et se contenta de lui en annoncer la tenue. Elle comprit son erreur en voyant son regard se pétrifier. Il refusa de discuter du menu et des différents produits avec elle, lui garantissant – d'un air encore plus offusqué que celui de Cook quand elle lui avait proposé de l'aider pour son *Victoria sponge cake*, des années auparavant – qu'il était tout à fait capable de gérer lui-même la maison, que c'était son travail avant même qu'elle soit née, *memsahib*. Maddy n'avait aucune envie de se disputer avec lui – à vrai dire, il était le bienvenu, s'il souhaitait tout gérer –, mais lui demanda de s'assurer au moins que la viande soit fraîche, étant donné qu'Iris et elle avaient été malades à plusieurs reprises depuis leur emménagement. Oh, sa tête! Elle était convaincue que c'était pour la punir de son ingérence qu'il s'était procuré le plus gros poulet qu'elle ait jamais mangé et, malgré une chaleur de près de trente-huit degrés, en ce mois d'avril (même à l'ombre des arbres du jardin où ils devaient manger), avait demandé au cuisinier de Guy de préparer une sauce grumeleuse, des carottes bouillies et des pommes de terre rôties horriblement sèches en accompagnement. Personne ne put manger, pas même Guy (qui lui expliqua calmement qu'il était inutile qu'elle s'occupe de l'aspect domestique de la maison, à l'avenir, le personnel étant des plus qualifiés). Ils transpirèrent tous sous le soleil de plomb, picorant du bout des dents la nourriture qui se figeait dans leurs assiettes, mettant les nerfs de Maddy à rude épreuve, jusqu'à ce qu'Emily, la cadette de Della et Jeff, déclare que c'était dégoûtant, avant de jeter son assiette dans l'herbe et, ne disposant manifestement pas du caractère enjoué de son père, de se pencher pour planter ses crocs dans le bras de sa sœur, qui ne se doutait de rien. Tandis que Lucy hurlait, inconsolable, et que Jeff sermonnait Emily, le téléphone que Guy avait fait installer sonna. L'hôpital. On l'appelait pour réaliser une opération, le chirurgien de garde ayant attrapé le typhus. Avant de partir, il embrassa Maddy. La démonstration était si publique qu'elle se crispa d'une manière qu'elle ne s'autorisait plus, en temps normal, tournant la tête pour qu'il l'embrasse sur sa joue moite et non sur ses lèvres, puis grimaça en le sentant regimber, d'autant plus quand, jetant un coup d'œil autour d'elle, elle s'aperçut à la façon tendue dont tout le monde triturait soudain sa serviette qu'ils avaient tous remarqué cet échange embarrassant.

—Je suis désolée, s'excusa Maddy auprès de Guy, le rattrapant avant qu'il atteigne la villa. (Elle le regarda en plissant les yeux.) J'étais juste très contrariée à cause du repas.

— Ce n'est rien, dit-il, visiblement soulagé qu'elle lui fournisse une excuse.

— Je ne suis pas douée pour recevoir.

— Tu vas t'améliorer, la rassura-t-il, lui adressant un de ses gentils sourires, mais sans prétendre le contraire, car il souhaitait vraiment qu'elle s'améliore. (Il jeta un coup d'œil par-dessus son épaule.) Tu ferais bien de retourner à table, ajouta-t-il. Tout le monde nous regarde. (Il l'embrassa de nouveau. Cette fois, elle se souvint de le laisser faire.) Ne m'attends pas, ce soir. Si je finis tard, je resterai à l'hôpital.

— D'accord, dit-elle, soulagée à son tour, avant de se sentir coupable d'être soulagée.

Elle regagna la table, prête à répondre aux inévitables questions de ceux qui souhaitaient savoir si tout allait bien. Elle garantit à tout le monde que c'était le cas, que le poulet l'avait un peu rendue malade. Naturellement, personne ne trouva à redire.

Elle voyait bien qu'ils étaient tous persuadés que ce n'était pas tout. Son père, si heureusement convaincu de son bien-être tout au long de ses fiançailles, la dévisageait de nouveau avec inquiétude. Peter, remplissant son verre de vin, avait le teint verdâtre. Elle se demanda s'il repensait à la façon dont il l'avait convaincue de ne pas s'affoler, la veille de son mariage.

— Oui, lui avouerait-il plus tard, ça m'a traversé l'esprit.

Même sa mère et Della semblèrent inquiètes.

— Ce n'est pas trop dur d'avoir repris l'école ? s'enquit sa mère. Tu as maigri.

— C'est vrai, confirma Della. Et on dirait que tu es à plat. Tu étais si enthousiaste, avant le mariage…

« J'étais une marionnette », faillit lui répondre Maddy. Mais elle se ressaisit.

— C'est un retour de manivelle ? poursuivit Della. J'ai entendu dire que ça arrivait.

— Peut-être, répondit Maddy, sautant sur l'occasion. Probablement.

Puis, consciente de l'immobilité et du silence d'Iris, qui écoutait la conversation, à ses côtés, elle demanda qui était prêt à affronter le dessert.

— Sans façon, répondirent-ils tous à l'unisson, les mains levées. Non merci.

Ce qui la fit éclater de rire, en dépit de leur inquiétude.

Préférant éviter de risquer d'aggraver la situation, elle fit en sorte de rire souvent, durant le reste de l'après-midi, de parler davantage, d'être heureuse, et fut soulagée quand ils semblèrent se détendre à leur tour. Quand Lucy et Iris partirent s'amuser, elle suggéra même d'organiser une fête d'anniversaire pour Iris, qui allait avoir six ans dans un peu moins de quinze jours, le samedi au milieu du mois.

— On pourrait lui faire la surprise, à la villa. (Elle se tourna vers ses parents.) Si ça vous convient, bien sûr.

— Avec joie ! s'exclama son père.

— Avec plaisir, dit sa mère.

— Ne pourrait-on pas y inviter Diana et son nouveau mari ? suggéra Peter.

— Diana est de retour ? s'étonna Maddy.

— Elle vient d'arriver, répondit Peter. Avec Alfred, ou Alf, comme on doit l'appeler. (Il grimaça.) Il est venu au bureau, vendredi. (Il éclusa son verre.) C'est affreux, comme diminutif.

— Alf me fait regretter Ernest, admit Richard en poussant un soupir. Pauvre Ernest.

— Tu as vu Diana ? demanda Maddy à sa mère.

— Pas encore, lui répondit-elle d'un ton curieusement sec. Je ne suis pas pressée.

— Rappelle-moi pourquoi je dois recruter son mari, déjà ? demanda Richard.

— Il me semble convenable de lui rendre service, répondit Alice d'une voix toujours aussi tendue.

— Eh bien, de toute façon, c'est décidé, décréta Della. Ni Diana ni… Alf à la fête. Iris nous remerciera quand elle sera plus grande.

— Très bien, dit Maddy. On fera ça en petit comité. J'irai chercher les enfants à l'école. Elle va adorer.

Cela aurait été le cas, Maddy en était certaine, si cela s'était passé comme prévu.

Mais, le lendemain matin, Guy, qui était rentré épuisé de l'hôpital, proclama que c'était une excellente idée, et se demanda si ce ne serait pas le prétexte idéal pour enfin inviter l'ensemble de ses collègues. Nombre d'entre eux avaient également une famille, expliqua-t-il, et Iris aurait l'occasion de se faire d'autres amis, eh bien… comme elle.

— Britanniques, tu veux dire, précisa Maddy.

— Oui, très chère, confirma-t-il avec un sourire las. Il n'y a rien de mal à ça.

Elle ne se sentait pas très bien non plus, mais, comme il avait l'air très fatigué (et qu'elle se sentait encore horriblement mal d'avoir évité son baiser), elle céda et tenta de ne rien montrer de sa consternation lorsqu'il lui présenta une liste de noms longue comme son bras.

— Eh bien, si nous les invitons tous, fit remarquer sa mère, nous ferions bien d'inviter aussi tous ceux qui travaillent pour ton père. Nous ne pouvons nous permettre de vexer qui que ce soit.

— Il y aura autant de monde qu'au mariage, annonça Maddy à Della.

— Qu'y pouvons-nous ? demanda cette dernière.

Rien. Maddy en était consciente. Elle se mit à regretter d'avoir émis l'idée de cette fête.

Elle le regretterait davantage encore le jour venu, mais c'était une autre histoire. Les deux semaines qui suivirent, quand elle n'était pas à l'école, elle allait et venait chez ses parents à une fréquence que les exigences de l'organisation d'une fête pour un enfant ne rendaient pas vraiment nécessaire. Mais les grincements de la villa, son parfum de citronnelle et de cire à bois ainsi que les pièces baignées de lumière lui manquaient, bien plus qu'elle ne s'y était préparée lorsqu'elle avait assisté au déménagement de ses affaires et de celles d'Iris. Chaque fois qu'elle mettait le pied sur la terrasse et s'appuyait contre la balustrade, contemplant le jardin qu'elle avait appris à aimer au fil des ans, elle soupirait. À l'occasion, elle montait dans sa chambre et s'asseyait sur son lit, ses allumettes et la soie dorée de Luke dans les mains. Elle regardait le soleil par la fenêtre, sentant son cœur se serrer. Il était si merveilleux de passer de nouveau du temps avec Cook et Ahmed, qui, ravis, avaient tous deux ricané quand elle leur avait raconté la débâcle du poulet rôti.

— Vous n'auriez jamais dû nous quitter, regrettèrent-ils.

Elle était de leur avis. Elle leur prépara ensuite du *chai*, qu'ils burent en parcourant les livres de recettes, se préparant aux hordes d'invités qui allaient leur tomber dessus. Iris ne se doutait de rien. Elle était trop occupée à lire des histoires avec sa grand-mère, dans son ancienne chambre, à jouer dans le jardin avec Suya et les autres. À mesure que son anniversaire approchait, elle commençait à ne plus avoir envie de partir, le soir, pleurant et implorant sa mère de rester, « s'il te plaît, s'il te plaît », encore quelques minutes. Maddy finissait par la ramener chez elle, sans la gronder, mais en la serrant fort contre elle, parce qu'il était évident qu'elle avait beau paraître heureuse chez Guy, son ancienne maison lui manquait aussi beaucoup. La maison de Guy paraissait toujours trop calme, en comparaison, quand elles y retournaient, débordant d'employés qui ne les connaissaient pas, et sans lui, puisqu'un autre de ses chirurgiens était tombé malade, et qu'il devait pratiquement vivre à l'hôpital.

Si étouffante Maddy puisse-t-elle trouver la présence de Guy, lorsqu'il était absent, les soirées lui paraissaient très longues. Épuisée par ses longues journées, Iris s'endormait toujours à 19 heures. Dans la maison où le moindre son résonnait, on n'entendait que ses légers ronflements. Maddy était réticente à l'idée d'y inviter ses parents, de peur de les inquiéter, comme cela avait été le cas lors de ce fameux déjeuner. Elle n'avait aucune envie de déranger Della pour la même raison. Du reste, Della était occupée avec sa propre famille et une Emily de plus en plus difficile. Peter, qui ne lui avait laissé aucun doute quant au fait qu'elle pouvait l'appeler à tout moment, l'avait serrée longuement dans ses bras, après ce sinistre dimanche, et elle se doutait que, si elle lui demandait de venir, il parviendrait à la faire parler de choses dont elle n'avait aucune envie de parler.

Alors, sans jamais l'avoir planifié, elle demanda à l'*ayah* de surveiller Iris, et se mit à sortir seule.

Elle retourna à l'ancien appartement de Luke.

Elle culpabilisa tant en se faufilant hors de la villa et en se hissant dans sa berline argentée… Elle savait que Guy, qui lui avait offert l'automobile qu'elle utilisait pour le trahir – et qui travaillait si dur, toujours en train d'aider les autres –, serait effondré s'il savait ce qu'elle faisait. Chaque fois qu'elle s'arrêtait devant l'appartement silencieux et endormi de Luke et qu'elle regardait fixement la porte de bois, imaginant son ombre la franchir, elle se promettait que c'était la dernière. Mais ce n'était jamais le cas. Nuit après nuit, elle descendait de son automobile et caressait du bout des doigts le rebord de la fenêtre. S'asseyant sur les marches qu'il avait foulées, elle serrait sa bague en diamant dans ses mains. Elle appuyait sa tête contre la porte, fermait les yeux et se perdait dans ses souvenirs, parfois des heures durant.

Elle répéta ses sorties jusqu'à la veille de la fête d'anniversaire de sa fille.

La fête où tout changea.

Chapitre 27

À 13 heures, ce samedi-là, les réjouissances battaient leur plein, sous un soleil radieux. Les collègues de Richard et de Guy occupaient la grande pelouse, fumant et buvant, vêtus d'un costume blanc et d'un casque colonial, leurs épouses rougies par la chaleur à leurs côtés, riant, éventant leurs visages roses, s'enfonçant dans l'herbe avec leurs talons. Des enfants en nage couraient partout, allant des jongleurs aux magiciens en passant par les poneys que Richard avait lui-même fait venir, se cramponnant aux tables chargées de gâteaux et de sandwichs, ainsi qu'aux inévitables plateaux de feuilletés au curry. Il y avait beaucoup trop de monde. Alice dut concéder que Madeline avait eu raison sur ce point. Plus d'une centaine de convives s'étaient présentés, et Iris, qui collait sa mère comme une ombre depuis le début des festivités, était manifestement submergée par la présence de tous ces inconnus, n'appréciant pas vraiment sa surprise. Richard, resplendissant sous un autre de ses chapeaux en papier, tentait de l'attirer vers les poneys, mais elle se cramponnait à sa mère, qui semblait encore bien trop maigre, et dramatiquement lasse, des cernes violets dus au manque de sommeil sur sa peau crème.

Alice poussa un soupir contrarié. Elle ne s'était pas attendue à ce que Madeline ait autant de mal à s'adapter à sa nouvelle existence. Pour sa part, incapable de rester totalement sourde aux préoccupations initiales de Richard, elle l'avait observée attentivement tout au long de ses fiançailles, préférant être absolument certaine de ne pas avoir contribué à la pousser dans une mauvaise direction. Mais Madeline lui avait paru aller… si bien. Mieux que bien. Presque comme dans son ancienne vie. Même Richard avait changé d'avis et avait fini par admettre que cette union irait pour le mieux. Alice avait du mal à imaginer ce qui avait pu se passer depuis. Elle avait discuté avec Iris, mais celle-ci lui avait garanti qu'il n'y avait pas eu de disputes ni même de désaccords entre eux, à la maison.

« Et maman sourit et rit toujours autant ? » lui avait demandé Alice.

« Oui, avait répondu la fillette, distraite par la poupée avec laquelle elle jouait. Guy fait aussi des câlins à maman, beaucoup. »

Alice se mordait la lèvre inférieure, à présent, étudiant Madeline qui passait son doigt autour du col de sa robe ample en dentelle crème. Peter lui tendit un verre de champagne, mais Madeline secoua la tête. Il était trop chaud, sans doute. Ou… Alice sentit son cœur se mettre à battre plus rapidement, le temps d'un instant. Peut-être était-elle enceinte. Elle avait été très malade, quand elle attendait Iris, après tout, ne supportant pas même l'odeur de l'alcool. Oui, cela pouvait vraiment être ça.

Alice se tourna vers Guy, qui se tenait avec Della, Jeff et leurs enfants devant le magicien, Jeff tenant fermement la mordeuse par la main. Contrairement aux autres, Guy ne regardait pas le magicien exécuter son tour. Il observait Madeline, comme s'il rêvait de pouvoir lire dans ses pensées. Il avait l'air épuisé, après ses longues heures passées à l'hôpital, mal à l'aise dans son costume, et, pour une fois, faisait bien ses quarante-huit ans. Mais il ne semblait pas abattu. Loin de là. Il avait un regard… protecteur, presque.

Comme ce serait le cas si Madeline était enceinte.

Plus Alice y réfléchissait, plus elle était convaincue que c'était possible. Elle commença presque à se détendre.

Puis elle se souvint de Diana.

Elle l'avait vue, un peu plus tôt dans la semaine, ayant eu la malchance de la croiser devant le *Gymkhana Club* en allant y déjeuner avec Richard. (Ils avaient déjeuné ensemble beaucoup plus souvent, ces dernières années. Comme sa relation avec Madeline allait beaucoup mieux, elle était parvenue à cesser de le repousser, comme par le passé. C'était tellement agréable d'avoir arrêté…) Diana n'avait pas changé : du rouge à joues trop prononcé, un sourire nerveux et des cheveux noirs qu'elle avait fait couper à la nouvelle mode (une erreur, avec l'humidité indienne : ils frisaient sous son chapeau).

Elles avaient procédé à toutes les civilités d'usage, toutes deux pensant, Alice en était convaincue, à cette lettre que Diana lui avait envoyée en 1916. « Personne ne peut imaginer croiser deux fois un tel visage. » Alice, qui faisait généralement de son mieux pour oublier la suggestion grotesque de Diana d'après laquelle Luke aurait pu survivre, n'y avait bien sûr jamais fait allusion.

Elle ne s'attendait vraiment pas à ce que Diana en parle.

Et pourtant…

« En avez-vous parlé à cette chère Maddy ? » avait-elle demandé.

« Je vous ai dit que je n'en ferais rien », avait répliqué Alice d'un ton glacial, même à ses propres oreilles.

« Seulement, il y a eu des faits nouveaux », avait révélé Diana.

Au grand dam d'Alice, elle avait poursuivi, lui racontant comment un certain docteur Arnold lui avait écrit, lui disant que l'homme qu'elle avait cru reconnaître comme étant Luke l'avait apparemment reconnue aussi.

« Il n'avait pourtant toujours aucun souvenir. J'ai répondu au médecin, lui apprenant que Maddy s'était remariée, et j'ai envoyé des photos parues dans la presse pour que ce patient puisse voir s'il la reconnaissait. (Elle avait fait la moue.) Ça avait l'air d'un beau mariage, Alice. On aurait bien aimé y être invités. »

« Vous n'étiez pas là », avait-elle répondu du tac au tac.

« Oui, bien sûr. Je me doutais que c'était pour cette raison. »

« Avez-vous eu des nouvelles du docteur Arnold, depuis ? » était parvenue à lui demander Alice.

« Une fois seulement. Il m'a dit qu'il avait montré les coupures de presse à son patient, et que je n'avais plus à me soucier de lui, désormais. (Elle avait haussé les épaules avec grâce.) Est-ce que je dois comprendre que cet homme était, ou n'était pas, Luke Devereaux ? Et Maddy est-elle bigame, ou non ? (Elle avait poussé un éclat de rire. Un rire sonore.) Une divorcée ferait pâle figure, en comparaison. »

« Ce n'était pas Luke, avait soutenu Alice, des plus sérieuses. Ça ne peut pas être lui. Peter était à ses côtés, quand il est mort. »

« Exactement. Vous en étiez convaincue, n'est-ce pas ? J'en ai également fait part au docteur Arnold. (Son regard avait pétillé. Alice, qui n'avait jamais fait de mal à une mouche, avait été tentée de lui faire perdre son petit air satisfait.) Comptez-vous en parler à Maddy ? avait poursuivi Diana. Ainsi, elle pourrait écrire en personne au docteur Arnold et en avoir le cœur net… »

Alice s'était abstenue de lui répondre.

Elle y avait réfléchi. Nuit et jour.

Elle y réfléchissait encore. Elle se tourna vers le pauvre Guy, épuisé, puis vers Madeline, agenouillée devant Iris, tentant apparemment de la persuader de faire quelque chose, et décida de garder le secret. À quoi bon ? Ce malheureux soldat ne pouvait vraiment pas être le pauvre Luke. Ce dernier était mort. Et Maddy avait une nouvelle famille, désormais. Une vraie famille. Il lui fallait un peu de temps, un peu d'aide pour s'adapter, s'installer dans les longues années de bonheur qui l'attendaient là, en Inde, Alice en était convaincue.

Elle ne pouvait simplement pas se résoudre à mettre tout cela en péril.

Guy regardait Maddy parler à sa fille, sans s'apercevoir qu'Alice l'observait. Il sourit à la façon dont Maddy tenait les joues d'Iris dans ses mains, la tête inclinée alors qu'elle tentait de la convaincre de s'amuser un peu. Sa femme. Si délicieuse...

Il l'avait observée, quelques heures auparavant, quand elle s'habillait pour la fête. Il venait de rentrer de l'hôpital – où, grâce à l'envoi de personnel temporaire depuis Pune, ils ne seraient bientôt plus à court de chirurgiens –, et, après son bain, il s'était assis au bord de son lit pour attacher ses boutons de manchettes. Il s'était interrompu en l'apercevant dans l'entrebâillement de la porte communicante. Elle ne portait que son corset. Sa chevelure détachée tombait sur ses épaules nues. Il avait regardé sa poitrine se gonfler quand elle s'était baissée pour remonter ses bas sur ses mollets, et écouté le doux bruissement de la soie sur sa peau. Du bout des doigts, elle avait effleuré ses genoux, ses cuisses, et il avait senti ses mains se faire moites. Il aurait voulu s'approcher d'elle. Il en avait eu tellement envie. Il savait qu'il valait mieux la laisser tranquille, qu'elle était occupée, qu'elle se préparait pour Iris, mais cela faisait si longtemps qu'il ne l'avait pas touchée... Alors, incapable de s'en empêcher, il s'était levé et avait dirigé ses pas vers sa chambre.

Elle avait levé les yeux en le voyant.

« Salut, avait-elle dit en souriant. (Ce petit sourire lent qu'elle semblait lui réserver.) On dirait que tu as plus besoin de dormir que d'aller à une fête. »

« Je ne voudrais pas manquer ça », lui avait-il rétorqué, prenant ses mains dans les siennes, lui embrassant les poignets, écoutant son souffle vaciller, toujours aussi nerveuse.

Il l'avait attirée à lui, souhaitant pouvoir apaiser sa nervosité. Il avait soulevé sa chevelure, l'avait embrassée sur la nuque, se perdant dans son parfum, sa proximité, désirant qu'elle en fasse autant.

Elle avait hésité, prétextant un manque de temps.

« S'il te plaît », l'avait-il implorée.

S'il te plaît, laisse-moi te montrer combien je t'aime...

« Ce soir », lui avait-elle murmuré.

« Je ne peux pas attendre », avait-il insisté.

Et, en fin de compte, elle avait cédé. Il s'était trop précipité, cependant. Il ne s'était même pas arrêté pour lui donner le temps d'aller aux toilettes, comme elle le lui avait demandé. Il s'était senti plutôt honteux, par la suite. Il s'était excusé d'avoir été un tel mufle.

« Tu n'es pas un mufle », avait-elle répondu doucement, remettant déjà ses bas.

Il avait alors tenté de repousser l'idée malvenue qu'elle aurait pu être ravie que cela se soit terminé si vite.

— J'arrive dans une minute, l'entendait-il à présent dire à son père et à Peter tandis qu'elle se redressait pour conduire Iris sur la pelouse.

Il fronça les sourcils, se demandant où ils pouvaient bien aller.

Sans prendre le temps de réfléchir, il se lança à leur poursuite.

Ils étaient partis manger du gâteau avec Cook dans la cuisine. Les trois enfants du jardinier s'étaient montrés trop timides pour se joindre à la fête, avec autant de monde, et Iris avait peur qu'ils soient fâchés contre elle, quand elle les reverrait à l'école. Alors, Maddy lui avait promis qu'elles les retrouveraient et les ramèneraient.

« Ahmed aussi ? » avait demandé Iris.

« Ahmed aussi. Et Peter ira chercher Emily et Lucy… »

« Promis », avait confirmé Peter.

« Et j'irai chercher mamie », s'était proposé Richard.

En approchant de la villa, entendant Guy l'appeler par son prénom, Maddy s'aperçut qu'elle l'avait complètement oublié. Elle se figea, maudissant son insensibilité.

— Oh non, dit Iris, pauvre Guy…

« La vérité sort de la bouche des enfants. »

— Va le prévenir, l'encouragea Maddy en la poussant d'une main dans son dos chaud et moite.

Iris s'éloigna en trottinant.

Maddy la suivit du regard, vit Guy esquisser un sourire et l'accueillir dans ses bras.

— Salut, ma douce.

Puis quelque chose de curieux se produisit.

En prenant Iris dans ses bras, Guy s'immobilisa, regardant par-dessus l'épaule de la fillette en direction de la villa, son attention manifestement attirée par quelque chose, sur la grande terrasse ombragée. Il écarquilla les yeux, comme s'il craignait ce qui – ou celui – qui était là.

Maddy n'hésita pas à suivre son regard. D'un geste aussi naturel qu'une respiration, elle leva les yeux vers ce qui semblait tant le bouleverser. Elle ne se donna pas le temps de réfléchir, de deviner ce qu'elle pourrait voir. Même si cela avait été le cas, jamais elle ne se serait permis d'imaginer que ce serait lui, les mains dans les poches, son regard noir au milieu de son visage inoubliable. « Tu croyais vraiment que j'allais pouvoir manquer un anniversaire de plus ? »

Curieuse, elle se retourna, pencha la tête et leva les yeux. Il lui fallut une fraction de seconde, pas davantage, pour le voir. Une chemise blanche. Une veste de lin. Ses cheveux noirs sous un panama.

Elle sentit un sanglot dans sa gorge. Il s'amplifia, l'étouffant, sans pour autant sortir.

Il se tenait juste derrière la balustrade, impassible, le regard rivé sur elle, comme s'il avait lui aussi du mal à comprendre ce qui se passait. Elle contempla – l'immobilité de ses mâchoires crispées, ses joues – son visage, qu'elle aimait tant, et ses larmes se mirent finalement à couler. Elle poussa un petit cri étouffé, un cri de joie, voire d'euphorie. L'espace d'un instant, plus rien d'autre n'exista. *Il est en vie*, songea-t-elle. *En vie !* Elle se sentit gagnée par un sentiment merveilleux qui lui emplit les poumons, la poitrine, jusqu'au bout de ses doigts, de chacune de ses terminaisons nerveuses. Elle avait envie de courir vers lui, de se jeter dans ses bras. Ses muscles lui hurlaient de le faire.

Mais elle demeura figée.

Et lui aussi.

Elle ne voyait pas ce qui les en empêchait.

Puis il regarda derrière elle, à l'endroit où se tenaient Guy et Iris. Lentement, douloureusement, elle retourna à la réalité inflexible du jardin où ils se trouvaient. Elle vit

Luke (*Luke !*) regarder leur fille dans les bras de Guy. *Stop !* voulut-elle crier. *Arrête !*

Mais il l'avait déjà vue.

Lisant la souffrance sur son visage, elle sentit sa propre poitrine voler en éclats.

Parce qu'il était venu, finalement. Après six ans d'attente, il était venu.

Mais c'était deux mois trop tard.

Chapitre 28

Il quitta la terrasse avant qu'elle ait pu faire le moindre geste pour l'arrêter, disparaissant sans un mot. Presque comme s'il n'avait jamais été là. La fête se poursuivait – le magicien se faisait mousser, les spectateurs applaudissaient en riant, les poneys hennissaient, personne ne semblant s'apercevoir que le monde venait de basculer sur son axe –, et Maddy était vaguement consciente qu'elle pouvait s'estimer heureuse que peu de gens l'aient vue, mais ce qui occupait ses pensées pour le moment était le fait que Luke était vivant – *vivant!* – et qu'elle l'avait laissé partir.

Il fallait qu'elle le fasse revenir.

Les jambes tremblantes, elle s'élança.

— Maman, retentit alors la voix d'Iris dans la chaleur et le brouhaha du jardin, l'arrêtant dans son élan.

La seule voix capable de l'arrêter.

Maddy se retourna. Iris courait vers elle d'un air bouleversé. En voyant la panique dans son expression, la confusion dans ses yeux bleus, Maddy ferma les siens, soudain honteuse d'avoir été sur le point de la laisser sans un mot d'explication. Elle s'accroupit dans l'herbe, écartant les bras – flasques à cause du choc –, et l'étreignit, serrant son petit corps tremblant.

— Pourquoi tu pleures ? demanda Iris.

— Je ne pleure pas, rétorqua Maddy en se mordant les joues pour s'empêcher d'éclater en sanglots.

— Il ressemblait à mon papa sur ta photo, poursuivit Iris.

— Oui, répondit Maddy, l'imaginant déjà à mi-chemin dans l'allée, regardant par-dessus son épaule, se demandant pourquoi elle n'avait pas pris la peine de le suivre. Iris, il faut que j'aille le retrouver...

— Non, maman, non. (Elle se cramponna à sa mère.) Reste avec moi.

— Je reviens dans quelques minutes.

— Tu ne peux pas.

— Viens avec moi, décida Maddy, désespérée.

— Je veux que tu restes là.

— Allons à l'intérieur, déclara Guy, faisant savoir à Maddy qu'il les avait rejointes.

Depuis quand était-il là ?

— Guy, commença-t-elle, jetant un nouveau coup d'œil à l'endroit désert où s'était trouvé Luke. Il faut que...

— Non, dit Iris en serrant sa mère contre elle.

— Rentrons, suggéra Richard, lui aussi soudain présent, les traits tirés sous son chapeau en papier, une Alice tendue à ses côtés.

« Je ne veux pas rentrer ! » faillit hurler Maddy. Iris, plaquée à elle telle une ventouse, l'en empêcha.

— Je ne te laisserai pas y aller, déclara Iris, au cas où elle aurait eu le moindre doute.

Maddy prit une inspiration, prête à la supplier. Mais, avant qu'elle en ait l'occasion, Iris fondit elle aussi en larmes.

— Iris, insista sa mère d'un ton de désespoir. Iris, tu n'es pas obligée de...

Mais sa fille refusait de se calmer. Aucun d'eux n'y parvint. Maddy était certaine que ce n'était pas seulement à cause de Luke. Elle avait été perturbée toute la journée, après tout, et le fait qu'elle s'effondre maintenant était sans aucun doute aussi bien lié à cette fête oppressante – le genre de contrariété que subirait n'importe quel enfant de six ans dont la fête d'anniversaire aurait si mal tourné – qu'à quoi que ce soit d'autre. Mais il n'était pas plus facile de la consoler pour autant. Maddy embrassa ses larmes, ses joues rondes brûlantes, et se sentit mal parce que les secondes défilaient, emportant Luke, et elle était encore là, incapable de le rattraper.

— Venez, dit son père, les poussant toutes les deux vers la villa.

D'une manière ou d'une autre, Maddy parvint à mettre un pied devant l'autre. Jetant un coup d'œil par-dessus son épaule, elle scruta le jardin bondé, à la recherche de Peter. Elle ne le voyait pas. Seulement Della, avec Jeff et les filles, regardant le magicien. Peter avait-il aperçu Luke ? Était-il parti à sa recherche ?

Elle l'espérait, pour que, au moins, Luke ne soit pas seul. Peter lui expliquerait tout, lui rappellerait combien elle l'aimait, combien elle l'avait toujours aimé.

C'est toi, lui dit-elle en silence, tenant leur fille en larmes, suivant son mari à l'intérieur. *Il n'y a jamais eu personne d'autre que toi.*

Il était déjà au courant qu'ils étaient mariés. C'était pourquoi il était d'abord allé chez Guy, avant qu'on l'envoie à la villa. Arnold lui avait parlé du mariage, le lendemain du jour où la mémoire lui était entièrement revenue, au Cinquième. Il lui avait montré les photos que Diana avait envoyées, et Luke avait de nouveau senti le monde s'écrouler.

Mais il était parti en Inde. Il s'y était senti obligé. Il n'avait pas été en mesure de donner un sens… à quoi que ce soit, en Angleterre.

Après le coup que lui avaient assené ces coupures de presse, il s'était emporté, déterminé à corriger ce qui avait si mal tourné. Si Maddy avait épousé quelqu'un d'autre que Guy, il aurait peut-être attendu, lui aurait d'abord écrit. Il aurait même envisagé d'écouter Emma Lytton lui suggérer que, puisque Maddy était mariée, il valait peut-être mieux la laisser dans l'ignorance.

« Elle vous croyait mort, après tout. »

Mais, avant même de la voir, à l'instant – frappé par les mille et une choses qu'il avait oubliées, malgré sa mémoire rétablie, notamment l'amour irrésistible que le moindre mouvement de sa main, de ses lèvres pouvait faire naître en lui –, Luke savait qu'elle ne pourrait se contenter de Guy. Elle avait l'habitude de plaisanter sur le fait de l'épouser. « Comme si je pouvais faire ça ! » Le fait de la voir si seule sur la pelouse de ses parents, si mince, si triste, le lui avait confirmé. Il donna un coup de pied dans les cailloux de l'allée, les projetant devant lui, poussant un juron, furieux comme jamais. Contre elle, pour avoir accepté un compromis, pour avoir renoncé à son propre droit au bonheur. Il ne pourrait pas le lui pardonner. C'était impossible.

« Elle n'a pas accepté ta disparition, lui avait expliqué sa mère, Nina, une quinzaine de jours auparavant, alors qu'ils promenaient Coco sur la plage balayée par le vent, près de chez elle. (Coco n'avait pas quitté Luke d'une semelle, gambadant dans le sable, fou de joie. Fidèle.) Je suis vraiment navrée, avait-elle ajouté, les larmes aux yeux dans le vent et le froid. J'ai moi-même tenté de l'en convaincre. »

« Inutile de t'excuser », avait-il répliqué, refusant qu'elle se sente coupable de quoi que ce soit, détestant la façon dont le chagrin l'avait vieillie – avait fait vieillir ses deux parents –, regrettant tellement de ne pas pouvoir leur rendre toutes les années qu'ils avaient perdues.

« Maddy n'a pas besoin de s'excuser non plus, lui avait soutenu son père, un peu plus tard, une fois qu'ils avaient été installés devant la cheminée. Il faudra que tu t'en souviennes, quand tu seras là-bas. »

Luke lui avait fait comprendre que ce n'étaient pas des excuses, qu'il espérait.

Ce n'était toujours pas le cas.

Il s'immobilisa devant le portail de la villa, essuyant la sueur sur ses tempes battantes. Il faisait chaud, beaucoup trop chaud ! Et où était-elle ? Elle n'avait pas tenté de le rattraper, c'était une certitude. Sans doute était-elle en train de consoler Iris. Iris, dont il savait que c'était l'anniversaire. (Il lui avait apporté une trousse de médecin miniature qu'il avait achetée chez *Hamleys*. Elle était encore dans son coffre.) Iris, qui lui avait coupé le souffle, avec ses yeux ronds et ses boucles sautillantes, la réalité aussi vivante qu'incroyable de son existence, puis l'avait brisé en s'accrochant à Guy comme si elle voulait qu'il la protège. Effrayée. Sa propre fille. Pétrifiée. À cause de lui.

Il serra les dents, repoussant juste à temps les larmes inutiles qui lui montaient aux yeux, et poursuivit son chemin sur la route calme et verdoyante.

Il était presque à mi-chemin de l'automobile qu'il avait empruntée quand il entendit qu'on l'appelait, derrière lui.

— Luke. Luke ! Ne me fais pas courir. Je ne peux vraiment pas.

Il connaissait cette voix. Malgré sa peine, sa colère et tout le reste, il sentit son cœur se gonfler. Il se retourna, plissant les yeux pour les protéger des rayons du soleil, et prit une grande inspiration – tout le bonheur qu'il put emmagasiner – en voyant son vieil ami avancer d'un pas tranquille, la démarche bancale, sur le bord de la route, ses yeux clairs emplis de larmes. Lui, au moins, ne cherchait pas à les maîtriser. La dernière fois que Luke l'avait vu, ils étaient tous deux au milieu de nuages de gaz, entourés d'hommes – des garçons comme ce pauvre Fraser Keaton – mourant dans d'atroces souffrances, des obus explosant un peu partout. Il avait cru qu'ils allaient mourir aussi. Quand il avait recouvré la mémoire, il avait été terrifié à l'idée que Peter puisse être mort. Ses parents lui avaient garanti que Peter était non seulement en vie, mais aussi en Inde avec Maddy et Iris. Luke avait énormément envie de le voir, lui aussi – pour le remercier d'avoir été aux côtés de Maddy durant toutes ces années, d'avoir toujours été là pour elle –, mais, dans l'horreur de ce qui venait de se produire, il avait oublié de le chercher.

Comment avait-il pu oublier ?

Il le rejoignit, l'étreignit, submergé par la gratitude, le soulagement – immense – de sa présence.

— Mon Dieu, lâcha Peter en lui enfonçant ses doigts dans le dos. Mon Dieu. Où étais-tu passé ?

— C'est une longue histoire. Je ne peux pas te la raconter ici.

— Alors, allons loin d'ici.

— Sur les quais.

— Oh, non, refusa Peter. Non…

— Sur les quais, répéta Luke. Je n'irai nulle part ailleurs.

Maddy refusa de retourner chez Guy. Pas dans l'immédiat, du moins, même si Guy tenta de l'en convaincre, prétextant qu'il serait plus facile pour elle de s'y reposer. Elle n'avait aucune envie de se reposer. Elle ne voulait pas davantage la tisane qu'il lui avait préparée. Elle désirait voir Luke. Son impatience de le retrouver – d'entendre sa voix, de le serrer contre elle – était plus forte à chaque seconde qui passait, la submergeant. Des questions tournaient sans fin dans son esprit: *Où étais-tu? Avec qui étais-tu?*

Veux-tu encore de moi?

De nous?

C'était tout ce qu'elle pouvait entendre. Mais, lorsqu'elle parvint à s'extraire d'Iris et de Guy suffisamment longtemps pour tenter de le retrouver, il était parti, et Peter aussi.

— Peter a dit qu'il téléphonerait, lui promit son père, lui volant un moment pendant que Guy était occupé dans le jardin, souriant héroïquement, et disant « au revoir » à tous les invités en dépit de son traumatisme évident, de l'épuisement qui semblait le vieillir de minute en minute. Il t'appellera dès qu'il en aura la possibilité. (Il la serra brièvement dans ses bras.) Je lui ai parlé avant qu'il parte.

— Il l'a promis? demanda Maddy.

— Oui, il l'a promis.

Se sentant un peu mieux, Maddy hocha la tête. Elle évita de parler à Guy de cet appel, et de sa franche impatience de le recevoir. Malgré son état, elle décela l'horrible vulnérabilité dans son regard, son teint blême, et parvint à oublier suffisamment longtemps le tumulte de ses propres émotions pour compatir à sa peur. Elle ne voulait plus le faire souffrir.

Mais elle resta tout l'après-midi dans le salon de ses parents, où régnait une chaleur torride, à l'affût de la moindre sonnerie de téléphone, les poings serrés dans l'attente de saisir le récepteur. Personne ne parla beaucoup. Ses parents avaient bien eu une conversation tendue, mais elle s'était déroulée dans le couloir. Elle avait vu leurs visages tendus, mais n'avait pas entendu un mot de ce qu'ils s'étaient dit. Sa mère garda le silence, par la suite, visiblement bouleversée. Maddy se demanda s'ils ne s'étaient pas disputés pour déterminer avec lequel de ses deux maris elle devait rester.

Mon Dieu, songea-t-elle en déglutissant. *J'ai deux maris! Deux!*

— Maman, l'appela Iris en se tortillant sur ses genoux. Tu me serres trop fort.

— Désolée, dit-elle en desserrant son étreinte. Désolée.

Elle attendait que sa fille l'interroge sur Luke. Mais elle n'en fit rien. Elle ne parla pas davantage de son père sur la photo, se contentant de sucer son pouce d'un air songeur – peut-être en pensant à lui, peut-être en s'inquiétant de sa journée gâchée –, avant de finir, épuisée, par sombrer dans un sommeil moite, ce qui donna au moins à Maddy une excuse valable pour éviter de retourner chez Guy.

— Je pourrais la porter, se proposa-t-il.

— Je préfère éviter de la réveiller, prétexta Maddy.

— Il ne vaut mieux pas, intervint Della, qui avait renvoyé ses filles à la maison avec Jeff dès qu'elle avait eu vent de ce qui s'était passé, et qui savait tout de l'appel tant attendu.

Chaque fois que Guy était hors de portée – pour aller chercher de l'eau à Maddy, ou se servir un brandy (« revigorant ») –, elle murmurait à Maddy à quel point elle se sentait misérable.

— Pendant tout ce temps, j'étais là à te dire qu'il était mort…

— Tu ne savais pas, la rassura Maddy.

— Je m'en veux quand même énormément. Qu'est-ce que tu vas faire ?

Maddy n'en avait pas la moindre idée.

Elle ne le saurait pas avant d'avoir vu Luke, elle en était certaine. Mais il fut bientôt 16 heures, et personne d'autre que Della n'avait encore tenté de lui parler de ce qui s'était passé – surtout pas Guy –, et toujours aucun coup de fil n'était venu rompre le silence lourd et moite. Maddy se sentait épiée par ses parents, mais elle ne pouvait se résoudre à croiser leurs regards inquiets, de peur qu'ils lui posent une autre question à laquelle elle n'aurait su répondre. Sa mère – qui semblait ne plus du tout parler à son père (à moins que ce soit l'inverse) – servait inlassablement du thé. Elle évoqua l'idée d'aller chercher des sandwichs, mais ne mit jamais sa proposition à exécution. Della fit remarquer qu'il était dommage que la fête ne se soit pas mieux déroulée, et suggéra de consacrer une nouvelle journée à Iris le lendemain. Guy trouva que c'était une idée merveilleuse, puis demanda à Maddy s'ils ne feraient pas mieux de réveiller Iris pour qu'elle puisse trouver le sommeil ce soir-là.

— Laissez-lui encore un peu de temps, suggéra Richard. Elle a manifestement besoin de repos.

Quand elle se réveilla enfin, elle fut – au grand soulagement de Maddy – de nouveau elle-même, se tortillant sur les genoux de sa mère, bâillant, s'étirant et se plaignant d'avoir faim. Sa sieste lui avait visiblement fait du bien. (Si seulement tout avait pu être réglé si facilement...)

— C'est l'heure du goûter ? demanda-t-elle.

— Oui, ma chérie, répondit Della.

— « L'heure du goûter ? » s'étonna Maddy en se tournant vers l'horloge d'un air affolé.

Dix-sept heures ? Comment pouvait-il déjà être 17 heures ?

— Je ferais mieux de rentrer, annonça Della à regret. Les filles doivent être en train de tyranniser Jeff.

— Nous devons y aller aussi, confirma Guy en se levant, n'admettant aucune résistance, cette fois, et prenant Iris par la main.

— Oui, dit Richard avec un hochement de tête à Maddy qui signifiait qu'il passerait la voir dès qu'il aurait des nouvelles.

Elle n'était pas certaine qu'il s'attende à ce qu'il y en ait. Plus maintenant. Trahi par son froncement de sourcils. Elle non plus, maintenant qu'elle avait vu l'heure et compris combien de temps s'était écoulé depuis que Peter et Luke étaient partis. Elle était terrifiée par le fait que cela fasse si longtemps.

Qu'est-ce qui avait empêché Peter d'appeler ?

— Viens, très chère, dit Guy, inconscient de la terreur qui commençait à la gagner. Allons dîner, nous aussi, et on se couchera tôt. Si cette petite princesse est d'accord.

— Je ne suis pas fatiguée, rétorqua Iris.

Bien sûr qu'elle n'était pas fatiguée. Revigorée par son somme (et soulagée, Maddy en était convaincue, que sa fête ratée soit du passé), elle bavarda durant tout le chemin du retour – à propos du dragon que Peter lui avait offert, du moment où elle pourrait ouvrir le reste de ses cadeaux, et de la carte qu'elle avait peinte pour Suya et les autres pour leur dire qu'elle était désolée qu'il n'y ait pas eu de gâteau –, empêchant Maddy de tenter de s'adresser à Guy, et surtout de réfléchir à ce qu'elle pourrait lui dire. Comme dans le salon de ses parents, elle attendit anxieusement qu'Iris fasse allusion à Luke, lui demande… n'importe quoi à son sujet. Mais ce ne fut pas le cas. Comme si elle avait décidé d'oublier qu'il était venu. Maddy aurait presque souhaité qu'elle en parle, malgré la présence de Guy. Cela l'anéantissait que même sa fille fasse comme s'il ne comptait pas. Il comptait. Il comptait énormément.

Il fallait qu'elle le voie. Elle ne pouvait plus attendre. Où Peter et lui avaient-ils pu aller ? Il n'y avait pas tant de lieux que ça, se dit-elle en suivant Guy et Iris à l'intérieur de la villa. Dès qu'Iris serait couchée, elle sortirait et le trouverait. Guy comprendrait sûrement qu'elle puisse en éprouver le besoin. Oui, bien sûr qu'il comprendrait. *Naturellement.*

Cela ne lui plairait guère, malgré tout, inutile de prétendre le contraire. La voix crispée par l'appréhension, elle demanda à Iris de se dépêcher de gagner sa chambre pour que Guy et elle puissent discuter entre adultes.

Elle se demanda s'il l'avait entendue, s'il se doutait de ce qui allait se passer.

Elle soupçonna que c'était le cas quand il passa outre à sa décision, prétendant qu'Iris pouvait encore rester un peu en bas.

— C'est son anniversaire. Dînons ensemble, ce soir.

— Vraiment ? demanda Iris, les yeux exorbités à cette idée. Je peux manger avec vous ?

— Ça te plairait, hein ? dit Guy avec un éclat de rire aussi forcé que les autres.

— Je pourrai avoir du champagne ? s'enquit Iris.

— De la limonade, peut-être, répondit Guy en se tournant vers Maddy. Qu'en dis-tu ? Pour une fois…

— S'il te plaît, maman…, insista Iris, donnant l'impression, pour la première fois de la journée, d'apprécier son anniversaire. S'il te plaît…

Maddy hésita, faillit refuser, mais Iris semblait retenir son souffle tant elle était enthousiaste. Après toutes ses larmes… comment aurait-elle pu finir de lui gâcher sa journée ? *C'est son anniversaire.* Et si elle s'obstinait, cela ne pousserait-il pas sa fille à en vouloir à Luke ?

Ils mangèrent sur la terrasse à la lueur des lampes-tempêtes. Iris, serviette sur les genoux, eut l'air ravie durant tout le repas, et Guy – dont les paupières semblaient de plus en plus lourdes au fil du temps – tenait bon, malgré tout, répétant à Iris combien il était navré d'avoir saccagé sa fête avec tous ses amis, et lui demandant s'ils pouvaient faire, comme Della l'avait suggéré, une autre fête le lendemain.

— Je ferai en sorte de m'absenter du travail pour le déjeuner, et nous irons manger des glaces au *Sea Lounge.*

— Vraiment ? demanda Iris, regardant tour à tour Guy et sa mère pour vérifier qu'elle avait bien entendu cette merveilleuse suggestion.

Maddy, qui avait parfaitement entendu, était de plus en plus agacée. Guy n'était pas idiot. Il devait se rendre compte que Luke (où qu'il soit parti) pourrait très bien vouloir voir sa fille dès le lendemain. À présent, s'il le lui demandait (« demander », pour voir sa propre fille, elle en eut le cœur brisé), Iris refuserait. Tout comme ce dîner, elle eut l'impression que ce petit plaisir avait été imaginé pour écarter Luke. Il n'était pas juste de la part de Guy de vouloir la pousser à choisir un favori. Rien de tout cela n'était juste.

— Vraiment, répondit Guy à Iris. Ça te dirait qu'on demande à Emily et Lucy de venir aussi ?

— Oui, dit Iris en se hissant sur ses genoux. Oui, s'il te plaît…

Guy l'embrassa sur la tête.

À point nommé, le majordome apporta à contrecœur le gâteau au chocolat que Cook semblait leur avoir envoyé, orné de six bougies. Iris se pencha, son visage extatique illuminé par les flammes, et les souffla toutes d'un coup. Guy lui demanda de faire un vœu. Elle ferma les yeux, remuant ses lèvres en silence.

— Qu'est-ce que tu as fait comme vœu ? parvint à lui demander Maddy.

— Je ne peux pas te le dire, répondit-elle en souriant non pas à elle, mais à Guy. Sinon, il ne se réalisera pas.

« Dis-le-moi », voulut-elle insister, frappée par le pressentiment écœurant que c'était lié au fait de choisir quel père elle préférait. *Je ne suis pas sûre de vouloir qu'il se réalise.*

Le repas interminable prit fin après 21 heures. Parvenue à convaincre Iris qu'elle était suffisamment fatiguée pour aller se coucher, Maddy l'emmena à l'étage. Elle la baigna aussi vite que le permit son insistance à vouloir faire un thé d'anniversaire avec l'eau du bain, lui lut une histoire et la borda. Pendant tout ce temps, Iris demeura étonnamment silencieuse sur le sujet de son père sur la photo. Par un effort de volonté, Maddy évita également d'en parler. Elle ne pouvait pas, ne voulait pas bousculer sa fille.

Lorsqu'elle se pencha pour l'embrasser – résignée à ne rien lui dire –, Iris retira son pouce de sa bouche et le mentionna d'un air endormi.

— Où est-il parti, maman ?

— Je ne sais pas, répondit Maddy en repoussant les cheveux sur son front, soulagée – plus que soulagée – qu'elle lui pose la question.

— Je vais le revoir ?

— Ça te plairait ?

— Je ne sais pas.

Maddy fit de son mieux pour se retenir de tressaillir.

— Je suis certaine qu'il adorerait te voir.

Iris se tourna sur le côté, se blottissant contre elle.

— Il est plus beau en vrai, dit-elle.

— Oui, confirma sa mère. Il est très beau.

— Mais il est moins heureux, constata Iris en fermant les yeux.

— Oui, dit doucement Maddy.

« La vérité sort de la bouche des enfants… »

— Bonne nuit, maman.

— Bonne nuit, lui dit Maddy en l'embrassant de nouveau.

Ne s'arrêtant que pour rabattre la moustiquaire et éteindre la lampe, elle regagna sa chambre et celle de Guy, bien décidée à lui annoncer qu'elle partait directement à la recherche de Luke pour éviter qu'il lui échappe de nouveau.

Il était assis sur son lit, surveillant la porte, attendant visiblement qu'elle la franchisse. Il avait ôté sa veste, son col, et défait le bouton du haut de sa chemise. Maintenant qu'il ne faisait plus semblant pour Iris, il semblait abattu. À la lueur de la lampe, ses joues creusées étaient blêmes. Ses épaules voûtées. Maddy s'immobilisa, la main sur le chambranle, sentant son impatience se dissiper à sa vue désolante.

— Je n'ai pas envie d'en parler maintenant, déclara Guy avant qu'elle ait eu l'occasion d'ouvrir la bouche. On peut voir ça demain ?

— Je ne crois pas que je pourrai dormir, lui fit remarquer Maddy.

— Alors, je te préparerai une tisane. Il faut que tu te reposes. Et moi aussi.

— Guy, dit-elle d'une voix douce. Il faut que je voie…

— Maddy, l'interrompit-il avant qu'elle ait pu prononcer le prénom de Luke. Pas ce soir. Je t'en prie. (Il leva les yeux vers elle.) Je ne vais pas renoncer à nous. Tu es ma femme. Iris est ma fille…

— Guy…

— Je suis trop épuisé pour me battre. Si je m'y essayais, je perdrais. Alors, s'il te plaît, pas maintenant.

— Je ne veux pas me battre.

— Je voulais dire « pour nous », précisa-t-il d'une voix tremblante.

Elle s'apprêta à lui répondre, mais s'aperçut qu'elle ne savait pas quoi dire. Elle sentit aussitôt sa gorge se nouer.

— Je t'en prie. Est-ce que ça peut… attendre ?

Elle hésita.

— Je t'en prie, répéta-t-il.

Elle le dévisagea un long moment. Il lui adressa un regard implorant. Elle en eut de la peine. Une peine physique. Il lui avait tellement peu demandé depuis qu'ils étaient mariés. Pour tout ce qu'il lui avait donné, lui accorder une courte nuit de repos semblait le moins qu'elle puisse faire pour lui.

Avant d'aller se coucher, il insista pour lui préparer une tisane pour l'aider à dormir. Plutôt que de la boire, elle la vida dans le lavabo. Elle préféra prendre un bain. Après avoir enfilé sa chemise de nuit, elle se coucha, tirant le drap sur elle et baissant la moustiquaire. Elle ferma même les yeux.

Il ne vint pas l'embrasser pour lui souhaiter bonne nuit. Et il ne demanda pas s'il « pouvait ». Elle ne savait pas s'il avait pris quelque chose pour dormir, mais, peu après, elle entendit son souffle régulier, indiquant qu'il dormait profondément. Elle patienta, cramponnée à son drap, jusqu'à ce qu'elle soit certaine qu'il n'allait pas se réveiller, et, le cœur battant si fort qu'elle craignit qu'on l'entende dans toute la maison, elle se leva, ôta sa chemise de nuit et enfila une robe ample, puis, ses chaussures à la main, se faufila discrètement dans le couloir, jeta un coup d'œil dans la chambre d'Iris en passant devant pour vérifier qu'elle dormait à poings fermés, sa poitrine se soulevant avec régularité, son doudou à ses côtés. Puis elle descendit l'escalier et sortit, accueillie par la douce chaleur du jardin bruissant.

Elle se demanda où elle pouvait aller en premier. Elle évita de prendre la voiture que Guy lui avait offerte. Cela lui aurait semblé inconvenant. Elle longea l'allée le plus vite possible – le bruit de ses pas étant le seul son en plus du chant des cigales et des autres insectes nocturnes – jusqu'à la route déserte. Elle poursuivit jusqu'au pied de la colline, où les rues étaient plus animées, l'ambiance plus légère, les habitants du quartier achevant tout juste leur longue journée : ils mangeaient et buvaient dehors, étendaient leur linge, balayaient les marches de leur maison en sari, nourrissaient leurs vaches... Elle se dirigea vers l'arrêt du tramway et la file de pousse-pousse qui attendaient, mais elle ne sut où elle allait que lorsqu'elle demanda à l'un des *wallahs* de la conduire chez Peter.

Mais il n'y avait personne.

Ni au *Taj*. Ni aux tables au bord de l'eau du *Sea Lounge*, ni dans le bar presque désert, ni dans le restaurant encore plus vide. Luke n'avait pas pris de chambre non plus.

— Vous en êtes sûr ? demanda-t-elle au réceptionniste.

— Absolument, *memsahib*, répondit-il en ravalant un bâillement.

Le remerciant en fronçant les sourcils, elle quitta les lieux. Devant l'entrée imposante de l'hôtel, elle ne tint aucun compte des berlines et des calèches rutilantes. Elle demanda au portier de héler un nouveau pousse-pousse, et y monta. Elle ne voulait pas s'inquiéter. Pas encore. Il lui restait de nombreux lieux à vérifier.

Elle se rendit au *Watson's* et en inspecta également le bar et les restaurants – sans se soucier des regards que suscitaient son essoufflement et son air hagard de la part du personnel et des quelques clients nocturnes (*Laisse-les regarder*, se dit-elle) –, mais il n'y était pas non plus. Pas plus que dans les autres restaurants de la ville, tous sur le point de fermer, et au *Yacht Club* (oh, comme elle souffrit d'y retourner). Lorsqu'elle eut terminé de fouiller les coins et recoins déserts du *Gymkhana Club* – la salle de billard, le bar du haut, celui du bas, et même les terrains de sport bordés de palmiers –, elle ne put contenir plus longtemps son affolement. Elle se tenait à l'entrée verdoyante du pavillon, les poings et les dents serrés par la peur et l'agacement. Où pouvait-il bien être ? Où ?

Elle n'en savait rien. Il ne lui restait plus qu'un seul endroit à explorer. Cette fois, elle fit le trajet à pied, d'un pas alerte, sans se soucier du risque qu'elle courait, seule dehors à une heure si tardive, s'empêchant de trop espérer, de s'attendre à quoi que ce soit. *C'est inutile. Que ferait-il là-bas ?*

Il ne sera pas là.

C'est certain.

Elle pensait vraiment croire à ses certitudes. Elle s'en était convaincue.

Pourtant, à son arrivée à l'ancien appartement de Luke, quand elle trouva les lieux clos et abandonnés, comme c'était le cas depuis longtemps, elle en fut anéantie. Regardant tour à tour les fenêtres éteintes et la porte cadenassée, elle ne tenta même pas de retenir ses larmes. Cela faisait des heures qu'elle les contenait, et ses recherches désespérées ainsi que sa cheville douloureuse l'avaient épuisée. Elle éclata en sanglots. Manquant de s'étrangler, elle se laissa tomber sur les marches que lui aussi avait foulées, la tête dans ses mains, regrettant tant de choses, surtout de ne pas s'être élancée vers lui dès l'instant où elle l'avait vu sur la terrasse pour l'obliger à rester.

— Où es-tu ? demanda-t-elle à de nombreuses reprises contre la paume de ses mains. Où es-tu passé, maintenant ?

Elle ignorait depuis combien de temps elle était là. Elle avait perdu toute notion du temps et n'avait pas conscience du calme qui régnait dans les rues voisines à mesure que les heures défilaient et que la nuit s'épaississait. Mais ses sanglots finirent par se calmer, et ses larmes par se tarir. Comme toujours. Tremblante, elle se releva, et, portant ses mains à ses pommettes gonflées, boitant un peu sur sa cheville douloureuse, s'éloigna.

Elle n'eut pas vraiment conscience de son trajet du retour. Elle supposa qu'elle avait encore dû prendre un pousse-pousse et demander au *wallah* de la reconduire chez elle, car elle était devant sa porte. Elle remercia l'homme, chercha quelques roupies dans son sac à main, le paya trop cher (elle le comprit à son air ahuri), et descendit tant bien que mal sur le bord de la route avant que l'engin s'éloigne.

Elle ne s'était pas aperçue qu'elle n'était pas seule.

Franchissant la porte, elle ne le vit pas derrière elle, de l'autre côté de la route, là où la jungle descendait vers la mer.

Lorsqu'il prit la parole – cette voix qu'elle n'avait plus entendue depuis trop longtemps, mais qui était toujours aussi grave, chaleureuse… la sienne, *la sienne* –, elle sursauta.

— Bonjour, mademoiselle Bright.

Elle fit volte-face en prenant une grande inspiration.

Il se tenait de la même manière que sur la terrasse : les mains dans les poches, le regard rivé sur elle. Il était dissimulé dans l'ombre, une silhouette ténébreuse sous le feuillage, mais il était bel et bien vivant. Réel.

Réel.

Les larmes lui montèrent de nouveau aux yeux. Il lui en restait, manifestement.

— Je voudrais encore être elle, parvint-elle à articuler.

— Et pas madame Devereaux ?

— Elle aussi, s'étouffa-t-elle.

Ils demeurèrent figés un long moment. Puis ils s'élancèrent l'un vers l'autre avec empressement. Elle se jeta dans ses bras, comme elle en avait rêvé chaque jour et chaque nuit depuis 1914. Elle se cramponna à lui, incapable d'admettre que c'était bien réel, le serrant, savourant sa chaleur, son contact, son parfum de savon, de cigarette… Elle sentit ses bras se refermer sur elle, sa colonne vertébrale sous sa chemise, le moindre de ses battements de cœur. Il la serra plus fort contre lui, comme s'il ne voulait plus jamais la laisser partir. Elle ne voulait plus le lâcher non plus. Les yeux embués, elle l'embrassa, émerveillée qu'il lui rende son baiser, fondant en larmes de plus belle parce qu'elle comprenait enfin que toutes ces années où elle l'avait cru vivant, elle avait vraiment renoncé à le voir revenir. Mais il était là. Ce qu'il lui avait manqué !

— Où étais-tu passée ? lui demanda-t-il.

— Toi, où étais-tu passé ? lui demanda-t-elle.

Il esquissa un sourire. Ce sourire qu'elle aimait tant.

— Toi d'abord, insista-t-il.

— Je te cherchais, répondit-elle. Peter était censé m'appeler…

— C'est moi qui l'en ai empêché, expliqua-t-il en la regardant droit dans les yeux. Il me fallait un peu de temps. Je suis allé sur les quais, pour louer mon ancien appartement…

— J'en reviens tout juste.

— Et je suis venu ici, poursuivit-il. Je scrutais les fenêtres de chez Guy, t'imaginant à l'intérieur.

— Non, l'implora-t-elle, s'apprêtant à l'embrasser de nouveau. S'il te plaît, non.

Il recula, ses lèvres à quelques centimètres des siennes.

— J'ai peur, avoua-t-il. De ce que tu as fait. J'ai besoin de toi, Maddy. De nous.

— Moi aussi, lui promit-elle.

— Peter m'a dit…

— Non, l'interrompit-elle en le poussant à l'embrasser, cette fois. Je ne veux pas parler de Peter. Je ne veux pas parler.

Elle souhaitait se contenter de sentir son contact, sa peau, sa chaleur – se convaincre qu'il était de nouveau en vie – et en profiter. C'était tout.

Doucement, elle le repoussa vers la jungle, vers l'invisibilité. Elle sentit son hésitation, son appréhension. « J'ai peur. » Elle l'embrassa avec plus de passion encore, redoutant ses craintes.

— S'il te plaît, l'implora-t-elle. S'il te plaît…

Elle soupira en le sentant céder, s'abandonner, mettre fin à toute protestation.

Il la souleva, la plaqua contre un arbre, l'embrassa dans le cou, sur sa gorge, éprouvant manifestement le besoin d'être convaincu qu'elle aussi était bel et bien en vie.

— Je suis là, dit-elle. Et tu es là.

— Nous sommes là, lui confirma-t-il.

Elle ferma ses yeux aussi douloureux que gonflés, et oublia la villa noire, à moins d'une centaine de mètres de là. Elle sentit ses mains sur sa taille, ses cuisses, et se perdit totalement dans le désir procuré par ses caresses, par sa présence.

Elle ne pensait plus à Guy.

Elle ne l'imaginait pas dans son lit, assoupi et inconscient de ce qui se passait dehors, si confiant, si bon, si délicat et si gentil.

Elle se cramponna à Luke, lui révélant combien elle l'aimait, l'écoutant lui dire la même chose, oubliant le nombre de fois où Guy avait prononcé les mêmes paroles. Et ses mots, quelques heures auparavant : qu'elle était sa femme, et Iris son enfant.

« Je ne vais pas renoncer à nous. »

Chapitre 29

Maison de retraite des Grands Ormes, Angleterre,
mars 1976

Ils tondaient la pelouse, ce matin-là. Sous les rayons du soleil de ce début de printemps, il voyait les contractuels pousser tant bien que mal les tondeuses le long des vastes berges du jardin, les peignant de bandes sombres et claires. Il régnait dans la chambre aux fenêtres ouvertes un doux parfum de gazon tondu. La promesse de l'été à venir.

Il était en train d'écrire. Il le comprit en apercevant le bloc-notes, sur la table devant lui. La page était à demi remplie. L'inclinaison régulière d'une écriture qu'il supposait être la sienne, hormis qu'il ne se rappelait pas avoir pris de stylo. Pourtant, il en tenait un. Il tourna ses doigts usés par l'âge et, les yeux plissés, regarda fixement l'objet fin et cylindrique dans sa main. Il porta son attention sur les lignes qu'il avait rédigées et fronça davantage encore les sourcils.

Cette nuit-là, dans les arbres, s'est déroulé le moment à la fois le plus heureux et le plus triste de mon existence. J'avais presque oublié ma peur, mon horrible jalousie. Je t'ai crue quand tu m'as dit que tu resterais à jamais avec moi. J'ai vraiment cru que je ne te perdrais plus jamais. Mais je me trompais. Tu te trompais.

Aujourd'hui, c'est une de mes journées les plus lucides. Je me souviens de tout, tu vois. Chaque instant de notre histoire est en moi, et j'aimerais qu'il en soit toujours ainsi, excepté que, si je le pouvais, j'en oublierais la fin. Le moment où tu me quittes.
Je regrette tellement que tu l'aies fait, Maddy. Il y a tant de choses que j'aurais aimé pouvoir te dire. Je voudrais que tu saches que…

Il regarda fixement la phrase tronquée, incapable de déterminer ce qu'il s'apprêtait à écrire.

Et qui était cette Maddy.

Elle était importante. Il le savait d'après ce qu'il avait écrit. Il le ressentait, aussi. Il ferma les yeux, s'efforçant de trouver de qui il s'agissait, ce qu'elle avait représenté à ses yeux, mais, non, rien ne vint. Il serra son stylo entre ses doigts, manquant de le briser en deux tant il était déterminé et agacé, mais cela ne lui servit à rien. Son existence n'était plus que néant. Un vide terrible qui s'étendait jusqu'à l'époque où, jeune homme, il avait été patient dans un autre hôpital : un soldat en tenue de convalescent. Il avait écrit dans plusieurs journaux, à l'époque. Il s'en souvenait. Il se les représentait sur l'étagère, dans sa chambre, aussi distinctement que s'il les y avait rangés la veille. Avait-il également perdu la mémoire, à l'époque ? Il était convaincu que c'était le cas. Il savait qu'il avait fini par brûler ces journaux. Le docteur Arnold et lui l'avaient fait ensemble, en brandissant des verres de whisky devant les flammes.

Qu'était-il advenu d'Arnold ?

Il n'en savait rien.

Et qui, qui diable était Maddy ?

Tremblant, souffrant d'une impression d'égarement écœurante qui lui était à la fois familière et totalement étrangère, il laissa tomber son stylo sur son bloc-notes et repoussa le tout.

— Encore une lettre ? demanda l'une des infirmières – une jeune femme avec des taches de rousseur et une voix douce – en jetant un coup d'œil par-dessus son épaule pour lire la missive.

Elle lui adressa ensuite un sourire si débordant de tristesse qu'il ne ressemblait que difficilement à un sourire.

— Qui est Maddy ? lui demanda-t-il.

Il fut surpris par la fermeté du ton qu'il avait employé, alors qu'il se sentait tout sauf fort.

Sans lui répondre, elle se mordit la lèvre inférieure, comme si elle se demandait si elle devait le lui dire.

— Je vous en prie, insista-t-il.

— C'était votre femme, répondit-elle lentement.

Il comprit qu'elle se demandait si elle n'aurait pas mieux fait de se taire.

— « Était » ?

Elle refusa d'en dire davantage. Elle plia sa lettre et la rangea dans la poche de son tablier, refusant même de lui dire ce qui était arrivé à celle qui avait apparemment été sa femme, et depuis combien de temps il vivait dans cet établissement.

— Répondez-moi ! l'implora-t-il, sa voix, à sa grande honte, commençant à vaciller.

— Vous allez encore faire une crise de panique, protesta-t-elle d'un ton rassurant.

— Comment ça, « encore » ?

— Restons-en là. Emma va arriver d'une minute à l'autre.

— « Emma » ? demanda-t-il, le cœur battant.

Qui diable était cette Emma ?

— Oui, répondit l'infirmière. Emma Lytton. Votre très chère amie. Soyez patient, elle va tout vous expliquer.

Chapitre 30

Bombay, 1921

Cette nuit-là, Maddy ne rentra pas chez elle. Après que Luke et elle se furent effondrés l'un contre l'autre, à bout de souffle, la tête de Luke dans son cou, sa joue à elle sur ses cheveux – « Tu es là… » –, ils se dirigèrent lentement vers la plage, main dans la main. Sur ce sable blanc et silencieux où il l'avait emmenée lors de leur toute première sortie, et où elle avait pleuré pour lui chaque réveillon du nouvel an.

— Je déteste l'idée que tu aies fait ça, déclara-t-il en l'attirant à lui.

— Peter était avec moi.

— J'aurais préféré qu'il ne soit pas obligé d'être là.

C'est ce qu'ils auraient tous les deux préféré.

Ils s'installèrent sous les palmiers jusqu'au lever du soleil, chacun refusant de laisser partir l'autre. Maddy savait qu'il ne fallait pas qu'elle reste – que Guy serait inquiet s'il ne la trouvait pas à la maison à son réveil –, mais, dans les bras de Luke, elle sentait chacune de ses inspirations, et rien, pas même l'idée que Guy puisse se sentir blessé, ne pouvait la contraindre à partir.

Ils discutèrent, abordant de très nombreux sujets. Il lui demanda de lui parler d'Iris.

— Je veux tout savoir, l'encouragea-t-il. Dans les moindres détails. N'oublie rien.

— Il va me falloir un moment, le prévint-elle.

— J'ai tout mon temps. Quel genre de bébé était-elle ? Elle faisait bien ses nuits ?

— Pas pendant les premiers mois, lui dit-elle.

Puis elle poursuivit, s'étendant sur chacun de ses souvenirs : ses premiers pas, ses premières paroles, ce qui la faisait rire, pleurer, ses plats préférés… tout.

Jamais il ne la quitta des yeux pendant qu'elle parlait. De son côté, elle observait le moindre de leurs mouvements, affamés, impatients, insatiables.

— Je l'aime, déclara-t-il. Je ne l'ai jamais rencontrée, mais je l'ai toujours aimée. Énormément.

— Elle t'aimera aussi. Tout autant.

— Je lui ai fait peur, tout à l'heure. Elle s'est précipitée dans les bras de Guy.

Il avait tenté de s'exprimer d'un ton détaché, mais elle décela sa souffrance dans sa voix.

Cela ne lui plaisait pas. Elle haïssait le fait que cela se soit déroulé de cette façon.

— Elle a six ans, lui rappela-t-elle. Et elle était déjà contrariée avant ton arrivée. Cette fête était épouvantable. (Elle s'approcha de lui, lui caressa le visage, sentant la chaleur incroyable de sa peau, éprouvant la nécessité de l'aider à aller mieux.) Elle t'aimera, répéta-t-elle.

— Je lui ai acheté une trousse de médecin, annonça-t-il. Une idée de ma mère…

— Merci à elle. Elle a suffisamment de poupées comme ça.

Elle lui demanda comment Nina et son père avaient réagi lorsqu'ils avaient découvert qu'il était vivant. Il lui raconta qu'il leur avait fait la surprise, chez eux, un dimanche, trois semaines auparavant.

— Tu aimes surprendre ton monde, toi, hein ?

— Je souhaitais le leur annoncer moi-même, se défendit-il en lui caressant le bras. C'était si… surréaliste de me retrouver chez eux. Tout était exactement comme dans mes souvenirs. Le jardin, la porte d'entrée, les mouettes sur le toit… pareil. (Se remémorant cet instant, il se tourna vers la mer plongée dans l'obscurité.) Ma mère, elle était dans la cuisine, assise sur une chaise, le regard rivé sur un placard que j'étais censé avoir réparé…

— Elle m'a parlé de ce placard.

Il esquissa un sourire. (Son sourire.)

— Elle t'a raconté ?

— Elle m'a dit que tu étais soûl quand tu as tenté de l'arranger.

Il éclata de rire.

Elle adorait son rire.

— Quoi qu'il en soit, poursuivit-il, elle ne m'a pas entendu arriver. Je lui ai dit : « Et si tu me laissais le réparer correctement ? » Mon Dieu, tu aurais vu sa tête… (Il se fendit d'un large sourire.) Tu aurais dû la voir, Maddy !

— J'aurais bien aimé, confessa-t-elle.

— Et puis, mon père est arrivé. Et… eh bien, ça a été… incroyable.

— J'imagine qu'ils n'ont pas dû vouloir te laisser repartir…, supposa-t-elle, tentant de s'imaginer dans la même situation avec Iris.

— Ils savaient que je ne pouvais pas rester, expliqua-t-il en reprenant son sérieux. Il fallait que je vienne, Maddy.

— Bien sûr, approuva-t-elle.

Cela ne faisait aucun doute.

Ils discutèrent de la guerre, naturellement, de ce qui leur était arrivé, à lui, à elle et à bien d'autres, notamment au jeune Fraser Keaton – à l'adorable Fraser –, à qui Luke avait remis sa veste, et qui avait été enterré avec les plaques d'identification de Luke et sa photo dans le chaos de la guerre.

— Je suis allé voir sa famille, annonça Luke. Juste avant d'embarquer. C'était horrible. Plus qu'horrible. (Il la regarda dans les yeux.) Ses parents m'ont été si… reconnaissants de finalement savoir. Je leur ai menti. Je leur ai dit qu'il n'avait pas souffert.

— J'en aurais fait autant, lui assura-t-elle doucement, les yeux encore brûlants.

Ils évoquèrent également Ernest, encore au Cinquième, attendant d'être envoyé dans un nouvel établissement. Et le fait que Peter avait manqué Luke de peu, quand il était allé voir Ernest, trois mois avant son arrivée, en 1915.

— J'ai du mal à y croire, reconnut Maddy. C'est à devenir fou.

— Peter pensait m'avoir vu, tu sais. Sur la route de Menin, après ma blessure. (Il fronça les sourcils.) Il me l'a appris hier.

Il fallut à Maddy un moment pour assimiler ses paroles. Ce faisant, elle se remémora toutes les fois où Peter lui avait juré qu'il n'y avait aucune chance que Luke soit encore en vie. Confuse et incrédule, elle sentit un frisson lui parcourir l'échine.

— Il t'a vu ?

— Il pensait m'avoir vu, rectifia Luke. Il est parti du principe que c'était une hallucination due à la quantité de sang qu'il avait perdue. (Il poussa un léger soupir.) C'était peut-être le cas. Ton mari l'a aidé à s'en convaincre, en tout cas.

— Guy était au courant ? Guy ? (Elle se redressa, sa confusion faisant place à la colère.) Il ne m'en a jamais parlé. Aucun d'eux ne m'en a parlé.

— Peter s'en veut énormément.

Elle faillit lui rétorquer : « Il y a de quoi », mais elle s'en empêcha juste à temps. Elle se rappela la peine de Peter à son retour en Inde, la souffrance qui défigurait son visage trop pâle quand il lui avait raconté la mort de Luke. *« Ne m'oblige pas à te dire ce que j'ai vu… »*

— Il était convaincu que tu étais mort, déclara-t-elle.

— Je ne lui en veux pas. Son regard quand cet obus a explosé… (Ses yeux s'assombrirent à cette pensée.) Tu n'imagines même pas. (Il secoua la tête.) Et ça vaut mieux.

Elle fixa son visage, cherchant néanmoins à l'imaginer.

— Il aurait dû m'en parler, se plaignit-elle. Guy aurait dû m'en parler.

— Guy a certainement vu plus de morts que nous, lui fit remarquer Luke. C'était la vie, qui paraissait impossible, là-bas.

— Tu le défends ?

— Je n'en ai pas la moindre envie, lui garantit-il dans une tentative d'humour malheureuse, tu peux me croire. Mais je ne pense pas qu'il te l'ait caché à dessein.

— Et Diana ? demanda-t-elle.

Il haussa un sourcil.

— On est obligés de parler d'elle ?

— J'aimerais savoir pourquoi elle ne m'a pas écrit, la première fois qu'elle t'a vu, s'interrogea Maddy, s'apercevant en prononçant ces paroles combien cette question la tourmentait. J'y serai allée, au risque de croiser la route d'un *U-boat*.

— Eh bien, je suis content que tu n'en aies rien fait.

— Sérieusement, Luke. (Elle s'agenouilla face à lui.) Elle a toujours fait des commérages. Pourquoi aurait-elle gardé cette information-là pour elle ?

Haussant les épaules, il secoua la tête avec une insouciance qu'elle ne comprenait pas.

— Je n'en sais rien.

— Tu ne lui en veux pas ? Moi si…

— Je vois ça.

— Je vais aller la voir, en fait.

— Non, lui déconseilla-t-il. S'il te plaît, n'y va pas. Qu'aurais-tu à y gagner ?

— Je me sentirais peut-être mieux…

— En parlant à Diana ? demanda-t-il, lui arrachant un sourire malgré elle. Je t'en prie, dit-il en tendant la main vers elle. Laisse tomber.

— Toutes ces années, pourtant…

Elle sentit de nouveau les larmes lui monter aux yeux, malgré son sourire. Des larmes de tristesse. De la tristesse pour tout ce qui aurait pu être.

— Elles me paraissent si… vaines.

— C'est du passé, tenta-t-il de la consoler. C'est du passé.

— Comment peux-tu être si philosophe ?

— Cela n'a pas toujours été le cas, lui assura-t-il. Surtout cet après-midi, quand je t'ai aperçue dans le jardin.

— Alors…

— J'ai eu le temps. Des semaines pour m'y faire. (Il la regarda de nouveau dans les yeux. Il était si vivant, si lui-même…) J'étais hors de moi, tout à l'heure. Et puis, je me suis souvenu…

— « Souvenu » ?

— De la raison de ma venue. De toutes les années qu'il nous reste. (Il pressa son front contre le sien.) C'est ce qui va se passer maintenant qui compte.

— On sait déjà ce qui va se passer, répliqua-t-elle. On recommence tout depuis le début. Toi, moi et Iris.

— Ce n'est pas si simple.

— Pourquoi ? demanda-t-elle avec un mouvement de recul. Pourquoi ?

— Parce que tu es mariée.

— Avec toi, lui rappela-t-elle. Je suis mariée avec toi.

— Non, dit-il. Avec Guy.

— Je t'ai épousé en premier, protesta-t-elle.

Mais, en même temps, elle se souvint de ce qu'il lui avait dit, devant la porte de chez Guy. « *J'ai peur de ce que tu as fait.* » Elle se sentit alors gagnée par un profond sentiment d'effroi.

— Luke. Nous sommes mariés.

— Je suis mort.

— Non !

— Si, d'un point de vue légal. Je suis allé voir un avocat, avant de partir. (Il la dévisagea.) C'est Guy, ton mari, pas moi.

— Non. (Elle secoua la tête.) Non. C'est impossible. (La douleur qu'elle lut dans son regard, sur son visage, lui confirma que c'était pourtant le cas.) Oh, mon Dieu…, jura-t-elle en portant la main à son front, tentant de bien assimiler la situation, le cœur au bord des lèvres, tremblante d'effroi parce qu'elle ne voyait aucune issue à ce problème.

Il lui faudrait des années pour divorcer. Il fallait être marié depuis au moins trois ans. Quand bien même, Guy la poursuivrait pour adultère, car il ne lui était pas permis de divorcer, à moins qu'il ait commis un crime. Elle serait traînée devant les tribunaux, et… pauvre Iris.

— Il n'est pas nécessaire que ce soit un divorce, lui fit remarquer Luke en lui saisissant la main. Nous pouvons demander une annulation de mariage.

— « Une annulation » ? C'est mieux ?

— C'est plus rapide. Moins public, aussi, apparemment. Mais Guy devra donner son consentement.

— Alors, je le lui demanderai, promit-elle, se sentant gagnée par la nausée à cette idée.

— Tu en es certaine ? lui demanda Luke.

— Bien évidemment.

Quelles que soient ses craintes, c'était la première fois qu'elle éprouvait une telle certitude. Elle se tourna vers la mer, vers l'horizon qu'elle avait rêvé de franchir des milliers et des milliers de fois.

— Je veux qu'on aille chez nous. Jamais je n'ai cessé d'imaginer ta maison, à Richmond.

— Ta maison, désormais. Tu en as hérité.

— La nôtre, alors.

— J'en déduis que tu as refusé de la vendre.

— J'attendais que le marché soit plus propice, dit-elle avec un sourire, malgré elle, tandis qu'il l'embrassait de nouveau, dissipant tous leurs soucis durant quelques secondes.

Elle s'adossa à lui, entre ses bras. Ils demeurèrent ainsi un long moment, dans l'épaisse atmosphère nocturne, contemplant tous deux sans un mot le va-et-vient des vagues. Pour sa part, elle ne put s'empêcher de penser à Guy, à ce que cela allait lui faire de briser la famille qu'ils venaient de fonder. Iris aussi serait très contrariée, c'était une certitude. Mais il le fallait. C'était une nécessité…

— Peter m'a dit que tu avais paniqué, avant le mariage, déclara soudain Luke, l'interrompant dans ses angoisses, lui faisant savoir où il en était dans sa réflexion. Comme je voulais le dire tout à l'heure, à la villa… j'aurais préféré que tu laisses tout tomber.

— J'y étais contrainte.

— C'est ce que Peter m'a dit.

— Tout le monde était là, se sentit-elle obligée d'expliquer. Le vice-roi avait fait le déplacement. Je ne sais pas ce qui aurait pu arriver à mon père. Quant à Guy…

Elle s'interrompit, imaginant combien cela l'aurait brisé, ce qui la mit encore un peu plus mal à l'aise, car ce qu'elle comptait faire à présent n'était guère différent.

— Tu as passé ta lune de miel au *Taj*, dit Luke.

— Je t'en prie…

— Je ne supporte pas cette idée.

— Alors, n'y pense pas. S'il te plaît, n'y pense pas.

— Quand escomptes-tu lui parler ?

— Le plus tôt possible. Il le faut.

Et, parce qu'elle s'était interrogée toute la nuit, mais n'avait pas pu se résoudre à poser la question, elle demanda :

— Combien de temps peux-tu rester ?

— Autant de temps qu'il te faudra pour partir, répondit-il en baissant la tête pour la regarder dans les yeux. S'il te plaît, fais en sorte que ce ne soit pas trop long.

Inévitablement, avec le lever du soleil, l'horizon s'éclaircit, le jaune pâle faisant progressivement place à un doré soutenu. À contrecœur, lentement, Luke la raccompagna à la villa. Elle n'avait nulle part d'autre où aller. Il lui était impossible de le quitter. Elle l'embrassa – s'attardant le plus possible, cramponnée à ses mains aussi longtemps qu'elle le put –, lui promettant de retourner à son appartement avant la fin de la journée.

— Tu comptes le dire à Guy ?

— Je ne sais pas, reconnut-elle.

— Je ne veux pas d'une relation clandestine, Maddy. Je ne supporterais pas de rester dans le secret.

— Moi non plus. Mais j'ai tellement peur de le faire souffrir…

— Plus tu attendras, plus ce sera difficile.

Reconnaissant qu'il avait raison, elle soupira.

— Je vais voir comment il est, ce matin, lui promit-elle. Et je lui dirai ce qu'il faut.

Elle en avait réellement l'intention. Sa détermination se renforça à chacun de ses pas dans l'allée silencieuse illuminée par les premiers rayons du soleil. « *Plus tu attendras, plus ce sera difficile.* » Elle pénétra dans l'entrée ombragée de la villa, prête à gagner directement sa chambre, pour lui faire savoir qu'elle avait vu Luke, tout du moins.

Mais une note rédigée de la main même de Guy l'attendait sur la table du perron. Fronçant les sourcils, sa chevelure lui tombant sur les épaules, elle se baissa pour la saisir.

Très chère Maddy,

Il n'y avait aucun bruit dans ta chambre, je n'ai pas voulu te réveiller. Iris dort encore à poings fermés, rêvant de crèmes glacées, j'espère. Je dois aller travailler, mais j'ai envoyé un mot à tes parents et à Della pour qu'ils nous rejoignent au Taj à midi. Ton père peut prévenir Peter. Je vous retrouverai tous là-bas. J'espère qu'Iris pourra contenir son impatience, et que tu as bien dormi.

Je t'aime, très chère.

Ton Guy.

Elle relut le billet, en partie soulagée par ce répit, mais surtout gênée. « Il n'y avait aucun bruit dans ta chambre. » N'avait-il vraiment pas vérifié ?

À sa place, elle l'aurait fait.

À moins qu'il s'en soit empêché, préférant ne pas savoir qu'elle n'était pas là ? Elle l'imagina devant sa porte, songeur, à l'affût du bruit de son souffle, d'un craquement du matelas, espérant… Fermant les yeux, les paupières lourdes à cause du manque de sommeil, elle vit son air anéanti en l'absence du moindre bruit, ressentant la même douleur que celle qu'il avait dû éprouver, un sentiment de trahison.

Était-ce pour cette raison qu'il était parti si tôt à l'hôpital ? Pour éviter de la croiser à son retour ?

Comprenant que la réponse à cette question était fort probablement positive, elle serra le mot entre ses doigts, se remémorant la joie de Guy ces derniers mois – ses sourires, ses éclats de rire avec Iris, son euphorie quand elle, Maddy, avait accepté de l'épouser –, et, songeant au temps qu'il avait passé seul avant cela, elle sentit son cœur se serrer.

« *Je ne vais pas renoncer à nous* », lui avait-il dit. Elle s'en souvenait, à présent.

Il tiendrait parole, naturellement. Il ne renoncerait ni à elle, ni à Iris. Pas de son plein gré, en tout cas. Il avait beau être bon et gentil, c'était également quelqu'un de malin, de très déterminé, et non une victime.

Elle avait été bêtement naïve de croire que la seule difficulté serait de lui parler de cette annulation. Si tortueux cela puisse-t-il être – surtout compte tenu de sa réticence à la laisser s'adresser à lui –, elle comprit qu'il lui faudrait envisager une perspective bien pire.

La très forte possibilité qu'il refuse de donner son consentement à quelque annulation que ce soit.

Extrêmement dubitatif quant à la probabilité d'une annulation, Luke la regarda s'éloigner vers la maison avec l'envie irrépressible de la rappeler. Il trouvait injuste, profondément injuste, de la voir aller quelque part où il ne pouvait pas la suivre. S'il l'avait pu, il serait resté à tout jamais avec elle sur cette plage.

Il demeura un petit moment, se remémorant l'instant où il s'était aperçu que c'était elle, dans ce pousse-pousse. Il avait eu envie de hurler, de frapper dans le vide de soulagement et de joie. Malgré toutes les garanties de Peter, cela avait… tout dit… le fait qu'elle n'ait pas été à l'intérieur avec Guy, mais dehors, tentant de le retrouver, aussi désespérée que lui.

Il passa sa langue sur ses lèvres meurtries. Il sentait encore son baiser. Son parfum. Elle n'avait pas changé : il reconnaissait sa voix, son sourire, son rire et chacun de ses gestes… Elle valait chaque seconde de toutes ces années qu'il avait passées à tenter de la retrouver. Plus, beaucoup plus, même.

Il le referait, s'il le fallait.

Il tourna le dos à la villa, à ses fenêtres éteintes, à ses plantes grimpantes et à ses balcons déserts, incapable de supporter l'idée qu'elle s'y trouvait. L'automobile de Guy n'était pas dans l'allée. Cela l'avait consolé. Pour le moment, en tout cas, il ne lui était pas nécessaire de se torturer l'esprit à l'idée que Maddy soit avec lui, ou qu'Iris discute avec lui, avec sa voix qu'il n'avait toujours pas entendue en dehors de son imagination.

Prenant une profonde inspiration, il se mit en route, non pas pour descendre la colline, mais pour la gravir jusqu'à la maison des parents de Maddy. Bien qu'il ait eu envie de regagner son ancien appartement (il n'avait pas dormi depuis qu'il s'était réveillé sur le bateau, la veille au matin, et avait hâte de pouvoir se laisser tomber sur un matelas moelleux, quelques rayons de soleil s'infiltrant à travers les volets, une brise salée venant de la mer), il lui fallait d'abord aller voir la mère de Maddy. Il souhaitait lui dire ce qu'il n'avait pas eu le cœur d'avouer à Maddy : qu'il savait tout de la lettre que Diana lui avait écrite en 1916, lui annonçant qu'elle avait vu un homme qui lui ressemblait au Cinquième.

« Je serais bien revenue en personne, avait écrit Diana à Arnold, lui joignant des coupures de presse. Je l'aurais vraiment fait si Alice n'avait pas été si certaine qu'il était impossible que Luke soit encore en vie. Elle m'a fait jurer d'éviter de donner de faux espoirs à Maddy, sa femme. Que puis-je y faire ? J'espère qu'on ne m'en tiendra pas rigueur. »

Luke lui en avait extrêmement voulu.

Au début.

Il avait été furieux contre Alice. Il avait passé en revue les jours, les mois et les saisons interminables où il était resté seul à attendre – ses parents en deuil, Maddy en deuil –, se plaignant du fait que cela ne serait jamais arrivé si elle avait fait quelque chose, si elle en avait parlé à Maddy.

C'était Arnold qui avait fini par le convaincre.

« Savez-vous combien nous recevons de lettres de proches ? lui avait-il demandé. Des centaines, plus que des centaines, nous implorant de leur dire que leur fils, leur mari pourrait être ici. (Il avait un regard intense, derrière ses lunettes.) Leur espoir (il avait désigné la lettre de Diana), ce faux espoir qui inquiétait Alice, c'est une torture, pour eux. »

« Mais ce n'était pas un simple espoir, avait tenté de soutenir Luke. J'étais là. »

« Alice estimait que c'était impossible, avait rétorqué Arnold. Vous n'avez pas été porté disparu. Il n'y avait aucun doute. Personne n'a deviné que le corps de ce pauvre garçon n'était pas le vôtre. Ils vous ont enterré. Vous étiez mort. Maddy a certainement reçu un télégramme, et on lui a probablement envoyé tous vos effets et une lettre de votre commandant… »

« Mais Diana… »

« Elle a dit qu'elle avait vu quelqu'un qui vous ressemblait. Rien de plus. (Arnold avait soupiré.) Vous m'avez expliqué combien Alice aimait Maddy. Songez à la difficulté qu'elle aurait eue à la voir souffrir. (Il s'était interrompu, donnant à Luke le temps de réfléchir.) Elle a fait ça, avait poursuivi le médecin, dans le seul but de la protéger. »

« De moi ? »

« D'un chagrin encore plus intense. Ce qui attendait Maddy si elle avait fait tout ce chemin pour finalement constater que Diana s'était trompée. »

« Elle ne s'était pas trompée… »

« Alice n'en savait rien. Et je ne suis pas joueur, mais je miserais beaucoup sur la probabilité qu'elle y pense tous les jours depuis, se demandant si elle a bien fait. »

Elle savait désormais naturellement que ce n'était pas le cas. Luke l'avait vue la veille dans le jardin, derrière Maddy. Le choc, puis l'inquiétude qu'il avait lus sur son visage quand elle l'avait vu.

Raison pour laquelle il fallait qu'il lui parle.

Il franchit le portail, les yeux plissés à cause de la lumière du soleil qui s'intensifiait rapidement, sentant la sueur commencer à perler sous sa chemise, et dirigea ses pas vers la demeure.

Ce qu'il avait dit à Maddy était des plus sérieux. Il n'avait aucun intérêt à ressasser le passé ni à dresser la liste de « tout ce qui aurait pu se passer si… ». Ils avaient reçu cette seconde chance que des millions de personnes n'auraient jamais. C'était un cadeau, un privilège.

Désormais, seul compterait ce qu'ils allaient en faire.

Chapitre 31

Alice observait Luke depuis la fenêtre du salon, ce qui lui rappela de quelle manière elle avait l'habitude de les regarder, Madeline et lui, remonter l'allée au ralenti à l'époque où il lui faisait la cour. Sauf que, cette fois, elle ne se donna pas la peine de se convaincre que tout irait bien.

C'était impossible, dorénavant, elle en était persuadée.

Elle était levée, habillée pour la messe, même si elle ne pouvait pas s'y rendre. Elle n'avait pas dormi de la nuit. Elle se sentait épuisée par la fatigue et la stupeur. Et la culpabilité. Surtout la culpabilité et la peur.

Richard lui adressait à peine la parole. Dès qu'ils étaient rentrés de la fête d'anniversaire, elle lui avait bien entendu parlé de la lettre de Diana.

« Et tu n'as jamais pensé à en parler plus tôt ? » lui avait-il demandé d'une voix tendue par l'effort qu'il fournissait afin de ne pas crier.

« Je n'ai pas jugé ça utile », lui avait-elle rétorqué.

« De m'en parler ? À moi, son père ? »

« Je suis désolée… »

« Désolée pour quoi ? » avait-il sifflé entre ses dents, de plus en plus furieux, plus livide qu'elle ne l'avait jamais vu.

« Pour tout, avait-elle admis, son esprit s'étant emballé, l'obligeant à affronter la douleur désespérée à laquelle elle avait involontairement contribué – non seulement celle de Madeline, Iris et Luke, mais aussi celle des parents de Luke (cela lui était insupportable), de Peter, des amis de Luke, de ses tantes, ses oncles –, si rapidement qu'elle avait eu du mal à en estimer l'ampleur. Désolée pour tout, avait-elle conclu en contenant ses larmes, sachant qu'elle n'avait pas le droit de pleurer.

« Je t'aurais obligée à lui en parler, avait déclaré Richard. À moins que ce soit pour cette raison que tu n'aies rien dit ? Parce que tu savais comment j'aurais réagi, et que tu refusais qu'elle aille où que ce soit… »

« Non, l'avait-elle interrompu, horrifiée qu'il puisse ne serait-ce qu'envisager cette idée. Non. »

« Eh bien, tu as eu ce que tu voulais, Alice. Elle a épousé Guy. Et regarde comme ça l'a rendue heureuse ! »

« Richard… »

Il était parti. Loin d'elle. De la même façon qu'elle s'était bien trop souvent éloignée de lui dans leur couple.

Elle l'aurait peut-être fait moins souvent si elle avait eu une idée de la douleur qu'elle lui infligeait.

Il fallait que Richard lui pardonne, qu'il lui parle, qu'il comprenne à quel point elle avait peur : de ce qu'elle avait fait, de la façon dont Madeline la détesterait, et – plus que tout –, que sa fille choisisse Luke, quitte l'Inde et emmène Iris. Elle croisa ses doigts glacés, submergée par la pression de sa terreur dans ses os, ses muscles…

Elle ne parvenait pas à réfléchir à ce qu'elle allait faire.

Luke était désormais presque à la maison. Elle était incapable de le quitter des yeux. Elle avait été trop aveuglée par l'affolement pour le voir correctement, la veille, mais elle le voyait bien, à présent. En se faisant à l'idée qu'il était encore en vie – en voyant la chaleur de son beau visage (ce visage qu'elle avait cru enseveli sous la terre des Flandres), la couleur de ses boucles brunes, le mouvement de sa poitrine alors qu'il trottinait jusqu'au perron –, elle sentit malgré tout quelque chose s'adoucir en elle. Elle avait fini par l'apprécier. À sa façon. Malgré une résistance acharnée, il l'avait conquise : grâce à son cœur, à son humour et à la joie qu'il avait toujours procurée à Madeline. Elle se souvenait des larmes qu'elle avait versées lorsqu'elle lui avait annoncé la naissance d'Iris, incroyablement peinée à la pensée de ce qu'il endurait au front, et de tout ce à côté de quoi il passait.

« Votre famille vous attend », lui avait-elle écrit, souhaitant qu'il revienne au plus vite.

Elle était heureuse qu'il soit encore en vie. Vraiment.

Mais tout avait changé. Madeline et Iris avaient tourné la page.

Avait-elle tort de souhaiter qu'il reste à l'écart ?

Il frappa à la porte.

Elle se retourna, mais ne fit aucun geste pour aller lui ouvrir.

Elle connaissait la raison de sa venue. Elle s'était attendue à sa visite. Diana ne lui avait-elle pas avoué avoir révélé au médecin de Luke tout ce qu'elle, Alice, avait caché ?

Alice ne lui en voulait pas de vouloir l'affronter. Mais elle ne se sentait pas en mesure de faire face à ce qu'il allait lui dire.

Elle avait trop honte pour se mesurer à lui.

Elle attendit qu'Ahmed le fasse entrer, comme il avait dû le faire la veille. Elle comprit – en entendant la chaleureuse familiarité avec laquelle le domestique accueillait Luke en ourdou, et la réponse amicale de ce dernier (c'était un tel crève-cœur d'entendre de nouveau cette voix grave et pleine de vie) – à qui allait la loyauté d'Ahmed, et éprouva un sentiment de pitié familier envers ce pauvre Guy. Il ne méritait pas d'arriver constamment second.

Elle entendit ensuite Richard descendre bruyamment l'escalier. Alors qu'il saluait Luke avec un enthousiasme et un ravissement dont il n'avait jamais fait preuve envers Guy – même après qu'il avait accepté les fiançailles à contrecœur –, elle prit place sur le rebord de la fenêtre.

— Mon Dieu! s'exclama-t-il. Luke, Luke! Approchez…

Alice l'imagina étreindre Luke, lui donnant une tape dans le dos.

— Richard, le salua Luke. Ravi de vous revoir.

— C'est sacrément merveilleux de vous revoir, mon garçon.

« Mon garçon. »

Alice ferma les yeux.

Si seulement elle avait eu la force d'éprouver une joie si pure… Mais Richard n'était pas coincé en Inde. Il pourrait suivre Madeline et Iris, s'il le souhaitait. Il avait toujours pu suivre.

Richard invita Luke à prendre le petit déjeuner en leur compagnie. Au grand soulagement d'Alice, il déclina son offre, prétextant qu'il ne pouvait pas rester longtemps.

— Vous avez vu Maddy? lui demanda Richard.

— Oui, répondit Luke.

Alice déglutit avec peine. Même s'il était derrière la porte, elle perçut de l'amour dans sa voix. Toujours aussi sincère.

Ils continuèrent à discuter. La main sur sa gorge, Alice écoutait tout: Luke répondant aux questions de Richard sur ce qui lui était arrivé – sa veste perdue, ses plaques d'identification, le drame de Fraser (« Oh, lâcha Richard. Oh, mon Dieu… »), la façon dont lui, Luke, était revenu à lui sur la route de Menin, pour perdre de nouveau connaissance –, et lui racontant ensuite comment il était revenu en Inde pour Madeline et Iris.

— Je ne veux pas m'en excuser, dit-il.

— Je ne m'attendais pas à ce que vous le fassiez, le rassura Richard.

Entendant Luke demander à la voir, elle ressentit une certaine crainte, mais Richard lui répondit qu'elle était indisposée (ce dont elle lui fut lâchement reconnaissante) et qu'il prendrait volontiers un éventuel message.

Quand Luke lui transmit le message, affirmant qu'il ne serait jamais celui qui révélerait à Madeline l'existence de la lettre de Diana, elle se demanda si elle ne rêvait pas.

— Vous êtes certain ? lui demanda Richard d'un air dubitatif.

— Absolument, répondit Luke avant de poursuivre, apprenant à Richard que Madeline avait été suffisamment furieuse quand il lui avait raconté que Peter, lui-même presque mort, avait simplement cru l'avoir « peut-être » vu à Ypres. C'est à Alice de lui parler de tout ça. Si elle ne le souhaite pas, eh bien… (Il s'interrompit.) Eh bien, je respecterai son choix.

— Rien ne vous y oblige, lui fit remarquer Richard.

— Ce n'est pas la question. Tout le monde a assez souffert. Je n'ai aucune envie qu'elles se disputent à cause de ça. Pas plus que nécessaire, en tout cas.

Alice s'affaissa sur le rebord de la fenêtre. Elle s'était attendue à ce qu'il soit dans une colère noire. À cause de la compréhension de Luke, de son insondable générosité, elle sentit son cœur battre à tout rompre.

Elle faillit trouver le courage pour se lever et aller le remercier en personne.

S'il n'était pas parti si vite, elle y serait sans doute parvenue.

Elle aurait aimé le croire, du moins.

— Tu ne mérites pas ça, lui assura Richard en la rejoignant. Et quoi que dise Luke, tu dois en parler à Maddy. Tu lui dois bien ça.

— Je le sais, parvint à articuler Alice.

— Pas aujourd'hui, poursuivit-il. Elle a assez de problèmes à régler.

— Ça aussi, je le sais.

Richard lui adressa un regard glacial.

— Je crois avoir compris pourquoi j'ai le plaisir d'employer Alf, au moins.

Elle ne tenta même pas de se défendre. Il n'y avait aucune défense possible.

Cela rendait la prévenance de Luke encore plus difficile à comprendre.

— Ce n'est pourtant pas compliqué, lui expliqua Richard avec un incroyable dédain. Il aime notre fille. (Il lui lança un nouveau regard.) Ça ressemble à ça, l'amour.

— Je sais ce qu'est l'amour, rétorqua-t-elle, cette fois sans pouvoir contenir ses larmes, car le fait qu'il puisse laisser entendre le contraire l'anéantissait.

— Ah bon ? demanda-t-il d'un ton las.

« Oui ! eut-elle envie de hurler. Je le sais très bien. C'est ce que j'éprouve pour toi, Madeline et Iris… »

Mais, avant qu'elle ait pu ouvrir la bouche, il tourna les talons et quitta la pièce.

Comme s'il n'aurait pas supporté de l'entendre.

Il ne lui adressa plus la parole de la matinée. Il ne lui proposa même pas d'aller à la messe. Et, bien qu'il lui ouvrît la portière de l'automobile lorsqu'ils allèrent chercher Madeline et Iris pour le déjeuner, il le fit sans mot dire. Durant le court trajet jusque chez Guy, il garda le regard rivé sur la route ombragée, poussant un profond soupir en immobilisant son véhicule.

Madeline sortit à leur rencontre. Elle semblait aussi fatiguée qu'Alice, sa pâleur accentuée par sa robe marine et son chapeau cloche assorti. Alice se demanda pourquoi elle avait choisi cette couleur. Elle évitait généralement de porter des teintes sombres.

Son humeur, sans doute.

Elle se demanda si son entrevue avec Luke s'était déroulée aussi bien qu'il l'espérait.

À moins que ce soit le fait d'avoir dû retourner chez Guy qui la contrariait.

Non. Elle secoua mentalement la tête. *Cesse de vouloir tout interpréter !*

Tu vas devenir folle.

— Salut, ma chérie, dit Richard à Madeline, l'affection dans sa voix contrastant fortement avec la froideur avec laquelle il avait traité Alice toute la matinée.

— Peut-on éviter de parler de quoi que ce soit ? demanda Madeline en l'étreignant. Une fois encore, Iris n'est pas dans son état normal, et je n'ai pas envie de lui gâcher une nouvelle journée.

— Tu as notre parole, lui promit Richard.

— Naturellement, ajouta Alice, qui n'avait de toute façon pas eu l'intention d'aborder le sujet.

(Sa bonne vieille préférence pour le silence quand il y avait trop de choses horribles à exprimer.)

— Je vous remercie, dit Madeline, avec un sourire las.

Alice s'efforça de lui rendre son sourire. Elle s'aperçut qu'il lui était impossible de regarder sa fille dans les yeux. L'horrible secret qu'elle gardait et la perspective de le lui révéler l'en empêchaient.

Elle se tourna vers la maison.

— Où est Iris ? s'enquit-elle.

— À l'étage, elle se change, répondit Madeline. Elle a renversé du lait sur sa robe.

— Je vais aller la chercher, proposa Alice, profitant de l'occasion pour échapper à sa culpabilité quelques instants.

— Rien ne presse, lui assura Madeline. Les autres ne sont toujours pas arrivés.

— Je le sais, dit Alice.

— Maman, l'appela Madeline. Évite de faire allusion à Luke. Elle m'a déjà demandé pourquoi il ne venait pas aujourd'hui, et je n'ai pas envie d'aggraver la situation.

— Je n'en dirai pas un mot, lui promit sa mère.

Elle n'en avait vraiment pas l'intention non plus. Tout ce qu'elle désirait, en montant les marches, c'était faire un câlin à sa petite-fille. L'asseoir sur ses genoux et l'enlacer. Elle avait énormément besoin de ce réconfort.

Elle jeta un coup d'œil par la porte d'Iris, dans la magnifique chambre que Guy avait meublée avec une affection sans bornes. Elle s'imprégna de l'ensemble : les photos aux murs, les jouets sur les étagères, et Iris, au milieu de tout cela, qui, plutôt que de se changer, restait assise par terre dans son jupon, tirant la langue, s'efforçant d'ôter la tache de lait de sa robe à l'aide d'un chiffon humide.

— On va en trouver une autre, d'accord ? lui suggéra Alice, manquant de s'étouffer en raison d'un élan de tristesse à l'idée que, si Luke parvenait à ses fins, elle n'aurait plus jamais l'occasion de venir en aide à cette pauvre fillette.

Ayant toutes les difficultés du monde à se maîtriser, elle alla chercher une autre robe dans le placard.

« Évite de faire allusion à Luke », lui avait demandé Madeline.

Mais ce fut Iris qui aborda le sujet.

— Où loge mon papa ? s'enquit-elle.

— Je ne sais pas, répondit Alice d'un ton ferme.

— Tu l'aimes bien ?

Alice se mit à passer les robes en revue.

— Oui, bien sûr.

— Il veut nous emmener loin, maman et moi ?

Alice se figea en entendant le léger tremblement dans la voix d'Iris.

« Oui ! eut-elle envie de hurler. Empêche-le, je t'en prie ! »

— Pourquoi me demandes-tu ça ? s'obligea-t-elle à lui demander plutôt.

— C'est Guy qui me l'a dit.

Alice se tourna vers elle, avant de se figer en apercevant la lueur d'angoisse dans son grand regard bleu. Machinalement, elle alla la prendre dans ses bras. Elle la serra contre elle, la berçant comme elle l'avait imaginé en gravissant l'escalier.

— Quand Guy t'a-t-il dit ça ? demanda-t-elle.

— Cette nuit. J'ai fait un cauchemar. Maman n'est pas venue.

Alice sentit son cœur se serrer. Elle devait être avec Luke. Elle ne voyait pas d'autre possibilité.

— Guy a essayé de la réveiller ? demanda-t-elle à Iris, parvenant par miracle à s'exprimer d'un ton normal.

— Je ne sais pas.

— Tu as parlé de ce cauchemar à ta maman ?

— Guy m'a dit qu'il ne valait mieux pas.

Alice hocha la tête.

— Et qu'a-t-il dit d'autre, Guy ?

— Qu'il ne permettrait à personne de m'emmener nulle part, que j'étais en sécurité ici et que je devais dire à maman que c'était ce que je voulais. (Iris leva les yeux vers elle, son petit visage brûlant, les sourcils froncés et l'air horriblement confus.) Il a dit qu'elle ferait n'importe quoi pour moi.

Alice ferma les yeux.

— Il a dit ça, vraiment ?

— Pourquoi, ce n'est pas vrai ?

— Si, bien sûr. C'est ce que font toutes les mamans.

— Alors, je devrais lui dire que je veux rester ici ? demanda Iris, la lèvre inférieure tremblante, à deux doigts de fondre en larmes.

Alice hésita avant de lui répondre.

Puis elle l'embrassa de nouveau, et, lentement, les mots semblant se former d'eux-mêmes, lui dit ce qu'elle pensait devoir lui dire.

— Tu me le promets ? demanda la fillette.

— Je te le promets. Mais tu dois faire ce que je t'ai dit, et ne jamais révéler à ta maman que c'est Guy qui t'a dit de le faire.

— Motus et bouche cousue, déclara Iris d'un air solennel.

— C'est bien, la félicita Alice, déjà à demi tentée de retirer ce qu'elle venait de lui dire.

Mais c'était trop tard. Impossible de faire marche arrière. Plus maintenant.

Elle continua à lui parler, lui demandant d'aller la voir chaque fois qu'elle en éprouvait le besoin.

— Je t'aiderai toujours, ma chérie.

Elle acquiesça.

Alice la serra plus fort contre elle.

Voilà ce que c'est, l'amour, se dit-elle.

Chapitre 32

Guy patientait à la grande table en bord de mer qu'il avait réservée, lorsque les autres arrivèrent pour le déjeuner et les glaces dont il aurait sincèrement pu se passer. Il aperçut d'abord Della, qui ouvrait la marche, franchissant les portes vitrées de l'hôtel avec la terreur qu'était Emily serrée dans ses bras comme dans un étau. Avec un soupir, il rangea la note qu'il était en train de lire – celle que son majordome avait laissée au maître d'hôtel pour qu'il la lui remette –, et, réfléchissant encore à ce qu'il pensait de son contenu, il se passa une main sur le visage, prit un air souriant et se leva pour les accueillir. Il avait les jambes chancelantes. Tout son corps tremblait de fatigue. Malgré son épuisement après le dîner, il avait été incapable de retrouver le sommeil après qu'Iris l'avait réveillé et qu'il s'était retrouvé à la manipuler. Il était resté éveillé dans son lit brûlant, ses yeux rouges rivés sur la moustiquaire, écœuré d'avoir impliqué la fillette, d'autant plus qu'il savait déjà qu'il ne retirerait sans doute rien de ce qu'il lui avait dit.

Effleurant de la main la note dans sa poche, il craignit de redire la même chose, s'il le fallait.

Heure après heure, jusqu'à l'aube, il avait continué régulièrement à jeter des coups d'œil en direction de la porte de la chambre de Maddy, souhaitant qu'un bruit y résonne et le convainque que, si elle n'avait pas couru réconforter Iris, c'était à cause de la mixture qu'il lui avait préparée. Elle était puissante, après tout.

Il la regardait, à présent. Sa femme. Elle était avec Peter, comme souvent, sa tête blonde penchée vers la sienne, la main sur son bras. Peter tenait ses doigts gantés, hochant la tête quand elle s'exprimait. Il avait l'air passablement malheureux. Guy pensait savoir pourquoi. Il s'était brusquement rappelé leur conversation à l'hôpital du quai d'Escale. C'était autre chose qui l'avait empêché de dormir, la nuit précédente : il avait garanti à Peter que sa vision de Luke sur la route de Menin sortait tout droit de son imagination, bien que cette infirmière ait tenté de le convaincre à son tour que ce n'était peut-être pas le cas. *« Au milieu de toute cette horreur, ne serait-il pas agréable de penser qu'il reste encore quelques bonnes surprises ? »* Bon sang, mais il avait été vraiment convaincu qu'elle se trompait. Cela le mortifiait, à présent, de constater avec quelle facilité il avait rejeté son optimisme, le considérant alors comme un fantasme.

Mais il ne l'avait pas ignorée. Il en tirait un certain réconfort. Même si ce *naik* lui avait juré avoir assisté à l'enterrement de Luke, il avait tenté de retrouver l'hôpital de campagne dont elle lui avait parlé. Il avait vraiment essayé.

Qu'aurait-il pu faire de plus ?

Rien, s'était-il maintes fois répété.

Rien, se dit-il de nouveau.

Il repoussa avec détermination cette question de son esprit avant qu'elle finisse par le distraire.

Il avait bien d'autres choses auxquelles penser, de toute façon.

— Maddy, la salua-t-il en la voyant approcher.

Elle leva les yeux vers lui, son regard irrésistible dissimulé par le bord de son chapeau. Il n'était pas en mesure de déterminer si son sourire était nerveux ou circonspect. Las, sans aucun doute. Bien plus que ce qu'il aurait pu attendre de quelqu'un qui avait été assommé pour la nuit par des somnifères.

Repoussant également cette idée malvenue, il alla à sa rencontre.

— Bonjour, très chère, dit-il en posant ses lèvres sur sa joue brûlante. (Malgré son inquiétude, il se sentit ému.) Pouvons-nous avoir une brève discussion avant de rejoindre les autres ?

Il la reconduisit à l'intérieur de l'hôtel, hors de vue des autres, dans le hall principal, derrière une plante ornementale. À travers les feuilles, Maddy aperçut le chapeau de Della et la tête blonde de Peter, tous deux tendant le cou sous le grand parasol de la table, tentant de déterminer où Guy et elle étaient partis. Elle n'avait eu l'occasion de s'entretenir avec aucun des deux. Juste une petite minute pour assurer à Peter qu'il n'avait rien à se reprocher, rien du tout – « Tu l'as déjà fait bien plus que nécessaire » –, et faire discrètement savoir à Della que, oui, elle avait vu Luke.

« Et ? avait articulé Della tandis qu'Emily l'implorait de la porter. Que s'est-il passé ? »

« Plus tard », lui avait répondu Maddy sur le même ton.

— Maddy, l'interpella Guy, attirant son attention sur lui. Tu m'écoutes ?

Elle leva les yeux vers lui.

— Tu as vu un avocat, répéta-t-elle d'un ton morne.

Les traits de Guy s'adoucirent.

— Je t'en prie, dit-il. Ne sois pas comme ça…

— Tu m'en demandes trop.

— « Trop » ? s'étonna-t-il. Je suis ton mari. Tu as fait vœu de…

—Non, l'interrompit-elle plus fort qu'elle n'en avait eu l'intention, si fort que même les *punkahwallahs* – rompus à l'art de faire tapisserie – se tournèrent pour voir de quoi il s'agissait. (La nuit avait été longue, et elle avait la nausée à cause de tout ce qu'il venait de lui confier. Il lui était impossible de se contenir davantage.) Je t'en prie, ne me dis pas « de m'obéir ».

—J'allais dire « de m'aimer », se justifia-t-il avec une telle détresse qu'elle dut détourner le regard. Comme je t'aime. Et comme j'aime Iris. C'est pour cette raison que je te demande ça.

—Guy, dit-elle, sois raisonnable. Luke est le père d'Iris. Il a… tout raté. Tout ce qu'il aurait dû vivre avec elle. Il ne va pas accepter que tu joues les chaperons quand il voudra la rencontrer. Et moi non plus !

—Je n'ai pas besoin de ton autorisation.

—Tu ne l'as pas, en tout cas. Je me demande ce qui te passe par la tête.

—Ce sera mieux pour elle, ainsi.

—Ne t'avise pas de me dire ce qu'il y a de mieux ou non pour ma fille.

—Il faut que tu m'écoutes, insista-t-il, faisant un pas vers elle. Je t'en prie, écoute-moi.

Elle recula d'un pas, se cognant gauchement à la plante.

—Je n'ai pas envie d'écouter ces balivernes.

—As-tu déjà demandé à Iris ce qu'elle voulait ?

—C'est une enfant, riposta-t-elle, s'apprêtant à redresser la plante avant qu'elle s'écroule.

—Tu ferais bien de lui poser la question.

—Comme tu m'as demandé mon avis ? demanda-t-elle, les gants désormais maculés de terre.

—Je crois que tu ne sais pas ce que tu veux.

— Guy, se reprit-elle, renonçant à la plante. Je le sais très bien. Je suis désolée, mais je le sais.

— Comment peux-tu en être si sûre ? demanda-t-il, les yeux écarquillés, l'air implorant. Ça fait cinq minutes.

— Un peu plus longtemps que ça. Je…

— Non ! s'écria-t-il, poussant les *punkahwallahs* à se tourner de nouveau vers eux. (Prenant une inspiration, il sembla se calmer.) Je n'ai pas envie de parler de ça maintenant. Comme je te l'ai dit, j'ai besoin que tu m'accordes ce mois.

— Un mois, c'est trop long.

— Un mois, ce n'est presque rien du tout, lui assura-t-il en faisant un nouveau pas vers elle. (Cette fois, elle n'avait nulle part où aller.) Laisse-moi te prouver à quel point je peux te rendre heureuse. (Il attrapa ses mains pleines de terre.) Promets-moi de ne pas voir Luke seule, d'essayer avec nous.

— Guy…

Elle secoua la tête, refusant de faire des promesses qu'elle ne pourrait tenir.

— Un mois, répéta-t-il en serrant ses mains dans les siennes. À la fin, on en reparlera, je te le jure.

— Je t'en prie, je…

— On verra alors ce que tu veux. Demande à Iris ce qu'elle préfère. Si vous me dites toutes les deux que vous souhaitez partir, alors… (il déglutit, détournant le regard, ses traits tendus trahissant sa répugnance) je m'effacerai.

— J'ai besoin d'être avec Luke, expliqua-t-elle aussi gentiment que possible. J'en ai toujours eu besoin. Iris sera heureuse, d'une manière ou d'une autre. (Il continua à l'éviter du regard.) Guy… (elle lui pressa le bras, le poussant à la regarder) je t'en prie, ne fais pas ça. Un mois, ça ne changera rien.

Mais il refusa de céder.

— Nous verrons, se contenta-t-il de déclarer. Nous verrons.

Sans vraiment savoir comment, ils parvinrent à passer les deux heures suffocantes qui suivirent avec des sandwichs roulés et du champagne tiède, des sundaes déjà à moitié fondus quand les serveurs apportèrent les verres à la table.

— Ça ne me dérange pas, déclara Iris, qui, au moins, semblait de nouveau de meilleure humeur, perchée sur les genoux de sa grand-mère, la mer scintillant derrière elle, son grand-père d'un côté, la charmante Lucy gloussant de l'autre.

Maddy avait pris place juste à côté d'eux, entre Peter et Della, aussi loin que possible de Guy. Elle refusait de le regarder, même si les picotements de sa peau brûlante lui laissaient entendre qu'il la regardait. Elle n'avait qu'une envie : partir. Rejoindre Luke chez lui, et tout lui raconter pour éviter qu'il reste un moment de plus dans l'ignorance. Elle en voulait énormément à Guy, de plus en plus au fur et à mesure que le soleil s'élevait dans le ciel et que ses paupières lui paraissaient de plus en plus lourdes. Elle lui en voulait de profiter de lois archaïques pour la piéger et la soumettre à un tel ultimatum, mais surtout de lui avoir suggéré que cela ferait souffrir Iris de voir son père sans lui.

Comment avait-il osé proférer une telle ineptie ?

— Il est désespéré, chuchota Della. C'est ce qui le pousse à tenter le tout pour le tout.

Agitée, Maddy soupira.

— Non, lui répondit-elle sur le même ton. Je ne peux pas le plaindre.

— Eh bien, tu n'as jamais pu t'en empêcher, lui fit remarquer Peter.

Encore une vérité. C'était une des raisons pour lesquelles elle évitait son regard à tout prix. Si elle s'autorisait à déceler l'inévitable inquiétude qui s'y trouvait, elle savait qu'il lui serait moins aisé de rester en colère contre lui. Et elle voulait rester en colère. Elle avait besoin de cette colère.

Il lui serait tellement plus difficile de se battre sans elle…

— Tu ne vas tout de même pas autoriser sa présence quand Luke voudra rencontrer Iris, n'est-ce pas ? lui demanda Peter.

— Bien sûr que non, siffla-t-elle.

Elle n'avait aucunement l'intention de se soumettre aux conditions que Guy souhaitait lui imposer. Non seulement elle allait lui faire accepter l'idée qu'Iris devait pouvoir apprendre à connaître son père sans se sentir observée, mais elle continuerait elle aussi à le voir seule. Chaque fois qu'elle en aurait l'occasion. Elle prendrait simplement garde à ne pas se faire surprendre.

Mal à l'aise, elle repoussa le sundae auquel elle n'avait pas touché. Elle n'y pouvait rien, l'idée de tromper Guy ne lui plaisait pas. Pas du tout, même. Il avait beau mal se comporter, il n'en demeurait pas moins Guy. Inutile de le regarder pour s'en souvenir. De cela et de la façon dont il l'avait aimée toutes ces années.

Et du long combat qu'il avait mené pour la rendre heureuse.

— Maddy chérie, dit Peter, qui, bien sûr, comprenait.

Il avait toujours pensé le plus grand bien de Guy, lui aussi.

Elle contempla la mer éblouissante, les pêcheurs dans leurs embarcations colorées, se remémorant les paroles de Luke. *« Je ne supporterais pas de rester dans le secret. »* Elle non plus.

Mais c'était Guy qui avait toutes les cartes en main. Et il demandait à pouvoir bénéficier de ce mois…

Avaient-ils le choix de le lui refuser ?

— Apparemment pas, déclara Luke quand, en fin de journée – après que Guy eut regagné l'hôpital et qu'elle eut déposé Iris chez Della –, elle eut enfin l'occasion de se rendre chez lui.

Elle ne pouvait pas rester longtemps. Guy avait dit qu'il serait rentré pour le dîner, et le soleil était déjà très bas dans le ciel. Par les fenêtres de derrière, elle voyait l'astre teinter la mer d'Arabie. Cette vue dont elle se souvenait si bien… Luke n'avait allumé aucune lampe. Les murs blancs et les sols en mosaïque de l'appartement s'assombrissaient à vue d'œil, illuminés par les derniers rayons rosâtres. Elle n'avait aucune envie de partir. Elle posa sa tête contre la poitrine de Luke, et, une fois de plus, eut du mal à s'imaginer le quitter.

— J'ai envie d'aller à l'hôpital pour lui dire ce que je pense de lui, annonça Luke.

— Tu ne peux pas, lui dit-elle de la même façon qu'à son père un peu plus tôt, après qu'ils avaient déposé Iris chez Della et qu'elle les avait informés, sa mère et lui, des exigences de Guy.

« Je vais lui faire entendre raison », avait menacé Richard en se cramponnant au volant.

« Tu crois que je n'ai pas essayé ? » avait répliqué Maddy.

— Nous avons besoin de lui, rappelait-elle à présent à Luke. Sinon, il y aura des années de bataille judiciaire et de ragots. Et malgré tout, il pourrait ne jamais accepter d'annuler ce mariage. Iris serait alors à jamais cette enfant…

— J'en suis conscient, l'interrompit Luke. (Elle vit alors le reflet de sa propre colère dans son regard ténébreux.) Le problème, c'est qu'il le sait aussi.

— Ce n'est qu'un mois, déclara-t-elle autant pour elle que pour lui. Rien qu'un mois.

— Il peut se passer beaucoup de choses en un mois, lui fit-il remarquer.

— Pas pendant celui-là. Nous allons nous en sortir, nous nous rendrons chez nous mariés, comme nous l'avons toujours été. Tu auras le temps d'apprendre à connaître Iris ici avant que nous l'emmenions ailleurs.

Ce fut Alice qui aida Maddy à voir le bon côté des choses. Alors que, contrairement à Richard, elle avait pris soin de ne pas rejeter la faute sur Guy (naturellement), et insisté discrètement sur le fait qu'il serait bon pour Maddy d'éviter de prendre des décisions trop hâtives, elle n'avait pas dit un mot contre Luke non plus. Pas une fois elle n'avait tenté de faire culpabiliser Maddy lorsque celle-ci avait évoqué le fait de rentrer avec lui en Angleterre, malgré la terreur qu'elle devait éprouver à l'idée de leur départ.

Et elle avait simplement paru heurtée par la proposition de Guy de jouer le rôle de chaperon pour Luke et Iris, ici, en Inde.

« Je ne sais pas comment j'aurais réagi si Edie m'avait fait ce coup-là », avait-elle dit.

« Elle n'aurait jamais fait une chose pareille », avait rétorqué calmement Richard.

« Tu as raison, avait concédé Alice d'un ton encore plus calme, tous deux étant encore inexplicablement distants. Mais, avait-elle poursuivi en s'adressant de nouveau à Maddy, n'oublie pas que tu es en train de totalement bouleverser les repères d'Iris. Mieux vaut éviter de se précipiter. »

Elle lui avait alors suggéré que Luke vienne rencontrer Iris chez eux. « En terrain neutre. »

« J'en parlerai à Guy, avait-elle proposé avec un soupir qui indiquait clairement que cette perspective ne la réjouissait guère. Je suis convaincue qu'il comprendra que ce sera plus agréable pour Iris, de cette façon. Et ma présence pourrait le rassurer. »

Richard l'avait regardée d'un air interrogateur, visiblement aussi décontenancé que Maddy par son apparente impartialité. Comme sa fille, il était évidemment parti du principe qu'elle serait entièrement du côté de Guy.

Maddy avait été touchée par le fait que, malgré tout, sa mère ne semblait prendre que son propre parti.

— Viens demain, proposait-elle à présent à Luke. Après l'école.

— Tu es sûre qu'elle sera prête à me voir ?

— Je ne sais pas vraiment ce que signifie « prête », répliqua-t-elle d'un ton sincère. Mais elle ne cesse de demander de tes nouvelles, de vouloir savoir où tu es.

— Je suis terrifié à l'idée de pouvoir de nouveau l'effrayer, confia-t-il.

— Non, dit Maddy. Non. Ça n'arrivera pas. Ce sera différent. Et ma mère nous aidera.

— J'aurais bien aimé que ce ne soit pas nécessaire, avoua-t-il. J'aurais bien aimé que…

— Je sais, l'interrompit-elle en portant les mains à son visage, pressant ses lèvres contre les siennes, comme s'il était possible de dissiper ses angoisses, et les siennes aussi. On connaîtra des moments plus faciles, lui promit-elle en mettant dans chacune de ses paroles la conviction qui leur était nécessaire à tous les deux. Tu verras. Un jour, on aura l'impression que rien de tout ça n'est arrivé.

Il hocha lentement la tête. Elle vit combien il voulait la croire. Elle sentit son désir.

Garde espoir, songea-t-elle en l'embrassant de nouveau. *Je t'en prie, garde espoir.*

Ça me permettra d'y croire aussi.

Elle ne croira jamais en nous si nous n'y croyons pas nous-mêmes.

Elle le quitta en retard, naturellement. Elle eut tout juste le temps de courir chez Della pour récupérer Iris, puis de prendre un bain rapide – afin d'effacer de sa peau toute trace de son heure volée avec Luke –, avant le retour de Guy.

Il la trouva dans sa chambre, alors qu'elle terminait de se coiffer pour le dîner. Levant les yeux vers son reflet fatigué dans le miroir de sa coiffeuse, elle constata à son grand désarroi qu'il avait un bouquet de fleurs à la main.

Il lui annonça en traversant la pièce pour le lui offrir qu'Alice était effectivement passée le voir.

— Je resterai à l'écart quand Luke et Iris seront ensemble, la prévint-il, si c'est vraiment ce que tu souhaites.

— D'accord, dit-elle en se tournant vers lui, sans toutefois le remercier en dépit de son profond soulagement.

Elle refusait de lui en être reconnaissante.

Elle le fut encore moins quand il poursuivit, lui annonçant que s'il ne pouvait être présent à ces réunions, quelqu'un devrait le remplacer.

— Guy…, commença-t-elle, s'apprêtant à protester.

— Ça n'a rien à voir avec la confiance que j'ai ou non en toi, expliqua-t-il, ce qui suffit à la faire taire. (Il fit un pas vers elle, son bouquet encore à la main, son expression désespérée à la fois contrite et suppliante, comme s'il l'implorait de le comprendre.) C'est juste que je ne crois pas pouvoir supporter de vous imaginer tous les trois seuls alors que je serai en salle d'opération. (Il la regarda fixement.) Cette idée me rend malade, en fait, Maddy.

En constatant l'angoisse dans son regard et dans sa voix, elle sentit son cœur se radoucir, indépendamment de sa volonté. C'était ce qu'elle avait le plus redouté de voir se produire, au déjeuner. Elle lutta pour conserver sa colère, et ce ne fut pas entièrement vain – elle avait encore beaucoup trop de raisons d'être furieuse –, mais, lorsqu'il insista pour lui offrir son bouquet, elle se surprit à le prendre, éprouvant une trop grande pitié pour lui pour s'en empêcher. « *Eh bien*, retentit la voix de Peter dans son esprit, *tu n'as jamais pu t'en empêcher...* » Elle demeura immobile pendant qu'il se penchait pour lui effleurer la joue avec ses lèvres. La joue sur laquelle Luke l'avait récemment embrassée avec nettement plus de fougue, tandis qu'il la plaquait contre le mur, les jambes de Maddy autour de sa taille. Elle acquiesça lorsqu'il lui proposa d'aller lire une histoire à Iris avant qu'elle aille se coucher, et se garda de les interrompre, même quand elle les entendit discuter et qu'elle commença à craindre qu'il devienne suspicieux si Iris se mettait à lui raconter sa présence prolongée chez Della.

Si la fillette en fit mention, il se garda d'en dire quoi que ce soit au dîner. Durant le repas sur la terrasse aussi ombragée que verdoyante, ils n'abordèrent qu'un petit nombre de sujets, et seulement de manière fortuite, à voix basse (la météo, la lecture d'Iris, le personnel de l'hôpital), que Maddy oublia dès qu'ils eurent fini d'en parler. Songeant à Luke, elle tenta d'imaginer ce qui se passerait si elle se levait, quittait la table – où grillaient les moustiques à la lueur vacillante des lampes – et allait le rejoindre, tant elle mourait d'envie de le faire, se demandant comment elle parvenait à continuer à jouer la comédie avec Guy.

Elle avait certainement retrouvé ses ficelles de marionnette.

Mais elle ne pouvait pas les laisser la mener plus loin.

Tandis que Guy et elle montaient à l'étage pour aller se coucher, elle se tourna vers lui, lui annonçant – avant même qu'il ait eu l'idée de lui demander « s'il pouvait » – qu'elle préférerait qu'il la laisse seule, cette nuit-là.

— Tout au long du mois, en fait, ajouta-t-elle. Il me faut du temps.

Il évita de protester. Semblant la comprendre, il acquiesça.

— Je veux que tu en aies, la soutint-il, de nouveau aussi doux qu'avant. Maddy, très chère (il l'embrassa doucement sur le front), le temps est tout ce que je demande.

Chapitre 33

Guy eut tout le temps qu'il souhaitait. Vingt-neuf jours en tout.

Maddy et Luke étaient incapables de rester l'un sans l'autre. Guy, sans jamais laisser entendre que c'était son objectif, gêna le plus possible Maddy dans ses tentatives de sorties solitaires. Soulagé par l'arrivée de personnel médical en provenance de Pune, il pouvait rentrer plus tôt le soir, chaque jour avec des fleurs à la main, toujours disposé à lire de nouvelles histoires à Iris, et à avoir de « longs dîners » avec Maddy. Il lui arrivait parfois de se présenter sans prévenir à l'école (à laquelle Maddy avait déjà donné son préavis, souhaitant leur laisser le plus de temps possible pour la remplacer), ou chez Della (quand Maddy l'avait prévenu qu'elle risquait d'y déposer Iris), « juste pour dire bonjour ». Puisqu'il était devenu si imprévisible, Maddy n'osait plus prendre le risque de héler un pousse-pousse jusque chez Luke aussi souvent qu'elle en aurait eu envie.

Mais Guy ne pouvait être présent en permanence. Il avait encore des interventions à réaliser – la série habituelle d'appendicectomies, de splénectomies et de réductions de fractures contractées sur les terrains de polo qui occupaient tant le personnel de l'hôpital –, ainsi que des quarts de nuit, occasionnels, mais inévitables. Maddy profita de chacune de ses absences. Elle profitait de chaque minute, chaque seconde qu'elle pouvait passer avec Luke. Il l'attendait toujours sur les marches de son perron, les cheveux souvent mouillés après une baignade, la peau chaque jour un peu plus tannée sous un soleil de plus en plus implacable. Elle ne vivait que pour le moment où il la verrait, au bout de son allée, et se lèverait en souriant (ce sourire), écarterait les bras, prêt à l'étreindre, la prévenant que, cette fois, il ne la laisserait pas repartir.

— Non, lui répétait-elle. Ne dis pas ça.

En dînant chaque soir avec Guy, picorant dans son assiette, elle s'imaginait dans le lit de Luke, sa tête dans le creux de son cou, sentant ses doigts lui caresser le dos, tous deux en sueur, à bout de souffle. Ensemble.

Elle s'inquiétait pour lui, cependant. Énormément. Elle avait remarqué ses cicatrices dues à des éclats d'obus, sur sa poitrine, dans son dos et dans son cou, et ne pouvait pas oublier ce qu'il avait vécu. Parfois, lorsqu'ils discutaient, il lui arrivait de s'interrompre au milieu d'une phrase, fronçant les sourcils à cause d'une de ces douleurs soudaines dont il avait admis qu'elles commençaient à le tourmenter depuis qu'il avait retrouvé la chaleur et le chaos indiens. Elle patientait alors, lui prenant la main, témoin de ses souffrances, et retenait son souffle jusqu'à ce qu'elles passent, l'embrassant quand cela allait mieux, haïssant le fait qu'il n'y avait pas grand-chose d'autre à faire.

Elle ne se laissait jamais aller à dormir, quand ils étaient ensemble. Elle avait beau être exténuée (ce qui lui arrivait souvent), elle gardait constamment un œil sur la pendule. Mais, de temps à autre, il arrivait à Luke de s'assoupir. Elle s'étendait alors à ses côtés sur son oreiller, observant ses paupières agitées, imaginant ses rêves, sursautant en même temps que lui – quand un pot d'échappement claquait, dans le lointain, ou quand un pétard explosait –, atrocement consciente qu'il était de retour là-bas, dans les tranchées, où elle ne pouvait le suivre, et dont il ne se souvenait que depuis peu.

« C'est comme si je venais juste d'en partir, lui avait-il expliqué au début de leur première semaine ensemble. On dirait que la guerre se poursuit. Ça me semble irréel que ce ne soit pas le cas, surtout ici. Je ne cesse de penser à Richmond, au fleuve, à la sérénité qui y règne… »

« Nous nous y rendrons cet été, lui avait-elle promis, détestant l'inutilité de ses paroles dans ce présent sans fin. J'aimerais tant qu'on puisse partir dès demain. »

« Je me demande ce qu'en penserait Iris », avait-il avoué.

Elle n'avait aucune réponse à lui fournir.

Ces premiers jours, Iris continua à représenter un sujet de préoccupation sur lequel ils avaient tous deux du mal à s'entendre.

Leurs retrouvailles furent tendues, et Maddy était convaincue que ce serait le cas de toutes leurs futures entrevues. Le fait que Guy ait pris l'initiative d'annoncer à la fillette ce qui allait se passer avant même que Maddy soit descendue prendre son petit déjeuner n'avait rien arrangé.

— Pourquoi as-tu fait une chose pareille ? lui demanda-t-elle en l'accompagnant à son automobile, ayant laissé Iris à table, sans même tenter de contenir son agacement. Tu as vu sa tête ? Elle va angoisser toute la matinée…

— Maddy. Tu ne pouvais pas lui annoncer ça au dernier moment.

— Ce n'était pas mon intention. J'allais lui en parler après l'école…

— Eh bien, à présent, c'est inutile, déclara-t-il comme s'il leur avait rendu un grand service.

Sur le chemin de l'école, Iris lui garantit qu'elle n'était pas inquiète.

— Je vais faire de mon mieux pour l'aimer, promit-elle, ce qui semblait être des paroles singulières dans la bouche d'une enfant.

— C'est Guy qui t'a demandé de dire ça ? l'interrogea-t-elle, les sourcils froncés.

Iris secoua la tête. Puis une nouvelle fois sous l'insistance de Maddy.

Mais, une fois de plus, elle demeura anormalement muette tout au long de ses leçons du matin. Et, visiblement nerveuse, elle s'accrocha à la main de sa mère lorsqu'elles se rendirent chez ses grands-parents.

Maddy aussi était nerveuse. Elle avait les lèvres incroyablement sèches, alors qu'elle tentait de distraire Iris en lui montrant les différents oiseaux dissimulés dans les feuilles, et le singe qui les observait depuis sa haute branche. Elle avait les mains moites, dans ses gants. Ils étaient tous trop nerveux, bien sûr, parfaitement conscients du fait qu'il fallait que l'entrevue se passe bien. Alice, en particulier, semblait curieusement raide. Elle avait beau dire qu'elle n'était là que pour les aider à aplanir d'éventuelles difficultés, elle était, au grand désespoir de Maddy, aussi réservée qu'à l'accoutumée avec Luke, rougissant à son arrivée, et murmurant ce qui ressemblait à des remerciements quand il l'embrassa pour la saluer (encore une chose incroyablement curieuse à dire). Elle demeura très silencieuse lorsqu'ils prirent le thé sur la terrasse étouffante, tirant sur le col de sa robe couleur thé au lait, regardant partout sauf vers Maddy et Luke, jusqu'à ce que même Iris – collée aux genoux de Maddy, serrant sa nouvelle trousse de médecin dans ses mains potelées – se sente obligée de lui demander si elle se sentait bien.

— J'ai simplement chaud, répondit-elle.

Ils avaient tous chaud.

Même Peter, qui avait pris un jour de congé sur la suggestion de Richard, prêt à apporter son soutien au processus, ne parvint pas à détendre l'atmosphère tendue. Il assura un semblant de conversation – racontant à Iris que son père était un excellent joueur de polo, ce qu'elle ne savait sans doute pas, demandant à Maddy comment s'était passée l'école, reconnaissant que c'était un véritable luxe d'être en congé un lundi, éclatant de rire quand Luke prétendit en souriant qu'il était possible d'en avoir assez d'être en congé –, mais lutta, comme eux tous, pour éviter de lancer des regards inquiets à la fillette, se demandant quand elle finirait par sortir de sa coquille.

Luke, au moins, comprit qu'il valait mieux éviter de la brusquer. Il ne la quitta pas des yeux pour autant. Maddy remarqua l'émerveillement dans son regard alors qu'il observait sa tête penchée, sa façon d'examiner tranquillement chacun de ses instruments médicaux miniatures. Elle comprit que jamais, au grand jamais, elle n'oublierait cette scène.

— Je n'ai pas cessé de penser à son petit pied sépia, sur la photo que tu m'as envoyée, lui confia-t-il par la suite.

Il posa juste quelques questions à Iris : à propos de ses amis (« Suya et Lucy », chuchota-t-elle), de ce qui lui plaisait le plus à l'école (« Peindre », répondit-elle sans quitter son kit des yeux), de ce qu'elle avait l'habitude de faire le week-end (« Je ne sais pas », chuchota-t-elle de nouveau), et il réussit presque – presque – à la faire sourire en lui demandant si Suya lui avait expliqué comment terroriser les paons.

— Oui ? demanda-t-il. C'est un oui, n'est-ce pas ? J'en étais sûr. Ces pauvres paons...

Mais, seulement avant de s'en aller avec Peter, il fit ce dont il rêvait depuis qu'il l'avait vue la première fois, Maddy en était persuadée. Se levant, il s'accroupit à leurs côtés.

— Iris, lui dit-il. Je me trompe ou tu as l'air plutôt timide ?

Elle garda le silence, se contentant de lever les yeux de son nouveau jeu, se crispant sur les genoux de Maddy : un « oui » évident.

— Ce n'est pas grave, lui assura Luke. Tu ne me connais pas encore. Tu peux être aussi timide que tu veux avec moi.

Elle resta de nouveau muette.

Il lui sourit. Maddy se demanda comment il y était parvenu.

— Tu aimes les chevaux ? lui demanda-t-il. Est-ce la raison pour laquelle Peter t'a raconté que je jouais au polo ?

Cette fois, elle hocha la tête, faisant rebondir ses boucles trempées par la sueur.

— Eh bien, que dirais-tu si nous allions au cantonnement, demain ? Il se trouve que j'y connais quelques officiers de cavalerie. Nous pourrions peut-être t'organiser un cours d'équitation…

Maddy sentit son cœur s'alléger. *Quelle bonne idée*, songea-t-elle.

Elle avait bon espoir que la journée soit plus agréable.

Surtout quand Della lui annonça que Lucy et elle les accompagneraient.

— Avec un peu de chance, ça ôtera un peu de pression à tout le monde.

Maddy se tenait à ses côtés au bord du *paddock*, regardant Luke et deux lieutenants aider les filles à se mettre en selle, et leur faire faire le tour du manège sous un soleil de plomb, les poussant au petit trot. Plus leurs montures allaient vite, plus Lucy riait, poussant des cris à l'intention de Della et de Maddy, leur demandant si elles regardaient.

— On vous regarde, lui promit Maddy. Ne t'inquiète pas.

Elle aurait voulu qu'Iris pousse elle aussi des cris. Mais, si elle eut le sourire, à deux ou trois reprises, et même si – miracle des miracles – elle s'autorisa à rire, quelques instants, elle ne poussa aucun cri. Pas un seul.

— Je vois ce que tu veux dire, saisit Della, les yeux plissés sous son chapeau. Elle n'est pas elle-même.

— Je ne comprends pas pourquoi, admit Maddy en pensant à sa fille généralement si bavarde et exubérante, à son affection immédiate. J'ai l'impression qu'on l'a remplacée par une autre pendant que je clignais des yeux.

— Elle va simplement prendre son temps, tenta de la rassurer Della.

— Mais, quand Guy est revenu en Inde, elle n'a pas hésité. Elle était prête à l'adorer dès le début.

— Elle n'avait aucune raison de ne pas l'aimer, lui rappela délicatement Della. Elle n'avait pas la moindre idée de ce que ça allait changer pour elle. La pauvre ne voyait certainement pas plus loin que son sundae suivant au *Sea Lounge*.

D'accord avec elle, Maddy poussa un profond soupir.

— Elle n'a pas eu le temps de prendre de nouvelles habitudes, chez Guy, poursuivit Della, et voilà que son existence risque de nouveau d'être entièrement bouleversée. Elle est certainement un peu dépassée.

— J'ai l'impression que ce n'est pas tout, lui avoua Maddy, examinant le visage songeur d'Iris, sous sa casquette, l'air méfiant qu'elle prenait pour écouter les conseils de Luke. Ça ne lui ressemble pas du tout d'être aussi… renfermée. Elle n'est comme ça avec personne.

— Qu'en dit Guy ? s'interrogea Della.

— Il pense qu'elle a peur, répondit Maddy, se remémorant ses paroles de la veille, après son retour chez lui avec un nouveau bouquet de fleurs, lui demandant comment s'était déroulée cette première entrevue avec Luke.

Elle avait admis qu'Iris s'était montrée très silencieuse. Encore contrariée par son intervention au petit déjeuner, elle lui avait demandé de reconnaître son rôle dans son attitude,

Il avait refusé.

« Cette situation est très déstabilisante, pour elle, s'était-il contenté d'admettre. Je ne suis pas du tout surpris qu'elle ait pu trouver ça difficile. »

« Elle va s'en remettre, lui avait aussitôt garanti Maddy. Les enfants s'adaptent vite. Il paraît que j'étais hors de moi, la première fois que je suis allée en Angleterre… »

« Je vais aller lui parler, l'avait-il interrompue, ne souhaitant pas en savoir davantage sur le sujet. Je suis sûr qu'elle voudra une histoire. »

Il avait mis tellement de temps qu'elle était montée pour voir si tout allait bien. Elle les avait trouvés tous les deux assoupis sur le lit d'Iris. Les larmes lui étaient montées aux yeux en constatant combien sa fille semblait heureuse dans le creux du bras de Guy.

— Tu as parlé à Iris ? lui demanda Della, la ramenant à la réalité du *paddock*.

— J'ai essayé. Elle reste fermée comme une huître. On dirait presque qu'elle a peur de ce qu'elle pourrait dire.

— Elle parle avec Guy ?

— Je n'en sais rien, répondit Maddy, repensant aux deux endormis, réveillant ainsi une douleur profonde. Franchement, je me sens incapable de le lui demander.

Elle ne lui posa jamais la question.

« C'est inutile », écrivit-elle à Edie dans une lettre qu'elle avait commencée au cours du mois, mais qu'elle n'avait toujours pas postée. C'était devenu une sorte de journal intime, un moyen de rester saine d'esprit quand elle était seule dans la villa de Guy, enfermée dans sa chambre à l'écouter dans la sienne, cherchant désespérément quelqu'un à qui s'adresser. « Cela me ferait culpabiliser plus encore pour tout ce que je lui fais subir. En outre, je ne peux m'empêcher de penser qu'il est soulagé qu'Iris ne soit pas tombée instantanément sous le charme de son père. Je ne suis pas sûre qu'il aurait été capable de le supporter, si cela avait été le cas. Et, bien sûr, il pose ses conditions pour nous laisser partir à la fin de cette incertitude ridicule, l'une d'elles étant qu'Iris doit le vouloir aussi. Je suis certaine qu'il compte sur son soutien.

» Comment peut-on juger bon de lui demander ce qu'elle souhaite ? Ce n'est qu'une fillette bien trop jeune pour être impliquée dans une telle affaire. J'ai tenté de convaincre Guy qu'il fallait la laisser en dehors de tout ça, mais il ne veut rien entendre. Il refuse toujours d'aborder le sujet avec moi. Il se contente de rentrer chaque soir à la maison avec un nouveau bouquet de fleurs, des livres pour Iris, déterminé à me prouver combien nous pourrions être heureux. »

Un autre jour, elle écrivit : « Iris commence à être plus calme avec lui aussi, à présent. (Sa main resta collée à la feuille gorgée d'humidité.) Je crois qu'elle se sent aussi mal que moi à l'idée de lui faire de la peine.

» C'est peut-être pour cette raison qu'elle oblige le pauvre Luke à fournir tant d'efforts.

» Mais il les fournit, poursuivit-elle un autre soir. J'aurais bien aimé que tu puisses le voir avec elle, Edie. Il trouve toujours quelque chose d'amusant à faire – aller pêcher à la plage, pique-niquer, jouer au tennis au *Gymkhana*

Club, retourner au cantonnement pour de nouveaux cours d'équitation –, et, même si nous avons notre roulement de chaperons, je commence à avoir l'impression qu'on devient une véritable famille. Enfin. Maman nous suit la plupart du temps, et je me sens mal parce que je vois bien à quel point elle redoute notre départ (elle est presque aussi silencieuse qu'Iris, mais elle a repris sa vieille habitude de refouler toutes ses émotions, refusant d'admettre que quelque chose ne va pas. Même entre papa et elle, alors que tout le monde voit bien qu'ils ne se parlent toujours pas). J'ai parfois l'impression qu'elle est sur le point de me dire quelque chose, mais elle ne me dit jamais rien. J'aimerais lui promettre qu'on lui rendra visite, que je n'ai pas abandonné l'idée de la faire monter à nouveau sur un paquebot. (Je n'y ai vraiment pas renoncé ; en fait, j'y suis même déterminée. Voilà des années qu'elle n'a plus essayé, et elle n'est plus si seule qu'à l'époque.) Mais je ne veux pas la contrarier davantage.

» Cependant, poursuivit-elle quelques jours plus tard, je dois reconnaître qu'elle semble vraiment plus détendue, avec Luke, à présent. Il ne lui a pas beaucoup laissé le choix, naturellement (il est constamment en train de bavarder avec elle, de lui sourire, de lui demander son avis sur ce que nous devrions faire le lendemain…), et cela semble avoir fonctionné.

» Et il en va de même pour Iris, Edie ! Je préférerais éviter de tenter le sort en me réjouissant trop tôt, mais je crois sincèrement pouvoir avancer sans me tromper qu'il est en train de la conquérir, et ce par sa simple détermination. Je ne l'avais même pas remarqué, au début, mais elle rit de nouveau beaucoup plus, surtout quand lui rit. Le plus souvent, elle oublie de se mordre la lèvre inférieure, quand elle lui sourit. Je ne peux t'expliquer combien je suis heureuse qu'elle ait enfin cessé de le faire. Elle a toujours été très souriante. Et elle a commencé à discuter avec lui, à vraiment discuter. Comme s'il avait enfin transpercé sa carapace à l'usure et qu'elle ne pouvait plus s'en empêcher. Elle semble particulièrement s'intéresser à sa perte de mémoire : ce qu'il a ressenti, pourquoi il est resté si longtemps à l'hôpital, si les médecins et les infirmières ont été gentils avec lui… Aujourd'hui encore, elle lui a demandé s'il lui était arrivé d'être triste. "Parfois, lui a-t-il répondu. Parce que vous me manquiez beaucoup, ta maman et toi." Et elle a pris un air triste, aussi, jusqu'à ce qu'il lui dise qu'il ne fallait pas, que c'était sa mission de faire en sorte que cela ne se produise pas. "Parce que tu es mon papa", a-t-elle dit. "Parce que je suis ton papa, a-t-il confirmé. Et parce que c'est ma seule mission pour le moment."

» Oh, Edie, est-il possible que je l'aime plus que jamais ? Puisque tu ne peux pas me répondre, je vais le faire à ta place.

» Je crois que c'est possible.

» Non, je ne le crois pas. J'en suis certaine ! »

Son amour pour lui grandit encore ce même après-midi, le vingt-neuvième des trente jours de Guy. Elle venait de donner ses derniers cours à l'école, et, à la demande d'Iris, ils étaient descendus sur la plage avec Richard pour pêcher leur dîner.

Maddy s'abstint de se joindre à la séance de pêche. Son père aussi. Ils s'installèrent tous deux sous les palmiers, laissant Iris et Luke s'occuper du repas, bavardant tranquillement entre eux, tandis que Luke remontait son pantalon, demandant à Iris de se débarrasser de ces bottes ridicules, avant de la conduire vers le rivage. Maddy, qui avait tenté une fois de plus de faire admettre à son père ce qui se passait entre sa mère et lui, poussa un petit soupir, car il était (une fois encore) aussi mutique qu'Alice.

— Tu as suffisamment à faire sans te préoccuper de nous, lui assura-t-il.

— Et pourtant, rétorqua-t-elle, ça ne m'empêche pas d'être très inquiète.

Il lui caressa la main en souriant.

— Ne t'inquiète pas.

— Ça en vaut la peine, papa ? lui demanda-t-elle. Quelle qu'en soit la raison, est-ce que ça vaut vraiment la peine de créer ces tensions ?

Elle lut un soupçon de tristesse dans son sourire.

— Sans doute pas.

Elle attendit qu'il en dise davantage.

Mais il n'alla pas plus loin.

Comprenant à contrecœur qu'il serait vain d'insister, elle renonça, reportant son attention sur le rivage.

Le soleil tapait, donnant des reflets dorés au sable et à la mer. Luke mit un genou à terre, les vagues léchant son pied, pour préparer la canne à pêche sous le regard d'Iris. Au-dessus de leurs têtes, un oiseau plongea en piqué, cherchant lui aussi une prise. Iris ne le vit même pas. Elle semblait totalement captivée par la façon dont Luke était en train d'enfiler l'hameçon. Apparemment sans réfléchir, elle se pencha vers lui, ses cheveux bouclés pendant devant son visage, et posa la main sur son épaule.

Il fallut à Maddy un moment pour admettre ce qu'elle venait de faire. Elle retint son souffle, effrayée à l'idée qu'il puisse s'agir du fruit de son imagination.

— Regarde ça, lui dit Richard à voix basse. Elle vient de lui procurer la plus grande joie de sa vie, et elle ne s'en doute même pas.

Luke n'eut aucune réaction. Il poursuivit son ouvrage comme si rien d'extraordinaire ne s'était produit. Maddy entendait sa voix quand il s'adressait à Iris, sans pour autant distinguer ses paroles. Elle regarda Iris acquiescer, le tenant toujours par l'épaule. Elle ne bougea pas sa main. Puis elle gloussa, l'éclaboussant avec son pied. Elle l'éclaboussa vraiment.

Il éclata de rire. Maddy sentit les larmes lui monter aux yeux. Plus encore quand Iris gloussa de nouveau. Luke se redressa, tendit la canne à la fillette et l'aida à lancer la ligne.

Puis il se retourna. Jetant un coup d'œil par-dessus son épaule à Maddy et Richard, il se fendit d'un sourire de joie pure.

Un sourire que Maddy n'oublierait jamais.

Un sourire qui signifiait : « Tout va bien se passer. »

Elle y croyait.

À cet instant, en les voyant côte à côte, leurs chevelures noires scintillant au soleil indien, elle eut une confiance absolue en ce que serait leur avenir.

Et puis, la soirée arriva.

Celle où tout s'écroula.

Elle s'était doutée de ce qui se passait dans son corps. Elle était déjà passée par là. Tout cela lui était très familier. Elle était beaucoup plus fatiguée qu'à l'ordinaire, se couchait directement après le dîner et dormait profondément. Dernièrement, elle avait eu ce goût étrange dans la bouche et avait eu besoin de se rendre plus souvent aux toilettes. Et puis, elle avait deux semaines de retard. (Alors que, contrairement à ce qu'elle avait fait croire à Guy, elle était réglée comme du papier à musique.)

Même en tenant compte de tout cela, elle n'avait aucune certitude. À moins qu'elle ait refusé d'en avoir. En fait, elle avait tenté, avec une certaine obstination, de ne pas penser à la possibilité d'avoir un autre enfant. Elle aurait été ravie d'y songer, si Guy n'avait pas insisté pour avoir cette relation précipitée, loin d'être confortable, avant la fête d'anniversaire d'Iris. Si seulement elle avait eu le temps de mettre son diaphragme, ce jour-là, elle aurait été aux anges à l'idée qu'une vie soit en train de se développer en elle. Elle n'aurait pas hésité à prévenir Luke qu'un petit frère ou une petite sœur était en route pour Iris. Elle aurait été dans tous ses états à la perspective de l'entendre exprimer son euphorie, de le voir prendre un air aussi incrédule qu'émerveillé, le bonheur dont elle avait été privée à l'époque, où elle avait dû se contenter de lui envoyer des télégrammes.

Mais elle n'avait pas eu le temps de mettre son diaphragme.

Donc, même si elle avait été avec Luke un nombre incalculable de fois depuis – toutes merveilleuses, incroyables, propices à une nouvelle vie –, elle ne pouvait avoir la certitude que cet enfant était le sien.

Elle n'avait aucune idée de ce qu'elle devait faire. La seule idée qu'elle avait eue était de prétendre que ce n'était pas réel.

Jusqu'à ce qu'elle ne puisse plus faire semblant.

Sa mère était avec elle, quand cela se produisit, ce vingt-neuvième soir.

Elle arriva juste au moment où la nuit tombait, rendant la jungle et la villa de Guy déjà sombre encore plus obscures. Maddy montait à l'étage pour aider Iris à se coucher quand elle entendit frapper à la porte d'entrée. Se déplaçant avec précaution, ayant déjà des vertiges, elle alla ouvrir, trop affaiblie pour se demander pourquoi sa mère se tenait là, dans l'obscurité, les mains jointes, l'air pincé, donnant l'impression qu'elle aurait préféré être ailleurs.

— Où est Iris ? demanda Alice.

— En haut, répondit Maddy, sentant les muscles de sa bouche se figer.

— Et Guy ?

— Pas encore rentré.

Maddy prit appui sur le chambranle de la porte. On préparait du riz, en cuisine, pour le dîner. Elle le sentait de là.

C'était le riz, aussi, qui avait eu raison d'elle, avec Iris.

— J'en ai pour deux minutes, déclara Alice.

— Tu veux entrer ? lui proposa Maddy, portant la main à son ventre barbouillé.

— Ce n'est pas la peine. C'est juste que j'ai vu Diana, aujourd'hui…

— « Diana » ? répéta confusément Maddy.

— Tu l'as vue ? demanda Alice.

Maddy décela une vague tension dans la voix de sa mère. Une étrange rougeur sur sa peau crème, aussi. Mais elle avait du mal à réfléchir. L'odeur du riz commençait à l'indisposer sérieusement. Elle sentit des gouttes de sueur se former sur son front, sa poitrine…

— Maddy ? demanda Alice.

— Non, répondit Maddy. Je n'ai pas vraiment envie de voir Diana…

— Elle m'a dit qu'elle te rendrait peut-être visite, lui annonça Alice. (À la grande horreur de Maddy, sa mère éclata en sanglots.) Il faut que je te dise…, poursuivit-elle malgré ses larmes. Ton père dit que ce n'est plus nécessaire, mais je crois qu'il avait raison, avant. J'aurais dû le faire depuis longtemps…

Maddy n'avait pas la moindre idée de ce dont elle parlait. D'une certaine manière, elle pensait que cela pouvait avoir un rapport avec la dispute de ses parents, mais elle n'eut pas le temps de le découvrir. Affolée de voir sa mère pleurer, elle ne put contenir plus longtemps sa nausée.

Elle la bouscula, tituba sur le perron jusqu'au jardin de devant, où elle vomit dans les rosiers dont le majordome de Guy était si fier. Durant quelques instants, elle oublia tout à l'exception du goût atroce de sa bile, de son ventre qui se soulevait et des larmes qui lui roulaient désormais sur les joues (elle pleurait toujours, quand elle vomissait). Elle n'eut pas vraiment conscience que sa mère posait ses mains sur ses épaules. Ni de l'automobile qui franchissait le portail. Ni de la portière que l'on claquait, puis des bruits de pas qui couraient dans l'allée de terre battue.

Ce ne fut que lorsque ses convulsions s'estompèrent qu'elle prit conscience que tout cela était arrivé, et que Guy et sa mère se tenaient à ses côtés.

Ils avaient tous les deux été présents quand elle s'était rendu compte qu'elle était enceinte d'Iris.

Portant une main tremblante à ses lèvres, elle se rappela avec quelle facilité Guy avait deviné, à l'époque. Il ne faisait aucun doute qu'il en irait de même cette fois-ci. Il lui vint à l'esprit qu'il la surveillait depuis des jours, observant ses bâillements, constatant qu'elle se couchait tôt et faisait de fréquents allers et retours aux toilettes.

Encore une fois, c'était un comportement qu'elle s'était efforcée de ne pas voir.

Elle ne put se décider à le regarder en face. Elle ravala un reste de bile, tentant d'assimiler le caractère irréversible de ce qu'elle venait de faire, en vain, puis (consciente qu'elle devrait s'y résoudre tôt ou tard) s'obligea à se retourner.

Il se tenait à quelques mètres d'elle, encore en uniforme après avoir passé la journée à l'hôpital. Il avait le regard – son regard gentil et bienveillant – rivé sur elle : un regard épuisé, inquiet, mais plein d'espoir, aussi.

Et il souriait.

Il souriait !

Un sourire que Maddy n'oublierait jamais.

Un sourire qui signifiait : « Je ne te laisserai plus jamais partir, à présent. »

Un sourire qui disait : « Il peut se passer beaucoup de choses, en un mois. »

Chapitre 34

Maison de retraite des Grands Ormes, Angleterre,
août 1976

Il faisait frais, pour la saison. Et il pleuvait, aussi. Un nuage de brume recouvrait les pelouses des Grands Ormes, les feuillages et les parterres de fleurs d'un lustre si fin que Luke avait l'impression de le respirer.

« On ne dirait pas de la pluie, hein ? »

C'était Arnold qui lui avait dit cela, un jour. Il s'en souvenait. Ils se trouvaient dans le vieux verger du Cinquième. Il esquissa un sourire attristé en repensant à son médecin et à cette partie du domaine de l'hôpital qu'il avait appris à aimer : les pommes tombées par terre, ce ruisseau qu'il trouvait si vivifiant (cela lui avait rappelé, supposait-il, son jardin au bord du fleuve, à Richmond), toutes ces haies regorgeant de baies. Et les coups de canon. À leur souvenir, son sourire s'estompa. Il se rappelait comment Arnold écoutait le sinistre grondement en provenance de la Somme, un bombardement si violent qu'il s'entendait jusque de l'autre côté de la Manche.

Aujourd'hui encore, il entendait le martèlement des obus.

Ce n'était pas un bruit que l'on pouvait oublier.

Il se rappelait aussi que la pluie lui avait fait penser à autre chose, ce jour-là. Quelque chose qui lui échappait, comme tant d'autres à l'époque.

Et tant d'autres encore aujourd'hui.

Mais il devinait, à présent, quelle comparaison il aurait pu faire. La tête en arrière, le regard rivé sur le ciel infini, sentant la pluie crépiter sur ses joues, ses lèvres, il songea à l'Inde, aux averses, là-bas, et à quel point elles avaient été différentes cet été-là, juste avant la guerre.

Cet été incroyable où il l'avait épousée.

Le dernier été qu'il avait passé à Bombay.

Il avait ses lettres avec lui dans le jardin, à l'abri sous sa veste : toutes les lettres qu'il lui avait écrites depuis son arrivée dans cet établissement. Le personnel les lui prenait (à sa propre demande) quand il traversait une de ses mauvaises passes, ses jours perdus. Des périodes où ses propres paroles n'avaient aucun sens, et où il craignait de détruire les pages qu'il avait rédigées dans ses tentatives affolées pour comprendre. Il ne pouvait pas le faire. Pas comme il avait brûlé ses journaux avec Arnold, toutes ces années auparavant. Son esprit meurtri l'abandonnait de nouveau, et il craignait que, bientôt, ses lettres soient tout ce qui resterait des souvenirs qu'il redoutait tant de perdre.

Le cri d'un enfant le fit sursauter, le ramenant à l'instant présent. Il se tourna dans sa direction, non loin des hortensias. Il n'était pas le seul à avoir bravé la météo, cet après-midi-là. Une pensionnaire des Grands Ormes se promenait aussi, sauf qu'elle était accompagnée de sa famille : le garçonnet avec le ballon qui venait de pousser un cri, ses frères et sœurs. Tous ces enfants, petits-enfants et arrière-petits-enfants…

Cette femme s'appelait Miriam.

Elle avait eu une existence très difficile. Elle avait raconté à Luke – un nombre incalculable de fois – de quelle manière elle avait fui Vienne juste avant l'Anschluss, abandonnant la majeure partie de sa famille juive. Elle fondait en larmes chaque fois qu'elle parlait d'eux : ses frères et sœurs, ses parents et ses grands-parents perdus, les enfants qui n'avaient jamais eu le temps de grandir. Chaque fois, il lui tenait la main, l'écoutant sans parler. Il n'y avait généralement rien à dire.

Mais, ce jour-là… ce jour-là, elle souriait. Il sourit aussi, malgré tout ce dont il se souvenait, parce que c'était si merveilleux à voir…

C'était l'anniversaire de Miriam. Elle avait quatre-vingts ans. « Une petite jeunette », avait-il ajouté après l'avoir félicitée, le matin même, en lui offrant les biscuits autrichiens qu'il avait demandé à Emma d'aller acheter dans leur vieille boulangerie. Ils allaient faire la fête, cet après-midi-là : le remontant habituel coupé à l'eau, et du pop-corn. Emma avait dit qu'elle passerait.

La douce Emma.

D'un coup de pied, le garçon envoya son ballon haut dans le ciel, avant de le rattraper avec le côté de sa chaussure. Luke vit s'illuminer son visage déjà écarlate. L'enfant se retourna pour voir si ses parents avaient vu son exploit. Luke sentit une douleur à la poitrine. Cela lui rappelait… lui rappelait…

Miriam rit avec le garçon, lui disant avec son léger accent de recommencer. Elle était bras dessus, bras dessous avec sa fille aînée, qui lui tenait la main. Il vit combien elle était heureuse et satisfaite.

Tremblant, il prit une respiration, repensant – presque contre sa volonté – à Maddy.

Lui ressemblerait-elle, si elle se promenait là avec leur Iris ?

Il tenta de l'imaginer, respirant profondément. Il ferma son esprit aux bruits du jardin, à la pluie, aux rires et aux autres promeneurs, faisant appel à elles.

Mais il fut incapable de se les représenter.

Pas de la façon dont il souhaitait penser à elles, du moins.

Il les imagina telles qu'elles étaient quand il avait baissé les yeux vers elles, sur le quai animé de Bombay, depuis le pont du paquebot, s'apprêtant à quitter l'Inde pour la toute dernière fois. Il vit Maddy serrant la main d'Iris dans la sienne, la fillette qui lui faisait signe de la main, leurs regards bleus brillants rivés sur le sien.

Il leva la main, prêt à leur faire signe, là, dans le jardin. Voilà à quel point il les voyait distinctement. Il regarda Maddy remuer les lèvres, lut les mots qu'elle prononçait, et sentit sa gorge se nouer, jusqu'à ce qu'il ne parvienne plus à respirer, comme à l'époque.

Il tituba jusqu'au banc le plus proche, éprouvant le besoin de s'asseoir. Il s'y rendit à l'aveuglette. Il ne voyait plus rien.

L'esprit débordant de souvenirs, il sentit ses yeux las lui piquer et sa vue soudain si obscurcie par les larmes qu'il n'y voyait plus rien.

Chapitre 35

Bombay, 1921

Aussitôt, dans l'allée, Maddy annonça à Guy qu'il n'était sans doute pas le père. Elle n'hésita pas un seul instant. Ce fut à la fois la chose la plus difficile et la plus facile qu'elle ait jamais faite, parce que même si cela la paralysait de le priver si brusquement, et de manière si cruelle, de son bonheur, son sourire la terrifiait tellement qu'elle ne pouvait pas laisser subsister le doute une seconde de plus.

— Ce n'est pas aussi simple que tu le crois, dit-elle, sentant les larmes lui monter de nouveau aux yeux, tandis que, dans l'obscurité du soleil couchant, elle voyait se dissiper toute trace de joie sur son visage.

Il comprenait parfaitement ce qu'elle tentait de lui avouer. À en juger d'après son air abattu, c'était douloureusement évident.

— Bien sûr que si, c'est très simple, rétorqua-t-il en tendant la main vers elle.

Elle ne lui en voulait pas de tenter de faire semblant. (N'avait-elle pas fait la même chose ?) Elle n'éprouvait aucun ressentiment envers lui. Aucune des colères qu'elle avait contenues durant tout ce mois. Juste un pincement au cœur face à la vulnérabilité de son regard implorant.

Elle refusa de lui donner la main, cependant. Elle la retint, poing serré, comprenant que ce n'était pas le moment d'être gentille. Pas cette fois.

Il n'y avait plus aucun espoir.

Elle recula d'un pas. Ce faisant, elle sentit sa mère s'approcher d'elle, la saisir par le bras. Elle prit une inspiration tremblante, renforcée, l'espace d'un instant, par son geste, le réconfort presque incroyable qu'Alice ne s'en prenne pas à elle, qu'elle ne soit pas consternée. Elle était simplement là. De son côté.

— Tu m'as demandé un mois, s'obligea-t-elle à dire à Guy. Il est temps d'y mettre fin, à présent. Je te promets de ne pas t'exclure. Tu auras une place dans la vie de cet enfant…

— « Une place » ? (Il la dévisagea, ses traits se durcissant.) Une place ?

— Guy, il n'y a aucune chance que tu sois…

— Non, l'interrompit-il comme il l'avait déjà fait tant de fois. Je ne veux pas le savoir.

— Il le faut, insista-t-elle en haussant le ton de désespoir. (Cela l'aida à être plus franche.) Je veux rester avec Luke. J'aime Luke. C'est le père d'Iris. Et très probablement celui de cet enfant…

— Ça suffit, déclara-t-il en se retournant pour qu'elle ne puisse plus voir son visage (à moins que ce soit pour ne plus voir le sien). C'est assez.

Avant qu'elle ait pu comprendre ce qui se passait, il s'éloigna vers son automobile.

— Où vas-tu ? lui demanda-t-elle.

Il refusa de lui répondre. Sans même un signe en direction d'Alice, il fit demi-tour, trop vite, projetant un nuage de poussière sur la pelouse noire.

Il lui vint à l'esprit qu'il allait peut-être affronter Luke. Cette possibilité l'affola. Elle ne lui avait rien dit. Il ne pouvait pas apprendre la nouvelle de la bouche de Guy…

— Vas-y, l'encouragea sa mère, comme si elle lisait dans ses pensées. Je veillerai sur Iris.

— Ne lui dis rien.

— Évidemment. Vas-y.

Maddy ne se fit pas prier. Elle prit sa propre automobile, si impatiente de rejoindre Luke qu'elle ne remarqua qu'après avoir filé que sa mère avait encore les yeux rouges.

Sa mère qui sanglotait encore.

Maddy ne lui avait même pas demandé comment elle allait, ni ce qui l'avait mise dans cet état. *« C'est juste que j'ai vu Diana, aujourd'hui… »*

Cramponnée au volant, elle tenta de deviner ce qu'elle voulait lui dire, se maudissant de ne pas en avoir la moindre idée. Il était trop tard pour faire demi-tour, cependant. Elle accéléra donc, traversa la jungle obscure, se promettant de lui parler dès son retour.

Pour l'instant, elle avait suffisamment d'autres sujets d'inquiétude.

Guy n'était pas chez Luke.

Luke était sur le point de sortir, d'aller boire un verre avec Peter, encore sous le coup de l'après-midi qu'il avait passé avec Iris à la plage, et de toutes les portes qui s'ouvraient soudain devant eux : les nombreuses années dont ils pourraient enfin profiter tous les trois, croyait-il.

Iris lui avait permis de la porter, pour rentrer de la plage. Il avait porté sa fille sur ses épaules.

Il sourit, rien que de penser en remontant son col à la façon dont elle lui avait saisi en riant les joues et les cheveux avec ses mains pleines de sel. Il avait encore le sourire quand il ouvrit à Maddy.

Puis il vit sa tête.

— Qu'est-ce qui ne va pas ? demanda-t-il, sentant son sang se glacer. Que s'est-il passé ?

— Rien ne va, répondit-elle.

Quand il l'eut fait entrer, elle lui raconta tout, le dévisageant avec ses yeux gonflés, les mots s'échappant de sa bouche comme si elle craignait de ne plus pouvoir reparler si elle s'interrompait.

Il la laissa s'exprimer. Il écouta tout ce qu'elle lui expliqua – à propos de l'enfant dont elle espérait tellement qu'il était le sien (*oui,* songea-t-il d'un air hébété, *moi aussi*), de la manière dont Guy venait de réagir, de sa peur qu'il refuse de leur accorder l'annulation –, et ne put prononcer la moindre parole. Il se cramponna à elle, plus par instinct que par volonté, sans vraiment savoir ce qu'il faisait. C'était trop, trop d'un coup. Comme s'il ne pouvait rien maîtriser.

Lorsqu'elle commença à lui dire combien elle était désolée, profondément désolée, quelque chose en lui se déclencha, le ramenant à la réalité.

Il ne voulait pas qu'elle soit désolée, pas pour cette raison.

De quoi devait-elle être désolée ?

— J'ai tenté de le repousser, avant la fête, expliqua-t-elle. Je ne voulais pas, je te le jure…

— Maddy, l'interrompit-il, ayant enfin recouvré sa voix. Tu crois que ça me rend heureux ? (Voyant son air désemparé, il secoua la tête, consterné qu'elle ait pu le penser.) Ça ne me rend pas heureux.

Le simple fait de songer à elle… supportant… cela. Il était anéanti.

À cet instant, il eut envie de tuer Guy. Sa colère, intense dès qu'il s'agissait du mari de sa femme, explosa. Guy avait dû sentir sa réticence, à l'époque. Il avait dû la sentir.

Pourtant, il lui avait forcé la main. L'avait exigé d'elle.

— Où est-il ? demanda-t-il.

— Je n'en sais rien. Je pensais qu'il serait peut-être là.

— J'aurais bien aimé.

Tout au long du mois, il avait été à deux doigts de l'affronter. Il avait perdu le compte du nombre de fois où il avait lutté, avec un succès mitigé, contre l'envie de se rendre dans cet hôpital et de lui demander de rendre des comptes.

« Nous avons besoin de lui, lui avait répété Maddy. Il changera d'avis. »

« Il changera d'avis », lui avaient garanti Peter et Richard à d'innombrables reprises.

Sauf qu'à présent…

— Je suis vraiment désolée, répéta Maddy, l'interrompant dans sa furie.

— Pourquoi ne cesses-tu de ressasser ça ? lui demanda-t-il d'une voix plus douce.

— J'aurais dû te le dire.

— Oui, lui confirma-t-il, puisque c'était indéniable. Oui, tu aurais dû.

— Et l'enfant…

— Nous l'aimerons, déclara-t-il sans la moindre hésitation, s'apercevant en le disant combien ce fait était également indéniable.

— Oui ? demanda-t-elle avec un sourire – même s'il était très hésitant – pour la première fois depuis son arrivée.

— Oui, lui soutint-il avec une profonde sincérité.

Cela ne faisait aucun doute pour lui. La question ne se posait même pas. Bien sûr, il espérait que l'enfant était le sien, mais il savait que ce serait le cas de toute façon, dans tous les sens du terme.

Comment aurait-il pu en être autrement, alors que c'était celui de Maddy ?

— Et Guy…, lui rappela-t-elle.

— Je sais, dit-il, incapable de demeurer insensible (en dépit de sa terrible colère) à la douleur qu'ils allaient lui causer.

Il avait vu combien il aimait Iris, rien qu'à la façon dont il l'avait enlacée, à sa fête d'anniversaire. Il s'aperçut que, s'il s'était conduit de la sorte, c'était en partie parce qu'il avait peur de la perdre, ainsi que Maddy. Cela ne l'excusait pas, rien ne pouvait l'excuser, mais il aurait fallu que Luke soit inhumain pour ne pas le comprendre.

Et voilà qu'ils allaient aussi lui prendre cet enfant.

— Nous n'allons pas disparaître, lui fit-il remarquer. Iris aura besoin de le voir, de lui écrire. (Il s'était depuis longtemps réconcilié avec cette idée.) Nous devrons revenir voir ta mère…

— Je ne sais pas, lâcha-t-elle d'un air distrait. Je suis déterminée à la mettre sur un bateau.

— C'est ce que tu ne cesses de répéter.

Poussant un profond soupir, elle s'appuya contre lui. Il posa sa joue sur sa tête.

— Tu crois que tout va bien se passer ? demanda-t-elle.

— Il va bien falloir.

— C'est quelqu'un de bien. J'espère qu'il fera ce qu'il faut. (Luke l'espérait aussi.) Nous allons nous en sortir. Même s'il refuse l'annulation. Nous avons un foyer, une famille. Tu as ton travail…

Elle s'interrompit, levant les yeux vers lui.

Il lut la question dans son regard.

— Personne ne me privera de mon travail, lui garantit-il, espérant ne pas se tromper. Nous ne serons pas dans la misère. Personne ne nous jugera.

Elle hocha lentement la tête.

Beaucoup les jugeraient, bien sûr. Ils en étaient tous les deux conscients.

— Nous serons ensemble, affirma-t-elle pour leur donner du courage. Nous ferons face.

— « Nous ferons face », répéta-t-il. Et personne ne pourra nous en empêcher.

— Bien sûr que tu peux les en empêcher, déclara l'avocat de Guy, un vieil ami d'enfance du nom de Henry Parsons, qui, si ce n'était pas un proche, le connaissait au moins suffisamment pour que Guy se sente à même de passer chez lui à une heure si tardive.

Il avait été très bon, le mois précédent, au retour de Luke, quand il avait garanti à Guy que non seulement son mariage avec Maddy était valable, mais que lui et lui seul avait le pouvoir d'y mettre un terme, que ce soit via une annulation ou un divorce.

« Elle n'a simplement pas le droit de te poursuivre, lui avait expliqué Henry. À moins que tu lui donnes des raisons de croire que tu as violé une autre femme, ou commis un inceste. »

« Eh bien, je vais éviter, alors », lui avait répondu Guy d'un air horrifié.

Henry avait éclaté de rire, comme s'il s'agissait de la plaisanterie de l'année.

Il était tout aussi détendu, cette fois, avalant son scotch en assurant à Guy qu'il n'avait rien à craindre, absolument rien, que les tribunaux reconnaîtraient pleinement ses droits de père sur cet enfant. C'était lui le mari de Maddy, et personne d'autre.

— Nous pouvons obtenir une décision de justice obligeant Maddy à demeurer en Inde durant sa grossesse, proposa-t-il. En tant que père, tu es le tuteur légal de l'enfant. Tu peux obtenir sa garde complète dès sa naissance, sans la moindre discussion.

— Eh bien, dit Guy en changeant de position dans son fauteuil. J'aimerais éviter d'en arriver là…

— Naturellement, naturellement, répliqua Henry en cherchant un cigare. Mais ne lui en parle pas, pour l'amour du ciel. Il n'est pas nécessaire que cette affaire se termine devant un tribunal. Il te suffit d'avoir une petite conversation avec elle, de lui faire comprendre quelles seront les conséquences si elle continue avec ses bêtises. Elle ne me semble pas du genre à vouloir passer avant ses enfants. Comme je te l'ai dit, tu peux aussi demander la garde d'Iris.

Guy scruta le fond de son verre de whisky, stupéfait que les choses aient pu en arriver là. Ils étaient encore tous si heureux, un mois auparavant. Il avait été si heureux…

— Ne sois pas si inquiet, lui conseilla Henry. Maddy n'ira nulle part, et les enfants non plus. Ta famille est en sécurité, mon ami.

Guy acquiesça, commençant à se sentir rassuré malgré son embarras. Les paroles de Henry, prononcées avec une telle assurance, lui semblaient… judicieuses… à lui, installé dans son bureau lambrissé débordant de revues juridiques. Presque raisonnables.

Elles continuèrent à lui paraître sensées jusqu'à ce qu'il soit de retour chez lui.

Même lorsqu'il s'arrêta et leva les yeux vers la fenêtre allumée de Maddy – comprenant, avec un mélange de soulagement et d'appréhension, que non seulement elle était là, mais qu'elle était encore éveillée, à 23 heures passées –, il était convaincu qu'il fallait qu'il aille lui parler, qu'il ait avec elle cette… petite conversation.

Après tout, lui en avait-elle laissé le choix ?

C'était son mari. Elle avait choisi de l'épouser, confié Iris à ses soins, et portait son enfant. (C'était le sien, il en était convaincu. Absolument sûr. Et certain. Tout à fait, entièrement, parfaitement… certain.) Il entendait presque les battements de cœur de cette petite créature. Il s'était déjà imaginé en train de le tenir pour la première fois. Il ne pouvait pas, ne voulait pas lui permettre de l'en priver.

Pourtant, en gravissant lentement l'escalier, puis, immobile devant la porte de sa chambre, la main levée, prêt à frapper, il réfléchit, s'imaginant la regarder dans les yeux et lui annoncer tout ce que Henry lui avait suggéré de dire. Il hésita.

Soudain, il se souvint du mot que son majordome lui avait laissé au *Sea Lounge*, au début de cette triste affaire, avant le déjeuner d'anniversaire d'Iris. C'était Alice qui le lui avait envoyé, insistant pour que le majordome de Guy se hâte de le lui remettre (« Dans la chaleur de midi, *sahib* », s'était indigné le domestique, par la suite), apparemment soucieuse que Guy reçoive son avertissement avant l'arrivée des autres.

Cela n'avait en rien facilité ce déjeuner qui s'annonçait déjà difficile.

« Je ne dirai rien à Madeline, avait-elle écrit. Inutile de vous dire qu'elle ne vous pardonnerait jamais d'avoir tenté d'employer Iris contre elle. J'ai moi-même du mal à vous le pardonner. Mais je comprends vos raisons. Moi aussi, j'ai peur, Guy. Mais j'ai promis à Iris que vous ne recommenceriez pas, et qu'en aucun cas elle ne risquait de ne plus jamais nous voir. Je lui ai dit que, quoi qu'il advienne, ses parents feraient toujours en sorte qu'elle soit heureuse, et jamais triste.

» Ne la rendez plus jamais triste, Guy. Si vous l'aimez autant que je le crois, trouvez une façon plus honnête de convaincre ma fille que vous la méritez.

» Je vous en prie, ne vous avilissez pas. »

Elle le lui avait répété plus tard dans la journée, quand elle l'avait vu à l'hôpital, prête à lui faire comprendre qu'il était injuste de tenter de se dresser entre Iris et Luke.

« Un chaperon, Guy ? s'était-elle étonnée, lui donnant l'impression d'être un animal. Avez-vous oublié tout ce que Luke a subi ? Tout ce qu'il a manqué ? Ne voyez-vous pas que ça risque de rebuter tout le monde ? »

À l'époque, elle souhaitait encore que Maddy le choisisse. Il en était persuadé. « Moi aussi, j'ai peur. » C'était la raison pour laquelle il l'avait écoutée, à propos du fait de ne pas surveiller Luke et Iris quand ils étaient ensemble, du moins.

Malgré ses efforts avilissants pour tenir Iris à l'écart – grâce à tous ses discours sur le fait qu'elle devait faire de son mieux pour être polie avec Luke, qu'importe à quel point elle pouvait être effrayée, qu'elle n'aurait jamais rien à craindre avec lui, Guy, qu'il veillerait toujours sur elle, « comment pourrais-je le supporter, sinon ? » –, la fillette avait elle aussi commencé à tomber sous le charme de son père.

Il se retourna, jetant un coup d'œil las vers la chambre d'Iris, à l'autre bout du couloir. Il l'imagina endormie sur le flanc, remuant les lèvres dans son sommeil, ses boucles noires plaquées contre ses joues roses, et baissa la tête, repensant à la prudence avec laquelle elle avait commencé à le regarder, ces derniers temps. À son incertitude. Elle commençait à douter de lui, cette douce enfant qui avait jadis couru vers lui avec tant d'enthousiasme. Elle avait peur de ce qu'il pourrait tenter de lui dire par la suite.

En entendant tousser derrière la porte de la chambre de Maddy, il se retourna de nouveau, se rappelant combien elle avait été malade. Il sentit son cœur se serrer d'inquiétude en l'entendant s'élancer vers sa salle de bains. Il voulait la rejoindre, lui tenir les épaules, être présent.

C'était tout ce dont il avait jamais eu envie.

Il hésita encore un moment, le regard rivé sur la porte de bois. Il s'en approcha, pressant sa main contre la surface tiède et humide, puis son front aussi.

Ils s'étaient perdus, tous les deux, trop rapidement. Ils n'avaient pas été suffisamment heureux. Ils n'en avaient pas eu le temps.

Il ferma les yeux, se remémorant tout ce qu'il devait lui dire.

Jamais il ne serait capable de lui parler de tout cela. Il en était conscient. Il préféra donc y renoncer.

Il tourna lentement les talons, avant de regagner sa chambre, où il lui écrivit une lettre.

Chapitre 36

Maddy était réveillée lorsque Guy poussa l'enveloppe sous la porte communicante. Elle n'avait pas dormi de la nuit, l'écoutant faire les cent pas, soupirer, griffonner sur son bureau. Elle avait presque été tentée de se lever et d'aller lui parler. « Je t'en prie, peut-on au moins discuter ? » Mais elle s'était sentie trop mal – trop épuisée par les émotions de la journée – pour faire autre chose que rester étendue sur son lit, la main sur son ventre, passant en revue les cent formes que pourrait prendre la suite des événements.

Elle s'était aussi inquiétée pour sa mère. Elle s'était montrée injuste avec elle quand, en rentrant de chez Luke, elle l'avait découverte dans la chambre de la fillette, la regardant dormir avec un regard sinistre.

Luke était avec elle. Il avait insisté pour la raccompagner après qu'elle avait été malade chez lui, lui soutenant qu'il n'avait aucune envie de la savoir seule. En atteignant Malabar Hill, quand elle avait commencé à lui parler du bouleversement de sa mère – s'apercevant (à la façon tout à fait neutre dont il avait froncé les sourcils sur la route) qu'il semblait au moins savoir de quoi il retournait –, elle s'était soudain tue, se remémorant une fois de plus les paroles de sa mère : *« C'est juste que j'ai vu Diana, aujourd'hui. »* Finalement, tant bien que mal, toutes les pièces du puzzle commençaient à se mettre en place.

Elle s'était retournée sur son siège, stupéfaite que tout puisse désormais lui sembler logique : la longue dispute de ses parents, la maladresse avec laquelle Alice avait remercié Luke, le nouveau poste d'Alf, la détermination de Luke pour qu'elle, Maddy, n'affronte pas Diana… Prise de vertiges, elle avait porté la main à sa tête, se demandant pourquoi il lui avait fallu si longtemps pour comprendre, luttant pour donner un sens à ce qu'elle ressentait… pour tout cela.

« Pourquoi ne m'en as-tu pas parlé ? » avait-elle demandé à Luke.

« Je voulais que ce soit elle qui le fasse », lui avait-il répondu en se garant sur le bas-côté verdoyant plongé dans l'obscurité.

Il avait poursuivi, lui répétant tout ce qu'Arnold lui avait appris, tentant de la raisonner avant que la colère qu'elle éprouvait progressivement ait une chance de s'installer. Il lui avait rappelé combien Alice s'était longuement inquiétée à cause de son chagrin. Combien elle était convaincue qu'il était mort. Pendant ses explications, tandis qu'il la dévisageait sans discontinuer avec son regard de braise dans la cabine obscure, elle s'était souvenue de l'état dans lequel se trouvait sa mère, à l'époque, après la réception de ce funeste télégramme : son air torturé, ces innombrables fois où elle l'avait serrée dans ses bras, tentant de la réconforter pendant qu'elle sanglotait. *« Tu es mon Iris. »*

« Elle voulait tout te raconter, lui avait garanti Luke. Je lui ai parlé je ne sais combien de fois, quand on était dehors. Elle était terrifiée, Maddy, à l'idée de te perdre à nouveau. »

Maddy s'était enfoncée dans son siège, ne pouvant pas supporter cette idée non plus. Elle s'était souvenue des paroles qu'elle avait dites à son père, sur la plage.

« Est-ce que ça vaut vraiment la peine de créer ces tensions ? »

Elle avait entendu son père lui répondre *« sans doute pas »*, et avait fermé les yeux, consciente, au fond d'elle, que ce n'était pas le cas.

Elle avait voulu se montrer gentille avec sa mère, quand elle l'avait vue. Malgré sa peine, sa tristesse inébranlable face à tout ce temps perdu, elle avait vraiment voulu lui dire que c'était fini, terminé.

Elle n'avait pas imaginé une seconde lui dire ce qu'elle lui avait fait. C'était la façon affreuse dont Alice regardait Iris qui l'avait poussée à le faire. L'idée d'un nouveau chagrin inutile.

Les mots étaient sortis avant même qu'elle y ait réfléchi.

« Fais-toi pardonner, lui avait-elle demandé. Prouve-nous que tu es vraiment désolée. »

« Oui, lui avait répondu Alice en se levant à demi. D'accord. Dis-moi juste comment. »

« Accompagne-nous en Angleterre. Si tu ne le fais pas avec nous, tu ne le feras jamais. Tu n'es pas obligée de perdre qui que ce soit. Papa rêve de pouvoir y partir en retraite, et je sais que toi aussi. C'est le dernier voyage que tu auras à faire. Viens, et je te pardonnerai. »

Elle avait vu Luke écarquiller les yeux. « Tu es sérieuse ? » semblait-il lui demander.

Alice s'était contentée de la regarder fixement, d'un air horrifié.

C'était déloyal. Maddy en était consciente.

Mais, en se levant de son lit, tentant de contenir une nouvelle vague de nausée, pour aller ramasser la lettre de Guy, elle ne put le regretter.

Elle ne reviendrait pas sur ce qu'elle lui avait dit.

De toute façon, elle oublia tout cela en ouvrant la lettre de Guy et en en lisant le contenu.

Elle en parcourut les lignes, s'efforçant d'assimiler tout ce qu'il avait écrit : le discours sur les parents qui ne font jamais passer leurs enfants avant eux, combien il était désolé, combien il était très, très désolé…

Elle vit ses mains se mettre à trembler. Elle tourna la feuille et la relut en entier.

« Avant, tu souriais en me voyant. J'ai besoin de pouvoir espérer que tu le referas un jour. Quand nous nous sourirons de nouveau l'un à l'autre. »

Elle regarda fixement la lettre, les larmes lui montant aux yeux.

« Je t'en prie, ne m'oblige pas à t'en parler. Pas maintenant. Je ne peux pas. »

Serrant la feuille entre ses doigts, elle leva les yeux vers sa porte.

« Ne m'oblige pas à t'en parler. »

Elle n'allait pas lui laisser le choix.

Sans prendre le temps de réfléchir, elle tourna la poignée, ouvrit la porte, et ne fut guère étonnée de le trouver dans l'uniforme qu'il n'avait visiblement pas quitté de la nuit, appuyé contre un mur, comme s'il l'avait écoutée lire, se remémorant ses propres paroles, les lisant dans les pensées de Maddy.

— Tu es sérieux ? demanda-t-elle en brandissant sa missive, sa voix tremblant encore plus que ses mains.

— J'aurais préféré que la situation soit différente, déclara-t-il, tout aussi tremblant qu'elle. Mais, oui, je suis sérieux.

Sa vue se brouilla. Elle baissa une fois de plus les yeux sur la lettre, ses larmes coulant sur les exigences de son auteur.

Qu'il soit autorisé à faire ses adieux à Iris à sa façon. « Il ne faut pas qu'elle se sente coupable. Je veux qu'elle ne soit jamais triste, et qu'elle n'ait pas peur de vouloir me voir. »

Qu'ils partent vite, dès que possible. « Je serai content quand tout cela sera terminé. » Qu'il reste en contact avec Iris et que l'on informe l'enfant qu'il pourrait être son père. « Jamais je ne me remarierai, Maddy. Je le sais du fond du cœur. Tu m'as donné la seule famille que j'aie jamais voulue, et il me sera impossible de renoncer entièrement à ces enfants dont j'ai le profond sentiment qu'ils sont les miens. »

Elle leva les yeux, croisant de nouveau son regard. Son gentil regard.

— Je te remercie, Guy, dit-elle en y mettant tout son cœur, souhaitant aussi que la situation ait été différente.

Ils quittèrent l'Inde deux jours plus tard, sur un paquebot de la P&O bondé à destination de Tilbury qui s'éloigna des quais de Bombay en fin d'après-midi. Les parents de Luke les attendraient à leur arrivée en Angleterre, ainsi qu'Edie. Maddy et Luke les avaient prévenus par télégramme dès qu'ils avaient réservé leur traversée, emmenant Iris au bureau du télégraphe avec eux, préférant la garder à proximité, en sécurité malgré le tumulte de leur départ précipité, tentant de la rendre aussi heureuse que possible. Luke l'avait soulevée devant le comptoir du télégraphe, l'aidant à regarder par la grille métallique pour qu'elle puisse voir l'employé composer leurs messages. « Sommes en route. STOP. » Maddy avait souri en voyant les yeux écarquillés d'Iris, son émerveillement en apprenant que les télégrammes arriveraient en Angleterre en quelques minutes, reconnaissant que, oui, cela ressemblait beaucoup à de la magie, soulagée – comme tout le monde – par son excitation, déterminée à ne pas l'entacher en révélant à quel point elle se sentait mal dans la pièce bondée où régnait une odeur de transpiration.

Ensuite, ils avaient eu très peu de temps pour eux, préparant tout pour leur départ, faisant tous leurs adieux.

Ils avaient fait une dernière halte douce-amère à l'école – y apportant des gâteaux, et y restant suffisamment longtemps pour que Maddy et Iris puissent étreindre chacun des enfants, plusieurs fois –, et, au milieu de leurs préparatifs frénétiques, étaient parvenus à trouver une heure pour se rendre aux Jardins suspendus, puis une autre pour aller sur la plage. La veille au soir, Della et Jeff les avaient invités à un dîner d'adieu et avaient laissé les enfants se coucher bien après l'heure – y compris les trois du jardinier –, réticents à l'idée d'interrompre leurs courses, leurs éclats de rire et leurs poursuites sur l'herbe au clair de lune, tout autant qu'à celle de mettre un terme à leur soirée plus tôt que nécessaire.

« Je ne suis pas sûre de pouvoir le supporter, avait déclaré Della en reposant son verre de vin, les larmes aux yeux. On ne peut pas vous convaincre de rester, après tout ? »

« Pas cette fois, lui avait répondu Maddy en lui tendant la main. J'ai l'impression d'avoir manqué assez de voyages comme ça. »

« Tu es incroyablement pâle, en revanche », lui avait fait remarquer Della.

« C'est vrai, Maddy chérie, avait confirmé Peter. Tiens, prends un autre citron vert. »

Il avait été difficile, très difficile de tous les quitter, mais cela avait été un peu plus facile avec la promesse de revenir les voir, lors d'hivers plus frais, tout comme Guy irait leur rendre visite. Il y aurait d'autres repas, d'autres moments de jeux pour les enfants. Ce n'était pas la dernière fois qu'Iris voyait ses amis, ni son *ayah* (qui avait déjà emménagé chez Della et Jeff, prête à encourager les dispositions plus enjouées d'Emily), Suya, Cook, Ahmed, et toutes les personnes qu'elle aimait.

Elle n'avait même pas eu à dire au revoir à sa grand-mère. Maddy y avait veillé.

Luke, qui patientait sur le pont tribord, où régnait une chaleur torride, jeta un coup d'œil par-dessus son épaule vers la cabine où se trouvait déjà Alice. Richard s'était entretenu avec le capitaine, un vieil ami à lui (comme tant de gens), et ce dernier l'avait accompagnée à bord, ce matin-là, par son accès privé, avant tout le monde. Ils l'avaient tous aidée : Maddy, Iris, Peter, Della, les filles, tous. Richard ne l'avait plus quittée, depuis. Il les accompagnait, pour un court séjour, cette fois, jusqu'à ce qu'il puisse organiser sa retraite.

« Je ne peux pas partir sans toi », lui avait confié Alice.

Maddy et Iris avaient dû s'absenter une heure – Maddy serrant dans sa main un sachet de biscuits au gingembre dont Cook semblait penser qu'ils l'aideraient à combattre ses nausées (Luke espérait qu'il avait raison) – pour un dernier adieu que Guy avait sollicité : des glaces au *Sea Lounge*.

Mais elles étaient de retour, à présent, toutes deux se faufilant main dans la main au milieu des porteurs et des *coolies* vociférants, se frayant un passage entre les centaines de Britanniques et d'Indiens amassés sur le quai bruyant. Luke se pencha, les mains sur la rambarde brûlante couverte de sel, pour les regarder. Il redoutait qu'Iris soit contrariée d'avoir quitté Guy. Il avait eu peur qu'il y ait des larmes, des réticences… Mais, à son grand soulagement, elle riait en courant auprès de Maddy en direction des passerelles. Sa fille au petit pied sépia riait en allant le rejoindre.

— Vous voilà ! s'écria-t-il, leur faisant lever la tête, leurs regards bleus croisant le sien.

Iris lui fit signe de la main.

Il lui fit signe à son tour.

— On arrive ! s'écria Maddy. On rentre à la maison !

En entendant ses paroles, il comprit à quel point elles étaient vraies, et sentit sa gorge se nouer de joie et d'allégresse.

Un bonheur si irrésistible qu'il en eut du mal à respirer.

ÉPILOGUE

Maison de retraite des Grands Ormes, Angleterre,
octobre 1976

Une lettre à Maddy, de la part de Luke

Aujourd'hui, je me rappelle en quelle année nous sommes. Je sais que je vis ici depuis deux ans, dans cet établissement à moins d'un kilomètre de notre ancienne maison, au bord du fleuve. Notre maison qui s'est tellement remplie, à la fin, que nous envisagions parfois de déménager, sachant que nous ne pourrions jamais, au grand jamais, nous y résoudre.

C'est moi qui ai pris la décision de venir ici, aux Grands Ormes, après ton départ. Je ne voulais pas imposer ma présence aux enfants, malgré leur insistance. Ils viennent souvent me voir – bien plus que ce que ma mémoire capricieuse peut parfois me faire croire –, et c'est tout ce que je leur demande.

Cela les fait souffrir aussi, quand je perds la mémoire. Je la perds de plus en plus souvent, ces temps-ci. Tout le temps que nous avons passé ensemble m'échappe peu à peu, et, dans la confusion – dans l'affolement de ne plus jamais te retrouver –, je t'ai écrit presque autant de lettres que les milliers de souvenirs que nous avons créés depuis que nous nous sommes trouvés.

Ces lettres, celles de notre vie, je les garde. Elles sont empilées à côté de moi. Certaines ne sont que des notes que je t'ai griffonnées à la hâte, d'autres sont plus longues. Elles sont toutes là.
Notre mariage, ce premier Noël glacial après notre retour de Bombay, dans la petite église éclairée à la chandelle, au bout de notre rue. Tu étais enceinte et très proche du terme. Tu as ri en me rejoignant devant l'autel, quand je t'ai dit combien tu étais belle. « C'est vrai, t'ai-je dit. Vous pouvez me croire, mademoiselle Bright. » Owen est arrivé une semaine après, nous déconcertant tous tant il te ressemblait, et ne demandant qu'à être aimé – comme nous allions toujours l'aimer – dès la seconde où il a ouvert ses yeux bleu marine.
Moins de deux ans après sont nés les jumeaux, Ben et Will, grâce à qui nous avons passé tant de nuits blanches, cet été-là, au point qu'Iris nous a demandé si on ne pouvait pas les renvoyer. Elle voulait une sœur, naturellement. Mais Jacob est arrivé au printemps 1926, anéantissant ses derniers espoirs.
Elle ne lui en a pas voulu pour autant. Comment quelqu'un aurait-il pu en vouloir à un tel enfant ? Elle l'adorait, comme nous tous. Je le revois, à présent, riant dans le jardin, tentant de suivre les autres, « Attendez-moi ! Attendez-moi ! », battant des bras et des jambes, constamment à la poursuite d'un ballon.
Ces années où ils étaient petits, elles étaient merveilleuses. Tous ces étés brûlants où ils couraient tous les cinq sur la pelouse, où ils se baignaient dans le fleuve... Nos promenades dans le parc, les feux d'artifice dans le froid glacial (ce que je donnerais pour les regarder de nouveau en te tenant dans mes bras, rien qu'une fois),

les anniversaires et les Noëls avec tes parents, les miens, Edie, Guy, Peter et Della – que nous ne sommes allés voir qu'une seule fois en Inde, avant qu'ils viennent nous rejoindre –, et Emma, bien sûr. Emma qui est venue à notre mariage avec Ernest et Arnold, puis au baptême d'Owen, puis de nouveau juste parce qu'elle était dans la région, et ainsi de suite, jusqu'à ce qu'elle trouve par hasard un poste à l'hôpital du coin, que tu lui as conseillé de prendre, avant de lui demander d'être la marraine de Will, aussi. Par la suite, elle n'a plus manqué un seul de nos anniversaires et de nos Noëls.

Tout est passé si vite, cependant. Nous avons été surpris de voir que les jours, qui nous paraissaient parfois si longs, se transformaient en années, qui passaient en un clin d'œil. Un matin, nous emmenions Iris à sa nouvelle école, et la suivante à l'université de Somerville, si nerveuse dans le nouveau duffel-coat que tu lui avais offert, si déterminée à dissimuler ta propre nervosité. Et tu étais si fâchée contre ses frères trop bruyants quand nous sommes allés la voir dans cette chambre minuscule où nous ne pouvions supporter de la laisser seule. Plus fâchée encore lorsque Jacob, à huit ans, s'est élancé dans la cour pour aller chercher son ballon, qui lui avait échappé, et qu'il est revenu en courant, les yeux écarquillés de terreur et de rire après s'être fait crier dessus par le gardien.

« Je regrette de l'avoir grondé », m'a dit Iris, l'autre jour.

« Tu ne savais pas, l'ai-je rassurée. Et il t'adorait. »

Nous n'avons jamais pensé que l'un d'eux devrait mettre l'uniforme. Nous étions tous terrifiés à l'idée d'une seconde guerre. Mais elle a éclaté. Nous n'avons pas pu l'empêcher. Personne n'a pu.

Iris est partie la première, au Caire, dans la Women's Auxiliary Air Force, une force féminine auxiliaire de l'aviation, accompagnée des filles de Della, et leur départ a été le moment le plus éprouvant que nous ayons vécu. Mais elles sont revenues. Iris était mariée et heureuse, et la première de nos petits-enfants, Megan (qui est sur le point de devenir mère à son tour), avait déjà un mois.

Owen, déterminé à devenir le chirurgien qu'il est aujourd'hui (au plus grand plaisir de Guy et de ma mère), s'est engagé dans le corps médical, en Méditerranée et dans le Pacifique, et est parvenu à s'en tirer sain et sauf. Tout comme, miraculeusement, les jumeaux, nos pilotes, mais non sans nous donner des centaines de nuits blanches supplémentaires.

Nous n'avons perdu que Jacob, qui a eu dix-huit ans juste à temps pour le débarquement, en Normandie, et que nous n'avons jamais pu cesser d'attendre.

Cela fait près de vingt ans, et je ne peux écrire ces mots sans que cela me brise le cœur.

Tu m'as promis que tu le chercherais. Quand tu es partie – m'abandonnant comme tu m'avais promis de ne jamais le faire –, il me semble que c'est cette idée qui t'a procuré tant de paix.

J'espère que vous êtes ensemble, mais je ne peux m'empêcher de regretter que tu ne sois plus là. Tu es tombée malade si vite, ce n'est qu'après ton départ que je me suis rendu compte de tout ce qu'il me restait à te dire : d'innombrables choses que je voulais que tu saches, toutes à propos de ce que tu m'as donné.

Ces lettres, je suppose, ont été l'occasion pour moi de te le dire aussi.

Il faut que j'arrête d'écrire, à présent. Je commence à être fatigué. Le stylo me paraît lourd, et j'ai besoin de dormir.
Je veux dormir.
Quand je dors, je rêve. Et mes rêves sont tout ce qu'il me reste de cet autre monde.
Celui dans lequel je vivais avec toi.

Remerciements

Comme toujours, je remercie mon formidable agent, Becky Ritchie, avec qui j'ai la chance de travailler. Merci aussi au reste de l'équipe chez AM Heath, et en particulier à Alexandra McNicoll et Prema Raj, ainsi qu'à Deborah Schneider, naturellement.

Encore un grand merci pour tout à ma merveilleuse éditrice, Viola Hayden. Merci aussi à Cath Burke, Thalia Proctor et à tous ceux qui m'ont toujours soutenue chez Little Brown. Une fois de plus, j'ai énormément de chance de travailler avec vous.

Pour l'écriture de ce livre, j'ai fait un petit séjour en Inde pour effectuer des recherches, et je remercie tous ceux sur place qui m'ont accueillie et aidée. Notamment le personnel du *Royal Yacht Club*, qui m'a permis de tout regarder dans les moindres détails ; Pranav chez Grand Mumbai Tours pour avoir accepté de me rencontrer au point du jour, de m'organiser une visite sur mesure, de me ramener au temps du Bombay colonial et de faciliter mon immersion dans le monde de Maddy et de Luke ; et, enfin, mais non le moindre, Renjen, au *Gymkhana Club* de Bombay, qui non seulement m'a invitée au club, mais m'a aussi offert une visite guidée de ses vérandas, de l'établissement et des chambres, me faisant vivre une matinée que je n'oublierai jamais.

Enfin, je remercie l'ensemble de mes amis, mes parents, mon frère et ma sœur, mon mari, Matt, et mes enfants, Molly, Jonah et Raffy. Je ne sais pas ce que je ferais sans vous ! Et à Raffy : merci de faire tes nuits. (Parfois.)

Achevé d'imprimer en octobre 2022
Par CPI Brodard & Taupin à La Flèche
N° d'impression : 3049813
Dépôt légal : novembre 2022
Imprimé en France
38122375-1